KB080739

Rainer Maria Rilke und andere

Sei allem Abschied voran

•

모든 이별에 앞서가라

독일 대표시선

창비세계문학
91

•

모든 이별에 앞서가라

독일 대표시선

•

라이너 마리아 릴케 외
임홍배 엮고 옮김

창비

차례

•

제4부

제5부

제6부

일러두기

1. 본문 중의 각주는 옮긴이의 것이다.
2. 외국어는 가급적 현지 발음에 준하여 표기하되, 일부 우리말로 굳어진 것은 관용을 따랐다.

제1부

요한 볼프강 폰 괴테

(Johann Wolfgang von Goethe, 1749~1832)

프랑크푸르트의 부호 집안에서 태어나 생시에 이미 세계문학의 반열에 오른 대문호. 슈투름 운트 드랑(Sturm und Drang, 질풍노도)을 대표하는 소설 『젊은 베르터의 고뇌』(*Die Leiden des jungen Werthers*, 1774), 서구 교양소설의 전범으로 평가되는 『빌헬름 마이스터의 수업시대』(*Wilhelm Meisters Lehrjahre*, 1795), 화학적 친화력 개념을 화두로 삼아 남녀간의 미묘한 애정관계를 다룬 소설 『친화력』(*Die Wahlverwandtschaften*, 1809) 그리고 60년 동안 평생에 걸쳐 집필한 인간 운명과 근대화의 드라마 『파우스트』(*Faust*, 1832) 등이 대표작이다. 20대 후반부터는 바이마르 공국의 국정 운영에도 참여하여 시인이면서 정치에도 깊이 관여한 희귀한 경우다. 슈투름 운트 드랑 시기의 청년기 시는 억압적 권위를 타파하고 인간해방을 추구하는 뜨거운 열망을 토로한다. 중년기 이래의 문학은 '바이마르 고전주의'라 일컬어지는데, 진·선·미의 조화로운 통일을 문학적 이상으로 추구한다. 괴테의 시는 체험시와 사상시가 공존하는 양상을 보인다.

들장미

한 소년이 보았네, 어린 장미 한송이
들에 핀 어린 장미
갓 피어나 아침처럼 아리따웠네,
얼른 달려갔네, 가까이서 보려고,
너무나 기쁘게 바라보았네.
장미, 장미, 붉게 핀 어린 장미
들에 핀 어린 장미.

소년이 말했네, 널 꺾을 테야
들에 핀 어린 장미!
장미가 말했네, 널 찌를 테야
영원히 나를 생각하도록,
그냥 당하지는 않을 테야.
장미, 장미, 붉게 핀 어린 장미
들에 핀 어린 장미.

그러자 거친 소년이 꺾었네
들에 핀 어린 장미,
어린 장미 저항하며 찔렀다네,
하지만 아프다고 탄식해도 소용이 없었네,
그냥 당할 수밖에 없었다네.
장미, 장미, 붉게 핀 어린 장미

들에 핀 어린 장미.

오월의 축제

얼마나 찬란히 빛나는가
자연은 나를 향해!
태양은 얼마나 눈부신가!
들판은 어떻게 웃는가!

나뭇가지마다
꽃들이 돋아나고
덤불에서는
수천의 목소리가

모두의 가슴에선
기쁨과 환희 솟구치네.
오, 대지여, 오, 태양이여!
오, 행복이여, 오, 희열이여!

오, 사랑이여, 오, 사랑이여!
이토록 금빛으로 아름답구나,
저 언덕 위
아침 구름처럼!

그대는 찬란히 축복하네
싱그러운 들판을,

꽃향기에 잠긴
충만한 세상을.

오, 소녀여, 소녀여,
얼마나 널 사랑하는지!
네 눈은 얼마나 빛나는지!
그대 나를 얼마나 사랑하는지!

그렇게 종달새는 사랑하지
노래와 공기를,
그리고 아침 꽃
하늘의 향기를,

나 그대를 사랑하듯이
뜨거운 피로,
그대 나에게 젊음과
기쁨과 용기를 주네,

새로운 노래와
춤을 위해.
영원히 행복하여라
그대 나를 사랑하듯이!

프로메테우스

너의 하늘을 뒤덮어라, 제우스여
구름 안개로!
그리고 엉겅퀴
목을 꺾는 소년처럼
참나무와 산봉우리와 겨루어보라!
그러나 내 땅은
그대로 두라
네가 짓지 않은 나의 오두막도
나의 아궁이도 그대로 두라
너는 아궁이 불 때문에
나를 시샘하지.

나는 태양 아래 너희 신들보다
더 초라한 존재를 알지 못한다.
너희의 존엄은
제물로 바치는 세금과
기도의 입김으로
겨우 연명하지
그러니 어린아이와 거지들
희망에 부푼 바보들이 없었더라면
너희는 굶주렸을 터.

나 어린아이였을 때
들고 나는 곳도 모르고
나의 어리벙벙한 눈은
태양을 향했지, 마치 거기에
내 하소연 들어줄 귀가 있고
핍박받는 자를 불쌍히 여기는
내 마음 같은 마음 있을까 해서.

거인들의 기고만장에 맞서
누가 나를 도와주었던가?
죽음과 예속에서
누가 나를 구해주었던가?
너 혼자 모든 걸 다하지 않았던가
성스럽게 타오르는 가슴이여
젊고 선한 네가 속아서
저 높은 곳에서 잠자는 신에게
구원에 감사하노라고 타오르지 않았던가.

내가 너를 받들라고? 무엇 때문에?
언제 네가 무거운 짐 진 자의
고통을 덜어준 적 있더냐?
언제 네가 불안에 시달리는 자의

눈물을 닦아준 적 있더냐?
나를 남자로 단련시킨 것은
나와 너의 주인인
전능한 시간과
영원한 운명이 아닌가.

너 혹시 착각했더냐
소년의 아침
활짝 꽃피울 꿈이 무르익지 않았다고
내가 삶을 혐오하고
황야로 달아나야 한다고.

나 여기 앉아서 나의 형상대로
인간을 빚는다
나를 닮은 이 족속
괴로워하고 울고
즐기고 기뻐하며
너를 아랑곳하지 않으리
내가 그러하듯.

미뇽의 노래

그 나라를 아시나요? 레몬꽃 피는 나라를?
짙은 잎사귀 아래 황금빛 오렌지 빛나고
부드러운 바람 푸른 하늘에서 불어오고
도금양은 조용히, 월계수는 높이 서 있네.
그 나라를 아시나요?
　　　　그리로! 그리로!
당신과 함께 가고 싶어요, 오, 내 님이여.

그 집을 아시나요? 둥근 기둥들 위로 지붕이 얹혀 있고
홀은 눈부시고 거실은 희미하게 빛나며
대리석상들은 날 바라보며 묻지요,
불쌍한 아가야, 사람들이 네게 무슨 짓을 했니?
그 집을 아시나요?
　　　　그리로! 그리로!
당신과 함께 가고 싶어요, 오, 나의 보호자여.

그 산을 아시나요? 구름 걸린 고갯길을?
노새는 안개 속에서 길을 찾고
동굴에는 오랜 용의 무리가 살고
깎아지른 절벽 아래로 폭포수 떨어지네.
그 산을 아시나요?
　　　　그리로! 그리로!

우리의 길이 있어요! 오, 아버지, 그리로 가요!

발견

나는 숲속을 걸었네
그렇게 나 혼자서,
아무것도 찾지 않았네
애초에 찾을 생각도 없었지.

그늘진 데서 보았네
작은 꽃 한송이
별처럼 반짝이고
눈처럼 예뻤다네.

나는 꽃을 꺾으려 했네
그러자 꽃이 살며시 말했지
내가 꺾여서
시들어야겠어요?

나는 꽃을 파냈네
뿌리까지도 전부,
꽃을 옮겨왔지
아담한 내 집 정원으로.

그리고 한적한 곳에
다시 꽃을 심었지

이제 줄곧 가지가 뻗고
꽃이 계속 피어나네.

복된 동경

현자가 아니면 누구에게도 말하지 마라
세상 사람들은 대뜸 비웃을 테니
불꽃 죽음을 동경하는
살아 있는 것을 나는 찬양하리라.

너를 잉태했고 너 또한 생명을 잉태한
사랑의 밤이 서늘해질 때
조용히 촛불이 타오르면
미지의 느낌이 너를 덮친다.

너는 어둠의 그림자에
더이상 에워싸이지 않고
더 높은 짝짓기를 바라는
갈망에 다시 사로잡힌다.

아무리 먼 길도 마다 않고
홀린 듯이 날아와서
마침내 빛을 탐하며
불나비야, 너는 불탔구나.

그런즉, 죽어서 되어라!
이것을 이루지 못한다면

너는 이 어두운 대지에서
한낱 침울한 과객일 뿐이니.

변화 속의 지속

이 때 이른 축복
아, 한시라도 잡아둘 수 있다면!
하지만 어느새 더운 서풍이
흐드러지게 꽃비를 흩뿌린다.
푸르름을 반겨야 할까
그늘져서 고맙다고?
이내 그마저도 폭풍에 흩날리리
가을에 누렇게 흔들리면.

열매를 잡으려거든
얼른 네 몫을 챙겨라!
이것들 익기 시작하는데
다른 것들 벌써 싹이 난다
빗줄기 쏟아질 때마다
네 아름다운 골짜기 달라지니
아, 같은 강물에서
너는 두번 헤엄치지 못한다.

너 자신도! 바위처럼 굳건히
네 앞에 솟은 것,
성벽들 궁성들을
늘 다른 눈으로 보게 된다.

한때 입맞춤에 피어난
입술도 간데없고
산양처럼 대담하게 절벽을
오르던 발걸음도 사라졌다.

즐거이 부드럽게 움직여
좋은 일 하던 손,
맵시 있게 놀리던 그 모습
이제 모두 변했다.
그 손길 닿은 곳마다
네 이름으로 불리던 것
파도처럼 왔다가
서둘러 원소로 되돌아간다.

시작과 끝이
하나로 합쳐지게 하라!
너 자신이 대상들보다 더 빨리
스쳐 지나가라!
감사하라, 뮤즈의 호의가
불멸의 것을,
네 가슴에는 내용을
네 정신에는 형식을 약속해주니.

해설

들장미(Heidenröslein)

1771년 괴테가 스물두살 때 쓴 「들장미」는 슈베르트(Franz Schubert)와 베르너(Heinrich Werner)의 작곡으로 유명하며, 모두 100여곡 이상이 작곡되었다. 괴테가 완전히 새로 쓴 것이 아니고 17세기 초에 민요로 채록되었던 것을 헤르더(Johann Gottfried Herder)가 동요로 개작했고, 이를 다시 괴테가 재창작한 작품이다. 민요에서는 "네가 나를 좋아하면 나도 너를 좋아해"라며 남녀간의 호혜적 사랑이 주조를 이룬다. 헤르더의 동요는 꽃을 꺾으려는 소년에게 꽃을 꺾으면 열매를 거두지 못한다고 타이르는 교훈적인 내용을 담고 있다. 이와 달리 괴테의 「들장미」는 소년이 들장미를 발견하고 그 아름다움에 반해 꺾으려 하고, 들장미는 이에 저항하지만 결국 속수무책으로 꺾이고 마는 내용을 담고 있다. 이 시가 슈베르트와 베르너의 가곡으로 그토록 널리 애창되는 매력은 어디에 있을까? 시에서 '소년'의 태도를 어떻게 이해하는가에 따라 그 매력은 무구한 풋사랑의 이야기로 안타까움을 자아낼 수도 있지만 해로운 독을 품은 것일 수도 있다.
우선 1연은 마지막 후렴구 두줄을 제외하면 '보았다'(Sah)로 시작해서 '(장미를) 보았다'(Sah's)로 끝난다. 소년이 장미의 아름다움에 완전히 시선을 빼앗기고 있다. 3행에서 '아침처럼 아름답다'(morgenschön)라는 표현이 절묘하다. 우리말 가곡의 가사는 이 구절을 대개 '아침햇살처럼 아름답다'라고 옮기는데, 아침햇살에 눈부시게 아름답다는 말이다. 생기로 충만한 신선한 아침 기운도 느껴진다. 또한 어제까지 보이지 않던 장미가 오늘 아침에 새로 피어났다는 뜻도 된다. 장미 '한송이'이기 때문에 소년은 태어나서 이렇게 아름다운 장미를 처음 발견했다. 사춘기 소년은 난생처음 장미의 아름다움에 눈뜬 것이다. 그러니까 첫사랑이다. 후렴구 첫줄 마지막의 '붉은'(rot) 빛깔이 소년의 시야를 가리고 마치 향기처럼 시 전체에 퍼지는 느낌을 준다.

그러나 2연에서 소년은 보는 기쁨에 만족하지 못하고 장미를 꺾겠다고 덤빈다. 그러자 장미는 "널 찌를 테야/영원히 나를 생각하도록"이라고 응수한다. 얼핏 읽으면 장미가 소년을 찔러 소년으로 하여금 그 따끔한 기억을 영원히 생각나게 하겠다는 말처럼 들린다. 그러나 잠깐 따끔했던 기억이 영원히 생각날 리는 없다. 시구를 있는 그대로 읽어보면 장미는 "영원히 나를 생각하도록"이라고 말한다. 장미는 결국 자신이 소년의 뜻대로 꺾이고 말리라는 것을 알고 있다. 그렇다면 소년이 장미를 꺾고 나서, 즉 장미에겐 (아마도 치명적인) 상처를 남기고 나서 장미를 영원히 기억하는 방식은 과연 어떤 것일까? 이 의문에 시는 아무런 대답을 주지 않는다. 소년은 "널 꺾을 테야"라고 막무가내로 덤빌 뿐이고, 시의 화자는 소년이 장미를 꺾었다는 것 외에 소년의 다른 반응은 전혀 묘사하지 않는다.

3연을 보면 "거친" 소년이 장미를 꺾었다고 서술된다. 시의 화자는 소년의 거친 행동에 거리를 두고 있다. 그러나 우리말 가곡에서는 '거친'이라는 표현은 삭제되고 소년이 장미를 꺾었다는 시행 전체가 아예 삭제된 경우도 있다. 소년의 거칠고 난폭한 행동이 거슬려서 검열한 것이다. 장미가 저항하며 찔러도 소용이 없고 탄식해도 소용이 없다. 3연의 묘사는 소년의 무자비한 공격성과 장미의 무기력한 고통을 선명히 대비시켜 보여준다. 장미가 "아프다고 탄식"하는 다음 줄에서 "그냥 당할 수밖에 없었다"라는 구절은 독일어 원문을 그 부분만 따로 떼어놓고 읽으면 '너는 어차피 당할 수밖에 없어'(Mußt es eben leiden)라고 해석될 수도 있다. 그렇게 읽으면 소년은 장미가 아프다고 탄식하는 반응에 움찔하긴커녕 오히려 가학성 쾌감을 즐기는 모양새가 된다. 시의 화자가 "거친" 소년이라고 한 것은 매우 절제된 표현이고 그 이면에는 섬뜩한 광기가 감춰져 있다. 빈 소년 합창단이 천진무구하고 청아한 목소리로 이 노래를 부르는 것은 어쩐지 어울리지 않는다. 시를 다시 읽어보면 2연에서 장미가 "영원히 나를 생각하도록" 소년을 가시로 찌르겠다는 말과 3연에서 장미가 "아프다고 탄식"하는 대목이 미묘하게 연결되는 것을 알 수 있다. 이 "거친" 소년이 장차 철이 들고 성숙해서 이 시절을 돌아본다면 자신의 손에 무참히 꺾인 어린 장미의 아픈 탄식을 과연 듣게 될까? 영원히? 이 시의 마성적 매력은 이 물음에 후대의 독자들이 만족할 만한 모범답안을 주지 않고 이 물음을 언제까지고 되새기게 하는 데 있는 듯하다.

오월의 축제(Maifest)

1771년 스물두살에 쓴 작품. 당시 괴테는 건강상의 이유로 중단했던 학업을 마치기 위해 슈트라스부르크에 체류하고 있었는데, 여기서 목사의 딸 프리데리케 브리온(Friederike Brion)을 만나 서로 열렬히 좋아하는 사이가 되었다. 이 시는 세살 아래인 브리온과의 첫사랑을 배경으로 쓴 것이다. 이 시를 읽을 때 첫 느낌은 마치 폭포수처럼 거침없이 솟구치는 감정을 쏟아내고 있다는 것이다. 시의 흐름과 시 전체의 시각적인 인상도 그런 느낌을 준다. 독일 문학사에서 괴테와 쉴러의 청년기에 해당하는 슈투름 운트 드랑의 진수를 보여주는 작품이다. 슈투름 운트 드랑은 '폭풍과 격정'이라는 뜻인데, 이 시가 바로 폭풍 같은 격정을 토로하고 있다. 시의 이러한 특성에 걸맞게 시행이 모두 두세 단어를 넘지 않고 군더더기 수식어가 없다. 그리고 각각의 연이 그 자체로 완결되지 않고 의미상 바로 다음 연으로 연결되어서 거침없는 흐름을 이어간다. 시는 전체적으로 세 부분으로 구성된다. 1~3연은 생명의 기운이 약동하는 대자연에 호응하여 가슴에서 환희가 솟구치는 것을 표현한다. 4~5연은 자연과 자아의 충일한 교감이 사랑의 축복임을 말한다. 6연에서 처음으로 '소녀'를 호명하면서 사랑을 고백하고 사랑의 축복으로 행복하길 바라는 소망으로 시가 마무리된다.

1연의 처음 1~2행은 시 전체의 분위기를 압축해서 보여준다. 자연의 삼라만상이 "나를 향해" 찬란히 빛난다. 자연에 넘치는 창조의 빛이 내 가슴속에서 사랑으로 피어난다. 눈부시게 빛나는 자연이 하늘("태양")과 대지("들판")에 충만해 있다. 이 충만한 기운으로 2연에서는 꽃들이 돋아나고, 덤불 숲에서 온갖 풀벌레 소리 새소리가 가득하다. 그리고 3연에서 "모두의 가슴에선/기쁨과 환희 솟구치네"라는 구절은 바로 앞 2연에서 "덤불에서는/수천의 목소리가" 솟구친다는 구절과 나란히 병치된다. 가슴에 차오르는 감정은 대자연의 생명활동과 동질적이다. 그래서 자연과의 이러한 교감은 나만 느끼는 예외적인 것이 아니기에 '나의 가슴에선'이라 하지 않고 "모두의 가슴에선"이라고 표현했다. 1~3연의 흐름을 보면 자연에 현현하는 창조의 빛으로 꽃들(식물)이 피어나고, 벌레와 새들(동물)이 깨어나고, 마지막으로 인간의 가슴에 사랑이 피어나는 식으로 마치 천지창조와 모든 피조물의 탄생 과정을 다시 경험하는 듯한 느낌을 방불케 한다. 자연에서 느끼는 이러한 창조적 예감은 자연 속에 신성이 깃들어 있다고 보았던 스피노자의 범신론적 사고의 영향을 보여준다.

2연의 "수천의 목소리"가 3연의 "기쁨과 환희"와 등치되어 연결되는 방식과 마찬가지로, 3연 3~4행은 4연 1행과 연결된다. 3연 3~4행은 누구나 가슴에서 느끼는 "행복"과 "희열"이 "대지"와 "태양"의 축복임을 말한다. 이러한 유추는 다시 4연 1행의 "사랑"과 연결되어 "사랑"이 "대지"와 "태양"의 축복임을 강조한다. 그래서 4연 2~4행에서 사랑을 '금빛으로 아름다운 아침 구름'의 자연 현상에 견주고 있는 것이다. 지금까지 사랑이 저절로 넘쳐흐르는 자연의 축복처럼 묘사되었다면 5연은 사랑이 "충만한 세상을" 축복한다. 다시 말해 사랑이 세상을 충만하게 한다. 여기서 사랑이 "찬란히" 축복하는 것과 자연이 "찬란히" 빛나는 것이 같은 어휘로 등치되어 있음을 눈여겨볼 필요가 있다. 사랑은 천지창조의 역사를 간직한 대자연의 섭리만큼이나 거룩하고 영원한 것이다.

이처럼 대자연의 축복을 사랑의 축복으로 변주하면서 5연이 시 전체의 전환점이 된다. 6연에서 드디어 소녀에 대한 사랑을 고백한다. 6연의 2~4행은 —"얼마나 널 사랑하는지!/네 눈은 얼마나 빛나는지!/그대 나를 얼마나 사랑하는지!" —1연에서 세번 반복된 '얼마나…한가!'라는 구문을 똑같이 반복하고 있다. 소녀에 대한 나의 사랑은, 나에 대한 소녀의 사랑은 찬란히 빛나는 자연,

눈부시게 빛나는 태양, 환하게 웃는 들판과 같은 사랑이다! 그래서 7연과 8연 1~2행은 그대에 대한 나의 사랑을 종달새의 사랑에 견주고 있다. 그런데 여기서 그대에 대한 나의 사랑을 노래하는 종달새의 사랑에 견주는 것은 뜨거운 사랑을 시로 승화하려는 의지와 관련이 있다. 왜냐하면 8연 1~2행은 내가 "뜨거운 피로" 그대를 사랑한다고 말하지만, 7연은 종달새가 "노래와 공기를,/그리고 아침 꽃/하늘의 향기를" 사랑한다고 말하기 때문이다. 다시 말해 뜨겁게 피 끓는 격정적 사랑을 하늘을 나는 종달새의 노래처럼 아름다운 시로 승화하려는 것이다. 그래서 "하늘의 향기"는 1연에서 말한 '눈부신 태양'과 대비된다. '눈부신 태양'이 있는 그대로의 자연이라면 "하늘의 향기"는 종달새의 노래와 아침 꽃 향기가 은은하게 배인 향기이며, 시로 승화된 사랑의 향기인 것이다. 여기서 "아침 꽃"은 4연의 "아침 구름"과 연결된다. 4연에서 사랑을 '아침 구름처럼 금빛으로 아름답구나!'라고 했을 때 '금빛으로 아름다운' 사랑은 눈부신 태양에 눈먼 사랑이 아니라 아침 구름처럼 날마다 새롭고도 변치 않을 금빛의 아름다운 사랑인 것이다. 이처럼 격정적 사랑을 시로 승화하려는 의지와 더불어 시의 마지막에서 사랑하는 여인은 나에게 "새로운 노래와/춤을 위해" "젊음과/기쁨과 용기를" 주는 뮤즈로 변신한다. 따라서 연인의 행복을 축원하는 마지막 구절 "영원히 행복하여라/그대 나를 사랑하듯이!"는 시의 향기로 승화된 사랑을 영원히 간직하고 행복하라는 뜻이다. 다시 말해 시의 마지막 부분은 이미 이별을 예감하고 있다. 현실에서는 이별할 수밖에 없으니 이루어질 수 없는 사랑은 시의 향기로 영원히 남아야 하는 것이다.

이 시를 쓰고 나서 세달 후 1771년 8월 괴테는 슈트라스부르크 대학을 졸업하고 그곳을 떠나면서 브리온과 작별했다. 그로부터 40년이 지난 후 노년의 괴테는 자서전 『시와 진실』(*Aus meinem Leben: Dichtung und Wahrheit*, 1811~33)에서 당시의 이별을 이렇게 회고했다. "이제는 기억에도 남아 있지 않은 괴로운 나날이었다. 내가 말을 탄 채 그녀에게 이별의 악수를 청하자 그녀의 눈에 눈물이 고였고, 나는 몹시 괴로운 심정이었다." 그렇게 이별한 후 두 사람은 두번 다시 만나지 못했다. 괴테가 자서전에서 그렇게 청춘의 풋사랑을 회고하는 동안 브리온은 그때까지 결혼하지 않은 채 독신으로 쓸쓸한 여생을 보내고 있었다. 이 시는 흔히 청년기 괴테의 대표적인 체험시로 평가되지만, 사랑의 감정을 직정적으로 토로하는 듯하다가도 결국 사랑 체험에 대한 시적 성찰로 귀결된다. 이런 양상은 비단 이 시에서뿐 아니라 괴테의 사랑 시편에서 대개 비슷한 형태로 반복되는 패턴이다. 그런 연유로 '인간' 괴테의 사랑은 언제나 '시인' 괴테의 창작을 위한 자양분이었을 뿐 그 이상은 아니었다고 비판적으로 보는 시각도 있다. 청년기부터 노년기까지 생의 모든 시기에 항상 누군가를 사랑했던 괴테의 화려한 여성 편력 때문에 그런 도덕적 평가는 일리가 있다. 토마스 만(Thomas Mann)은 괴테를 주인공으로 다룬 예술가 소설『로테, 바이마르에 오다』(*Lotte in Weimar*, 1939)에서 바로 이 문제를 건드리고 있다. 이 소설의 여주인공 로테는 괴테의 청년기 소설『젊은 베르터의 고뇌』에 여주인공으로 등장하는 바로 그 여성이다. 로테는 청년 괴테와의 불같은 사랑의 홍역을 치르고 나서 40년이 지난 후 노년의 괴테와 재회한다. 로테는 오랜 격조의 서먹서먹한 감정이 가시자 괴테에게 허물없이 말을 놓으면서, 괴테의 끝없는 여성 편력에 호되게 일침을 놓는다. 사랑을 노래한 괴테의 시들은 결국 그 숱한 여성들을 '시의 제단'에 제물로 바친 것 아니냐고. 그러자 괴테는 마치 타오르는 촛불이 자신을 제물로 바쳐 빛을 발하듯이 자신도 그렇게 언제나 사랑을 위해 타오르는 촛불이었노라고 변명한다(졸역『로테, 바이마르에 오다』, 창비 2017, 534면 이하 참조). 그러자 로테는 맺힌 마음이 풀리고 괴테와 화해한다. 토마스 만의 탁월한 유머 감각에 힘입어 이 소설에서 로테는 괴테의 변명을 납득하지만, 괴테 시의 주인공으로 등장하는 모든 여성이 과연 괴테의 변명에 진심으로 수긍할까?

프로메테우스(Prometheus)

괴테가 1774년에 쓴 이 시에는 당시 스물다섯살 청년 괴테의 패기가 넘친다.

고대 그리스 신화에서 프로메테우스는 주신(主神) 제우스가 감춰둔 불을 몰래 훔쳐 인간에게 건네준 죄로 천벌을 받아 사슬에 묶인 채 독수리에게 간을 쪼아 먹히는 거인족의 일원이다. 그런데 이 시에서 프로메테우스는 제우스에 항거하여 자신이 지상의 주인임을 당당히 선언한다. 그 담대한 기개는 1연에서부터 장쾌하게 펼쳐진다. 첫 2행은 그 부분만 떼어놓고 읽으면 마치 하늘의 운세를 호령하는 제우스의 위용을 프로메테우스가 찬미하는 것처럼 들린다. 그러나 바로 다음 행에서 제우스의 위세는 "엉겅퀴/목을 꺾는 소년"의 유치함으로 추락한다. 가시 돋힌 엉겅퀴의 꽃대궁을 꺾는다는 것은 신의 뜻에 거역하는 인간을 단호히 응징한다는 말인데, 그렇게 억지 성화를 부리다가는 결국 가시에 찔려 제 손에 피를 흘릴 수밖에 없다. 거역하는 자에 대한 응징 위협은 일종의 자해공갈이 되는 셈이다. 그런 제우스가 하늘을 호령하든 말든, 지상의 세계는 나의 영토이니 관여하지 말라는 하늘과 땅의 갈라섦 — 이 새로운 천지개벽은 성경에서 하늘과 땅이 갈라진 천지창조의 창세기를 처음부터 다시 쓰는 것이다. 이로써 신화의 전복은 다시 기독교의 신과 인간의 위계를 허물어뜨리는 급진성을 더한다. 그런가 하면 지상의 "오두막"은 그것과 대비되는 호화로운 궁성을 떠올리게 한다. 따라서 하늘의 신을 향해 "네가 짓지 않은/나의 오두막도… 그대로 두라"는 말은 지상의 군주에게도 해당한다. 요컨대 하늘과 땅의 위계를 허무는 것은 일체의 위/아래를 허무는 개벽이다. 그 주체인 프로메테우스적 인간의 무기는 바로 불이다. 인류 문명을 점화한 그 불은 인간을 죽음과 노예상태로부터 구해준 "성스럽게 타오르는 가슴"에 불을 지핀다. 그리하여 인간은 신을 비롯한 "보호자"에게 의존하는 "어린아이"의 상태에서 벗어나 지상의 시간 속에서 자신의 운명을 개척하고 당당히 스스로의 주인으로 거듭난다.

괴테가 이 시를 쓰고 나서 10년 후에 칸트(Immanuel Kant)는 「계몽이란 무엇인가」(Was ist Aufklärung?, 1784)라는 글에서 "계몽이란 인간이 스스로의 잘못으로 초래한 미성년 상태에서 벗어나는 것이다"[1]라고 했다. 인간이 신이나 군주 또는 일체의 권위에 의존하는 예속상태에서 벗어나 스스로 사고하고 판

단하는 자율적 주체로 성숙하는 것이 곧 계몽이라는 말이다. 괴테의 「프로메테우스」는 그런 의미에서 18세기의 핵심 화두였던 계몽정신의 진수를 묘파한 걸작이다. 또한 신과 군주와 일체의 억압에 맞서 인간해방을 외치고 이성과 감성의 해방을 추구한 점에서 이 시는 독일 문학사에서 괴테와 쉴러의 청년기에 해당하는 슈투름 운트 드랑 문학의 대표작으로 꼽힌다. 마지막 연에서 프로메테우스는 '자신의 형상에 따라 인간을 빚어내는' 도공(陶工), 즉 예술가의 모습으로 등장한다. 이 대목도 성경에서 하느님이 자신의 형상대로 인간을 창조했다는 창세기의 변용이다. 이제 인간은 신에 의해 창조되고 운명이 예정된 존재가 아니라, 일체의 구속을 타파하고 스스로를 만들어가는 창조적 주체로 거듭나는 것이다. 프로메테우스가 그렇게 인간을 창조하며 '앉아' 있는 자세는 시인이 시를 쓰는 자세와 다르지 않다. 그러므로 "성스럽게 타오르는 가슴"의 불꽃은 곧 시의 불꽃이기도 하다. 이 시는 인간이 지상의 주인임을 선포하는 주권 선언인 동시에, 더이상 신에 대한 찬미가 아니라 인간들이 "괴로워하고 울고/즐기고 기뻐하며" 부대끼는 삶을 노래하는 것이 시의 소명임을 밝히고 있다.

이 시에는 특별한 후일담이 있다. 괴테의 친구 야코비(Friedrich Heinrich Jacobi)는 극작가 레싱(Gotthold Ephraim Lessing)이 죽기 얼마 전에 레싱을 만난 자리에서 당시까지 아직 발표되지 않았던 이 시를 레싱에게 보여주었다. 이 시의 작가가 청년 괴테인지 모르는 상태에서 레싱은 이 시에 표명된 무신론 내지 범신론 사상에 깊이 공감했다고 한다. 그리고 얼마 후 레싱이 죽은 다음에 야코비가 이런 사실을 공표하자 레싱을 존경하는 지인들은 레싱이 무신론자였다고 큰 충격을 받았고, 그중 한명인 멘델스존(Moses Mendelssohn)은 야코비의 주장을 논박하는 글을 쓰다가 죽고 말았다. 사람들은 멘델스존이 충격과 울화병으로 죽었다고 생각했고, 훗날 괴테 자신도 자서전 『시와 진실』에서 이 시로 인한 "폭발력"이 너무 강해서 "우리가 가장 존경하는 인물의 하

1 칸트 외 『계몽이란 무엇인가』, 임홍배 옮김, 길 2020, 28면.

나인 멘델스존을 잃고 말았다"라고 회고한 바 있다. 괴테가 살던 시대만 해도 「프로메테우스」 같은 시가 무신론의 선언으로 받아들여졌고, 당시는 그것이 그런 충격적 파장을 불러올 정도로 다른 세상이었다.

미뇽의 노래(Mignon)

이 시는 괴테의 소설 『빌헬름 마이스터의 수업시대』에 삽입된 것이다. 이 노래를 부르는 여성은 미뇽이라는 소녀다. 미뇽은 원래 이탈리아 태생으로 어릴 적에 유괴되어 독일로 끌려와서 떠돌이 유랑극단에 팔린 몸으로 곡예를 하는 처지이다. 이런 미뇽에게 구원자로 나타난 인물이 바로 소설의 주인공 빌헬름이다. 미뇽은 어느날 연기 실수를 했다는 이유로 곡예단장에게 매를 맞는데, 우연히 이를 목격한 빌헬름은 은화 30냥으로 몸값을 치르고 그녀를 곡예단에서 빼내준다. 그 보답으로 미뇽은 빌헬름이 홀로 있는 방에서 그녀의 장기인 '계란춤'을 선보인다. 바닥에 사람 보폭 너비로 계란을 바둑판처럼 깔아놓고 눈을 수건으로 가린 채 계란 사이를 누비는 곡예 춤이다. 판당고(fandango)라는 스페인 춤곡에 맞추어 움직이는 그녀의 율동은 언어로는 표현할 수 없는 내면의 정열을 몸으로 풀어낸 것이라 할 수 있다. 또한 원래 구애의 춤인 판당고의 경쾌하고 정열적인 몸짓과는 달리 미뇽이 춤을 추는 태도는 자못 엄숙하고 진지한데, 이것은 이제 오로지 빌헬름에게 자신의 운명을 맡기겠다는 애틋한 마음의 표현일 것이다. 빌헬름 역시 "이 버림받은 아이를 자신의 아이로서 가슴에 받아들이고 이 아이를 품에 안고 아버지와 같은 사랑을 다하여 이 아이의 마음속에 삶의 기쁨을 일깨워줄 수 있기를"[2] 다짐한다. 이렇게 해서 미뇽은 수양딸처럼 빌헬름을 따른다. 그러나 시간이 흐를수록 미뇽의 가슴속에는 빌헬름에 대한 연모의 정이 싹튼다. 빌헬름을 부르는 호칭도 '주인님'이나

2 괴테 『빌헬름 마이스터의 수업시대』, 안삼환 옮김, 민음사 1996, 153면.

'선생님' 또는 '아버지'에서 어느날 갑자기 '마이스터 씨'로 바뀐다. 그렇지만 빌헬름은 줄곧 미뇽을 딸처럼 대하므로 미뇽의 연정은 이룰 수 없는 꿈으로 남고, 이로 인한 가슴앓이는 결국 그녀의 목숨마저 앗아가는 치명적인 상처로 도진다. 나중에 빌헬름은 테레제라는 여성에게 청혼하게 되는데, 빌헬름이 테레제를 포옹하는 장면을 목격한 미뇽은 이로 인한 충격을 견디지 못하고 심장마비로 숨을 거둔다. 이처럼 응답받지 못하는 사랑의 고통이 사무쳐 자신의 생명을 소진한 미뇽의 비극적 운명은 지상의 삶에서 충족될 수 없는 동경을 숙명으로 타고난 낭만적 영혼의 비극이다. 빌헬름을 처음 만나던 당시 미뇽은 수호신처럼 나타난 빌헬름이 자신을 잃어버린 고향으로 데려다주기를 갈망하는 뜻으로 이 노래를 불렀지만, 그녀가 사랑하는 이와 함께 돌아가고 싶어 하던 고향은 지상의 땅이 아니었던 것이다.

1연과 2연에서 언급되는 "내 님"과 "나의 보호자"는 미뇽의 보호자이자 마음속의 연인 빌헬름을 가리킨다. 낯선 나라에서 노예처럼 살던 자신을 구해준 은인 빌헬름과 더불어 미뇽은 남쪽의 고향 이탈리아로 돌아가고 싶은 간절한 소망을 노래한다. 그러나 3연은 그녀의 귀향이 넘을 수 없는 장애물로 가로막혀 있음을 암시한다. 여기서 "구름 걸린 고갯길"로 이어지는 높은 산은 일찍이 미뇽이 이탈리아에서 독일 땅으로 올 때 넘어온 알프스를 가리킬 것이다. 그 험준한 산악의 동굴 속에 용이 산다는 이야기는 우선 산세가 워낙 험악해서 인간이 감히 범접하기 힘든 두려움을 상기시킨다. 다른 한편 용 이야기는 현실과 다른 차원의 신화적 영역에 속한다. "동굴" 또한 인간의 시간이 닿지 않는 아득한 태고의 공간적 치환이다. 이렇게 보면 미뇽이 고향 이탈리아로 돌아가기 위해 넘어야 하는 경계는 지금 이곳의 삶을 (신화적 베일로) 그 너머의 세계와 갈라놓는다. 미뇽이 떠나온 과거이자 다시 돌아가야 할 미래이기도 한 그 너머의 세계가 궁금해진다. 그 미래가 이생의 삶을 마감한 이후의 다른 세상이라는 것은 이미 살펴보았다.

미뇽의 출생내력 역시 그녀의 죽음 못지않게 비극적이다. 미뇽의 아버지 아우구스틴은 원래 이탈리아의 유복한 귀족 집안 출신이다. 그는 어떤 처녀를 사랑하여 결혼하려고 했으나, 그 처녀는 갓난아이였을 적에 아버지의 친구 집에 양녀로 보내진 누이동생이라는 사실이 뒤늦게 밝혀진다. 결국 결혼은 좌절되고, 아우구스틴은 강제로 수도원에 감금된다. 누이동생은 수녀원에 보내져서 둘 사이에 생긴 아이를 낳는데, 그 아이가 바로 미뇽이다. 미뇽 역시 다른 집안에 양녀로 보내지는데, 소녀 시절 유괴되어 곡예단에 팔려가며, 결국 알프스 넘어 독일 땅까지 와서 유랑극단에 매인 몸이 된 것이다. 그러는 사이에 수도원을 탈출한 아우구스틴 역시 고통스러운 과거의 기억을 안은 채 독일 땅으로 흘러들어와 공교롭게 미뇽이 속한 유랑극단에서 하프 악사로 연명한다. 그러나 아버지와 딸은 마지막 순간까지 서로 한 핏줄임을 모른 채 비극적 죽음을 맞는다. 하프 악사는 우연히 자신의 과거사를 자세히 기록한 문서를 읽고서 생생히 되살아난 과거의 고통을 견디지 못해 아편 원액을 마시고 자살하려다 죽음의 공포에 주춤하지만, 빌헬름의 아들 펠릭스가 그 아편 액을 마신 것으로 오인하여 죄책감 때문에 스스로 목숨을 끊는다. 3연에서 미뇽이 애타게 부르는 "아버지"는 결국 다른 세상으로 함께 가는 동행이 되는 것이다. 한국 독자들에게도 가곡으로 잘 알려진 다음 노래는 바로 하프 악사가 부르는 노래다.

> 눈물 젖은 빵을 먹어보지 않고
> 근심 가득한 밤들을
> 울면서 지새워보지 않은 사람은
> 그대들을 알지 못하리, 그대들 천상의 힘들을!
>
> 그대들은 우리를 삶으로 인도하여
> 불쌍한 사람을 죄짓게 하고서
> 괴로움에 내맡겨두는구나.
> 모든 죄는 지상에서 업보를 치러야 하니.

발견(Gefunden)

괴테는 1813년 8월 26일 바이마르에서 일메나우로 가던 길에 이 시를 써서 부인 크리스티아네 불피우스(Christiane Vulpius)에게 편지로 보냈다. 그러니까 부인에게 바친 시인데, 괴테의 결혼생활에는 아주 특별한 사연이 있다. 25년 전, 1788년 7월에 서른아홉살의 괴테는 스물세살의 불피우스를 만나 동거생활을 시작했다. 불피우스의 아버지는 바이마르 관청의 말단 서기였는데, 일찍 퇴직해서 집안 형편이 어려웠기 때문에 불피우스는 장식용 조화(造花)를 만드는 가게의 직공으로 일했다. 괴테도 원래는 평민 출신이지만, 바이마르 궁정에서 봉직한 이후 이미 귀족 작위를 받은 상태였고, 특히 바이마르의 왕인 아우구스트 공작의 신임이 두터웠다. 신분차별이 엄연하던 당시 사회풍토에서 이런 신분상의 차이 때문에 괴테는 불피우스와 정식 결혼을 한다는 것은 엄두도 내지 못했다. 불피우스는 괴테의 집에 들어온 다음 해에 첫 아들을 낳았고, 그후 네 자녀를 더 낳았으나 모두 일찍 죽고 말았다. 1806년 나폴레옹의 유럽 원정 당시 프랑스군은 그해 10월 14일 바이마르를 점령했고, 괴테의 저택도 약탈당할 위기에 처했다. 이때 불피우스가 용감하게 나서서 프랑스 병사들을 제지한 덕분에 화를 면할 수 있었다. 그런 일을 겪고 나서 며칠 후 10월 19일에 괴테와 불피우스는 교회 예배당에서 조촐한 혼례식을 올렸다.

이 시는 괴테가 불피우스를 만나 함께 살았던 지난 4반세기에 대한 담담한 회고를 담고 있다. 무심코 들녘을 거닐다가 "그늘진" 곳에서 발견한 이름 모를 들꽃처럼 불피우스는 괴테를 처음 만나던 당시 특별히 이목을 끌 만한 매력은 없었고, 미모가 아니라 소박하고 정직한 성품으로 괴테의 마음을 사로잡았던 것으로 보인다. 괴테 전기들은 대체로 그녀가 세련된 도시 처녀보다는 투박한 시골 처녀의 인상을 풍겼다고 적고 있다. 그런 불피우스를 처음 보았을 때 "별처럼 반짝이고/눈(目)처럼 예뻤다"라고 하는 것은, 25년의 세월이 흐른 후의 회고임을 감안하면, 18년 동안이나 결혼식도 올리지 못한 채 함께 살아온 부인에 대한 미안함과 고마움이 다분히 작용한 소회일 것이다. 그 꽃을 그냥 꺾었더라면 금방 시들고 잊혔을 터인데, 집 정원으로 옮겨 심은 덕분에 지금까지 가지를 뻗고 꽃을 피우게 되었다는 말은 불피우스와 함께 살아온 한평생에 대한 전폭적인 긍정이다. 그러면서도 그 들꽃을 정원의 "한적한 곳"에 심었다는 말은 "그늘진 데"서 불피우스를 처음 보았던 것과 마찬가지로 괴테의 집으로 들어온 후로도 불피우스는 결코 괴테의 그늘을 벗어나지 못했다는 뜻이다. 괴테는 바이마르 왕의 측근으로 바이마르의 상류사회 사람들과 일상적인 교유를 했지만, 한낱 '동거녀'였던 불피우스는 그런 자리에 낄 수 없는 처지였다. 괴테가 이 시를 은혼식 기념으로 부인에게 바친 후 3년 뒤에 불피우스는 뇌졸중으로 쓰러져 숨을 거두었다. 그녀의 묘비에는 괴테가 쓴 추모시가 새겨져 있다.

그대 헛되이 애쓰고 있구나, 태양이여,
어두운 구름 사이로 햇살을 비추려고.
내가 살아서 얻은 모든 것
그녀를 잃은 슬픔에 눈물로 씻겨가는데.

복된 동경(Selige Sehnsucht)

1814년 7월 말에 쓴 이 시는 『서동(西東) 시집』(*Westöstlicher Divan*, 1814)에 수록되었다. 『서동 시집』은 괴테가 페르시아의 시인 하피즈(Hafis)의 시에 감화를 받아 쓴 연작(連作) 시집이다. 이 시는 스스로를 태우면서 주위를 밝히는 촛불, 그리고 그 촛불의 빛을 갈망하여 몸을 불태우는 불나비의 이미지로 시상을 전개한다. 죽음이 무(無)로 돌아가는 게 아니라 영혼의 구원을 향한 거듭남의 과정이라는 믿음은 고대 페르시아의 전통에서 친숙한 발상이다. 1연에서는 불나비처럼 "불꽃 죽음"을 동경하는 삶을 예찬하겠다고 운을 뗀다. 2연의 첫 2행은 새 생명을 잉태하는 사랑의 행위를 묘사하는데, "너를 잉태했고 너 또한 생명을 잉태한" 행위의 반복은 개체를 통해 종족이 보존되는 자연적 생식 과정을 가리킨다. 그런 사랑의 밤이 "서늘해질 때" 조용히 타오르는 촛불을 보면서 "미지의 느낌"이 엄습하는 것은 3연에서 말하는 "더 높은 짝짓기"의 갈망과 연결된다. 촛불이 자신을 태우면서 주위를 밝히는 데서도 "더 높은 짝짓기"의 의미가 드러나지만, 4연에서 그 의미는 불나비의 "불꽃 죽음"으로 극대화된다. 빛을 밝히려고 자신을 완전히 불사르는 소신공양이라 할 수도 있겠다. 이처럼 "죽어서 되어라!"라는 절대적 요청을 이 시는 그 무엇을 위해 온전히 헌신하는 삶의 이상으로 제시한다.

괴테는 원래 이 시에 '자기희생'이라는 제목을 붙였다가 다시 제목을 '완성'으로 바꾸었고 마지막에 '복된 동경'으로 고쳐 썼다. 삶의 완성은 온전히 자신을 바치는 희생을 통해 이루어진다. 그러므로 죽음은 곧 삶의 완성이기도 하다. 이 철칙은 사랑에도 해당한다. 자신을 남김없이 바치는 사랑이 사랑의 완성일 것이기 때문이다. 사랑을 비롯하여 삶에서 모든 창조적인 경험은 이전까지 살아온 타성을 깨고 거듭나는 것이다. 시의 마지막 행에서 "침울한"(trübe)이란 말은 원래 눈과 시야가 흐리고 혼탁하다는 뜻이다. "죽어서 되어라!"라는 뜻을 이루기 전까지는 우리는 언제나 "어두운 대지"에 붙박혀서 밝은 하늘을 보지 못하고, 빛과 어둠의 경계에서 길을 잃고 방황한다.

변화 속의 지속(Dauer im Wechsel)

1803년에 쓴 이 시는 무상함을 주제로 다룬다. 50대 중반에 접어든 괴테의 원숙미를 여실히 보여주는 이 시의 매력은 시간이 쏜살처럼 흘러가는 속도감, 그리고 생성과 소멸의 리듬을 타며 끊임없이 교체되는 감각적인 언어에 있다. 1연은 자연의 변화무쌍함을 계절의 순환을 통해 보여준다. 계절보다 일찍 꽃핀 "때 이른 축복"을 잠시라도 붙잡아두고 싶지만, 어느새 더운 바람에 꽃비가 내린다. 화무십일홍(花無十日紅)이다. "꽃비"는 개화의 절정과 낙화가 겹치는 순간의 포착이다. 자연의 운행에서 생성은 항상 소멸을 향해 가는 도정에 있다. 그렇지만 꽃이 진 후의 허전함을 푸른 녹음이 시원한 그늘로 달래준다. 마찬가지로 그 푸르름이 누렇게 변색하는 것도 그냥 사라지는 소멸이 아니라 다시 "때 이른 축복"을 준비하는 신생을 향한 여정이다. 자연의 변화무쌍함은 '변화' 속에서 생명을 '지속'하는 순환의 과정이다. 2연에서는 시선을 인간에게 돌려 우리가 사는 매 순간은 다시 돌아오지 않는 소중한 시간임을 일깨운다. 같은 강물에서 두번 헤엄치지 못한다는 말은 고대 그리스의 철학자 데모크리토스(Democritos)의 경구이다. 3연에서는 더욱 구체적으로 자신의 삶을 직시하라고 한다. 바깥세상을 바라보는 나의 시선도 계속 변화하고, 젊은 시절의 뜨거운 입맞춤도 대담한 모험도 다 지나간 일이다. 4연은 육신의 늙음을 보여준다. "손"은 여기서 한 인간의 삶이 묻어나는 구체적 인격을 암시한다. 따라서 "좋은 일"을 행한 "손"이란 좋은 일을 위해 평생 헌신한 삶을 가리킨다. 그래서 그 "손"의 행적은 그 사람의 "이름"을 남기지만, 그 한평생의 삶과 이름도 파도처럼 흩어지고 만다. 계속 밀려오는 "파도"는 좋은 일을 행하고 자신의 이름을 남기는 삶의 과정의 부단한 반복을 떠올리게 한다. 그런 파도는 물거품으로 사라지는 것 같지만 다시 "원소", 즉 모든 생명의 원천으로 돌아간다. 1연에서 말한 대자연의 순환은 인간의 삶에도 적용된다. 이로써 "시작과 끝이/하나로 합쳐지게 하라!"는 요청은 덧없이 흘러가는 삶에 영속성을 부여하는 지상명령이 된다. 그 영속성의 원천은 시인의 상상력("뮤즈의 호의")이다. 그 상상력에 힘입어 가슴에서 우러나오는 사랑과, 사물에 질서를 부여하는 정신의 힘으로 "불멸의 것"이 만들어지는 것이다.

프리드리히 쉴러
(Friedrich Schiller, 1759~1805)

마르마흐에서 군의관의 외동아들로 태어나 대학에서 의학을 공부했다. 괴테와 함께 '바이마르 고전주의'를 대표하는 시인이자 극작가이며, 역사학자이자 뛰어난 문학이론가·미학자이다. 『도적들』(*Die Räuber*, 1781), 『간계와 사랑』(*Kabale und Liebe*, 1784), 『발렌슈타인』(*Wallenstein*, 1800), 『마리아 슈투아르트』(*Maria Stuart*, 1800), 『오를레앙의 처녀』(*Die Jungfrau von Orleans*, 1801) 등의 희곡을 남겼다. 또한 『인간의 미적 교육을 위한 서한』(*Über die ästhetische Erziehung des Menschen in einer Reihe von Briefen*, 1794)에서는 미적 교육이 인간의 조화로운 전인적 완성과 자유로운 공동체의 구현을 위해 결정적인 요건임을 역설했다. 쉴러의 초기 시는 괴테의 초기 시와 마찬가지로 슈투름 운트 드랑에 속한다. 또한 쉴러는 문학예술이 어떤 이념의 도구가 아니라 아름다움 자체를 추구하면서도 인간의 영혼을 고양시킨다는 자율성의 미학을 견지했다. 괴테의 시에 체험적 요소가 바탕에 깔려 있는 것과 달리 쉴러의 시는 전반적으로 사상시의 특성이 강하다.

오를레앙의 처녀

인간의 고결한 모습 비웃고자
조롱이 그대를 깊은 먼지 구덩이에 굴렸고
말재간은 영원히 아름다움과 싸우니
천사도 신도 믿지 않으며
마음속의 보물 빼앗고
환상을 쳐부수고 믿음을 해친다.

하지만 그대 자신은 어린아이처럼 무구하니
경건한 목자 같은 그대,
시는 그대에게 신성한 권리 부여하고
그대와 더불어 영원한 별을 향해 날아오르니
시는 찬란한 후광으로 그대를 에워싸고
가슴으로 그대 창조했으니 그대 불멸의 영생 누리리라.

세상은 빛나는 것 먹칠하기 좋아하고
숭고한 것을 먼지 구덩이에 처박기 좋아한다.
하지만 그대 겁내지 마라! 그래도 마음씨 아름다운 이들 있으니
그들의 가슴은 고결한 것, 거룩한 것을 위해 불타오르고
조롱이 떠들썩한 장터를 즐겁게 해도
고결한 뜻을 가진 자는 더 고결한 모습들을 사랑하리라.

세상의 분할

"세상을 가져라!" 제우스가 하늘에서
인간들을 향해 외쳤다. "가져라, 세상은 너희 것이다!
영원히 세습할 봉토로 선사하노라—
하지만 서로 사이좋게 나누어 가져라!"

그러자 손이 있는 자는 챙기느라 바빴고
젊은이 늙은이 가리지 않고 분주히 움직였다.
농부는 들판의 과일을 움켜쥐었고
융커는 사냥개를 몰아 숲을 누볐다.

장사꾼은 창고에 넣을 것을 가졌고
수도원장은 잘 익은 포도주를 골랐고
왕은 다리와 도로를 봉쇄하고서
말했다. "십일조를 바쳐라!"

그렇게 분할이 끝나고 한참 후에 뒤늦게
시인이 다가온다, 그는 멀리서 오는 길이다—
아! 이제는 어디에도 아무것도 보이지 않으니
모든 것이 제 주인을 찾았구나!

"억울합니다! 저 혼자 이렇게 만인에게
잊혀야 하나요, 당신의 가장 충실한 아들인데?"

시인은 큰 소리로 비통하게 하소연하며
제우스의 옥좌 앞에 몸을 던졌다.

"네가 꿈나라에 머물러 있었다면
나를 원망하지 마라." 신이 대답했다.
"모두 세상을 나누어 가질 때 너는 대체 어디 있었느냐?"
"저는 당신 곁에 있었나이다." 시인이 말했다.

"제 눈은 당신의 용안을 우러러보았고
제 귀는 당신의 하늘나라 화음을 듣고 있었나이다—
당신의 빛에 취해 지상의 몫을
잃어버린 정신을 용서하소서!"

"어찌할까?" 제우스가 말한다. "세상을 다 주었으니
가을걷이도, 사냥도, 장터도 이제 내 것이 아니다.
하늘나라에서 나와 함께 살겠다면—
네가 언제 오든지 하늘나라는 열려 있느니라."

순례자

아직 한창 젊은 시절에
나는 방랑길 떠났다
청춘의 즐거운 춤 따위는
아버지 집에 맡겨놓았다.

물려받은 재산, 가진 것 전부
기꺼이 믿음으로 내던졌다
하여 가벼운 순례 지팡이 짚고서
어린아이 마음으로 길을 떠났다.

강렬한 희망과 어두운 믿음의 말씀
나를 몰아댔기 때문이다
외치는 소리 들렸지, 길은 활짝 트였으니
해 뜨는 곳을 향해 계속 가거라.

네가 황금의 문에 다다를 때까지,
거기서 안으로 들어가라
그곳에서는 지상의 것이
천국처럼 멸하지 않을지니.

저녁이 되었고 또 아침이 되었다
한시도 잠시도 멈추지 않았다

하지만 내가 찾는 것, 바라는 것
언제까지고 감춰져 있었다.

산들이 내 길을 가로막았고
강물이 내 발걸음 멈추게 했다
나는 협곡 가로질러 오솔길을 텄고
거친 강물 너머로 다리를 놓았다.

그리하여 동쪽을 향해 흐르는
어느 강 둔덕에 다다랐고
나는 기쁘게 믿으며 강물에
강의 품에 나를 던졌다.

큰 바다가 나올 때까지
출렁이는 강물이 장난하듯 나를 밀었다
아득히 텅 빈 바다가 내 앞에 있었고
나는 목표에 도달한 게 아니었다.

아, 어떤 길도 나를 그리로 데려가지 않는구나
아, 저 위로 보이는 하늘은
절대로 땅에 닿지 않고
저곳은 결코 이곳이 아니로다!

만가 挽歌

아름다움 또한 죽어야 하는구나! 아름다움은 인간과 신들의 마음을 사로잡으나

저승 제우스의 무쇠 가슴은 움직이지 못하니.

단 한번 사랑이 염라대왕의 마음을 누그러뜨렸으나

저승 문턱에서 엄하게 선물을 다시 철회했다.

아프로디테도 아름다운 소년의 상처를 치유하지 못했으니

멧돼지가 그 우아한 몸을 사납게 물어뜯었구나.

불사신 어머니도 신적인 영웅을 구하지 못하니

트로이 성문 앞에 쓰러져 운명을 다했구나.

하지만 어머니는 네레우스의 모든 딸을 데리고 바다에서 솟아나와

영광스런 아들을 애도하여 비탄의 노래 부른다.

보라! 그러자 신들도 울고, 여신들도 모두 우는구나

아름다움이 스러진다고, 완전한 존재가 죽는다고.

사랑하는 이들의 입에서 만가로 불리는 것 또한 영광되니

비천한 것은 선율도 없이 저승으로 떨어지기에.

오를레앙의 처녀(Das Mädchen von Orleans)

1802년에 같은 제목의 희곡을 발표하면서 쓴 시. 시의 제목 '오를레앙의 처녀'는 15세기 초반에 프랑스와 영국이 백년전쟁을 치르던 당시 농부의 딸로 신의 계시를 받고 프랑스군을 이끌어 수많은 전투에서 승리를 거두었던 실존 인물 잔다르크를 가리킨다. 그러나 잔다르크는 부르고뉴 공작의 배신으로 영국군에 포로로 넘겨져 종교재판에서 이단 선고를 받고 화형을 당했는데, 그때 그녀의 나이는 스무살이었다. 나중에 프랑스에서 다시 종교재판을 열어 잔다르크의 이단 혐의를 풀었고, 20세기 초에 가톨릭 교회에서 성녀로 추대되었다. 이처럼 구국영웅이자 순교자인 잔다르크를 "먼지 구덩이"에 처박아 능멸한 것은 프랑스의 계몽 철학자 볼테르(Voltaire)였다. 볼테르는 「오를레앙의 처녀」(1755)라는 풍자시에서 잔다르크를 고결한 여걸이 아니라 미천한 마구간 하녀로 묘사했는데, 여기서 잔다르크는 전쟁터에서 온갖 궂은일을 하는 미천한 처지에다 병사들과 승려들에게 능욕당할 위험에 맞서 싸워야 한다. 이로써 볼테르는 교회와 기독교를 비판하는 동시에 잔다르크도 비하한 것이 되었다. 쉴러는 볼테르 류의 "조롱"과 "말재간"으로 부당하게 격하된 잔다르크에게 시의 힘으로 "신성한 권리"를 되찾아주고, 그녀를 천상의 "영원한 별"처럼 숭고한 존재로 그린다. 볼테르가 인간의 머리로 이해되지 않는 것을 싸잡아서 미신이라고 매도했다면, 쉴러는 우리의 가슴에서 창조된 고결한 형상이 영원한 생명을 누린다고 노래한다.

세상의 분할(Die Teilung der Erde)

동서고금을 막론하고 시인과 가난은 떼어놓을 수 없다. 세상에서 갖고 싶은 것 다 챙기고 나면 시가 들어설 자리가 없어진다. 그래서 안빈낙도는 시인의 기본 덕목이다. 이 시에 등장하는 시인도 지상에서 빈털터리 신세다. 제우스가 선사한 지상의 모든 재화를 인간들이 모두 나눠 가진 다음에야 나타나서 아무것도 건지지 못한다. 제우스의 "가장 충실한 아들"로 천상의 드높은 이상만 꿈꾸느라 지상의 몫을 챙기지 못한 탓이다. 그런데 그는 시인의 덕목인 안빈낙도에 자족하지 못하고 지상의 모든 인간에게 잊히는 것이 억울하다. 그가 잊히는 것은 이미 모든 것이 "주인"을 찾아서 그를 주인으로 알아주는 존재가 없기 때문이다. 모든 것이 주인을 찾았다는 말은 모두가 제 몫을 챙겼다는 소유관계를 나타내지만, 아무것도 가진 게 없는 이 시인에게 주인이 되는 유일한 길은 천상의 세계를 노래하는 고결한 시인임을 인정받는 것이다. 그러나 아무것도 가진 게 없어 고매한 시인의 지위도 인정받지 못한다. 지상에서 시인의 직분은 소유관계에 종속된다. 그런데 이 시인이 섬기는 제우스마저 남들이 다 자기 몫을 챙길 때 꿈나라에서 헤매고 있었다면 신을 원망하지 말라고 핀잔을 준다. 시인은 그가 지존으로 섬기는 제우스에게도 자신의 소명을 인정받지 못한다. 지상의 인간들은 천상의 신을 노래하는 시인을 알아보지 못하고, 천상의 신마저 자신을 섬기는 시인을 외면한다. 이것이 신이 떠난 시대에 천상의 이상을 노래하는 시인의 운명이다. 마지막에 시인을 딱하게 여긴 제우스가 하늘나라는 열려 있으니 언제든지 찾아오라고 말해도 시인은 대답이 없다. 제우스의 말에 위로를 받고 마음이 풀린 것일까? 아니면 너무 막막해서 말문이 막힌 것일까?

쉴러는 시인이자 극작가로 이름을 알릴 때까지 생계 문제로 많이 쪼들렸다. 쉴러가 이 시를 쓴 것은 1795년으로, 바로 전해에 바이마르로 와서 이때부터 괴테와 문학적으로 인간적으로 긴밀한 교유를 했고, 이 시는 괴테에게 써 보낸 것이다. 이 무렵에는 명성을 얻은 후였지만 여전히 생계를 걱정해야 하는 처지였다. 1801년에 작성한 연간 살림 예산안을 보면 한해 수입 예상액이 1350탈러, 지출 예상액이 1300탈러라고 적혀 있다. 수입 예상액은 몸이 건강해서 주 수입원인 극작품을 써서 흥행에 성공한다는 조건이 충족될 때만 채워질 수 있었다. 그러나 쉴러는 폐결핵을 앓고 있어서 창작에 전념할 형편이 못 되었다. 이렇게 신병과 생계 때문에 줄곧 신경을 곤두세우고 창작을 한다는 것은—아무리 고결한 이상주의자라 해도—견디기 힘든 고통이었을 것이다. 결국 1805년 쉴러는 46세의 젊은 나이로 영면했다.

순례자(Der Pilgrim)

쉴러가 죽기 2년 전인 1803년에 쓴 시다. 얼핏 읽으면 평생을 바쳐 드높은 이상을 추구해도 결국 목표에는 도달하지 못한 채 이상과 현실의 괴리를 확인하고서 한탄하는 것처럼 들린다. 특히 쉴러가 고결한 이상주의자였기 때문에 그렇게 해석될 법도 하다. 하지만 찬찬히 읽어보면 살짝 반어적 어조가 깔려 있으며, 시의 화자인 '나'는 작가와 동일 인물이 아님을 알 수 있다. 작가는 '나'에게 순례자의 역할을 맡기고, 일정한 거리를 두고 그의 행로를 관찰한다. 순례자는 한창 젊은 나이에 청춘을 즐기지도 않고 유산으로 물려받은 재산을 비롯하여 가진 것을 전부 팽개치고 순례를 떠난다. 삶을 긍정하는 사람이라면 젊음을 그렇게 쉽게 팽개치지 않는다. 젊음과 금욕고행은 어울리지 않는다. 물려받은 모든 것을 쉽게 버리는 것도 어쩐지 전통과의 단절을 시사한다. '나'가 가려는 곳은 "해 뜨는 곳", 즉 동방이다. 페르시아나 인도를 떠올릴 수 있다. 그런데 '나'에게 계속 동방으로 가라고 외치는 "믿음의 말씀"이 "어두운" 것은 어째서일까? 마치 신탁처럼 신비하게 울리는 유현한 소리를 뜻할 수도 있고, 말씀이 분명치 않다는 뜻도 된다. 다시 말해 순례를 떠나기로 마음먹은 '나'의 결심은 어떤 확고한 신념에서 나온 것이라 보기 어렵다. 4연에서 "지상의 것"에 천국 같은 불멸성을 부여하는 "황금의 문" 안쪽의 세계는 지상의 천국으로 보인다. 이것도 그런 이상향의 긍정이라기보다는 과연 동방에 그런 지상천국이 있을까 하는 의문을 자아낸다. 그래서 5연에서 "저녁"과 "아침"이 교체되는 시간의 끝없는 반복은 '저녁의 나라'(서양)에서 '아침의 나라'(동양)로 향하는 이 순례가 줄곧 다람쥐 쳇바퀴 돌듯이 제자리걸음 하는 느낌을 준다. 7~8연에서 "동쪽"으로 흐르는 강물에 몸을 던져 결국 바다에 이르는 것은 그렇게 똑같이 반복되는 시간("강물")의 흐름에 자신을 내맡기고 평생을 허비했다는 뜻이다. 그래서 마지막에 다다른 바다는 새로운 시야를 열어주는 게 아니라 "아득히 텅 빈" 공허함으로 다가올 뿐이다. 이런 순례자에겐 하늘과 땅이 영원히 분리되어 있다. 대지에 뿌리내리지 않은 관념적 맹목적 이상주의는 푸른 하늘을 품을 수 없다.

만가(Nänie)

1799년에 쓴 시. 시의 제목은 '비가'(Elegie)라는 뜻으로, 비가 장르의 본질에 관한 시다. 비가가 죽은 이를 애도하는 만가로 사용된 가장 오래된 사례는 호메로스(Homeros)의 『오디세이아』(*Odysseia*)에 나온다. 『오디세이아』의 마지막 제24장(47~64행 참조)을 보면 죽어서 저승세계로 내려가 있는 아가멤논 왕이 그리스의 영웅 아킬레스가 전사해서 장례를 치렀던 이야기를 들려준다. 그에 따르면 바다의 여신이자 아킬레스의 어머니인 테티스는 아킬레스가 전사하자 슬픔을 견디지 못해 아버지인 바다의 신 네레우스의 딸들(즉 테티스의 자매들)을 모두 데리고 나와서 슬프게 울었고, 이어서 문학과 예술을 관장하는 9명의 뮤즈 여신이 등장하여 아킬레스를 애도하는 '만가'를 불렀다고 한다. 호메로스는 뮤즈 여신들이 17일 동안 만가를 부르며 장례를 치르는 동안 인간들과 "불사의 신들"까지도 슬프게 울었다고 묘사한다. 위의 시에서 7~12행은 바로 그 대목을 상기시킨다. 이 시는 아름다움의 상실을 애도하는 비가이다. 아무리 아름다운 존재도 사멸할 수밖에 없음을 시의 시작 부분은 특히 강조한다. 하지만 아름다운 존재의 죽음을 애도하는 노래는 길이 남으며, 그것이 곧 시와 예술의 사명임을 '격언'처럼 노래하는 것이 이 시의 핵심이다.

시의 첫머리부터 쉴러 시의 주류를 이루는 사상시의 성찰적 특성을 고스란히 보여준다. "아름다움 또한 죽어야 하는구나!"에서 "아름다움"(das Schöne)은 특정한 개별적 대상이 아니라 보편적 개념으로 설정되어 있다. 생자필멸의 보편법칙에 예외가 없음을 강조하는 것이다. "또한"이라는 강조어는 지상의 만물과 마찬가지로 아름다움조차도 사멸할 수밖에 없음을 한탄한다. 아름다움은 인간과 신들의 마음을 사로잡을 정도로 막강한 힘을 발휘하지만 "저승의 제우스", 즉 저승의 신 하데스의 차가운 마음은 움직이지 못한다.

이어지는 행들에서는 아름다움조차 사멸할 수밖에 없음을 보여주는 범례로 세개의 신화적 소재를 언급하는데, 구체적 이름을 밝히지 않음으로써 세가지 사례의 개별적 일회성보다는 범례적 대표성을 강조하고 있다. 3~4행은 전설적 악사 오르페우스와 그의 애처 에우리디케의 신화이다. 알다시피 오르페우스는 사랑하는 부인 에우리디케가 독사에 물려 죽자 그녀를 잊지 못해 저승세계로 내려가서 하데스에게 애처를 돌려달라고 간청한다. 오르페우스의 아름다운 리라 소리에 마음이 누그러진 하데스는 오르페우스의 청을 들어주지만, 저승세계의 문턱을 나설 때까지는 뒤따라가는 에우리디케를 돌아봐서는 안 된다는 조건을 붙인다. 하지만 오르페우스는 조건을 잊고 뒤를 돌아봄으로써 다시 에우리디케를 잃고 만다. 하데스의 마음을 움직인 예술의 위력에도 불구하고 끝내 아름다움을 되살리지는 못하는 비탄을 노래하고 있다.

5~6행은 미소년 아도니스 신화이다. 아도니스는 빼어난 용모로 미와 사랑의 여신 아프로디테와 페르세포네(하데스의 아내)의 총애를 받는다. 하지만 아프로디테가 아도니스를 독점하려 하자 이에 진노한 페르세포네는 전쟁의 신이자 아프로디테의 정부(情夫)인 아레스에게 아도니스에 대한 아프로디테의 사랑을 일러바치고, 아레스는 멧돼지로 변해 아도니스를 물어 죽인다. 미의 여신조차도 죽은 아름다움을 되살리지 못하는 것이다. 7~12행은 이미 언급한

대로 "신적인 영웅" 아킬레스의 죽음에 대한 애도이다. 아킬레스는 바다의 신 네레우스의 50명 딸들 중에 가장 아름다운 테티스와 인간 펠레우스 왕 사이에 태어난 아들이다. 신의 핏줄을 타고났지만 인간의 피가 섞여 있으므로 아킬레스 역시 죽음을 면하지 못한다. "불사신 어머니" 테티스는 아킬레스에게 전투에 나서지 말라고 경고하지만, 죽음을 불사하고 '운명을 다하는' 것이 곧 "신적인 영웅" 아킬레스의 '완벽한 아름다움'이다.

이상에서 살펴본 세 경우는 단계적으로 고양되는 방식으로 서술되고 있다. 오르페우스와 에우리디케의 신화는 인간의 죽음에 대한 인간적 애도의 성격을 띤다. 그에 비하면 아도니스의 죽음은 미의 여신 아프로디테의 애도로 고양된다. 그리고 "신적인 영웅" 아킬레스의 죽음은 '완벽한 아름다움'의 사멸이기에 그 비탄의 노래는 신들과 여신들의 마음을 사로잡아 그들도 울게 하는 것이다. 이로써 뮤즈 여신들의 만가는 후세에 길이 남는 예술작품으로 승화된다. 아름다움의 소멸에 대한 애도의 비가는 예술의 영원함을 기리는 찬가로 변용되는 것이다. 11행은 "보라!" 하는 영탄조의 명령어법으로 독자를 새로운 예술작품이 탄생하는 순간의 생생한 증인으로 끌어들인다.

세가지 신화적 모티브는 문학사의 세 단계에 비견될 수도 있다. 오르페우스는 음악(문학과 예술)의 힘으로 삶과 죽음의 경계를 넘나든다. 호메로스의 오디세우스가 저승으로 내려가서 그리스 영웅들의 혼령과 대화를 나누는 장면을 연상할 수 있다. 호메로스의 서사시와 마찬가지로 오르페우스의 음악은 삶과 죽음, 인간과 자연, 예술과 자연이 이원적으로 분리되지 않은 근원적 합일의 세계를 상징한다. 그 반면 아도니스와 아프로디테의 이야기는 인간의 운명과 신의 뜻이 분리된 세계를 보여준다. 아도니스의 아름다운 몸이 상징하는 자연미와 아프로디테가 상징하는 미의 이상은 이원적으로 분리된다. 신과 인간 사이에서 태어난 아킬레스는 유한한 인간의 운명과 무한한 신의 뜻을 다시 합치시키려는 숭고한 아름다움을 상징한다. 그러나 돌이킬 수 없이 사라진 신을 다시 불러낼 수는 없으므로 그 숭고미는 인간적 현실과 예술적 이상을 매개하려는 근대 시인 쉴러의 예술적 지향을 가리키는 것이라 할 수 있다. 이 시에서 자연과 예술의 대립은 현실과 이상의 대립으로 나타난다. 자연적 존재인 인간의 아름다움은 시간 속에서 사멸하지만 그 죽음을 애도하는 비가의 예술은 아름다움의 이상을 추구하는 것이다. 신들의 마음까지도 사로잡는 예술의 이상은 인간이 영원히 추구하되 결코 궁극적 완성에는 도달할 수 없다는 의미에서 영원한 이상으로 남는다. 아름다움의 상실을 애도하는 이 비가는 비탄의 노래가 예술로 탄생하는 경위를 보여준다. 그런 점에서 이 시는 비가 장르의 발생사를 증언하는 '비가에 관한 비가'라 할 수 있다. 쉴러는 고대 그리스 문학과 현대문학을 비교한 『소박문학과 감상문학에 대하여』(*Über naive und sentimentalische Dichtung*, 1795/96)에서 비가의 장르적 특성을 이렇게 정의한다.

> 자연이 상실되고 이상에는 도달하지 못한 상태일 때 자연과 이상은 애도의 대상이 된다. 또는 자연과 이상이 현실적인 것으로 표상될 때 자연과 이상은 기쁨의 대상이 된다. 전자에서 좁은 의미에서의 비가(Elegie)가 나오고, 후자에서 가장 넓은 의미에서의 전원시(Idylle)가 나온다.[1]

호메로스의 서사시는 자연과 이상이 합일된 전원시적 요소가 두드러지다. 오디세우스는 인간적 본성(자연)에 충실하게 행동하면서 자신의 운명을 개척하고, 인간적 한계에 부닥칠 때는 신의 인도에 따라 자기 운명의 주인이 된다. 그의 삶은 자연의 유기적 일부이며, 그가 마침내 자기 운명의 주인으로서 도달하는 이상향은 인간의 한계를 넘어선 초월적 세계가 아니라 그를 낳고 길러준 대지로의 귀향이다. 그러나 자연과의 소박한 일체감을 상실하고 지상에서 끝내 도달할 수 없는 이상을 추구해야 하는 근대의 시인은 비가의 시인이 될 수밖에 없다. 잃어버린 자연과 도달할 수 없는 이상에 슬퍼하며 비가를 불러야 하는 것이 근대 시인의 운명인 것이다.

1 Schiller, *Werke*, Nationalausgabe, Bd. 20, Weimar 1962, 448면 이하.

프리드리히 횔덜린
(Friedrich Hölderlin, 1770~1843)

슈바벤 지방의 수도원 관리인 아버지와 목사의 딸인 어머니 사이에 태어났다. 튀빙겐 신학교에서 헤겔(Georg Wilhelm Friedrich Hegel), 셸링(Friedrich Wilhelm Joseph von Schelling)과 함께 공부했고, 주로 가정교사로 지내며 시를 쓰고 그리스 고전을 번역했다. 시 외에도 철학적 소설 『히페리온』(*Hyperion*, 1797/99), 미완성 희곡 『엠페도클레스의 죽음』(*Der Tod des Empedokles*, 1798)이 있다. 36세인 1806년에 중증의 정신착란이 와서 정신병원에서 8개월 동안 치료를 받았으나 호전되지 않았다. 의지할 친지가 없는 상태에서 에른스트 치머(Ernst Zimmer)라는 목수가 횔덜린을 그의 집에 머물게 하면서 보살펴주었다. 횔덜린은 이 집에서 36년 동안 정신적 암흑상태에서 적막한 여생을 보냈다. 그의 문학은 고대 그리스 정신을 문학적 자양분으로 삼은 점에서 괴테, 쉴러와 공통된 정신적 기반 위에 있다. 그렇지만 선배 시인들과 달리 성스러움에 대한 깊은 동경, 지상의 덧없음을 초월해 '영속적인 것'을 일구어야 한다는 소명의식으로 새로운 시적 영토를 구축했다. 하이데거(Martin Heidegger)는 횔덜린을 궁핍한 시대에도 '지속되는 것'을 짓는 고결한 시인의 이상으로 평가했다.

반평생

땅은 누런 배와
들장미 가득히
호수에 걸려 있고
너희 사랑스러운 백조들은
입맞춤에 취해
성스럽게 청명한 물속에
머리를 담근다.

슬프다, 겨울이 되면
나 어디서 꽃을, 어디서
햇빛을,
또 대지의 그늘을 취할까?
성벽은 말없이
차갑게 서 있고, 바람결에
풍향계가 달그락거린다.

저물어라, 아름다운 태양이여…

저물어라, 아름다운 태양이여, 그대를 눈여겨보는
　사람 거의 없으니, 성스러운 그대를 알지 못했노라.
　　힘들게 사는 사람들 위로 그대
　　　힘들이지 않고 조용히 떠올랐기 때문이다.

나를 보며 그대 다정히 저물고 또 떠오른다, 오, 빛이여!
　내 눈은 그대를 친숙하게 알아본다, 찬란한 빛이여!
　　내 성스럽게 조용히 섬기기를 배웠노라
　　　디오티마가 내 감각을 치유해주었기 때문이다.

오, 그대 천국의 전령이여! 내 얼마나 그대에게 귀 기울였던가!
　그대 디오티마여! 사랑하는 이여! 그대로 인해
　　내 눈은 반짝이고 감사하며
　　　금빛 한낮을 우러러보았다오, 그러자 솟구치는

샘물은 생기 넘쳤고, 어두운 대지의
　활짝 핀 꽃들 내게 사랑의 숨결 불어주고,
　　또한 은빛 구름 너머로 미소 지으며
　　　창공은 축복하며 허리 숙여 인사했다오.

회상

북동풍 불어오니
나에겐 가장 사랑스러운 바람이다,
불타는 정신과 순조로운 항해를
뱃사람들에게 약속해준다.
하지만 이제 가서 인사하거라
아름다운 가론강과
보르도의 정원에게.
거기 가파른 강변에
비탈길이 이어지고, 강물 속으로
시냇물이 깊이 떨어진다, 그 위로
떡갈나무 백양나무 고결한 한쌍이
굽어보고 있다.

지금도 선하게 떠오른다,
느릅나무 숲의 넓은 우듬지
물레방아 위로 머리 숙이고
마당에는 무화과 자라는 모습.
축제일이면
그곳 갈색 피부의 여인들
비단결 같은 대지를 거닐고
밤과 낮이 같은
삼월이면

느릿한 오솔길 따라
금빛 꿈에 묵직해진
산들바람 불어온다.

그러나 나에게
짙은 빛깔로 가득 채운
향기로운 술잔 건네다오,
그것으로 나 쉬고자 하니
그늘 아래 선잠 달콤할지니.
덧없이 사멸할 상념에
영혼을 잃는 것은
좋은 일이 아니다. 그러나
대화는 좋다, 진심 어린 생각을
말하고, 사랑의 나날과
일어난 행적을
많이 듣는 것이니.

그런데 친구들은 어디 있는가? 벨라르민과
그의 동반자들은? 많은 사람들이
원천으로 돌아가기를 주저한다.
풍요로움은
바다에서 시작하기 때문이다. 또한 그들은

마치 화가들처럼 대지의 아름다움을
함께 모으고 날개 달린 싸움도
마다하지 않는다. 또한
홀로, 돛을 내린 돛대 아래
도시의 축제일, 밤에도
현금의 연주와 몸에 익은 춤이
빛나지 않는 곳에 여러해 사는 것도 마다하지 않는다.

그러나 이제 사나이들
인도를 향해 갔다.
거기 바람 부는 곶과
포도밭 언덕을 끼고 도르도뉴강이
흘러와 장엄한 가론강과 합쳐 넓은 바다로
강물은 흘러간다. 그러나 바다는
기억을 빼앗고 또 주나니,
사랑 또한 부지런히 눈길을 부여잡는다,
머무는 것은 그러나 시인들이 짓는다.

자연과 예술
또는 새턴과 주피터

그대는 대명천지 드높은 곳에서 지배하고, 그대의 법은
활짝 꽃피운다, 그대 심판의 저울을 들고 있도다, 새턴의 아들
이여!
또한 그대는 운명을 나누어주며 불멸의 통치술로
명성 누리고 즐기며 편히 쉬고 있다.

그러나 가인들이 전하는 말로는, 그대는
성스러운 아버지, 친아비를 내쫓았고
거친 무리들 그대보다 먼저 마땅히
머물고 있는 저 지하세상에서

황금시대의 신은 죄 없이 너무나 오랫동안 신음하고 있다.
그분은 어떤 계율도 말하지 않았고, 인간들 중 누구도
이름으로 그분을 부르지 않았다 할지라도
한때는 애쓰지 않고도 그대보다 위대했거늘.

그런즉 내려오라! 아니면, 부끄러워 말고 감사하라!
그 자리에 머물려거든 아비에게 봉사하고
가인이 모든 신들과 인간들보다 먼저
그분의 이름을 부르도록 아량을 베풀어라!

마치 구름 속에서 그대의 번개가 치듯, 그대의 것

그분에게서 비롯되기 때문이니라. 보라! 그대가 명하는 것
그분을 증언하고, 새턴의 평화로부터
모든 권능 자라났도다.

그리하여 비로소 나는 내 가슴에서 생동함을
느꼈고, 그대가 형상화한 것 가물가물 저문다.
또한 밤낮이 바뀌는 시간은 요람 속에서
선잠에서 깨어나 나를 기쁘게 하노라.

이제야 그대를 알아보겠다, 크로니온이여! 그대의 소리,
현명한 장인의 소리 들리니, 우리들처럼, 시간의
아들로서 법칙을 부여하며 성스러운 여명이
숨기고 있는 것이 무엇인지 알리는 소리로다.

반평생(Hälfte des Lebens)

횔덜린이 서른두살 때인 1802년 무렵 쓴 것으로 추정되는 이 시는 제목이 말해주듯 생의 절반씩을 여름과 겨울의 대비로 보여준다. 여름 풍경을 담은 1연에서는 탐스러운 과일과 아름다운 꽃이 만발한 지상의 풍경이 맑은 호수에 비치고, 사랑스러운 백조가 사랑의 입맞춤에 취해 청명한 물속에 머리를 적신다. 아름다움과 사랑과 생명의 기운이 충만한 풍경은 행복이 넘치는 마음속의 풍경이기도 하다. 풍요로운 대지가 호수에 '걸려 있다'는 표현이 절묘하다. 맑은 호수에 비친 푸른 하늘을 향해 지상의 풍경이 걸려 있다는 말이므로 이 호수의 수면에서 땅과 하늘이 하나로 어우러진다. 2연에서는 그 여름날의 기쁨과 행복이 간데없이 사라지고 시의 화자는 황량한 겨울 풍경을 대면하고 있다. '나'의 시야는 "말없이/차갑게" 서 있는 성벽에 가로막혀 있고, 풍향계가 바람에 달그락거리는 불협화음이 들려온다. 여름날의 충만함과 대비되는 황량한 내면 풍경이다. 횔덜린은 곧 자신에게 생의 절반이 겨울로 닥쳐오리라는 걸 예감했던 것일까? 이 시를 쓸 무렵 그는 지인들에게 이따금 정신적 고통을 호소했고, 결국 심신이 피폐한 상태에서 귀향하여 모친과 함께 은둔생활에 들어간다. 1806년에는 친구 싱클레어가 심한 우울증과 정신착란에 빠진 횔덜린을 튀빙겐의 병원에 입원시켰으나 1년이 지나도록 병세가 호전되지 않았다. 다음 해에 횔덜린은 목수 에른스트 치머의 자청에 따라 그의 집에 맡겨지고, 그 가족의 간호를 받으며 1843년 생을 마감할 때까지 유폐상태로 지냈다. 그렇게 횔덜린이 생의 절반을 겨울로 보낸 집을 후세 사람들은 '횔덜린의 탑'이라 불렀다. 그렇게 보면 이 시는 횔덜린 자신의 운명을 예감하며 쓴 것이라 할 수 있다. 또한 그의 시가 탄생하는 시 정신의 근원을 엿볼 수도 있다. 그런 맥락에서 주목할 대목은 백조들이 사랑의 "입맞춤에 취해/성스럽게 청명한 물속에/머리를 담근다"라는 구절이다. 사랑의 입맞춤은 분리된 모든 것을 결합시켜주는 에로스의 작용, 즉 근원적인 생명력을 가리킨다. 그것은 삶의 원천이자 시의 원천이기도 하다. 또한 시는 디오니소스적인 열정의 고양, 즉 '도취'상태가 아폴론적인 '맑은' 지성과 결합할 때 탄생한다. "청명한"으로 옮긴 nüchtern은 원래 정신이 맑게 깨어 있는 상태를 뜻한다. 언뜻 형용모순처럼 들리는 '열정적 각성'의 합일에서 시가 나오는 것이다. 여기서 "청명한" 앞에 "성스럽게"라는 수식어가 들어간 것도 유의할 필요가 있다. 성스러움이 결여된 맑은 정신, 즉 차가운 이성은 시의 또다른 원천인 열정적 도취를 질식시킨다. 그래서 뜨거운 열정을 보듬을 줄 아는 성스러움이 요구된다. 이 시를 이렇게 시의 탄생 과정으로 읽으면 "백조"가 바로 시인을 가리킨다는 것이 자명해진다. 그렇게 백조처럼 고결한 시인 횔덜린은 생의 후반 절반을 '말없이 차가운 담장' 안에 갇혀 지냈으니, 그의 시의 절창과 삶의 비극은 이 시의 여름과 겨울처럼 그렇게 엇갈리고 말았다.

저물어라, 아름다운 태양이여…(Geh unter, schöne Sonne…)

이 시에서 호명되는 이별한 연인은 주제테 공타르(Susette Gontard)라는 여성이다. 1795년 12월 횔덜린은 프랑크푸르트의 유복한 집안에 가정교사로 들어가는데, 그 집의 안주인이 주제테 공타르이다. 그녀는 당시 27세로 네 자녀를 두었다. 횔덜린은 그녀를 만난 지 며칠 후 친구에게 보낸 편지에서 그녀를 "영원한 아름다움"이라 일컫고 자신이 "영원히 머물게 될 존재"를 발견했노라고 적었다. 그녀는 횔덜린을 숭고한 사랑으로 고양시켜주는 미의 이상으로 자리 잡으며, 플라톤의 『향연』(*Symposion*)에서 에로스의 본질에 관해 설파하는 지혜로운 여인 디오티마로 작품 곳곳에서 호명된다. 주제테 역시 횔덜린의 사랑을 받아들여 두 사람은 영혼으로 맺어진 사이가 되었다. 그러나 주제테의 남편이 횔덜린을 하인 취급하고 질시하는 등 불편한 분위기가 고조되어 결국

1798년 9월 횔덜린은 이 집에서 나오게 된다. 하지만 작별한 후에도 두 사람은 계속 편지를 주고받고, 이따금 남편 몰래 만나기도 했다. 주제테는 이별 후 보낸 편지에서 "당신이 떠난 후 모든 것이 황량하고 텅 빈" 절망감을 호소했다. 1800년 5월 두 사람은 영원히 이별하기로 하고, 마지막 작별의 편지에서 그녀는 "고통 속에서 행복을 느끼고 그 고통이 우리에게 오래오래 머물도록 기도해요"라고 말한다. 평소 폐결핵을 앓았던 주제테는 1802년 6월, 풍진을 앓는 아이들을 돌보다가 감염되어 사망했다.

시의 화자는 헤어진 연인을 날마다 뜨고 지는 태양에 견주고 있다. 인간은 태양의 온기와 빛으로 생명을 유지하지만 그 은덕을 깨닫지 못한 채 살아간다. 지상에서 힘들게 사는 사람들에게 태양은 힘들이지 않고 존재 그 자체로 힘이 된다. 시의 화자는 자신의 삶이 태양에 빚지고 있음을 자각하기에 경건하게 햇빛을 섬긴다. 태양의 찬란한 빛이 나의 감각을 낫게 해주었다는 말은 태양(디오티마)으로 인해 감각을 넘어선 사랑을 배웠다는 뜻이다. 또한 그렇기에 이별의 상처가 고통스럽게 덧나지 않고 헤어진 연인은 언제까지고 태양처럼 나를 다정하게 비춰준다. 천국에서 다시 만날 것을 믿는 나에게 태양은 천국을 미리 알려주는 전령이다. 따스한 햇볕에 활짝 피어난 꽃의 향기를 나는 사랑의 숨결처럼 호흡한다. 인간의 목숨을 살아 있게 해주는 숨(Atmen)은 힌두교에서 우주에 충만한 생명의 기운을 뜻한다. 나의 영원한 연인 디오티마는 그렇게 나에게 생명의 숨결을 불어넣어준다.

회상(Andenken)

횔덜린은 1801년 12월부터 이듬해 5월까지 프랑스 남부의 항구도시 보르도에서 독일 영사 댁의 가정교사를 지냈다. 1803년에 쓴 이 시는 당시를 회상한 것으로, 보르도 주위의 자연풍광을 제재로 삼아 자연과 역사 그리고 시인의 소명에 관해 노래한 찬가이다. 1연과 2연은 자연의 아름다운 조화와 그에 상응하는 축복받은 삶을 절제된 서정적 이미지로 묘사한다. "북동풍"은 시인의 고향 독일에서 남서쪽의 보르도를 향해 부는 바람이다. 보르도는 지중해를 지나 대서양으로 나아가는 출항지이므로 보르도를 향해 부는 바람은 뱃사람들에게 "순조로운 항해"를 약속하는 바람이기도 하다. 시냇물이 강으로 떨어지며 합류하는 것은 5연에서 두 강이 합류하여 바다로 흘러가는 것에 상응한다. 그런 자연의 운행을 위에서 '굽어보는' "떡갈나무와 백양나무 고결한 한쌍"은 장구한 자연의 역사에 대한 증인이자, 유럽의 숲을 대표하는 떡갈나무와 도회지의 정원수인 백양나무의 결합이므로 자연과 인간의 조화를 상징한다. 2연은 자연과 하나 되어 축복받은 삶의 정경을 보여준다. 느릅나무와 무화과나무는 사랑의 상징이며 물레방아와 마당에서는 사랑이 가득한 정겨운 사람살이가 느껴진다. 그리하여 남국의 햇살에 그은 갈색 피부의 여인들이 비단결 같은 대지를 거니는 축제일은 "밤과 낮이 같은" 춘분 절기의 우주적 조화의 축복을 받고 있다. 그 우주적 조화는 3연에서 보르도 포도주의 "짙은 빛깔"로 응축된다. '짙은'(dunkel)은 직역하면 '어두운'으로, 하늘의 밝은 빛과 대비되는 대지의 그윽한 기운을 품고 있다. 포도주는 하늘과 땅의 기운이 합쳐진 결실의 산물이다. 또한 포도주는 고대 그리스의 디오니소스 축제를 떠올리게 한다는 점에서 시적 도취과 열정을 가리킨다. 주신(酒神) 디오니소스(바쿠스)는 제우스와 인간 세멜레 사이에서 태어났으므로 포도주의 "짙은 빛깔"은 인간적인 것과 신적인 것의 결합을 상징한다. 이런 맥락에서 "짙은 빛깔"의 이미지는 시 전체의 결구인 5연 마지막 행과 연결된다. 포도주(시)의 향기는 "사랑의 나날"과 세상에서 "일어난 행적", 즉 역사적 행적에 관해 들려주는 "대화"의 향기이다.

4연과 5연은 넓은 바다와 신대륙을 향한 항해의 모티브로 이어진다. "벨라르민"은 횔덜린의 소설 『히페리온』에서 주인공 히페리온이 그리스에서 편지를 보내는 독일인 친구로 그도 배를 타고 세계를 주유했다. 횔덜린의 체험적 맥락에서는 프랑스대혁명에 동조한 열렬한 공화주의자 친구 싱클레어를 암시한다는 해석도 있다. 그렇게 보면 여기서 말하는 항해는 격동하는 역사의 현장에 투신하는 분투를 가리킨다고 볼 수 있다. 4연에서 "원천"과 "바다"의 대비 또한 다의적이다. 자연의 순리로 생각하면, 시냇물이 모여서 강물이 되고 강물이 바다로 흘러가므로 바다에서 거두어들이는 풍요는 그 원천에서 비롯된 것이다. 그렇지만 원천에서는 풍요가 맹아로 잠재할 뿐 가시적 결과를 드러내는 것은 바다라고 할 수 있다. 바다의 항해에 초점을 맞추면 미지의 세계로 나아가는 항해는 이전의 세계로부터 — 원천으로부터 — 멀어지는 행로이다. 역사와 개인도 그러하다. 역사의 새로운 지평은 구시대를 무너뜨림으로써만 열리며, 한 인간이 진정한 자아를 찾아가는 여정은 낡은 자아와 결별하는 과정이다. 횔덜린이 살던 시대가 바야흐로 신대륙 러시가 막 시작되는 때임을 감안하면 원천에서 멀어지는 항해는 유럽의 구대륙을 떠나 신대륙을 향하는 항해를 떠올리게 한다. 5연의 "인도"를 향한 항해는 그런 맥락과 자연스럽게 연결된다. 물론 여기서도 인도를 콜럼버스가 발견한 서인도, 즉 아메리카 신대륙으로 고정시키기보다는, 신천지를 개척하려는 역사와 개인의 모험으로 열어두는 편이 적절할 것이다. 그래서 5연에서 다시 강이 합류하여 바다로 흘러가는 대자연의 이미지를 제시한다. 바다가 '기억을 빼앗고 또 준다'는 말은 먼 바다와 신대륙을 향해 가는 항해가 떠나온 고향과 근원에 대한 기억을 빼앗기도 하지만 오히려 더 절실히 상기시킬 수도 있다는 뜻이다. 목적지인 "인도"에만 집착한 나머지 처음의 "원천"을 망각하는 것도 '기억을 빼앗기는' 것이다. 그리하여 역사에서 유토피아의 꿈이 유형지의 현실로 둔갑하고, 개인의 삶에서 확신이 맹신으로, 존재의 망각으로 귀착되는 일도 허다하다. 사랑도 다르지 않다. 영원히 지속될 것 같은 사랑도 "덧없이 사멸할 상념에/영혼을 잃는" 수 있으며, 그렇게 덧없이 흘러가는 시간을 조금이라도 더 오래 붙잡아두고자 "부지런히 눈길을 부여잡는다." 이렇듯 사랑을 나누고 역사를 일구는 일은 아무리 그 뜻이 순정하고 숭고해도 엄연히 시간에 얽매인 일회적 제한성을 면하기 어렵다. 이런 성찰 끝에 시인은 "머무는 것은 그러나 시인들이 짓는다"라고 말한다. 이것은 시인이 사랑의 행위와 역사의 행위를 초월하여 영원을 노래한다는 뜻으로 오해될 소지가 있다. 그러나 바로 이 시에서 보듯이, 자연과 하나된 삶에서 사랑이 무르익고 또 시냇물이 강물로 합류하고 마침내 바다로 흘러가는 그 도도한 역사의 흐름 속에서 인간의 꿈을 이루려는 벗들의 분투를 다시 불러내는 시인의 '회상'이 없다면 사랑도 역사도 흔적 없이 사라지고 말 것이다. 그렇게 시인은 기억을 빼앗는 시간의 흐름에 거슬러 우리의 꿈과 희망으로 두고두고 남게 될 "머무는 것"을 "짓는다".

자연과 예술 또는 새턴과 주피터
(Natur und Kunst oder Saturn und Jupiter)

이 시는 그리스 로마 신화의 소재를 빌려 예술과 시의 본질을 천착한다. 제목에서 말하는 '자연'은 시가 형식과 법칙에 따라 만들어지기 이전의 근원을 암시한다. 신화가 가인(시인)들에 의해 어떻게 전승되고 새롭게 창조되는가를 살펴보는 것이 이 시를 이해하기 위한 열쇠가 된다. 1연에서는 주신(主神) 주피터에 관해 일반적으로 전승되는 통념을 말한다. 주피터는 광명천지의 지배자로, 그의 법은 세상을 주재하고, 심판의 저울, 즉 정의로 통한다. 또한 인간들에게 운명을 점지하며, 불멸의 통치술로 명성을 누리고 있다. 그러나 2연에서는 그런 주피터의 절대적 권능에 의문을 제기한다. 주피터가 친아비인 새턴을 내쫓았다고 탄핵하는 것이다. 3연에서 "황금시대의 신"은 새턴을 가리키는데, 이것은 그리스 신화의 크로노스가 로마 신화의 새턴으로 이름이 바뀌면서 신화가 새로 쓰여지는 맥락과 관련이 있다. 그리스 신화의 크로노스는 장차 자신의 권좌에 도전할 아들 제우스를 없애려 하지만, 제우스의 어머니 레아 여신이 갓 낳은 제우스를 몰래 빼돌려서 크로노스의 계획은 좌절된다. 나중에 크로노스는 제우스에 의해 축출되어 타타로스로 유배되기에 이른다. 이와 달리 로마 신화에서 새턴은 농경과 풍요의 신으로 복권된다. 헤시오도스(Hesiodos)의 『신들의 계보』(*Theogonia*)에 따르면 새턴이 다스리던 황금시대에는 인간도 신들처럼 살았고, 어떤 근심도 없이 풍요롭고 평화롭게 천수를 누렸다고 한다. 따라서 로마 시대의 이 새로운 신화에 따르면 새턴은 "죄 없이" 지하세계로 축출된 형국이다. 그런데 3연에서 그 "황금시대의 신"은 어떤 계율도 선포하지 않았고 인간들이 그의 이름을 부르지도 않았다고 하는 것은 횔덜린이 지어낸 이야기다. 어떤 계율도 선포하지 않았다는 말은 새턴이 다스리던 황금시대가 법이 없이도 살 수 있는 태평성대의 이상향이었다는 뜻이다. 그런데 그런 "황금시대의 신"을 이름으로 부르지 않았다는 말은 두가지 해석이 가능하다. 첫째, 그 황금시대에는 인간도 신들처럼 살았으므로 신을 굳이 인간보다 위에 군림하는 신의 이름으로 경배할 필요도 없었다는 뜻이다. 둘째, 신에게 이름을 부여하고 그 이름에 걸맞은 권능을 부여하는 신화 자체가 지어낸 허구의 이야기라는 뜻이다. 그렇게 보면 주피터는 이중 삼중의 이유에서 주신의 권좌를 누릴 자격이 없다. 그리스 신화에 따르면 제우스는 친아비 크로노스를 쫓아낸 죄인이다. 물론 원래 크로노스가 제우스를 없애려 했으니 제우스의 반항이 정당방위라 할 수도 있다. 하지만 이 시는 그리스 신화를 로마 신화로 바꾸어놓아서 그런 변명의 여지를 차단하는 한편, 새턴을 "황금시대의 신"으로 격상하여 주피터의 권좌가 가당치 않음을 강조한다. 그래서 4연에서 화자는 주피터에게 주신의 권좌에서 "내려오라!"라고 일갈한다. 아니면, 주신의 자리를 계속 유지하려거든, 모든 신들과 인간들보다 먼저 아비를 섬기고, 가인으로 하여금 그분의 이름을 부르도록 허락하라고 요구한다. "가인"으로 하여금 아비의 이름을 새로 부르게 한다는 것은 이전까지 "가인들"이 지어낸 이야기를 허물고 신화를 처음부터 새로 쓰게 한다는 뜻이다. 2연에서 "가인들"이 복수형이고 여기서는 "가인"이 단수형이다. 이 단독자 가인은 오랜 세월에 걸쳐 수많은 시인들이 지어내고 전승한 이야기를 허물고 새로운 이야기를 지어내는 창조적 변혁의 시인이다.

5연은 그렇게 새로 쓴 신화의 첫머리라 할 수 있다. 구름 속에서 번개가 치듯이 주피터는 새턴의 품에서 나왔으며, 주피터가 행하고 명하는 모든 것은 새턴에서 비롯된다. 주피터의 모든 권능은 황금시대의 신 새턴의 평화로부터 자라나온 것이다. 6연은 이렇게 신화를 새로 쓰는 시인에게 일어나는 변화를 말한다. 전승의 단순한 답습이 아니라 이런 창조적 변혁을 통해 비로소 시인의 가슴에서 생동하는 기운이 솟구친다. 그리고 일찍이 주피터가 그의 법칙에 따라 형상화한 모든 것이 저녁놀처럼 저물어간다. 여기서 "가물가물" 저물어간다는 저녁놀의 이미지는 1연에서 주피터의 권능을 대낮의 찬란한 광명에 견주었던 것과 대비된다. 또한 주피터가 "불멸의 통치술"로써 영원한 주신으로 받들어진 신화 속에서 지상의 시간은 멈추었고 지상의 존재가 어둠의 깊은 잠에 빠져 있었다면, 이제 '변화무쌍한 시간'이 어둠에서 깨어난다. 이로써 주피터는 영원불멸의 주신이 아니라 "시간의 아들", 즉 "크로니온"이라고 호명된다. 새로운 신화에서 크로니온은 태평성대의 황금시대를 열었던 선왕에게 봉사하는 존재, 가슴 뛰는 인간들이 만들어가는 지상의 역사를 섬기는 존재로 거듭나는 것이다. 시의 마지막에 동터오는 "성스러운 여명"은 그렇게 어두운 시대를 견디고 어제까지와는 다른 새로운 날이 밝아오는 역사의 신기원을 암시한다. 이처럼 시인은 인간과 세상을 지배하고 결박했던 낡은 이야기를 허물고, 가슴 두근거리는 설렘과 새 세상의 여명을 맞이하게 해주는 선지자이다.

이 시에서 신화를 새로 쓰는 것은 나폴레옹이 득세한 시대적 배경과 무관하지 않다. 나폴레옹은 프랑스대혁명이 낳은 '시대의 아들'로 말로는 공화정을 표방했지만, 결국 황제로 등극하여 유럽 정복전쟁을 일으켰다. 그것은 마치 크로노스(시간)의 아들인 제우스가 영원한 주신으로 군림한 신화의 이야기를 방불케 한다. 그런 맥락에서 보면 이 시는 인간도 신들처럼 살았던 황금시대의 유토피아를 배반하고 자신의 법으로 세상을 지배하고 인간 위에 군림하려 했던 나폴레옹의 시대착오를 준엄하게 꾸짖는다.

제2부

하인리히 하이네
(Heinrich Heine, 1797~1856)

뒤셀도르프에서 유대인 상인의 장남으로 태어나 상인 수업을 받고 나중에 대학에서 법학을 공부했다. 그의 초기 시는 민요의 가락과 낭만적 서정이 넘치며, 다른 한편으로 독일의 봉건적 억압체제를 날카롭게 비판하는 새로운 정치시의 영역을 확장해나갔다. 그러면서도 문학을 단지 투쟁의 도구로만 보는 경향에는 비판적 거리를 두었다. 1830년 프랑스에서 7월혁명이 일어난 다음 해에 자유로운 공기를 숨쉴 수 있는 파리로 가서 망명생활을 이어갔고, 4년 후에 독일에서 그의 저작에 대해 금서 처분이 내려졌다. 파리에서 그는 맑스(Karl Marx), 엥겔스(Friedrich Engels), 그리고 당대 유수의 프랑스 작가들과 교유했다. 1848년 척추결핵으로 쓰러져 전신이 마비된 상태에서도 창작을 계속했다. 대표작으로 『하르츠 기행』(*Die Harzreise*, 1826), 『노래의 책』(*Buch der Lieder*, 1827), 『신시집』(*Neue Gedichte*, 1844), 『로만체로』(*Romanzero*, 1851), 『루테치아』(*Lutezia*, 1854) 등이 있다. 훗날 니체(Friedrich Nietzsche)는 하이네를 "독일어를 최고로 구사하는 곡예사"라 일컬었고, 그의 시는 가곡으로 가장 많이 작곡되었다.

로렐라이

왜 이리 슬픈 것인지
도무지 알 수가 없네.
옛날부터 전해오는 전설 하나
내 마음속 떠나지 않네.

바람은 차고 날은 저무는데
라인강은 고요히 흘러가네.
저기 저 산마루
저녁 햇살에 반짝이네.

저 위에는 아리따운 처녀가
황홀한 자태로 앉아서
황금빛 장신구 반짝이며
황금빛 머릿결을 빗고 있네.

황금 빗으로 머리 빗으며
노래 부르고 있네.
그 노랫가락
신비롭고 가슴 벅차네.

거룻배를 모는 사공은
그녀의 노래 듣고 슬픔이 복받쳐

암초도 보지 못하고
오로지 저 높은 언덕만 쳐다보네.

보아하니 급한 물살이
기어코 사공과 조각배를 삼켰나보네.
로렐라이가 그녀의 노래로
그렇게 하고 말았네.

밤중의 상념

밤중에 독일을 생각하면
잠을 이룰 수 없다
도저히 눈을 감을 수 없고
뜨거운 눈물이 흘러내린다.

세월이 오고 또 갔다!
어머니를 보지 못한 지
벌써 열두해가 지나갔다
보고 싶은 그리움 커져만 간다.

보고 싶은 그리움 커져만 간다.
노인네가 나에게 마법을 씌운 것일까.
언제나 노인네를 생각한다
하느님이 연로한 어머니를 지켜주시길!

연로한 어머니는 나를 참 좋아했지
어머니가 보낸 편지에서 본다
어머니의 손이 떨리고
가슴이 미어지는 것을.

어머니는 늘 내 마음속에 있다.
열두해가 흘러갔다

열두해가 속절없이 흘러갔다
어머니를 가슴에 안아보지 못한 지.

독일은 영원히 존속할 것이다
뼛속까지 튼튼한 나라니까!
참나무와 보리수와 더불어
독일이야 언제든 다시 보겠지.

어머니가 거기에 계시지 않는다면
독일이 애타게 그립지는 않을 것이다
조국이 망하지는 않겠지만
노인네는 죽을 수도 있다.

내가 그 나라를 떠난 이래
수많은 이들이 무덤 속으로 쓰러졌다
내가 사랑했던 사람들 — 그들을 헤아리자니
내 영혼이 피를 흘릴 것만 같다.

그래도 헤아려야 한다 — 숫자와 더불어
내 고통은 점점 부풀어오른다.
시신들이 몰려와 내 가슴에 쓰러진다
— 다행이다! 그들이 물러간다!

다행이다! 내 방의 창문으로
프랑스의 화사한 햇살이 비쳐든다
아침처럼 어여쁜 내 여자가 다가와서
미소 지으며 독일 걱정을 쫓아버린다.

슐레지엔의 직조공들

침울한 눈에는 눈물이 마른 채
그들은 베틀에 앉아 이빨을 간다
독일이여, 우리는 네 수의를 짠다
세겹의 저주를 짠다 —
　우리는 짠다, 우리는 짠다!

한겹의 저주는 신에게,
우리가 한겨울 추위에 굶주리며 기도했던 신에게,
우리의 희망과 기다림은 헛수고가 되었지
신은 우리를 원숭이나 바보처럼 놀려먹었지 —
　우리는 짠다, 우리는 짠다!

한겹의 저주는 왕에게, 부자들의 왕에게,
우리의 비참함을 덜어주지 못한 왕에게,
왕은 우리의 마지막 한푼까지 쥐어짜냈고
우리를 개처럼 쏘아 죽이라 했지 —
　우리는 짠다, 우리는 짠다!

한겹의 저주는 거짓된 조국에게,
수치와 치욕만 번성하는 나라
어떤 꽃도 피자마자 꺾이는 나라
타락과 부패로 벌레가 신명나는 나라 —

우리는 짠다, 우리는 짠다!

베틀 북이 날아가고 의자가 우지끈거린다
우리는 밤낮으로 열심히 짠다 —
낡은 독일이여, 우리는 네 수의를 짠다
우리는 세겹의 저주를 짠다
　우리는 짠다, 우리는 짠다!

시궁쥐

쥐에는 두 종류가 있지
굶주린 쥐와 배부른 쥐.
배부른 쥐들은 느긋하게 집에서 쉬고
굶주린 쥐들은 밖으로 돌아다니지.

그놈들은 수천 마일을 돌아다니지
전혀 쉬지도 멈추지도 않고
죽기 살기로 앞만 보고 달리는데
폭풍우도 그놈들을 멈추지 못하지.

산도 곧잘 기어오르고
바다도 곧잘 건너지
더러는 익사하거나 목이 부러지는데
살아남은 놈들은 죽은 것들을 내버려두지.

이 기이한 별종들은
주둥이가 어마무시하지
대가리는 박박 밀고 다니는데
아주 래디컬하게 쥐티 나는 대머리지.

이 래디컬한 빨갱이 패거리는
하느님은 쥐뿔도 몰라.

새끼한테 세례도 해주지 않고
여자들은 공유재산이지.

감각만 살아 있는 시궁쥐 떼거지는
오로지 처먹고 퍼마실 궁리만 하고
퍼마시고 처먹는 동안에는 생각도 안 해
우리의 영혼이 영원불멸이라는 걸.

그렇게 야만적인 시궁쥐 놈은
지옥도 고양이도 두렵지 않아
재산도 없고 돈도 없는데
세상을 새로 나누어 가지려 하지.

오, 맙소사, 시궁쥐 놈들이야!
그놈들 벌써 가까이 왔어.
그놈들 다가오는 소리가 들려
찍찍 울리는 휘파람 소리, 일개 사단은 되겠네.

오, 맙소사! 우리는 망했어
그놈들이 벌써 문 앞에 왔어!
시장님과 시의원 나리
머리를 설레설레 흔들고 어쩔 줄 모르네.

시민들은 무기를 들고
신부님들 종을 울리네.
윤리적인 국가의 수호신인
사유재산이 위태롭다.

종소리도, 신부님들 기도도
고상한 지혜를 담은 시의회의 포고도
수백발의 대포도
오늘은 소용이 없구나, 사랑스런 아이들아!

닳고 닳은 말재주
온갖 감언이설도 소용없어.
삼단논법으로 쥐를 잡을 수야 없지
그놈들은 아무리 세련된 궤변도 폴짝 뛰어넘거든.

굶주린 위장으로 들어갈 수 있는 건
오로지 고기 경단을 넣은 수프의 논리
소고기 스테이크의 논변에다
괴팅겐 소시지 인용문도 곁들이고.

버터에 튀긴 말 없는 건어물이

래디컬한 빨갱이의 입맛에 맞지
미라보보다 훨씬 좋고
키케로 이래 어떤 웅변가들보다 좋지.

시간이여, 소름 끼치는 달팽이여!

얼마나 더디게 기어가는가
시간이여, 소름 끼치는 달팽이여!
그런데 나는 꼼짝도 못하고
여기 똑같은 곳에 머물고 있었구나.

내 어두운 방 안으로는 한줄기 햇살도
실낱같은 희망도 비쳐들지 않는다
나는 안다, 오로지 공동묘지만이
이 끔찍한 방을 대신할 수 있다는 걸.

아마도 나는 오래전에 죽었을 게다
아마도 남은 건 유령의 몰골이겠지
밤마다 머릿속에서
다채롭게 펼쳐지는 상상이겠지.

어쩌면 도깨비인지도 몰라
신성한 고대 이교도의 빛을 내뿜는
그놈들은 죽은 시인의 두개골을
놀이터 삼아 뛰어놀지.

짜릿하게 달콤한 황홀경을
밤마다 벌이는 광란의 도깨비놀음을

시인의 송장이 된 손은
이따금 아침에 받아적곤 하지.

로렐라이(Lore-Ley)

이 시의 소재인 로렐라이 전설의 주인공은 낭만주의 시인 클레멘스 브렌타노(Clemens Brentano)의 소설 『고트비』(*Godwi*, 1801)에 삽입된 발라드 「라인강의 바하라흐에서」(Zu Bacharach am Rheine)에 등장하는 여성이다. 사랑하는 남자에게 버림받은 로렐라이는 그녀의 미모에 반한 남자들을 마법의 힘으로 죽음으로 몰아넣는다. 이 때문에 주교는 그녀를 종교재판 법정에 세우지만, 주교 역시 그녀의 미모에 매혹되어 차마 사형선고를 내리지 못한다. 그녀는 사랑하는 남자가 자신을 버렸으니 이제 사는 게 무의미하다며 자신을 수녀원에 보내달라고 간청한다. 그리하여 수녀원으로 가는 길에는 세명의 기사가 그녀를 호송한다. 도중에 옛 애인의 성을 지나게 되자 로렐라이는 성을 향해 라인 강변의 가파른 바위산에 오른다. 그때 강에 떠 있는 배 한척을 발견하고서 옛 애인이 그 배에 타고 있다고 여긴 로렐라이는 그를 보기 위해 몸을 앞으로 숙이다가 그만 강물로 떨어져 죽고 만다. 그러자 세명의 기사 역시 그녀를 따라 로렐라이를 부르며 강물로 떨어져 죽음을 맞는다. 이렇게 해서 라인 강변의 가파른 바위산 암벽에서 울리는 메아리가 이루지 못한 사랑의 비원을 노래하는 전설로 태어난 것이다.

'로렐라이'는 원래 '바위'를 뜻하는 '라이'(Lei)와 '가만히 지켜보다'라는 뜻을 가진 '루렌'(luren)의 합성어이다. 암벽에 가만히 귀를 기울이면 메아리가 울리므로 로렐라이는 '암벽에서 울리는 메아리' 정도의 뜻으로 풀이할 수 있겠다. 하이네의 「로렐라이」는 라인 강변의 험준한 바위산과 관련하여 중세부터 전해 내려오는 메아리의 전설에 응답하는 또 하나의 메아리, 시적 공명이자 화답이라 할 수 있다. 실제로 이 시는 메아리의 공명 구조로 짜여 있다. 1연에서 "옛날부터 전해오는 전설 하나/내 마음속 떠나지 않네"라는 도입부는 오랜 메아리 전설이 마음속 깊이 새겨져 두고두고 "신비롭고 가슴 벅"찬 울림을 낳는다는 것을 말한다. 2연에서 높은 "산마루"가 "저녁햇살에 반짝이"는 것도 메아리의 청각적 울림을 석양의 반조(返照)라는 시각적 현상으로 변주한 것이다. 3연에서 '황금빛' 장신구와 '황금빛' 머릿결의 반복, 그리고 4연에서 '빗으로' 머리를 '빗는' 반복도 메아리의 울림이다. 그렇게 반복의 리듬을 타는 것은 다름 아닌 "노랫가락"이다. 메아리 전설이 낭만적 민요의 형식으로 새롭게 탄생한 것이다. 이 시는 무려 1만여편의 가곡으로 작곡된 하이네의 시들 중에서도 가장 많이 작곡된 작품의 하나로 꼽힌다. 그렇게 독일과 세계의 독자들이 즐겨 듣는 애창곡이 된 것은 "신비롭고 가슴 벅"찬 울림을 낳는 절창의 노래이기 때문이다. 나치가 집권한 후 유대인 하이네의 작품은 금서가 되었지만, 독일인의 가슴에 아로새겨진 이 노래만은 지울 수가 없어서 '작자 미상'으로 처리되어 교과서에 수록되었다고 한다. 하이네를 문학사에서 지우려 했던 나치 세력도 이 노래의 마력에는 굴복했던 것이다.

사공의 마음을 사로잡아 목숨마저 앗아간 "노래"의 마력은 일단 문학을 가리키는 것이라 볼 수 있다. 혹자는 이 "노래"가 현실과는 유리된 환상을 추구하는 낭만주의 문학을 가리킨다고 해석하기도 한다. 낭만적 환상만 좇다가 현실의 격류와 암초를 보지 못하고 좌초하는 것을 하이네가 비판적으로 노래하고 있다는 것이다. 하이네가 현실 비판적인 참여시인임을 떠올리면 그런 해석은 일리가 있다. 그렇지만 치열한 참여시인의 면모를 보일 때도 하이네는 문학적 아름다움을 거추장스러운 사치 정도로 폄훼한 편협한 정치주의에는 비판적 거리를 두었고, 정치적 역사적으로 낙후한 독일의 암울한 현실을 타개하려는 그의 열정은 시의 마력을 고양시키는 원동력으로 작용했다. 복받치는 슬픔으로 마음을 휘젓고 좌초의 위험까지 감수하게 하는 노래의 마력은 단순히 현실도피가 아니라, 목숨까지 내거는 혼신의 모험에 뛰어들게 한다. 이 시에는 하이네의 첫사랑의 좌절이 투영되어 있다고 보는 해석도 있다. 스무살 무렵 하이네는 사촌 여동생 아말리에 하이네(Amalie Heine)를 사랑하지만, 결국 아말리에는 프로이센의 부유한 향촌 귀족과 결혼했다. 그런 개인적 체험의 맥락에서 하이네가 온전히 다가갈 수 없었던 사랑하는 여인의 원형적 이미지를 이 시에서 로렐라이에 투영했다고 보는 것이다.

밤중의 상념(Nachtgedanken)

1830년 6월 말에 하이네는 유난히 소리에 민감한 심한 두통과 우울증에서 벗어나고자 북해 연안의 헬골란트로 요양을 갔다. 그곳에 체류하던 중 파리에서 왕정복고에 저항하는 시민혁명인 7월혁명이 일어났다는 소식을 접했다. 이에 열광한 하이네는 7월혁명에 대한 연구에 몰입하면서 이에 대한 글을 쓸 계획도 세웠는데, 이 무렵의 회고록에서 다음과 같이 적고 있다.

> 이제 나는 내가 무엇을 하고 싶고 무엇을 해야만 하는지 알고 있다. (…) 나는 혁명의 아들이다. 그리고 어머님이 기도문에서 말씀하신 불가사의한 무기들을 다시 잡고 있다. (…) 꽃이여! 꽃이여! 나는 적들과 사생결단의 싸움을 하기 위해 내 머리를 꽃으로 장식해야만 하겠다. 그리고 내가 전투의 노래를 부를 수 있도록 나에게 노래 시가 부여되고 (…) 불타오르는 별 같은 언어와 (…) 번쩍거리는 투창 같은 언어가 주어지길 바란다. (…) 나 자신은 기쁨과 노래, 칼과 불꽃으로 온몸이 화신이 되어 있다.[1]

다음 해 3월 하이네는 귀족들을 비판하고 프랑스의 7월혁명이 독일에서도 일어날 것임을 예고하는 글을 발표했다. 이로 인해 귀족층을 포함한 보수세력의 거센 공격을 받았다. 이처럼 긴장이 고조되는 상황에서 하이네는 5월 1일 함부르크를 출발해서 프랑크푸르트, 하이델베르크, 칼스루에 그리고 프랑스의 낭시를 거쳐 5월 19일 파리에 도착했다. 6월에는 프로이센 당국이 하이네가

1 Heine, *Werke*, Bd. 11, Hamburg 1973, 50면.

쓴 문제의 글에 대한 출판금지 조치를 내렸다. 이로써 하이네가 독일을 떠나 파리로 건너간 것은 사실상 정치적 망명이 되었다. 하이네가 파리에 오고 나서 얼마 후 주로 생시몽주의자들이 기고하는 파리의 신문 『글로브』(*Le Globe*)는 유명한 독일 시인 하이네가 파리에 입성한 것을 환영하는 기사를 싣고 "그는 귀족이나 그 동조자들에 대해서도 두려움 없이 진보적인 사상을 위해 투쟁한 용감한 사상가"라고 격찬해서 여론의 주목을 받았다. 하이네는 파리에 온 지 12년이 지난 무렵 이 시를 썼다. 이 시는 별도의 설명이 필요 없을 만큼 진솔하고 담담한 어조로 쓰여 있다. 독일을 떠나온 지 12년이 지나도록 연로한 어머니를 — 그의 모친은 1771년생으로 이 시를 쓰던 무렵 73세였다 — 보지 못한 애틋한 마음이 고스란히 느껴진다. 시인과 어머니를 생이별로 갈라놓은 원흉은 아직도 봉건 절대군주가 건재한 독일의 집권세력이다. 따라서 그들에 대한 의분도 토로할 법하지만, 그런 감정은 6연에서 독일을 "뼛속까지 튼튼한 나라"라고 비꼬는 정도로만 절제되어 있다. 언제 돌아가실지 모르는 연로한 어머니에 대한 그리움과 더불어 그 사이에 저세상으로 떠난 가까운 지인들의 얼굴이 어른거리는 모습에도 가위가 눌린다. 하지만 마지막 연에서는 사무치는 그리움과 고통을 씻어주는 산뜻한 일상을 내비친다. 어찌 보면 이 마지막 연은 고향의 어머니가 이 시를 편지 삼아 읽기를 바라면서, 그래도 머나먼 타향에서 잘 지내고 있다는 마무리 인사말처럼 들린다. 여기서 소개되는 "아침처럼 어여쁜 내 여자"는 시인이 파리에 와서 만나 지금은 부부의 연을 맺고 함께 사는 마틸데(Mathilde)를 가리킨다. 하이네는 파리에 온 지 4년째 되는 1834년 마틸데를 만나 얼마 지나지 않아 함께 살기 시작했고 나중에 정식으로 결혼했다. 처음 만나던 당시 하이네는 37세, 마틸데는 19세였다. 마틸데는 부모 없이 성장한 후 구둣가게 점원으로 일했고, 글을 읽고 쓸 줄 몰랐다. 비록 교육을 받지 못했지만 영리했고, 하이네가 전신이 마비된 이후에도 끝까지 곁을 지키며 보살펴주었다. 이 시를 쓴 시기는 훗날 1846년 하이네가 병마로 쓰러지기 훨씬 이전이다. 그러니 마틸데가 자신에게 그토록 지극정성을 다할 줄이야 미처 몰랐겠지만, 시에서 "다행이다!"라고 안도한 것은 기대 이상으로 적중했던 셈이다.

슐레지엔의 직조공들(Die schlesischen Weber)

이 시는 1844년 7월 10일 카를 맑스가 프랑스 파리에서 발간하던 정치신문 『전진!』(*Vorwärts!*)에 '가난한 직조공들'이라는 제목으로 발표되었다. 이 시를 발표하기 바로 전해인 1843년에 하이네는 당시 25세의 청년 혁명가 맑스를 만나 긴밀한 교분을 맺었다. 하이네가 이 시를 쓰게 된 직접적인 계기는 1844년 6월 독일의 슐레지엔 지방에서 일어난 직조공들의 시위였다. 슐레지엔 지방의 직조공 수십명은 6월 4일 임금 삭감에 항의하는 시위를 벌였다가 출동한 군인들의 발포로 남성 10명, 여성 1명이 죽고 20여명이 중상을 입는 희생을 치르고 사흘 만에 진압되었다. 이 시는 단지 노동자들의 분노와 저항 또는 억압 세력에 대한 투쟁을 호소하는 차원을 넘어 노동의 운명과 역사의 향방에 대한 예리한 직관적 통찰을 담아낸다. 그 통찰의 핵심은 직물을 짜는 노동의 반복이 곧 억압적 구체제의 수의를 짜는 혁명으로 이어지길 염원하는 소망과 신념이다. 여기서 비판의 표적이 되는 "신"과 "왕" 그리고 "조국"은 일찍이 나폴레옹이 독일을 침공했던 1813년 독불전쟁 당시 프로이센 당국이 국민 자원병을 모집하면서 구호로 내걸었던 "신의 가호로 국왕과 조국을 위해"를 패러디한 것이다.[2] 그렇지 않아도 봉건적 낙후성이 심했던 독일은 독불전쟁으로 인해 더욱 국수주의적인 수구 보수의 길로 치달았다. 그런 복고적 시류 속에서 "신의 가호로 국왕과 조국을 위해"라는 구호는 '애국' 시민의 당연한 덕목이었을 것이다. 이 시는 당시 독일의 보통 사람들에게 당연한 가치로 내면화된 그런 슬로건의 현실적 실상을 노동자의 관점에서 선명하게 드러낸다. 그런 시대

2 당시 프로이센의 프리드리히 빌헬름 2세의 칙령에 의거하여 모집된 자원병은 "신의 가호로 국왕과 조국을 위해"라는 문구가 새겨진 십자가 휘장을 모자에 부착해야 했다.

적 배경에 비추어보면 우선 2연에서 말하는 "신"은 일반적인 의미에서 경건한 신앙 속에 자리 잡은 신이 아니라 "부자들의 왕"과 "거짓된 조국"을 비호하는 '거짓된 신'임을 알 수 있다. 그래서 그 사이비 "신"은 "한겨울 추위에 굶주리며 기도했던" 노동자들의 소원을 들어주지 않았고, 그래도 희망을 잃지 않고 기다리는 노동자들을 "원숭이나 바보처럼 놀려먹었"던 것이다.

"부자들의 왕"을 저주하는 3연에서는 저임금으로 노동을 착취하는 자본가와 "마지막 한푼까지 쥐어 짜내는" 왕이 한통속이며, 항의하는 노동자들을 "개처럼 쏘아 죽이라" 명령하는 왕과 공권력이 철저히 자본가의 편에서 노동자의 삶을 짓밟고 있음을 일체의 감정을 배제한 무미건조하고 직설적인 언어로 표현한다. 그런 비인간적 수탈과 폭력이 체계적으로 작동하는 나라는 "거짓된 조국"이다. 따라서 4연에서 말하는 "수치와 치욕"은 "원숭이"와 "개"처럼 취급당하는 노동자들에게만 강요되는 것이라기보다는, 이 거짓된 조국에서 영위되는 모든 삶에 씌워지는 굴레다. 그래서 이 척박한 땅에서는 그 어떤 희망의 싹도 피자마자 무참히 꺾이고 만다. 이 대목에서 시인은 독일 땅에서는 이런 거짓 세상을 바꾸려는 꿈조차 자라날 수 없다고 암울한 현실진단을 하는 것으로 보인다. 그렇지만 "타락과 부패로 벌레가 신명나는 나라"에서 미묘한 반전이 일어난다. 여기서 "벌레"는 노동자들의 노동생산물에 기생하는 집단을 떠올리게 하며, 벌레는 본래 생리상 썩은 곳에서 서식한다. 따라서 이 구절은 노동을 착취하는 기생 집단이 부패의 먹이사슬로 얽혀 있음을 암시한다. 부패한 것은 결국 썩어 없어지게 마련이므로 벌레들을 신명나게 하는 부패의 먹이사슬은 곧 벌레들의 무덤이 될 것이다. 이러한 자연사적 직관은 마지막 연에서 다시 노동과 역사의 차원으로 옮겨간다. "베틀 북이 날아가고 의자가 우지끈거린다"라는 표현은 숙명처럼 강요된 노동이 단지 기계적인 단순노동의 반복이 아니라 낡은 질서를 허물어뜨리는 역동적 잠재력을 간직하고 있음을 내비친다. 그래서 밤낮으로 직물을 짜는 노동은 '낡은 독일의 수의'를 짜는 혁명적 에너지로 전화될 수 있는 것이다. 그런데 세상을 바꾸는 그 힘은 어디서 오는 것일까? 사이비 신과 부자들의 왕과 거짓된 조국을 저주하는 것만으로 그런 생산적 힘이 솟구치지는 않을 것이다. 여기서 직물을 짜는 행위의 상징성을 살펴볼 필요가 있다. 괴테의 『파우스트』(*Faust*, 1808) 1부에서 파우스트는 대자연과 삼라만상을 움직이는 근원적인 힘을 "대지의 영(靈)"(Erdgeist)이라 일컫고 그 영적 존재를 불러내는데, 파우스트 앞에 나타난 대지의 영은 자신을 이렇게 소개한다.

> 밀물처럼 넘치는 생명, 폭풍우 같은 행동 속에서
> 나는 물결치듯 오르내리고
> 이리저리 직물을 짠다!
> 탄생과 무덤,
> 영원한 바다,
> 변화무쌍하게 짠다,
> 이글거리는 생명:
> 이렇게 나는 시간의 소란스러운 베틀에 앉아
> 신의 생동하는 옷을 짠다.

여기서 대지의 영은 신의 섭리에 따라 창조된 삼라만상이 생성·소멸하는 도도한 우주적 운동을 "신의 생동하는 옷을 짠다"라는 비유로 표현하고 있다. 괴테 바로 다음 세대의 시인으로 누구보다 괴테를 의식했던 하이네가 「슐레지엔의 직조공들」에서 옷감을 짜는 노동의 반복행위를 '낡은 독일의 수의를 짜는' 역사적 변혁운동의 거대한 맥락으로 확장시킨 시적 비약은 아마도 『파우스트』에 나오는 "대지의 영"을 착상의 실마리로 삼았을 가능성이 있다. 노동자들의 생산행위는 비록 아무리 수탈당하고 핍박을 받아도 엄연히 세상을 만들어가는 창조적 운동의 일부라고 보는 것이다. 다만 괴테가 상상한 "대지의 영"이 신적 권능을 지닌 전능한 존재라면, 그와 달리 유한한 존재로서 생존을 위해 베틀에 묶여 단조로운 노동을 반복해야 하는 직조공들은 '낡은 독일의 수의를 짜는' 절망적 고투에 매달릴 수밖에 없다. 그것은 "우리는 짠다, 우리는 짠다!"라고 반복되는 노동의 리듬 자체에서 세상이 바뀌기를 꿈꾸는 혼신의 몸부림이다. 이 시는 금방 독일로 유입되어 직조공 항거가 일어난 슐레지엔 지방에만 5만부가 전단지로 제작되어 유포되었다고 한다. 프로이센 왕실은 이 노래를 "선동적인 톤" 때문에 금지시켰다. 아무리 그래도 이 노래는 19세기 내내 독일 노동운동의 투쟁가로 울려퍼졌다. 「로렐라이」처럼 주옥같은 서정시도 이 웅혼한 투쟁가도 똑같이 하이네의 육성에서 우러나온 것이다. 이로써 하이네는 독일시에서 일찍이 괴테가 가지 못한 새로운 영토를 개척했다.

시궁쥐(Wanderratten)

이 시는 하이네의 후기 정치시 중에서도 가장 뜨거운 논란을 불러일으킨 시로 꼽힌다. 이 시가 하이네 당대에 역사의 무대에 처음 등장한 "공산주의라는 유령"을 다루기 때문이기도 하지만, 시의 제재 자체보다는 풍자와 반어가 뒤섞인 특유의 어법이 절묘하기 때문이다. 하이네 생시에 발표하지 못하고 그의 사후 13년이 지난 1869년에 발표되었던 것도 독자층의 민감한 반응을 의식했기 때문이 아닐까 짐작된다. 시의 집단적 주인공으로 등장하는 '굶주린 쥐떼'를 이해하기 위해서는 하이네가 파리에서 직접 목격한 역사의 현장을 참조할 필요가 있다. 나폴레옹은 자신이 프랑스대혁명의 과업을 계승했다고 자임하면서, 이를 기념하기 위해 혁명이 시작된 바스티유 광장에 거대한 코끼리 상을 세우려 했다. 이에 따라 1813년부터 1846년까지 바스티유 광장에는 석고로 만든 거대한 코끼리 상이 설치되었다. 그러나 나폴레옹이 워털루 전투에서 패배하고 유배를 간 이후, 이 흉물스러운 코끼리 상을 철거해야 한다는 여론이 조성되기 시작했다. 1830년 7월, 다시 왕정으로 복귀한 체제에 항거하는 혁명이 실패한 이후, 철거 여론은 더 거세졌다. 그런데 애초에 철거를 요구한 주민들은 거대한 코끼리 석고상 속에 쥐가 들끓어서 철거해야 한다는 주장을 내세웠다고 한다. 그런가 하면 철거를 하면 코끼리 상 속에 서식하는 수많은 쥐들이 주변의 주택가를 덮칠 거라는 우려의 목소리도 나왔다. 1831년부터 파리에 망명객으로 거주했던 하이네는 이런 역사적 기념비 논란을 지켜보던 중에 1842년 7월 29일 — 이날은 1830년 7월혁명 기념일이다(!) — 비망록에서 이 문제를 언급한다.

> 그런데 코끼리 상을 철거하는 문제는 커다란 불안을 야기했다. 시민들 사이에는 코끼리 상 속에 엄청난 수의 쥐떼가 서식하고 있다는 흉측한 소문이 나돌았고, 그러니 이 거대한 석고 괴물을 철거하면 족히 일개 사단 규모의 작지만 위험한 흉물들이 밖으로 나와서 생 앙트완 구역과 생 마르소 구역(오래된 노동자 밀집 구역)으로 퍼질까 두렵다는 것이다. 여자들은 모두 그런 위험을 떠올리며 벌벌 떨었고, 심지어 남자들도 이 꼬리 긴 불청객들이 습격할까봐 은근히 두려움에 사로잡혔다. 그러자 행정당국은 비굴하게 그런 여론의 눈치를 살폈고, 그 결과 거대한 코끼리 석고상의 철거는 시기를 놓쳐서 벌써 몇년째 바스티유 광장에 떡하니 그대로 세워져 있다. 이 얼마나 기이한 나라인가! 파괴 충동이 널리 퍼져도 많은 것들이 그대로 남아 있는데, 대개는 낡은 것을 파괴하면 더 나빠질까봐 두려워하기 때문이다! 이들은 제발 루이 필리프 왕을, 이 영악한 거대한 코끼리를 끌어내리고 싶어한다. 하지만 그러면 수천개의 머리를 가진 괴물 생쥐들의 왕이 다시 집권할까봐 두려워하는 것이다. (…) 부르주아 계급 자신은 (그들의 적인 귀족과 성직자 계급과 마찬가지로) 사악한 파괴 욕구에 사로잡혀 있는데, 이들은 공화정을 두려워하지는 않지만 공산주의에 대해서는 본능적인 공포심을 갖고 있다. 음흉한 족속들이 현 체제의 폐허로부터 쥐떼처럼 뛰쳐나올까봐 두려운 것이다.[3]

여기서 흥미로운 연상은 코끼리 상에서 쏟아져 나올 "일개 사단 규모"의 쥐

---

3 Heine, *Werke*, Bd. 14/1, Hamburg 1973, 26면 이하.

떼가 "오래된 노동자 밀집 구역"으로 퍼질까봐 두려워한다는 것이다(이 쥐떼 이야기는 빅토르 위고(Victor Hugo)의 『레미제라블』(*Les Misérables*, 1862)에도 나온다). 쥐떼의 습격을 노동자들의 봉기와 연결하고 있는 것이다. 1830년 7월혁명의 실패로 왕정체제가 다시 들어서서 왕위에 오른 루이 필리프(Louis Philipe) 왕을 몰아내고 싶어도 그러지 못하는 것은 "괴물 생쥐들의 왕", 즉 민중권력이 들어설까 두렵기 때문이다. 하이네가 위의 글을 쓰고 나서 6년 후인 1848년 파리의 2월혁명이 다시 좌절한 이후 '공산주의에 대한 공포'는 다시 고조되고, 이에 따라 혁명을 선동하는 글에 대한 검열도 강화된다.

이 시는 이러한 시대적 배경 속에서 쓴 것이다. 굶주린 노동자들에게 생존투쟁은 문자 그대로 사활이 달린 문제이고, 그들의 봉기에 대한 유산계급의 공포 역시 가진 것을 순순히 내줄 수 없는 절박한 문제일 것이다. 그럼에도 하이네가 이 시에서 익살스러운 어투를 구사하는 것은 쥐떼 소동을 겪었기 때문이다. 물론 여기서 익살은 그냥 한바탕 웃자는 얘기가 아니고 노동자들에 대한 유산계급의 편견을 드러내는 어법이다. 중세에 대규모 흑사병을 겪은 유럽에서 쥐떼는 흑사병 같은 치명적인 전염병을 옮기는 위험하고 불결한 혐오동물의 대명사다. 그런 쥐떼에 대한 공포는 공산주의라는 전염병을 퍼뜨리는 노동자들에 대한 혐오와 공포로 전이된다. 시의 첫머리에서 마치 "굶주린 쥐"와 "배부른 쥐"가 원래 종자가 다른 것처럼 말하는 것은 유산계급의 입장에서 노동자들은 도저히 같은 인간으로 상종할 수 없어 다른 종자로 취급한다는 뜻이다. 그래서 문명인의 이성적 기준으로는 결코 용인할 수 없는 온갖 저급한 동물적 욕구를 쥐떼 족속의 타고한 본성으로 낙인찍는다. 오로지 '처먹고 퍼마시기만 하는 어마무시한 주둥이'에다 영혼불멸도 하느님도 믿지 않는 무신론자들이고, 공산주의를 믿으니 심지어 여자들도 공유한다고 매도한다. 이 "래디컬한 빨갱이"들은 게다가 세상을 다시 나누어 가지려 하는 가공할 세력이다. 8연 이하는 굶주린 쥐떼의 습격으로 금방이라도 도시의 질서가 붕괴할 것만 같은 위기의식이 잔뜩 부풀린 과장어법으로 표현되고 있다. 이 과장어법은 성직자와 귀족을 포함한 유산계급의 레드 콤플렉스가 얼마나 극심했는가를 드러내면서 실소를 자아낸다. 11연 이하는 "굶주린 쥐들"을 달래려면 그 어떤 궤변도 감언이설도 통하지 않고 오로지 굶주린 배를 채워주는 것만이 유일한 해결책인 것처럼 말한다. 그런데 과연 그럴까? 고개를 갸우뚱하게 하는 그 무엇이 있다. 우선, 바로 앞의 10연에서 쥐들이 "윤리적인 국가의 수호신인/사유재산"을 위협한다고 서술한 것과 들어맞지 않는다. 사유재산의 철폐 요구는 단지 생존권을 보장하라는 요구와는 다른 차원이기 때문이다. 그렇게 보면 굶주린 배를 채워주는 것은 쥐들의 요구를 축소한 땜빵인 셈이다. 그렇다고 먹고사는 생존의 문제가 덜 절박한 것도 아니다. 13연에서 "고기 경단을 넣은 수프의 논리"니 "소고기 스테이크의 논변"이니 "괴팅겐 소시지 인용문"이니 하며, 목숨이 달린 생존의 문제에 이러쿵저러쿵 토를 다는 것도 봐줄 수 없다는 말이기 때문이다. 이처럼 표면상의 언술을 뒤집고 또 뒤집는 하이네 특유의 아이러니가 곧 그의 정치시의 생명이다.

하이네는 직정적인 분노나 전투적인 구호를 외치지 않는다. 그것은 그의 천성이 아니고 그의 언어가 아니다. 「로렐라이」의 천의무봉의 비단결 같은 순결한 언어는 가장 투쟁적인 정치시에서도 그대로 살아 있다. 다만 화법이 다를 뿐이다. 그러나 이런 특이한 어법 때문에 하이네는 전투적인 선동시를 쓴 동시대 과격파 시인들에게 호된 비판을 받았다. 19세기 후반 독일 노동운동의 지도자 프란츠 메링(Franz Mehring)은 심지어 하이네의 시가 결과적으로 기존 체제에 '아부하는' 것이라고도 했다. 당시 프랑스 공산당도 하이네를 혁명노선을 헷갈리게 하는 '기피인물'로 분류했다고 한다. 그러나 하이네는 시의 언어를 특정한 구호에 가두지 않음으로써 시에 오히려 더 생동하는 기운을 불어넣었다. 그렇게 살아 있는 언어야말로 노동자들의 절박한 요구와 투쟁에 합당한 공양(供養)일 것이다. 하이네 당대에 유령처럼 출몰했던 사회주의가 지난 세기의 실험으로 좌초한 이후, 그의 시가 다시 양극화로 갈라진 세상을 질타하는 힘을 발휘할 수 있는 것은 이처럼 살아 있는 언어에 힘입은 것이다.

시간이여, 소름 끼치는 달팽이여!
(Die Zeit, die schauderhafte Schnecke!)

죽기 두해 전인 1854년에 하이네는 생시에 마지막으로 한권 분량의 시집 원고를 출판사에 보냈다. 그 시집에 '나사로'라는 제목으로 수록된 연작시가 들어 있는데, 이 시가 그중 하나이다. 하이네의 말년은 비참했다. 그는 젊은 시절부터 손가락 마비 증세가 있었는데, 1836년에는 중증의 척추결핵 진단을 받았고, 1846년부터 전신마비 증세가 오고 눈병이 심해져서 시력이 극도로 악화했다. 1848년 5월에는 루브르 박물관에 갔다가 쓰러져서 이후 8년 동안 죽을 때까지 병상에 누워 지내야 했으며, 혼자 힘으로는 침대에서 일어날 수도 없었다. 통증도 심해서 모르핀에 의지해야만 했다. 그렇게 침대에 등을 붙이고 누워 지내는 방을 하이네는 "이부자리 무덤"이라 불렀다. 그리고 이런 상태에서 쓴 시를 "무덤 속의 절규" 또는 "산송장의 절규"라 일컬었다. 하이네는 루브르에서 쓰러졌을 때를 시집 『로만체로』 후기에서 이렇게 회고한다.

> 내가 마지막으로 외출했던 것은 1848년 5월이었다. 내가 행복했던 시절에 숭배했던 연인인 사랑스러운 비너스 우상과 작별하기 위해 나는 힘든 몸을 이끌고 루브르까지 갔다. 성스러운 미의 여신인 우리의 사랑스러운 밀로의 비너스가 서 있는 품격 있는 홀 안으로 들어서자 나는 쓰러지고 말았다. 나는 밀로의 비너스 발밑에 엎어져서 한참 동안 누운 채 그녀의 조각 석상에 연민의 정을 느끼며 격하게 통곡했다. 여신도 나를 동정하듯 내려다보면서 무언가 위로의 말을 건네려 했지만, 말을 잇지 못하고 있었다. 너는 알잖아, 보다시피 나는 팔이 없어서 너를 끌어안아 위로해줄 수가 없구나, 하는 표정이었다.[4]

---

4 Heine, *Werke*, Bd. 3/1, 181면.

아마 죽음을 예감하면서 아름다운 비너스 상에서 마음의 위안을 얻고자 작별 인사를 하러 갔을 것이다. 위의 시가 포함된 연작시에 '나사로'라는 제목을 붙인 것도 병마의 고통에서 벗어나길 바라는 간절한 마음의 표현일 것이다. 성경에 나오는 나사로는 예수의 절친한 친구인 가난한 거지로, 병들어 죽었으나 죽은 지 나흘 만에 예수가 살려냈다고 한다. 히브리어로 나사로는 '하느님이 돕는 자'라는 뜻이다. 하이네도 기적 같은 도움의 손길을 바랐을지 모른다. 병상에 누은 후부터 하이네는 성경을 애독하고 신을 향해 마음을 열었다. 하이네 자신은 이러한 회심을 가리켜 "사람이 죽음의 병상에 눕게 되면 예민해지고 부드러워져서 신과 세계와 더불어 평화를 이루고 싶어한다"[5]라고 했다. 이전까지 무신론에 가까운 범신론자였던 하이네에게 이러한 종교적 회심은 커다란 변화였다. 하지만 그를 지지했던 무신론자들은 이런 하이네를 옛날 미신이나 믿고 신의 세계로 귀향한 사람이라고 비난을 퍼부었다.

이 시는 전신이 마비된 상태에서 어떻게 하이네의 시가 탄생했는지 생생히 증언한다. 시간이 달팽이처럼 더디게 기어가는 것은 몸을 마음대로 움직일 수 없는 고통을 매순간 의식하고 있기 때문이다. 그가 갇혀 지내는 어두운 방은 바깥세상과 완전히 단절되어 있다. 이 적막한 고독 속에서 시인은 자신의 마비된 몸을 관찰하면서 자신이 유령이 아닌가 생각하기도 한다. '고대 이교도의 도깨비'를 떠올리는 것은 지금 다시 귀의한 기독교와 대립되는 종교 또는 미신을 찾는 것이라기보다는, 젊은 시절 그의 심신이 건강해서 편협한 기독교의 도그마에 갇히지 않고 마음껏 상상의 나래를 펼치며 호방한 자유를 누리던 기억을 떠올리는 것일 터이다. 마지막 연에서 "짜릿하게 달콤한 황홀경"이나 "밤마다 벌이는 광란의 도깨비놀음" 운운하는 것은 그런 이교도적 도깨비들의 잔치를 가리킬 수도 있고, 고통을 잊기 위해 모르핀에 취한 도취상태를 가리킬 수도 있다. 그런 황홀경에 빠져 밤을 넘기고 아침에 깨어났을 때 "송장이 된 손"은 어지럽게 명멸한 간밤의 기억을 '받아쓰기'로 적어나간다. 마치 누

5 오한진 『하인리히 하이네』, 지학사 2014, 443면에서 재인용.

에가 제 몸에서 실을 뽑아내면서 죽어가듯이 극한의 고통에 내맡겨진 심신의 마지막 기력이 시로 옮겨지는 것이다.

노발리스
(Novalis, 1772~1801)

작센 공국의 비더슈테트에서 귀족 집안의 아들로 태어났다. 노발리스는 필명이고 본명은 게오르크 프리드리히 폰 하르덴베르크(Georg Friedrich von Hardenberg). 대학에서 법학을 공부한 후 제염소의 서기로 일하면서 창작을 했다. 1795년 13세의 소녀 조피 폰 퀸(Sophie von Kühn)과 약혼했으나 조피는 2년 후에 결핵으로 숨을 거두었다. 조피에 대한 사랑과 그녀의 죽음으로 인한 슬픔을 죽음을 넘어선 영원한 결합에 대한 동경으로 승화시킨 장편 연작시가 대표작 『밤의 찬가』(*Hymnen an die Nacht*, 1800)이다. 낭만적 동경의 상징인 '푸른 꽃'을 찾아가는 환상적 여정을 형상화한 소설 『하인리히 폰 오프터딩엔』(*Heinrich von Ofterdingen*, 1802) 역시 초기 낭만주의를 대표하는 작품이다. 또한 수리적 사고와 무미건조한 이성이 지배하는 근대 정신을 비판하고 중세 가톨릭의 신앙의 신비를 옹호했다. 1801년 폐결핵으로 짧은 생을 마감하여 많은 작품을 남기지 못했지만 초기 낭만주의를 대표하는 이론가이자 시인이다.

숫자와 도식이 더이상

숫자와 도식이 더이상
모든 피조물의 열쇠가 아니라면,
그렇게 노래하는 시인이나 입맞추는 연인들이
심오한 학자보다 더 많이 안다면,
세상이 자유로운 삶으로
본래의 세상으로 돌아간다면,
그리하여 빛과 그늘이 다시금
결합하여 참된 명료함에 이른다면,
그리고 동화와 시를 통해
참된 세계사를 알게 된다면,
그때는 하나의 신비한 말 앞에서
전도된 모든 존재는 연기처럼 사라지리라.

저 너머로 건너가련다

저 너머로 건너가련다
그러면 모든 고통
언젠가 희열의
가시가 되리니.

이제 잠시 후면
나는 벗어나리라
그리고 사랑의 품에
취해 누워 있으리.

무한한 삶이
내 안에서 힘차게 출렁이고
나는 저 위에서
아래로 그대를 굽어보네.

저 언덕에서
그대의 광채 꺼지는구나—
그림자 하나가 몸을 식혀주는
꽃다발을 가져온다.

오! 연인이여
나를 힘차게 빨아 마셔요

내가 잠에서 깨어나
사랑할 수 있도록.

나는 느낀다 젊음을 되살리는
죽음의 물결을,
내 피는 향유香油와
대기로 변한다—

나는 낮 동안
믿음과 용기로 넘치고
밤마다 죽는다
성스러운 불꽃 속에서.

숫자와 도식이 더이상(Wenn nicht mehr Zahlen und Figuren)

노발리스는 독일의 초기 낭만주의의 이론적 기수이자 자신의 이론을 시와 소설로 구현한 작가이다. 이 시는 노발리스의 낭만주의 문학이론의 핵심을 간명하게 표현한다. 노발리스의 낭만주의 문학이론은 "세계는 낭만화되어야 한다"라는 유명한 명제로 집약된다. 그가 보기에 근대세계는 근원적 통일성과 조화를 상실하고 분열되고 소외된 세계이다. 그 이유는 근대 과학이 오로지 "숫자와 도식"을 "모든 피조물"을 설명할 수 있는 만능열쇠로 절대시하기 때문이다. 이 시는 근대 과학에 대한 그러한 비판적 진단으로 시작해서 세계를 낭만화하기 위한 조건을 차례로 제시한다. 3~4행은 시와 사랑이 숫자와 도식으로 세상을 설명하는 과학/학문보다 더 근원적인 앎에 이르게 한다고 말한다. 그럼으로써 편협한 계산적 이성에 의해 구속된 상태에서 벗어나 진정한 자유를 회복할 수 있다(5~6행). 7~8행은 오로지 "빛"을 진리로 추구하는 계몽적 이성에 의해 세상을 '빛'과 '어둠'의 대립관계로 파악하는 이원론의 도식을 타파해야 한다고 말한다. 이것은 이성과 감성, 정신과 육체 등 모든 이원론적 대립의 극복을 통해 "참된 명료함"의 이상에 도달하려는 것이다.
이러한 과제는 궁극적으로 "동화와 시", 즉 낭만적 문학에 의해서만 구현될 수 있다. 낭만적 문학은 모든 이원적 대립과 분열을 극복함으로써 지금까지 베일에 가려 있던 인간의 역사 역시 본래의 모습으로 드러내고자 한다. 낭만적 문학은 근원적인 통일의 회복을 지향하므로 낭만적 문학의 언어는 근본적으로 "하나의 신비한 말"이다. 그 신비의 언어를 통해 "전도된 모든 존재", 즉 분열되고 소외된 존재는 "연기처럼" 사라진다. 노발리스의 이러한 신비주의는 고대 그리스의 신비주의 사상가 플로티노스(Plotinos)의 영향을 받은 것으로 보인다. 플로티노스는 만물의 근원은 '하나'라고 했다. 노발리스가 그런 신비주의에 매력을 느낀 것은 근대 과학이 자연을 무차별적 질량과 공간적 외연으로 환원시켜서 "숫자와 도식"으로 분석하는 기계적 사고가 인간의 영혼을 계산하는 기계로 전락시킨다고 보았기 때문이다. 노발리스의 낭만주의는 그런 맥락에서 근대 과학의 세계관과 계몽적 이성을 해체하려는 시도라 할 수 있다.

저 너머로 건너가련다(Hinüber wall ich)

노발리스가 요절하기 한해 전에 탈고한 장시(長詩) 「밤의 찬가」 중 네번째 찬가의 일부로 삽입된 시. 노발리스는 스물두살이던 1794년에 당시 열두살의 소녀 조피 폰 퀸을 만나 다음 해에 약혼했으나 2년 후에 약혼녀가 세상을 떠나고 말았다. 이로 인해 노발리스는 깊은 절망에 빠졌으나, 지상의 짧은 만남과 사랑이 죽음을 통해 오히려 영원히 지속될 거라는 믿음을 「밤의 찬가」로 썼다. 그러니까 시의 제목 '밤의 찬가'는 이생의 인연이 끊어진 후에도 영원히 지속되는 사랑에 대한 고백이자 믿음의 예찬이다.
시의 제목 '저 너머로 건너가련다'는 저 세상으로 건너가겠다는 말이다. 여기서 '건너가다'라는 동사 wallen은 원래 '순례하다'라는 뜻이다. 그러니까 이 지상의 삶은 순례의 여정이고, 죽음 이후 영원히 지속되는 새로운 삶과 사랑이 순례의 끝에 다다르게 되는 성스러운 영역이다. 그렇게 다른 세상으로 건너가면 지상에서 겪은 이별의 고통은 오히려 영원한 사랑의 희열을 자극하는 "가시"가 될 것이다.
죽음 이후의 영생에 비하면 지상의 삶은 덧없이 짧은 시간이다. 그래서 "잠시 후면" 지상의 온갖 속박에서 벗어나 영원한 자유를 얻고, 사랑의 품에 안겨 도취의 희열에 잠길 것이다(2연). 3연은 이미 '저 너머로 건너간' 이후의 상황을 가정하여 서술한다. 시인의 분신인 화자는 "저 위에서", 즉 하늘나라에서 사랑하는 여인이 묻힌 무덤을 내려다보고 있다. 이러한 상황 설정은 독특하다.

먼저 죽은 여인의 육신은 아직 무덤 속에 누워 있고, 그녀를 뒤따라 하늘나라에 오른 화자가 지상에 누워 있는 연인의 육신을 굽어보고 있기 때문이다. 그렇다면 화자는 죽은 여인을 뒤따라갔지만 앞질러 간 셈이다. 다른 세상에서 재회하고픈 마음이 그만큼 간절했기 때문일까? 그런데 4연을 보면 천상의 화자는 지상의 죽은 여인을 향해 "언덕"(무덤)에서 "그대의 광채 꺼지는구나"라고 말한다. 그러니까 죽은 여인의 몸에서 아직도 온기를 느끼며, 온기가 식어가는 것을 느끼고 있다. 그래서 여인의 혼령을 저승으로 건네줄 "그림자 하나가 몸을 식혀주는/꽃다발을 가져온다." 꽃다발은 죽은 이후의 삶을 지상의 삶보다 더 아름답게 장식할 꽃다발이자, 죽음 이후 재회와 영원한 사랑을 기약하는 축복의 꽃다발이다. 그런데 5연에서는 화자가 바뀐다. "오! 연인이여"라고 할 때의 '연인'은 남성이다. 무덤 속에 누워 있는 여인이 천상의 신랑을 향해 "나를 힘차게 빨아 마셔요"라고 호소한다. 그리하여 지상에서 죽은 잠에서 깨어나 영원히 사랑할 수 있도록. 6연의 발언 주체는 모호하다. 5연과 연결하면 무덤 속에 누워 있는 여인이 천상에 있는 신랑의 키스로 다시 젊게 살아난 것으로 해석할 수 있다. "젊음을 되살리는/죽음"은 영원하고, 몸속의 피는 이제 언젠가 차갑게 식는 육신의 피가 아니라 사랑의 향기로 영원히 살아 있는 "향유와/대기로 변한다." 6연의 화자를 시인의 분신으로 해석할 수도 있다. 잠에서 깨어난 여인과 다시 하나가 된 상태이다. 마지막 연에서는 다시 지금까지의 상상에서 깨어나 지상의 시간으로 돌아온다. 그래서 "낮"과 "밤"이 구별된다. 화자가 깨어 있는 낮에는 "저 너머"에서 여인과 재회하리라는 "믿음과 용기"로 충만해 있다. 그리고 밤이면 지상의 육신을 불사르는 성스러운 사랑의 불꽃으로 여인과 하나가 된다. 노발리스는 이 시가 표현하는 믿음과 소망과 사랑으로 이 시를 쓰고 나서 한해 후에 사랑하는 여인이 기다리는 하늘나라로 승천했다.

클레멘스 브렌타노

(Clemens Brentano, 1778~1842)

프랑크푸르트의 부유한 상인 집안에서 태어났다. 아버지는 이탈리아 태생이었고, 프랑스 태생의 어머니는 사춘기의 괴테가 흠모했던 라 로슈(Sophie von La Roche) 부인이다. 대학 시절에 만난 친구 아힘 폰 아르님(Achim von Arnim)과 함께 전래민요를 집대성한 『소년의 마술 피리』(*Des Knaben Wunderhorn*, 1806~08, 3권)를 펴냈다. 민요 속에 살아 있는 민족혼을 길어올린 이 업적을 괴테는 "모든 가정에 두고 읽어야 할 책"이라고 높이 평가했다. 『물레 돌리는 여인의 밤노래』(*Der Spinnerin Nachtlied*, 1802), 『이 시행에 써놓은 무르익은 것』(*Was reif in diesen Zeilen steht*, 1837), 『장미 꽃다발에 관한 설화시』(*Romanzen vom Rosenkranz*, 1852) 등의 시집 외에도 『라인 동화집』(*Die Märchen vom Rhein*, 1846), 장편소설 『고트비』 등을 남겼다. 1816년 목사의 딸로 독실한 믿음을 가진 루이제 헨젤(Luise Hensel)에 대한 사랑이 좌절한 이후 브렌타노는 문학 창작과 신앙 사이에서 갈등하다가 결국 창작을 포기하고 경건한 신앙생활에 몰입하면서 『성모 마리아의 생애』(*Das Leben der hl. Jungfrau Maria*, 1852), 『주 예수의 생애』(*Das Leben unseres Herrn und Heilandes Jesu Christi*, 1858) 등을 발표하여 베스트셀러 작가가 되었다.

낯선 곳에서

산 넘고 골짜기 가로질러
먼 길을 거쳐왔다,
믿음직한 하늘의 궁륭이
어디서나 나를 감싸준다.

떡갈나무 아래, 너도밤나무 아래
쏟아지는 폭포수 옆에서
이제 나는 잠자리를 찾아야 한다
다정한 나이팅게일 부인 곁에서.

나이팅게일은 애절한 저녁 노래 부르며
손님들을 생각한다,
잠과 꿈과 평온이
지친 영혼에 내릴 때까지.

그러면 나는 그때와 똑같은 하소연 듣고
똑같은 신명을 듣고
여기서나 거기서나 내 가슴속에서
가슴이 뛰는 것을 느낀다.

내 발치에서 즐겁게 출렁이며
장난치는 강의 수면에서

똑같은 별들이 내게 인사한다
그러니 여기가 내 집이다.

물레 돌리는 여인의 밤노래

오래 오래전에 아마
나이팅게일도 울었댔지요.
그 울음소리 달콤했지요,
우리 함께 있었던 그때.

나는 노래 부르고, 울 수 없어요
이렇게 홀로 물레 돌려
맑고 고운 실을 뽑아요,
달이 비치는 동안.

우리 함께 있었던 그때
그때 나이팅게일이 울었지요.
이제 그 울음소리 내게 알려줘요,
당신이 내 곁을 떠나갔다고.

달이 비칠 때마다
나는 홀로 당신 생각해요.
내 마음 맑고 고우니
하느님 저희를 결합시켜주소서!

당신이 내 곁을 떠난 후
언제나 나이팅게일이 울고 있어요.

그 울음소리 들으며 생각해요,
우리 함께 있었던 때를.

하느님 저희를 결합시켜주소서!
여기서 나는 이렇게 홀로 물레 돌리고
달은 맑고 곱게 비쳐요.
나는 노래 부르고, 울고 싶어요!

낯선 곳에서(In der Fremde)

낭만주의 문학의 주요 모티브 가운데 하나는 방랑이다. 한곳에 머무는 삶은 이미 정해진 것, 관습적인 것에 얽매이는 삶이기 때문에 미지의 낯선 세계를 동경하는 것이다. 그래서 낭만주의 시 정신을 '먼 곳을 향한 동경'이라 일컫기도 한다. 독일 낭만주의의 맏형 격인 브렌타노가 1810년에 쓴 이 시는 그런 낭만적 동경을 자연에 대한 동경으로 표현한다.
시의 화자는 먼 길을 방랑한 끝에 자연 속에서 안식을 찾는다. 산 넘고 골짜기를 가로질러 먼 길을 거쳐왔지만, 변함없이 믿음직한 하늘 궁륭이 어디서나 나를 감싸준다. 그러니까 세상 어디를 가든 하늘이 나의 지붕이다. 나는 폭포수 옆에서 여장을 푼다. 숙소의 안주인 나이팅게일이 이곳을 거쳐간 손님들을 생각하며 애절한 저녁 노래를 부른다. 나이팅게일의 노래는 방랑에 지친 영혼에 잠과 꿈과 평온을 선사한다. 그다음에 이어지는 4연은 꿈인지 생시인지 분간하기 어렵다. 4연을 시작하는 "그러면"을 '나이팅게일의 노래를 들으면'이라는 뜻으로 이해하면 아직 잠들기 전이다. 반면에 "그러면"을 지친 내 영혼이 '잠과 꿈과 평온에 잠기면'이라는 뜻으로 이해하면 잠든 후 꿈속의 장면이다. 그러나 어느 쪽이든 간에 "그때와 똑같은" 하소연과 신명을 듣는다는 것은 과거의 추억을 떠올리는 것이다. 아마도 떠나온 연인 또는 친구의 하소연과 신명나는 흥취를 낯선 고장의 자연 속에서 다시 듣는다는 것이다. 나이팅게일의 노래가 그 기억을 되살려주며, 그리하여 나는 가슴이 뛰는 것을 느낀다. 이로써 과거와 현재의 시간적 거리, 이곳과 떠나온 곳의 공간적 거리도 사라진다. 그래서 강물의 수면 위에 비치는 "똑같은 별들"이 내게 다정하게 인사한다. 이처럼 우리의 삶을 쪼개고 갈라놓는 시간과 공간의 괴리를 넘어서 찾은 내 마음의 안식처가 곧 나의 집이다. 낭만주의의 '먼 곳을 향한 동경'은 이처럼 대개 내 마음의 안식처를 찾아가는 귀향의 모티브와 연결된다.

물레 돌리는 여인의 밤노래(Der Spinnerin Nachtlied)

1802년 브렌타노가 친형제처럼 아꼈던 낭만주의 시인 아힘 폰 아르님에게 보낸 편지에 동봉한 시. 민요풍의 소박한 어조와 정교한 구성이 결합되어 독일 낭만주의 시의 진면목을 보여준다. 원어의 각운을 보면 모든 연의 첫행과 끝행이 모두 -en으로 끝난다. 그리고 가운데 2개 행은 1, 3, 5연에서는 똑같이 Nachtigall(나이팅게일)/Schall(울음소리)이 반복되고, 2, 4, 6연에서는 allein(홀로)/rein(고운)이 반복된다. 이처럼 각운을 최소화하고 반복해서 민요처럼 소박한 울림을 낳는다. 그리고 의미상으로는 밤마다 울어대는 나이팅게일의 울음소리와 홀로 곱고 순수한 마음을 지키는 애틋함이 서로 상응한다. 나이팅게일의 울음소리는 1연에서 연인과 함께 있었던 과거의 행복을 상기시켜주고, 3연에서는 연인이 떠나간 빈자리를 상기시켜주며, 5연에서는 다시 함께 행복했던 시절을 떠올리게 해준다. 대칭구조로 반복되고 있음을 알 수 있다. 또한 별도의 언어로 표현되지 않지만, 나이팅게일의 울음소리는 연인과 함께 있던 시절이나 연인이 내 곁을 떠난 지금이나 변함이 없다. 시간적 단절과 부재를 극복하게 해주는 청각적 울림이다. 2, 4, 6연에서도 의미의 변주가 일어난다. 2연에서 여인은 달빛이 비칠 때까지 "맑고 고운 실"을 짠다. '실'은 운명의 실타래를 떠올리게 한다. 여인이 밤마다 물레를 돌리며 실을 잣는 것은 단순한 일상의 반복이 아니라 자신의 운명을 엮어가는 지극정성을 다하는 것이다.

"달이 비치는 동안" 실을 잣는 것은 달빛이 비쳐야 물레를 돌릴 수 있기 때문이다. 따라서 달빛도 여인이 운명의 실을 짤 수 있게 도와준다. 나아가서, 아이헨도르프(Joseph von Eichendorff)의 「달밤」(Mondnacht, 1837)에서 보듯이 낭만주의 시에서 달빛은 낮과 밤, 빛과 어둠의 경계를 허물고 만물을 조화와 합일로 이끌어가는 대자연의 핵심 상징이다. "하느님 우리를 결합시켜 주소서!"라는 기도문이 들어간 4연과 6연에서 '달빛이 비친다'는 시행이 들어간 것은 우연이 아니다. 4연에서 "내 마음 맑고 고우니"의 자리에 6연에서 "달은 맑고 곱게 비쳐요"가 들어간 것도 우연이 아니다. 또한 연인을 다시 만나게 해달라고 하느님께 비는 기도가 똑같은 표현으로 두번 반복되고, "우리 함께 있었던 그때"가 똑같이 두번 반복되는 대칭구조 속에서, 함께 행복했던 과거와 현재의 그리움은 재회에 대한 믿음과 소망으로 살아난다. 눈물을 참으며 실을 잣는 여인의 모습과 변함없이 '맑고 고운' 마음에서(버림받은 여인네의 원망어린 어조는 전혀 찾아볼 수 없다) 우리는 이 여인의 연인 또는 남편이 오래전에 죽었다는 것을 짐작할 수 있다. 따라서 다시 합치게 해달라고 하느님께 비는 것은 저 하늘에서 다시 결합하게 해달라는 뜻이다. 확대해석하면, 아득한 옛적에 잃어버린 낙원을 되찾게 해달라는 애절한 기원이다. 낭만주의 시는 잃어버린 낙원을 되찾아가는 여정이다.

요제프 폰 아이헨도르프
(Joseph von Eichendorff, 1788~1857)

슐레지엔 지방의 귀족 집안에서 태어났다. 대학에서 법률을 공부한 후 관리생활을 시작하여 나중에 프로이센의 문화부 참사관을 지냈다. 줄곧 도시에서 공직에 몸담았던 그는 답답한 일상에서 벗어나고픈 충동으로 자연과 고향에 대한 동경을 노래한 서정시를 많이 썼다. 괴테의 영향을 많이 받아 그의 시어는 단순 소박하면서 깊은 울림을 낳는다. 또한 원래 경건한 가톨릭 집안에서 자랐기 때문에 예컨대 브렌타노와 달리 신앙과 시적 지향이 서로 충돌하지 않고 오히려 창조적 상호작용을 한다. 『이별』(*Abschied*, 1810), 『부서진 반지』(*Das zerbrochne Ringlein oder auch Untreue*, 1813), 『동경』(*Sehnsucht*, 1834), 『달밤』(*Mondnacht*, 1837) 등의 시집 외에도 낭만적 방랑을 다룬 소설 『어느 게으름뱅이의 생애 중에서』(*Aus dem Leben eines Taugenichts*, 1826), 낭만적 방랑과 모험에 교양소설의 특성이 가미된 소설 『예감과 현재』(*Ahnung und Gegenwart*, 1815) 등을 남겼다.

낯선 곳에서

실개천이 졸졸 흐르는 소리 들린다
숲속에서 이리저리,
졸졸 흐르는 소리 울리는 숲속에서
내가 어디 있는지 모르겠다.

아무도 없는 이곳에서
나이팅게일이 날갯짓을 한다,
뭔가를 말하려는 듯
아름다웠던 옛 시절에 대하여.

은은한 달빛이 흐르고
저 아래쪽 골짜기에
성이 보이는 것만 같다,
하지만 여기서 얼마나 머나먼가!

흰색 붉은색 장미꽃 만발한
그 성의 정원에서
내 연인이 나를 기다릴 것만 같다,
그녀가 죽은 지 오래건만.

달밤

하늘이 대지에
조용히 입맞추는 것만 같았지,
하여 대지는 은은한 꽃그늘 속에서
하늘을 꿈꾸는 것만 같네.

바람이 들판을 가로질러 갔고
이삭이 부드럽게 물결쳤지,
숲이 나직이 사스락거렸고
밤은 그렇게 별처럼 청명했지.

그리고 내 영혼은
날개를 활짝 폈고,
조용한 땅들을 가로질러 날았지
마치 집으로 날아가는 듯.

한통속

하나의 틀에서 뽑아낸
두 종류의 짐승이 있지:
주인이 휘파람 부는 대로
공손히 기다리고 물어오지.

둘이 함께 달릴 때면
한 놈이 다른 놈 귀를 물어뜯고,
그리고 모두 함께 달려들어
낙오한 형제를 물어뜯지.

한 족속을 개라고 부르고
다른 족속을 독일인이라 일컫지.
근본은 한통속인데
둘 다 채찍을 맞아도 싸지.

낯선 곳에서(In der Fremde)

1833년에 쓴 시. 브렌타노의 「낯선 곳에서」와 제목이 똑같다. 브렌타노의 시가 1810년 작이니 아이헨도르프가 그 시를 알고 썼을 개연성이 크다. 브렌타노의 시에서 화자가 자연 속에서 마음의 고향을 찾는다면, 이 시에서는 자연 속에서 떠나온 고향과 죽은 연인을 떠올리는 상실의 비애를 표현한다.
1연은 숲속에서 길을 잃은 느낌을 표현한다. 화자의 지각이 청각에 집중되면서 공간 감각이 사라지는 양상이다. 2행에서 "숲속에서 이리저리" 실개천이 졸졸 흐르는 소리가 들린다는 것은 숲과 골짜기의 공명에 따라 물 흐르는 소리의 방향이 "이리저리" 바뀌는 것을 나타낸다. 물론 화자가 발걸음을 옮기면서 소리의 방향이 함께 바뀌는 것도 나타낸다. 3행에서 "졸졸 흐르는 소리"(Rauschen)는 1행의 "졸졸 흐르는 소리"(rauschen)와 똑같은 낱말이어서 우리말도 똑같이 번역했다. 그렇지만 3행에서 "졸졸 흐르는 소리"는 물 흐르는 소리, 바람에 나뭇잎이 사스락거리는 소리, 숲이 일렁이는 소리가 모두 어우러진 총체적 화음이다. 이렇게 숲의 소리에 넋을 잃은 화자는 "내가 어디에 있는지 모르겠다"라고 토로한다. 이것은 단지 공간 감각의 상실이 아니라 화자의 마음이 지금 이곳을 떠나 다른 데로 향하고 있음을 나타낸다. 2연에서 보듯이 나이팅게일이 노래 부르기도 전에, 날갯짓만 해도 화자의 마음은 벌써 "아름다웠던 옛 시절"로 돌아간다.
화자는 은은한 달빛이 흐르는 몽환적인 달밤의 분위기에 젖어 고향의 옛 성을 보는 듯한 환각에 빠진다. 아이헨도르프는 귀족 집안에서 태어나 영지의 성에서 성장했다. 그렇지만 스무살 무렵 부친이 막대한 부채를 갚기 위해 옛 성만 남겨놓고 영지와 재산을 모두 매각했다. 아이헨도르프는 때때로 그 성에서 잠깐씩 머물긴 했지만 계속 성을 관리할 여력이 없었기 때문에 결국 성은 점차 폐허로 변하고 말았다. 시인의 이런 개인사를 떠올리면 이 시에서 말하는 성은 이제 돌아갈 수 없는 고향 집이다. 그래서 "여기서 얼마나 머나먼가!"라고 탄식하는 것이다.
이제 돌아갈 고향이 없는 상실의 비애는 죽은 연인에 대한 그리움으로 더욱 사무친다. 고향의 옛 성에 딸린 정원에는 아직도 옛 연인과 나누었던 뜨거운 사랑과 순수한 마음이 붉은색 장미 흰색 장미로 만발하건만, 연인은 이미 죽은 지 오래다. 고향의 옛 성도 그 성에서 나누었던 사랑도 이젠 마음속에만 살아 있다. 지상에는 나의 안식처가 없다는 비애감 역시 낭만주의 문학의 중요한 모티브이다.

달밤(Mondnacht)

1837년 작품. 달밤의 풍경 속에서 하늘과 땅의 합일을 상상하면서 영혼의 귀향을 꿈꾼다. 1연에서 하늘과 땅의 입맞춤은 그리스 신화에서 대지의 여신 가이아와 하늘의 신 우라니아의 신성한 교합을 떠올리게 한다. 신들의 계보를 서술한 헤시오도스의 『신들의 계보』에 따르면 대지의 여신 가이아가 하늘을 낳았다고 한다. 나중에 제우스의 하늘, 기독교의 하느님으로 표상되는 부권(父權)보다 어머니인 대지의 모성이 만물의 근원이다. 굳이 그런 설명을 덧붙이지 않더라도 하늘과 땅의 교합은 만물의 시원을 떠올리게 한다. 3~4행에서 대지가 은은한 꽃그늘에 잠겨 하늘을 꿈꾸는 것은 신방의 달콤한 꿈을 연상케 한다. 2연에서는 하늘과 땅의 축복이 낳은 풍요를 보여준다. 1연이 꽃이 만발한 봄날이라면 2연은 들판에 이삭이 물결치는 여름이다. 밤하늘의 별이 대지의 풍요를 굽어보고 있다. 3연은 철새가 집을 찾아가는 가을날 풍경을 영혼의 귀향에 빗댄다. 고대 이집트나 그리스 신화에서는 인간의 영혼을 흔히 새에 비유했다. '영혼의 새'는 육신에 갇히지 않고 자유롭게 비상하기 때문이다. 3연에서 내 영혼이 날개를 펴고 집으로 날아가는 것은 육신을 떠나 하늘나라로 가는 것일까? 날개를 펴고 날아오르는 이미지는 자연스럽게 하늘나라로 연결된다. 그렇다고 이 영혼의 비상을 반드시 육신의 죽음과 연결할 이유는 없다.

이 시의 결미는 다시 1연의 "하늘"과 연결되면서 순환구조를 이룬다. 이러한 순환은 봄-여름-가을로 이어지는 대자연의 순환 속에서 진행된다. 따라서 내 영혼이 비상하여 집으로 가는 것은 육신의 죽음, 영혼의 영생이라는 종교적 도식에 맞출 이유가 없다. 무엇보다 "마치 집으로 날아가는 듯"하다는 서술이 사실의 묘사가 아니라 상상의 표현이다. 1연에서 "입맞추는 것만 같았지"와 "하늘을 꿈꾸는 것만 같네"도 시적 상상이다. 다른 한편 시제가 과거형이라는 것도 유의할 필요가 있다. 하늘과 땅의 교합에서 만물의 시원을 떠올리는 상상은 이제 본격적으로 도래하는 자본과 물신의 시대와는 화합하기 힘든 잃어버린 꿈이다. 이 시에는 하늘과 땅이 교합하는 성스러운 합일의 분위기 속에 잃어버린 꿈의 비애가 달밤에 은은한 꽃그늘처럼 배어 있다. 후기 낭만주의의 정수를 보여주는 아름다운 시다.

이 시를 비롯한 아이헨도르프의 많은 시는 동시대의 작곡가 로베르트 슈만(Robert Schumann)이 아름다운 가곡으로 작곡했다. 1847년 슈만의 가곡 발표회에 초대받은 아이헨도르프는 슈만의 부인 클라라 슈만(Clara Schumann)에게 자신의 시가 슈만의 음악 덕분에 생명을 얻었다고 감사의 뜻을 표했다. 그러자 클라라는 오히려 남편의 음악이 아이헨도르프의 시 덕분에 생명을 얻었노라고 화답했다. 이 아름다운 덕담은 낭만주의 시와 음악의 깊은 친화성을 증언한다.

한통속(Familienähnlichkeit)

1848년 독일에서 봉건적 절대왕정에 항거하는 3월혁명이 일어났을 때 베를린에서는 며칠 동안 격렬한 시가전이 벌어졌고, 아이헨도르프는 주거지 인근에서 벌어진 시가전 때문에 한동안 시골로 피신하는 처지가 되었다. 그런 일을 겪고 나서 죽기 2년 전인 1854년 그는 새 시집에 들어갈 연작시 9편을 썼는데, 시인은 새 시집이 나오는 것을 보지 못하고 작고했다. 아이헨도르프의 맏아들 헤르만(Hermann)은 1864년 선친의 유고 시집을 내면서 위의 시가 너무 독설적이라고 여겨서 시집에 넣지 않았다. 헤르만은 글재주가 뛰어나서 선친의 전기도 썼는데, 이 전기는 낭만주의 시인을 다룬 문학적 전기의 백미로 꼽힌다. 그러니 아버지를 낭만주의 시인으로 문학사에 길이 남기고자 했던 아들의 입장에서는 아버지의 이미지에 손상을 입힐 험한 목소리가 담긴 시를 감추고 싶었을 법도 하다. 「달밤」처럼 깊은 서정적 울림으로 낭만주의 시의 진경을 보여주는 아이헨도르프 시에 친숙한 독자의 눈으로 보면 과연 이 시는 그의 시가 맞나 싶을 정도로 파격적이다. 요컨대, 주인이 시키는 대로 무조건 복종하는 노예근성이나 낙오한 형제를 모두가 달려들어 물어뜯는 승냥이 근성이나 야만적 짐승의 본성이지 인간의 도리가 아니라는 일갈이다. 그런데 독일인이 그 근본을 들춰보면 그런 짐승과 한통속이고 채찍을 맞아도 싸다는 것이다. 등골이 서늘해지는 이 신랄한 독설은 아이헨도르프의 본령이 아니다. 또한 그는 원래 독일인에게 깊은 사랑과 기대를 품은 시인이다. 그럼에도 불구하고 이런 시를 쓴 것은 3월혁명의 어떤 국면이 그에게는 보수/진보를 떠나서 야만적 충동의 분출로 보였던 것이다. 그가 봉건적 절대왕정을 타도하자는 진보의 편에 서지 않은 것이 못내 아쉽다 하더라도, 누군가는 이런 쓴소리도 외쳐야 한다. 그래야 기고만장한 승자의 오만과 독선이 조금이라도 누그러진다.

에두아르트 뫼리케
(Eduard Mörike, 1804~75)

슈투트가르트 인근의 소도시 루트비히스부르크에서 태어났다. 13세에 공공의료 자문관이었던 아버지를 여읜 후 숙부의 집에 들어가서 김나지움을 마쳤다. 성직자가 되기 위해 튀빙겐 신학교를 졸업한 후 목사가 되었으며, 건강상의 이유로 일찍 은퇴한 후에는 여성 신학교에서 독일문학을 가르쳤다. 뫼리케는 아이헨도르프와 함께 후기 낭만주의를 대표하는 시인이다. 아이헨도르프의 시가 대체로 양명하고 명쾌하다면, 뫼리케는 깊은 자연서정을 공유하면서도 경건한 믿음과 인간적 욕망 사이에서 갈등하는 우울과 분열의 조짐을 드러낸다. 모차르트를 좋아한 뫼리케는 소설 『프라하로 가는 모차르트』(*Mozart auf der Reise nach Prag*, 1855), 그리고 역시 예술가 소설인 『화가 놀텐』(*Maler Nolten*, 1832)을 썼다.

버림받은 소녀

수탉이 우는 이른 새벽
잔별들이 사라지기 전에
나는 아궁이를 지켜야 하고
불을 지펴야 한다.

아름다운 불꽃의 빛,
불똥이 튀어오른다.
나는 그 안을 그렇게 바라본다,
괴로움에 잠긴 채.

그때 갑자기 생각난다,
나를 버린 소년아,
나는 간밤에
네 꿈을 꾸었지.

하염없이 눈물이
쏟아져내린다.
그렇게 날이 새고 —
아, 오늘도 다시 가버렸으면!

페레그리나 V

사람들은 말하지, 사랑은 말뚝에 묶여 있는 거라고,
결국 초라하게 착란상태로 맨발로 가는 거라고.
이 고결한 머리 더이상 쉴 곳이 없고
사랑은 눈물로 발의 상처를 적시네.

아, 페레그리나를 나는 그렇게 발견했지!
그녀의 광기는 아름다웠고, 뺨은 이글거렸지
봄날 폭풍처럼 광분하는 중에도 농담을 했고
야생의 화환이 머리를 휘감았지.

그런 아름다움을 떠난다는 게 가능했을까?
— 그러면 지난날의 행복이 더 매력적으로 되살아났지!
아, 오라, 내 품에 너를 안아줄게!

하지만 슬퍼라! 오, 슬퍼라! 이 눈길이 무슨 뜻일까?
그녀는 사랑과 증오의 틈바구니에서 나에게 키스하고
돌아서서 다시는 돌아오지 않네.

램프를 바라보며

오, 아름다운 램프여! 너는 아직 치워지지 않고
여기 가느다란 사슬에 우아하게 매달려서
이제는 거의 잊혀진 응접실 천장을 장식하고 있구나.
푸른 금빛의 놋쇠로 만든 담쟁이덩굴 화환으로
테두리를 수놓은 네 하얀 대리석 등갓에서
한 무리 아이들이 둘러서서 즐겁게 춤추고 있구나.
이 모두 얼마나 매력적인가! 웃고 있으면서도
진지한 기운이 네 형태를 온통 감싸면서 은은하게 쏟아지고 있다.
진정한 예술의 형상이로다. 그 누가 눈여겨볼까?
그러나 아름다운 것은 스스로 복되게 빛난다.

버림받은 소녀(Das verlassene Mägdlein)

이 시는 중세부터 전해오는 이른바 '새벽 이별가'(Tagelied)의 전통을 사뭇 다르게 변형한 것이다. 새벽 이별가란 (대개는 불륜의) 연인들이 몰래 밤을 보내고 동이 트기 전에 이별의 정을 나누는 노래다. 따라서 이별의 슬픔 자체보다는 간밤의 사랑의 여운과 재회의 기대가 동반된다. 그러나 이 시는 제목에서 이미 이별을 돌이킬 수 없는 과거로 전제하고 있다. 첫 연은 연인과 사랑을 나누고 이른 새벽에 헤어지곤 했던 지난날의 기억과 부엌일을 서둘러야 하는 과거/현재의 일상을 절묘하게 겹쳐서 보여준다. 그렇지만 '버림받은 소녀'라는 제목이 워낙 강하기 때문에 아궁이를 지켜야 하고 불을 지펴야 한다는 의무감이 이별의 슬픔을 잊으려는 결연한 의지와 뭉쳐진 느낌을 준다. 그러면서도 아궁이에 불을 지핀다는 표현은 사랑의 불을 지피는 에로틱한 연상을 다시 불러일으킨다. 소박한 이별의 노래 같지만 고도로 응축된 시적 사유를 감지할 수 있다. 2연에서는 아궁이에서 타오르는 아름다운 불꽃의 빛을 하염없이 바라보면서 한순간 슬픔을 잊고 불꽃의 아름다움에 침잠한 것처럼 보인다. 그렇지만 그러는 중에도 괴로움에 잠겨 있다. 어쩌면 불꽃이 아름다울수록 지난날 아름다운 사랑의 기억이 그만큼 더 강렬하게 상기될 수도 있을 것이다. 3연에서 그런 예감은 들어맞는다. 간밤에도 나를 버린 남자의 꿈을 꿨던 것이다. 소녀는 연인을 아직 잊지 못하고, 사무치게 그리워하는 것으로 보인다. 그래서 하염없이 눈물이 쏟아진다. 마지막 2행은 이런 아침이 날마다 반복되었음을 암시한다. "오늘도 다시 가버렸으면!" 하는 애절한 소망은 중의적이다. 이렇게 밤마다 나를 버린 남자를 꿈꾸고 아침마다 돌이킬 수 없는 이별의 슬픔을 곱씹어야 하는 나날이 어서 지나가길 바라는 것일까? 아니면 '오늘'을 좁게 '낮'으로 해석해서 다시 밤이 되어 연인을 꿈에서라도 다시 보기를 바라는 것일까? 고된 일과에 떠밀려 낮시간이 앗아간 기억을 밤은 되돌려주는 것일까? 이 시는 마지막이 다시 처음으로 연결되는 순환구조를 지니고 있어서 어느 쪽이라고 선뜻 단정하기 어렵다. 소박한 어조에도 깊은 울림을 품은 아름다운 시다. 뫼리케의 시 중에 가장 많이 작곡된 작품이다.

페레그리나 V(Peregrina V)

같은 제목으로 쓴 5편의 연작시 중 하나로 1828년에 쓴 작품이다. 뫼리케는 이 시의 제목이 가리키는 여성과 기구한 인연으로 얽혔다. 1823년 봄에 튀빙겐 신학교를 다니던 뫼리케는 부활절 휴가를 맞아 루드비히스부르크의 친구 집에 머물고 있었는데, 동네 주점에서 종업원으로 일하는 마리아 마이어(Maria Meyer)라는 처녀를 알게 되었다. 당시 19세였던 뫼리케보다 두살 위인 마리아는 빼어난 미모와 신비로운 분위기에다 박식함까지 겸비하여 금방 뫼리케의 마음을 사로잡았다. 술집 주인의 설명에 따르면, 주인이 외지로 출장을 갔다가 돌아오는 길에 이 처녀가 길가의 돌무더기 위에 기절한 채 드러누워 있는 것을 발견하고 마차에 태워서 데려왔다고 한다. 마리아는 스위스 방언을 써서 스위스 태생으로 짐작되었는데, 그녀 자신은 헝가리 태생이라고 우겼다. 또한 집에서 수녀원에 보내려고 해서 도망쳐 나와 떠돌이 생활을 했다고 자신의 내력을 밝혔다. 말하자면 가출한 집시 소녀였던 셈이다. 이 여성에게 푹 빠져서 짧은 휴가를 보낸 뫼리케는 다시 튀빙겐 신학교로 돌아갔고, 그때부터 이 여성과 사랑의 편지를 주고받았는데, 그의 절친한 친구 또한 이 여성에게 빠져서 연애편지를 주고받았다. 그러다가 그해 말에 마리아가 갑자기 종적을 감추었으며, 얼마 후에 다시 하이델베르크에 나타났다는 소문이 들려왔는데, 이번에도 술집 주인이 길가에서 발견할 때와 비슷한 방식으로 나타났다고 했다. 마리아는 그런 방식으로 출몰하면서 사람들의 동정심을 사고 뭇 남자를 유혹했던 것이다. 마리아의 기이한 행각을 전해 들은 뫼리케는 신경쇠약에 걸릴 정도로 몹시 괴로워했고, 그러면서도 편지 연락을 주고받다가 결국 어느 시점부터 마리아의 편지에 답장을 하지 않았다. 다음 해 7월에 마리아가 이번에는 튀빙겐에 나타났는데, 뫼리케를 만나러 온 것이었다. 하지만 그는 만남을 거절했고, 그의 친구들이 나서서 마리아를 내쫓았다. 이런 일이 있고 나서 뫼리케는 신경쇠약을 호소하면서 슈투트가르트에 거주하는 어머니 집으로 도망치다시피 했다. 그런데 어머니의 집에 도착한 지 며칠 후에 열일곱살 남동생이 갑자기 사망하는 충격까지 겹쳤다. 이로 인해 마리아에 대한 기억이 더 복잡하게 뒤엉켰을 것이다. 야생마 같은 집시 여인과의 연애사건은 뫼리케의 인생에 큰 트라우마로 남아서, 수십년이 지난 후에도 그 일을 판도라의 상자처럼 절대로 건드려서는 안 될 고통스러운 추억으로 회고할 정도였다. 신학교 졸업 후 뫼리케가 목사의 길을 걸었기 때문에 더욱 곤혹스러웠을 것이다.

이 시는 소네트 형식을 취한다. 1연은 사랑의 고뇌, 2연은 페레그리나의 격정적 사랑, 3~4연은 이별의 고통을 말한다. 1연 1행에서 '말뚝에 묶여 있는 사랑'은 인간의 죄를 짊어지고 십자가에 매달린 예수의 거룩한 사랑을 떠올리게 한다. 그러나 그저 집착에서 헤어나지 못하는 숙명적 얽매임이 그런 숭고한 사랑과 뚜렷이 대조될 뿐이다. 2연에서 '초라하게 맨발로 걷는 사랑'은 플라톤(Platon)의 『향연』에 나오는 에로스의 형상 중에서 감각적 사랑을 초월한 지적 사랑을 암시한다. 이 에로스는 "외모가 초라하고 소크라테스처럼 맨발로" 걷는다. 페레그리나(마리아)와의 관계에서 보면 그녀의 관능적 마력을 극복하려는 의지라 할 수 있다. 그러나 여기서도 원래 긍정적 의미로 사용된 '초라함'과 '맨발' 사이에 '착란상태'라는 혼돈의 언어가 끼어들어서 '초라하게 맨발로' 걸어가려는 의지를 무산시키고 갈피를 잡을 수 없는 혼란을 초래한다. 그래서 결국 '고결한 머리를 쉴 곳'이 없고 '맨발의 상처를 눈물로 적시는' 결과에 이른다. 이처럼 상반되는 감정들의 혼란스러운 착종상태를 파고드는 독특한 어법은 「한밤중에」(Um Mittnacht, 1827) 같은 시에서 보듯이 깊은 서정적 울림을 낳는 뫼리케 시의 주류와는 확연히 구별되는 현대적 요소이다.

2연 1행에서 페레그리나를 "그렇게" 발견했다는 말은 1연의 내용을 이어받으면서 그다음에 표현되는 페레그리나의 격정을 또렷이 부각하는 구실을 한다. 2연의 핵심어는 "광기"이다. 그 광기마저 아름다웠다는 말은 '말뚝에 묶여 있는 사랑'이 어떤 것인지 더욱 선명히 각인시킨다. 또한 이 광기의 아름다운 마력은 '이글거리는 빰'과 '봄날의 폭풍'과 '야생의 화환'에 헤어날 수 없는 마력을 부여한다. 그래서 3연 1행에서 시적 화자는 그토록 마력을 발산하는 아름다움을 떠난다는 것이 과연 어떻게 가능했을까 하고 반문한다. 이 물음은 과연 내가 그녀를 떠나긴 했을까 하는 의문까지도 함축한다. 왜냐하면 그녀를 떠났다고 생각하는 순간에도 "지난날의 행복이 더 매력적으로 되살아났"기 때문이다. 그래서 화자는 다시 그녀의 마력에 이끌려 그녀를 품에 안고 싶어 한다. 그러나 4연은 그렇게 지난날의 행복을 되살리려는 미련이 부질없음을 말한다. 그녀의 시선과 키스에는 사랑과 증오가 뒤섞여 있기 때문이다. 그 증오는 그녀의 광기가 두려워 도망치는 화자에 대한 증오일 것이다. 따라서 시의 마지막 행은 그녀의 광기를 감당하지 못해 만남을 거부하고 달아난 화자 자신의 모습을 상대방에게 투사한 것이다. 그녀가 영영 돌아오지 않는다고 상상하지 않고서는 도저히 미련과 자책 어린 회한을 떨칠 수 없었기 때문일까?

램프를 바라보며(Auf die Lampe)

1846년에 쓴 시. 시의 화자는 오랫동안 떠나 있었던 옛집을 다시 찾아와 응접실 천장에 매달린 아름다운 램프를 바라보고 있다. 램프가 "아직 치워지지 않고" 그대로 있다는 것, 그리고 "이제는 거의 잊혀진 응접실"을 언급하는 것으로 보아 예전에 이 집에 살았던 추억과 지금 현재 사이에는 상당히 오랜 시간적 거리와 깊은 단절이 있어 보인다. 램프의 하얀 대리석 갓에 아이들이 빙 둘러서서 춤추는 모습이 어른거린다. 여기서 아이들이 화자의 유년 시절을 가리키는 것인지, 아니면 화자가 낳고 키운 아이들을 가리키는 것인지, 또는 저렇게 아이들이 즐겁게 춤추는 행복한 가정을 꾸리고 싶었던 소망을 나타내는 것인지는 분명치 않다. 뫼리케는 1826년 부목사로 성직생활을 시작한 후 1829년에 루이제 라우(Luise Rau)와 약혼했다가 1833년에 파혼했다. 그런 개인사에 비춰보면 이 시에서 아이들은 행복한 결혼과 가정에 대한 소망을 표현한 것이라 할 수 있다. 또한 그렇게 보면 이 시는 20년 전 젊은 날의 못 이룬 꿈을 뒤돌아보는 것이라 할 수 있다. 그렇지만 시의 마지막 부분은 램프를 단지 개인적 추억의 상징이 아니라 하나의 예술작품으로 해석하기 때문에 작가의 전기적 배경을 시 해석의 전적인 근거로 삼는 것도 적절치 않아 보인다.

화자는 이 램프를 "진정한 예술의 형상"으로 지각하며, 비록 눈여겨보는 사람이 없어도 "아름다운 것은 스스로 복되게 빛난다"라고 말한다. 이 마지막 진술은 예술작품이 예술 외적인 가치 기준에 구애받지 않고 그 자체로 아름답다는 순수예술의 이상 내지 예술의 자율성 명제를 떠올리게 한다. 일단 이 시의 문맥에서 보면, 화자는 이 램프를 통해 젊은 시절에 꿈꿨던 행복을 다시 떠올린다. 그렇게 잃어버린 꿈을 상기시키는 것이 램프의 아름다움을 구성하는 중요한 요건이다. 그렇지만 젊은 날의 행복한 꿈을 상실했음에도 여전히 램프의 아름다움은 스스로 복되게 빛난다. 그러니까 아름다움은 현실의 제약에 굴복하지 않고 그 자체의 생명을 유지한다는 것이다. 이런 맥락에서 이 시는 흔히 시공간의 제약을 넘어서는 고전적 예술 이상을 표현하는 것으로 해석되어 왔다. 그러나 그런 해석은 마지막 행의 명제적 진술만 떼어내어 시 전체에 덮어씌운 해석이다. 왜냐하면 무엇보다 이 아름다운 램프를 "진정한 예술의 형상"이라고 알아보는 사람은 오직 시의 화자뿐이며 다른 누구도 램프를 눈여겨보지 않기 때문이다. 다시 말해 이 램프의 예술적 아름다움은 나의 주관적 감성과 취향에 의존해 있다. 그것은 주관적 취향의 편차를 넘어 보편타당성을 주장하는 고전미의 이상과는 상충한다. 한때 진정한 미의 이상으로 추구했던 "진정한 예술의 형상"이 지금은 "거의 잊혀진 응접실"의 천장을 "장식"하고 있다. 고전적 조각상을 떠올리게 하는 "대리석" 역시 이 시에서는 램프의 "갓"으로 장식물로 기능할 뿐이다. 뫼리케가 시를 쓰던 19세기 중반을 문학사에서는 '아류의 시대'라고 일컫기도 하는데, 괴테와 쉴러가 살던 시대와는 판이한 격변기에 새삼스레 이전 시대의 고전미를 추구하는 성향은 이제 시대착오라는 뜻이다. 뫼리케의 이 시에는 괴테 이후 세대의 그러한 불편한 자의식이 바탕에 깔려 있다.
일상 생활사의 관점에서 여기서 '램프'가 과연 어떤 램프인지도 생각해볼 여지가 있다. 뫼리케가 살던 시대는 촛불 램프가 점차 가스등으로 교체되기 시작하는 시기였다. 1820년대 말에 베를린에서 가스등이 보급되기 시작했으므로, 이 시기는 이 시의 화자가 회상하는 과거 시점과 거의 겹친다. "푸른 금빛의 놋쇠"로 만들어진 이 램프가 "아직 치워지지 않고" 그대로 남아 있는 것을 화자가 반기는 것은 애틋한 추억을 담은 이 촛불 램프가 도처에서 가스등에 밀려 사라지고 있었기 때문이다. 시의 화자는 이 램프에서 조만간 공학 기술로 대량 생산될 가스등에서는 찾아볼 수 없는 아우라를 감지하는 것이다. 요컨대 이 램프의 아름다움은 곧 사멸할 사물의 아름다움이다. 그런 면에서 이 시는 훗날 릴케의 사물시와 연결되는 단초를 보여준다.

프리드리히 뤼케르트
(Friedrich Rückert, 1788~1866)

독일 남부 바이에른의 소도시 코부르크 인근의 소읍에서 태어났다. 대학에서 법학, 철학, 문학을 공부했고, 40여개의 언어를 능숙하게 해독한 어학의 천재였다. 에어랑겐 대학, 베를린 대학에서 동양학 교수를 지냈고, 독일에서 동양학의 창시자로 꼽힌다. 고대 페르시아어, 산스크리트어 문학을 독일어로 번역하면서 그들의 시 형식을 살린 독일어 시를 쓰기도 했고, 어린이를 위한 동요와 동화도 썼다. 시집으로 『사랑의 봄날』(*Liebesfrühling*, 1821), 『동방의 장미』(*Oestliche Rosen*, 1822), 그리고 일찍 죽은 두 자녀를 애도하는 『죽은 아이를 위한 추모가』(*Kindertotenlieder*, 1834) 등을 남겼다. 그리고 그가 해독한 다양한 동서양의 시에서 지혜의 시편을 번안하거나 재창작한 방대한 『브라만의 지혜』(*Die Weisheit des Brahmanen*, 1836~39, 전6권)를 냈다.

죽음이 삶의 고난을 끝낼지라도

—잘랄레딘 루미 풍으로

죽음이 삶의 고난을 끝낼지라도
　삶은 죽음이 두려워 전율한다.
삶은 어두운 손길만 볼 뿐
　그 손이 건네주는 밝은 술잔을 보지 못한다.
그리하여 사랑이 두려워 가슴은 전율한다,
　마치 파멸의 위협이 다가오듯이.
왜냐하면 사랑이 깨어나는 곳에서
　자아가, 음흉한 폭군이 죽기 때문이다.
그대여, 그 폭군이 밤사이에 죽게 하라
　그리하여 아침노을 속에서 자유롭게 숨 쉬라.

히지르

영원히 젊은 히지르가 말했다:

어느 도시를 지나가고 있었는데
한 사내가 과수원에서 과일을 따고 있었다.
나는 물었다, 언제부터 여기에 도시가 있었느냐고.
사내가 계속 과일을 따면서 말했다:
이 도시는 영원히 이 자리에 있다오,
앞으로 영원히 여기에 있을 것이오.

그런데 500년이 지난 후에
나는 같은 길을 지나게 되었다.

그런데 도시는 흔적도 보이지 않았다.

목동이 홀로 피리를 불고 있었고
양떼가 풀잎과 나뭇잎을 뜯어먹고 있었다.
내가 물었다, 언제 도시가 없어졌냐고.
목동은 계속 피리를 불면서 말했다:
이쪽에 풀이 자라면 저쪽에서는 말라죽게 마련이지요.
이곳은 영원히 나의 풀밭이랍니다.

그런데 500년이 지난 후에
나는 같은 길을 지나게 되었다.

이번에는 파도가 출렁이는 바다가 나왔고
어부가 그물을 던지고 있었다.
어부가 무거운 그물을 내려놓고 쉬자
내가 물었다, 언제부터 여기에 바다가 생겼냐고.
어부는 내 말을 비웃으며 말했다:
저기 파도가 출렁일 때부터
우리는 줄곧 이 바닷가에서 고기를 잡았답니다.

그런데 500년이 지난 후에
나는 같은 길을 지나게 되었다.

이번에는 숲지대가 나왔고
오두막에 한 사내가 있었는데,
그는 도끼로 나무를 패고 있었다.
나는 물었다, 언제부터 여기에 숲이 생겼냐고.
그가 말했다, 숲은 영원한 성소聖所라오,
나는 영원히 여기에 살고 있고,
나무들은 여기서 영원히 자랄 것이오.

그런데 500년이 지난 후에
나는 같은 길을 지나게 되었다.

이번에는 도시가 나왔고, 시장에는
인간들이 아우성치는 소리가 쟁쟁했다.
나는 물었다, 언제 여기에 도시가 세워졌냐고.
숲과 바다와 피리는 어디로 갔냐고.
그들은 내 말을 듣지도 않고 소리쳤다:
이곳은 지금까지 영원히 이러했으니
앞으로도 영원히 이럴 것이오.

그런데 500년이 지난 후에
나는 같은 길을 지나게 되었다.

죽음이 삶의 고난을 끝낼지라도(Wohl endet Tod des Lebens Not)

시의 부제가 가리키는 잘랄레딘 루미(Jalaleddin Rumi)는 페르시아의 신비주의 사상가이자 시인으로 그의 시는 '시의 코란'이라 불린다. 뤼케르트는 루미의 시를 고대 페르시아어의 어감에 가장 충실하게 번역한 최고의 번역가로도 유명하다. 또한 그는 서구 고대어는 물론 동유럽 소수민족의 다양한 언어, 중동과 인도의 고대어에 이르기까지 무려 40여개의 언어를 능숙하게 해독할 줄 아는 언어의 천재였다. 이 시는 루미의 시를 번역하면서 얻은 영감을 자신의 시적 감각과 언어로 재창조한 것이다. 삶과 죽음과 사랑이라는 문학의 영원한 주제를 다룬다.

첫 2행은 문제제기이다. 죽음은 삶의 고난을 끝내주는데, 어째서 삶은 죽음을 두려워하는가. 3~4행은 이 물음에 대한 대답이다. 삶은 죽음의 "어두운 손길"만 볼 뿐이고 그 손이 건네주는 "밝은 술잔"을 보지 못하기 때문이다. "밝은 술잔"에는 죽음에 대한 깊은 명상이 함축되어 있다. 예컨대 죽은 자에 대한 추모의 술잔이라면, 고인의 삶을 되짚어보고 나의 삶을 성찰하는 계기로 삼아 나는 어떤 죽음을 맞을 것인가를 숙고할 것이다. '밝은' 술잔이므로 죽음의 손길이 건네주는 술잔은 우리의 삶을 밝게 해주는 성스러운 것이다. 5~6행은 사랑을 마치 죽음처럼 두려워하는 이유는 무엇인지 묻는다. 7~8행의 대답이 이 시의 핵심이다. 사랑이 깨어나면 "음흉한 폭군"처럼 나를 지배해온 낡은 자아가 죽기 때문이다. 사랑을 통해 그 폭군을 쳐부수는 것이 곧 삶의 고난과 죽음을 극복하는 해방이요 구원이다. "고난"(Not), "죽음"(Tod), "폭군"(Despot)은 각운이 일치하는 삼위일체다. 그러니 어두운 밤 동안에 그 폭군을 죽게 하고 내가 다시 태어나는 새날의 아침노을 속에서 자유롭게 호흡하라고 촉구한다. 정수리에 시원한 찬물을 들이붓는 느낌이다. 여기서 밤은 그야말로 대오

각성이 일어나는 하룻밤일 수도 있지만, 우리가 낡은 자아의 폭군에 지배당하는 한평생일 수도 있다. 그래서 마지막 시행은 다시 삶과 죽음의 문제로 연결된다. 아마도 우리가 도달할 수 있는 마지막 깨달음은 삶을 떠나보낼 때에야 겨우 올까 말까 할 것이다. 다른 한편 "아침노을"은 해가 뜨는 나라, 즉 동방(오리엔트)의 아침노을이기도 하다. 그렇게 보면 "음흉한 폭군"은 서구중심주의에 갇혀 있는 독선적 오만과 편견이다. 당대 최고의 동양학자였던 뤼케르트는 기고만장한 서구의 낡은 껍데기를 깨부수자고 촉구하고 있다.

히지르(Chidher)

독일에서 동양학의 기초를 확립한 뤼케르트는 고대 오리엔트와 페르시아, 인도 등의 고대 문화와 종교에서 유래하는 신화나 전설에도 해박했다. 고대 아라비아와 페르시아에서 '히지르'(독일어 Chidher, 아랍어 Hasir, 튀르키예어 Hizir)는 어원상 '녹색'이라는 뜻으로, 대자연을 관장하는 신을 가리켰다. 신화에 따르면 히지르 신은 인간들에겐 좀처럼 모습을 드러내지 않고 온 세상을 떠돌면서 영원한 자연의 법칙을 계시한다. 그러니까 히지르는 영원불멸의 자연신이다. 그래서 이 시에서 "영원히 젊은" 히지르가 인류의 역사와 맞먹는 2500년 사이에 다섯번 출현하여 인간 세상이 돌아가는 모양새를 살핀다. 원래 도시가 있던 자리가 500년 후에는 초원으로 변하고, 다시 500년 후에는 바다로, 또 500년 후에는 숲으로, 그리고 마지막 500년 후에는 다시 도시로 변한다. 각처에 사는 사람들은 모두 그곳이 영원히 계속될 거라고 믿지만 실제로는 500년을 주기로 상전벽해(桑田碧海)가 실감나게 된다. 초원이 있던 자리에 바다가 생겼으니 뽕밭이 푸른 바다로 바뀐 셈이다.
그런데 이 거대한 변화에서 자연의 순환과 인간이 사는 도시의 부침 사이에는 큰 차이가 있다. 목동의 말처럼 한쪽에서 풀이 자라면 다른 쪽에서는 풀이 마르는 것이 자연의 이치다. 자연에서 생성과 소멸은 대자연의 순환 속에서 보면 동일한 법칙이 작용하는 통일된 과정이다. 이것이 초원과 숲과 바닷가에서 자연과 더불어 사는 사람들이 이해하는 '영원한' 자연이다. 그러나 도시의 시장에서 아우성치는 인간들은 2500년 전의 도시가 몰락해서 흔적도 없이 사라졌고, 지금 살고 있는 도시는 후대의 새로운 역사로 건설되었다는 것을 까맣게 잊고 있다. 따라서 이들이 생각하는 '영원'은 오늘이 지나가면 과거로 묻혀버리는 무상한 현재일 뿐이다. 그것이 하루살이처럼 살아가는 인간의 모습이다. 그런데 지구의 자연사와 인류 문명사의 관점에서 보면 하필 고대 아라비아 지방에서 이런 설화가 생겼다는 것이 의미심장하다. 우리가 문명의 발상지 가운데 하나로 알고 있는 아라비아반도의 메소포타미아 지방은 원래 '두 강 사이의 비옥한 땅'이라는 뜻이다. 유프라테스강과 티그리스강 사이의 비옥한 땅에서 메소포타미아 문명이 생겨났다. 그런데 지금 이라크 남부의 그 지역은 이미 오래전에 사막과 황무지로 변했고, 중동의 화약고로 유혈 분쟁이 끊이지 않고 있다.

빌헬름 뮐러
(Wilhelm Müller, 1794~1827)

데사우에서 재단사 집의 여섯째 아들로 태어났다. 베를린 대학에서 고전문학을 공부했고, 나폴레옹 전쟁에 참전했다가 제대한 후 김나지움에서 역사와 고전문학을 가르쳤다. 생시에는 사회비판적인 민요를 발표하면서 주목받았다. 특히 연작시 「아름다운 물레방앗간 아가씨」(Die schöne Müllerin, 1821) 25편에 1823년 슈베르트가 곡을 붙이면서 유명해졌다. 또한 뮐러가 죽던 해에 슈베르트가 연작시 「겨울 여행」(Winterreise, 1821) 24편에 곡을 붙인 동명의 가곡은 19세기 이래 오늘날까지 가장 유명한 연가곡으로 전해진다. 하이네는 뮐러에게 보낸 편지에서 그를 "괴테 다음으로 가곡의 노랫말 시를 가장 잘 쓰는 시인"이라고 칭송했다.

보리수

성문 앞 우물가에
서 있는 보리수,
나는 그 그늘에서 꿈꾸었네
그토록 많은 단꿈을.

나는 그 껍질에 새겼네
그토록 많은 사랑의 말을,
기쁠 때나 슬플 때나
나 언제나 그리로 갔네.

나 오늘도 깊은 밤에
그곳을 지나가야 했네,
거기서 어두운데도 나는
눈을 감았네.

가지들 속삭였네
마치 나를 부르는 듯,
친구야 내게로 와
여기서 너는 안식을 찾으리!

차가운 바람 불어왔네
곧바로 내 얼굴로,

모자가 머리에서 날아갔지만
나는 몸 돌리지 않았네.

이제 나는 오랜 시간
그곳에서 떠나 있네,
언제나 속삭이는 소리 들리네
너 그곳에서 안식 찾으리!

해설

보리수(Der Lindenbaum)

슈베르트의 가곡으로 너무나 유명한 노래이다. 빌헬름 뮐러는 이 시를 포함하여 모두 24편의 연작시를 썼는데, 낭만주의의 핵심 주제인 자연과 사랑, 방랑과 죽음을 노래한 시들이다. 슈베르트가 이 연작시를 작곡하면서 '겨울 여행'이라는 제목을 붙였고, 우리말 번역은 '겨울 나그네'로 대중화되었다. 슈베르트는 뮐러가 죽던 해에 이 연가곡을 작곡했고, 슈베르트 자신도 다음 해에 유명을 달리했다. 두 사람은 생시에 서로 만난 적이 없었고, 뮐러가 죽기 전에 자신의 시를 슈베르트가 작곡한 사실을 인지했는지도 확실치 않다.
연작시 「겨울 여행」에 포함된 시들은 제각기 독자적인 내용을 담고 있지만 기본적인 서사는 바탕에 깔려 있다. 원래 도시에 살았던 방랑자 청년은 서로 사랑하는 여인이 있었으나, 그 여인이 유복한 신랑감을 선택하여 떠나자 슬픔을 이기지 못해 한겨울에 정처 없는 방랑길을 떠난다. 「보리수」에서 우물가에 있는 보리수는 한때 그 여인과 사랑을 나누던 아픈 추억의 장소이다. 그래서 방랑자는 다시 이곳을 지날 때 아픈 추억을 돌아보지 않으려고 어두운 밤인데도 눈을 질끈 감는 것이다. 또한 보리수가 나무 곁에서 안식을 찾으라고 속삭이지만 뒤돌아보지 않고 떠나간다. 그런데 이 방랑자는 나중에 결국 목을 매고 자살하기에 이른다. 그런 결말에 비추어보면 이 노래에서 보리수가 자기 곁에서 안식을 찾으라는 유혹은 죽음에의 유혹이다. 한때 사랑의 기쁨과 행복이 서려 있는, 그러나 지금은 잃어버린 사랑의 추억이 새겨진 장소이므로 그 장소로 돌아가 안식을 찾는다는 것은 결국 정사(情死)를 택하는 셈이 되는 것이다.

제3부

아네테 폰 드로스테-휠스호프
(Annette von Droste-Hülshoff, 1797~1848)

뮌스터 인근의 귀족 집안 영지 휠스호프 성에서 태어났다. 팔삭둥이로 태어나서 병약했고 근시와 두통으로 고생했다. 어릴 적부터 가정교사의 교육을 받았고, 섬세한 자연 관찰과 음악을 통해 시적 재능을 단련했다. 1837년에 문학비평가 레빈 쉬킹(Levin Schücking)과 가까운 사이가 되었지만 오래가지 못했고, 1841년부터 보덴제 호반의 메르스부르크 성에 은거하면서 독신으로 여생을 보냈다. 드로스테의 자연 서정시는 반세기 후에 출현하는 인상주의 회화를 미리 보는 듯한 느낌을 준다. 또한 공포와 괴기 소재를 다룬 발라드나, 경건한 믿음을 노래한 종교적인 명상의 시들도 다수 있다. 실제로 일어난 범죄 사건을 소설로 형상화한 『유대인의 너도밤나무』(*Die Judenbuche*, 1842)는 한 인간을 끔찍한 범죄자로 만드는 사회현실을 비판적으로 묘사한다. 요절한 카롤리네 폰 귄더로데와 더불어 19세기를 대표하는 여성 시인이다.

어머니에게

제발 아름다운 노래를 짓고 싶었어요,
당신의 사랑으로, 당신의 정숙한 방식으로,
다른 이들을 위해 언제나 깨어 있는 재주를
당신을 찬양하기 위해 깨우고 싶었어요.

하지만 정신이 점점 더 말짱해져도,
아무리 운율을 맞추려 해도,
넘치는 가슴 마구 끓어올라서
내 노래의 잔잔한 물결을 망쳐놓았어요.

그러니 단순 소박한 재주를 받아주세요,
꾸미지 않은 단순한 말로 지은 노래를,
이 노래에 담긴 제 영혼 전부 받아주세요.
다정한 마음 넘치면 많은 말이 필요 없지요.

레빈 쉬킹에게

아, 묻지 마라, 무엇이 내 마음 이리도 깊이 움직이는지,
그대 젊은 피가 그리도 기쁘게 용솟음치는 걸 보노라면
어째서, 그대 환한 이마에 기대어,
내 눈썹에서 굵은 눈물방울이 떨어지는 것일까.

한때 꿈을 꾸었지, 나는 아둔한 아이여서
책상에 붙어앉아 무던히 애를 썼건만,
그 어휘들은 얼마나 막강했던가,
나에겐 다시 상형문자가 되었지!

그러다가 다시 깨어나면 뜨거운 눈물 흘렸지,
이젠 너무나 맑고 말짱한 정신으로 돌아와서,
내 그토록 무모하고 똑똑한 체했다니,
질책과 회초리 겁내지도 않고서.

그런즉, 신선한 생명의 싹이 무수히 넘치는
네 얼굴을 살며시 바라보노라면,
마치 자연이 마법의 거울에
내 모습 비추는 것만 같지.

하여 내 모든 희망, 내 영혼의 화염,
그리고 내 사랑의 태양 가물대는 빛살,

그리고 장차 사라질 것, 이미 사라진 것,
그 모든 걸 네 안에 묻고 울어야 하리.

비 그친 황야

가랑비 그치고 안개가 흩어지자
구름 사이로 서서히
고결한 태양이 다시 떠오른다.
은은한 향기 속으로 소나무는
푸른 솔잎을 뻗는다,
아름다운 여인이 바늘을
레이스 면사포에 꽂듯이.
샹들리에에 달린 유리 장식처럼
노간주나무에 붙어 떨고 있는
수없이 많은 영롱한 물방울 속에
황야가 있다.
땅 위로는 속삭이는 소리 지나가고,
잡초는 저마다 몸을 세우고,
모래 덮인 오솔길 따라
길게 뻗은 여정을 달려가는
전령의 황금빛 갑옷이
번쩍인다. 풀줄기에 머무는
귀뚜라미는 날개의 녹색 유리에서
물기를 살살 털어낸다.
풀줄기는 칼날처럼 반짝이고
파랑, 주황, 노랑, 하양의
조그만 나비들은

빙빙 돌며 어지러이 서로를 뒤쫓는다.
모두가 미광微光, 모두가 빛,
산속의 숲이나 파도는
비 그친 후 황야 같은
이런 빛깔을 품지 못하리라.

어머니에게(An meine Mutter)

독일시에는 이상하게 사모곡이 희귀하다. 너무 가깝고 친밀해서 시적 거리를 두기 어렵기 때문일까? 이 시에서 말하듯 "꾸미지 않은 단순한 말"이면 충분하기 때문일까? 사모곡으로 기억나는 것은 하이네가 파리에 망명해 있을 때 쓴 「밤중의 상념」에서 조국에 계시는 연로한 어머니를 그리워하는 대목이 거의 유일한 것 같다. 괴테는 1776년 스물일곱살에 고향 도시 프랑크푸르트를 떠나서 바이마르로 간 다음 고향에 남은 모친이 1808년에 78세로 돌아가실 때까지 30년이 넘도록 단 네번 모친을 찾아갔을 뿐이다. 노년의 괴테를 다룬 토마스 만의 소설 『로테, 바이마르에 오다』를 보면 이와 관련된 일화가 나온다. 괴테가 젊은 시절에 뜨겁게 사랑했던 샤를로테(『젊은 베르터의 고뇌』에 등장하는 여주인공)가 40년이 지난 후에 바이마르에 가서 괴테를 만난 자리에서 "내가 그런 아들을 두었다면 버르장머리를 고쳐놓겠어요"라며 67세의 괴테를 야단친다. 하긴 대문호라고 해서 반드시 효자라는 법은 없다.

어떻든 이 시는 독일시에서 보기 드문 사모곡이다. 그런데 아름다운 사모곡을 노래하기 어렵다는 말로 말문을 연다. 남들을 위해 언제나 깨어 있는 시적 재주를 깨워서 어머니를 찬양하고 싶은데, 아무리 운율을 맞추려 해도 넘치는 가슴이 끓어올라서 "노래의 잔잔한 물결"을 망쳐놓는다는 것이다. 4남매 중 둘째인 드로스테는 팔삭둥이로 태어났다. 아기와 어머니 모두 건강이 좋지 않아서 어머니가 직접 아이를 돌보지 못했고, 유모의 보살핌을 받으며 자랐다. 그래서 유모를 어머니처럼 따랐다고 한다. 이런 유년기로 인해 어머니가 서먹서먹했을지도 모른다. 게다가 딸이 문학을 좋아하고 시를 쓰기 시작하면서 어머니와의 갈등이 심각해졌다. 어머니는 귀족 집안의 딸이 — 고매한 귀족의 가치관으로 보면 퇴폐적인 — 시 나부랭이를 쓰면 남들이 흉을 본다고 걱정해서 딸이 쓰는 시를 모두 읽고 검사했다. 문학소녀 시절부터 엄격한 검열을 받은 것이다. 「처음 쓴 시」(Das erste Gedicht)라는 시를 보면 그래서 소녀는 어머니에게 보여줄 수 없는 진짜 시는 몰래 숨겨서 성탑의 서까래 밑에 감춰 놓았다고 한다. 사다리를 타고 성탑 서까래를 오르내리는 일이 무척 위험했다고 적고 있다. "꾸미지 않은 단순한 말로 지은 노래"를 어머니에게 바치는 데는 이런 사연이 있다. 그렇지만 "다정한 마음 넘치면 많은 말이 필요 없지요"라는 말은 딸의 진심일 것이다. 드로스테의 문학수업 이력을 보면 18세기까지 독일에 여성 시인이 한명도 없고, 19세기까지도 드로스테와 귄더로데가 전부인 이유가 짐작되고 남는다.

레빈 쉬킹에게(An Levin Schücking)

1812년 열다섯살 문학소녀 시절에 드로스테는 카타리네 부쉬(Catharine Busch)라는 여성을 알게 되었다. 드로스테보다 네살 위인 카타리네는 총명하고 시를 곧잘 써서 드로스테는 그녀가 시인으로 성공하기를 기대하고 응원했다. 그러나 카타리네는 다음 해에 결혼해 시인의 꿈을 완전히 접고 절필하면서 오로지 주부의 역할에만 충실했다. 카타리네가 결혼한 다음 해에 낳은 아들이 바로 레빈 쉬킹이다. 열일곱살 때 레빈의 어머니가 죽고 나서 드로스테는 친구의 아들인 레빈을 아들처럼 대했다. 드로스테보다 열일곱살 아래인 레빈 쉬킹은 청소년 시절부터 문학적 재능이 뛰어났다. 그는 대학을 졸업한 후 1837년에 뮌스터에 거주하던 드로스테를 찾아와 재회하면서 두 사람은 문학을 매개로 깊은 우정을 맺게 되었다. 레빈은 그때 이미 『쾰른 신문』(*Die Kölnische Zeitung*) 등의 고정 기고자로서 신예 비평가로 활약하고 있었고, 드로스테의 작품을 발표할 잡지와 출판사를 주선하는 일에도 열성을 보였다. 그러다가 1841년 11월부터 1842년 4월까지 약 반년 동안 두 사람은 독일 남부의 보덴제 호반에 있는 메르스부르크 성에서 함께 지낼 기회가 생겼다. 메르스부르크 성은 드로스테의 형부인 라스베르크(Joseph von Laßberg) 남작의 소유였는데, 드로스테의 주선으로 레빈은 당분간 라스베르크 남작이 소장한 방대한 장서를 분류하고 정리하는 일을 맡게 되었던 것이다.

메르스부르크 성에서 드로스테와 레빈은 매일 만나서 함께 산책을 했고, 드로스테는 매일 시를 써서 레빈에게 낭송해주고 평을 들었다. 이런 친밀한 우애의 분위기 속에서 드로스테는 이 시기에 생애를 통틀어 가장 많은 시를 썼다. 그리고 문학사에서 주목받는 『유대인의 너도밤나무』라는 소설도 바로 이 시기에 썼는데, 레빈은 이 소설을 당시 독일에서 최고 출판사로 꼽히던(괴테와 쉴러의 작품을 거의 모두 출간한!) 클레트 코타 출판사에서 출판하도록 주선해주었다. 드로스테는 작가로서 창작욕이 가장 솟구쳤던 이 시기에 평소 아들처럼 대해오던 레빈에게 사랑의 감정을 느꼈다. 훗날 레빈의 회고록을 보면 레빈 또한 드로스테에게 인간적으로 무한한 신뢰를 품었고 깊은 문학적 유대감을 느꼈지만 드로스테가 느낀 사랑의 감정과는 거리가 있었다. 이 시기가 지난 후 두 사람이 주고받은 편지를 보면 드로스테는 여전히 "나의 시적 재능은 너의 사랑에 솟구치기도 하고 죽기도 한단다"라며 우회적으로 사랑을 고백하지만, 레빈은 "엄마"(Mütterchen)라는 호칭을 사용했다. 메르스부르크 성에서 함께 지낸 바로 다음 해에 레빈은 결혼을 했고, 이로써 결국 드로스테는 이 엄연한 현실을 받아들이고 체념할 수밖에 없었다.

이 시는 드로스테가 레빈과 함께 메르스부르크 성에서 머물던 1941/42년 겨울에 쓴 것이다. 그러니까 레빈에 대한 애정이 한껏 달아올랐을 무렵이다. 그렇지만 누구에게도 발설할 수 없었고, 레빈에게도 마음 편히 고백할 수 있는 처지는 아니었다. 몰래 죄를 짓는 심정으로 어차피 이루어질 수 없는 사랑이라는 것도 자각하는 상태에서, 그러나 솟구치는 감정을 어찌할 수 없는 갈등이 시에 잘 나타난다. 시의 첫머리에서 "묻지 마라"라고 하는 것도 말할 수 없는 비밀을 지켜야 한다는 자기검열과 그럼에도 고백하지 않고는 배길 수 없는 이중감정의 표현이다. 그래서 결국 "무엇이 내 마음을 이리도 깊이 움직이는지"라고 속을 털어놓는 것이다. 그렇게 마음이 출렁이면서도 이루어질 수 없는 사랑이라는 걸 잘 알기에 "굵은 눈물방울"을 흘린다. 2연에서는 지금의 감정상태를 이중으로 거리를 두고 — 그러니까 현재가 아닌 과거로, 현실이 아닌 꿈으로 — 토로한다. 게다가 "아둔한 아이"가 책상에 붙어앉아서 알 수 없는 문자("상형문자")를 해독하려고 애쓰는 것처럼 묘사함으로써 자신의 감정을 추스르고 자제하려고 애쓰는 태도를 보여준다. 그러나 알파벳을 사용하는 서양의 지식인들에게 상형문자는 이루 설명할 수 없고 형언할 수 없는 신비의 언어를 상징한다. 이 시의 문맥에서는 이루 말로 표현할 수 없는 사랑의 감정을 가리키는 암호로 쓰였다.

비 그친 황야(Die Heide nach dem Regen)

시의 화자는 비가 그친 후 황야의 풍경을 바라보고 있다. 연의 구별 없이 시행을 처음부터 끝까지 연결해놓은 것은 19세기 초반 당시로서는 매우 파격적이다. 원래 제목이 없는 시였기 때문에 미완성 시가 아닐까 하는 의구심도 들지만, 시상(詩想)의 전개가 매우 짜임새 있고 마무리가 완결되어 있다. 처음 3행은 가랑비가 그친 후 구름 사이로 다시 해가 비치는 광경을 묘사한다. 여기서 풍경의 광대함과 깊이, 풍경과 내면세계의 조응을 함축하는 핵심어는 해가 "떠오른다"라는 표현이다. '떠오르다'(tauchen)라는 말은 바닷속에 잠겨 있던 해가 수면 위로 떠오르는 이미지를 연상케 한다. 해가 떠오르기 전에는 만물이 여명의 어스름 속에 잠겨 있듯이 황야가 안개의 운무에 잠겨 있다. 안개가 흩어지고 해가 떠오르면서 풍경이 열리기 시작한다. 이때 풍경은 눈앞에 펼쳐지는 바깥 풍경인 동시에 화자의 마음속에 열리는 풍경이기도 하다. 그렇지만 시의 화자는 대상에 감정이입을 하지 않고 일관되게 바깥 풍경만 묘사한다. 그런 점에서 이 시에서 자연은 낭만주의 시의 자연과 완연히 다르다.
4행 이하는 해가 떠오른 후 지상의 풍경이다. 풍경이 열리는 첫머리에 '은은한 소나무 향기'를 언급한 것이 절묘하다. 이 향기는 뒤에서 다시 언급하지 않아도 줄곧 느껴지고 뒤에 등장하는 자연 사물들을 감싼다. 눈에 보이지 않는 향기는 "푸른 솔잎"의 싱그러운 형상으로 가시화된다. 푸른 솔잎은 다시 바느질하는 여인의 손길로 변용하는데, 이 여인의 손길에서 만물을 살아 움직이게 하는 창조주의 보이지 않는 손길이 느껴진다. 노간주나무에 붙어 있는 무수한 물방울 속에 황야가 있다는 표현은 중의적이다. 이 물방울은 대지를 적시는 생명수의 빗방울이다. 황야의 모든 사물은 이 생명수에 의존해서 살아가므로 이 물방울 속에 황야가 있다. 또한 미세한 물방울이 황야를 품고 있다는 발상은 범신론의 전통에서 소우주가 대우주를 품고 있다는 발상과 연결된다. 이런 연상에 힘입어 풀잎과 귀뚜라미와 나비는 모든 생명체의 상징이 된다. 이런 의미에 더하여 영롱한 물방울은 황야의 사물을 투영하는 거울과 같다. 물론 물방울에 맺힌 황야의 풍경을 눈으로 볼 수는 없겠지만, 그럼에도 비가시적인 미시의 세계는 거시의 세계를 비추는 거울이다. 형형색색의 나비들이 서로를 뒤쫓으며 추는 윤무(輪舞)는 지상 만물이 혼융일체를 이루는 향연이다. 이러한 어우러짐 속에서 "모두가 미광, 모두가 빛"이 된다. 여기서 '미광'은 햇빛의 은은한 반사광이라는 뉘앙스가 있는데, 만물에 비치는 빛과 만물이 발하는 빛이 등치되고 있다. "빛이 있으라" 하는 창세기의 말씀처럼 빛은 창조의 근원적 사건을 알리는 은유다. 비 그친 후 황야가 품은 빛깔은 그렇게 만물의 생명이 피어나는 빛을 품고 있다.

이 시의 섬세한 시각적 이미지는 먼 훗날 19세기 말에 출현하는 인상주의 회화의 느낌을 불러일으킨다. 비가 그치고 안개가 흩어진 후 구름 사이로 비치는 햇살에 지상의 만물이 빛으로 깨어난다. 연의 구별이 없는 것도 연쇄적인 지각 과정을 보여준다. 그렇지만 인상주의가 사물을 빛으로 해체하는 경향을 띠는 것과 달리 이 시에서 사물은 빛 속에서 더욱 뚜렷한 사물성을 획득한다.

카롤리네 폰 귄더로데
(Karoline von Günderrode, 1780~1806)

칼스루에에서 궁정고문관의 딸로 태어났다. 6세에 아버지가 죽고 나서 가세가 급격히 기울었고, 16세에 프랑크푸르트의 개신교 계열 기숙학교에 들어갔다. 학창 시절부터 프랑크푸르트의 문학적 구심이었던 브렌타노 집안에 출입하면서 클레멘스 브렌타노와 그의 여동생 베티나(Betina)와 친교를 맺었다. 그러나 이들에겐 시를 쓴다는 사실을 숨겼고, 24세에 '티안'(Tian)이라는 필명으로 첫 시집을 냈다. 이 시집을 읽고 괴테는 귄더로데에게 보낸 편지에서 "정말 독특한 작품"이라고 평했다. 두살 아래인 브렌타노 역시 귄더로데에게 그동안 어떻게 이런 문학적 재능을 숨겨왔는지 깜짝 놀랐다고 감탄했다. 그러나 귄더로데는 두번에 걸쳐 연애에 실패하면서 치명적인 좌절을 겪어야만 했다. 브렌타노 집에서 알게 된 사비니(Carl von Savigny)를 좋아했으나 사비니는 브렌타노의 여동생과 결혼했다. 그는 나중에 베를린 대학의 법학 교수를 거쳐 프로이센의 법무장관을 지냈다. 사비니와 헤어진 후 다시 하이델베르크 대학의 고고학 교수인 크로이처(Friedrich Creuzer)와 연인 사이가 되었으나, 유부남인 크로이처가 절교를 선언하자 귄더로데는 칼로 자살했다. 귄더로데의 시는 당대의 남성 시인들에게도 찾아보기 힘든 강렬한 격정과 대범한 상상력을 보여준다.

꿈속의 입맞춤

한번의 입맞춤이 내게 생명을 불어넣었지
내 가슴의 깊디깊은 갈망을 달래주었지.
오라, 어둠이여! 나를 암흑으로 다정히 감싸다오!
그리하여 새 희열이 내 입술을 빨게 해다오.

꿈속에서는 그런 생명이 아늑히 잠겨들었지
그래서 나는 영원히 꿈을 지켜보고자 살고
다른 모든 기쁨의 광채 경멸할 수 있었지,
오직 꿈만이 그토록 달콤한 진정제를 불어넣어주니까.

낮은 달콤한 사랑의 기쁨에 인색하지
한낮의 빛의 허망한 화려함은 나를 고통스럽게 하고
태양의 이글거리는 열기는 나를 갉아먹지.

그러니 너는 지상의 태양들의 광채에 눈을 감아라!
너를 밤으로 감싸라, 밤은 네 요구를 달래줄 것이니
그리고 레테의 시원한 강물로 고통을 치유하라.

꿈속의 입맞춤(Der Kuß im Traume)

카롤리네 폰 귄더로데는 비운의 여성 시인이다. 귀족 집안에서 태어났으나 여섯살에 아버지를 여의고 집안이 몰락해서 프랑크푸르트에 있는 개신교 수녀원 부속학교에 맡겨져서 교육을 받았다. 10대 후반부터 시를 쓰기 시작했으나 수녀원의 규율 때문에 글쓰기를 숨겨야만 했다. 10대 후반부터 낭만주의 문학의 산실인 브렌타노 남매와 아르님 남매의 서클에 출입했다. 이 모임에서 알게 된 사비니를 열렬히 사랑했으나 사비니는 브렌타노의 여동생과 결혼했다. 이 시는 사비니가 결혼하기 몇주 전에 쓴 작별의 시이다.

한낮의 빛을 멀리하고 밤의 어둠과 꿈에 탐닉하는 것은 낭만주의 문학의 핵심 모티브이다. 그런데 이 시에서는 그런 낭만적 동경마저 찢어발길 것 같은 섬뜩한 격정이 느껴진다. 1연 3행에서 '암흑으로 감싸다'라고 번역한 umnachten이라는 말에는 '실성하게 하다, 광기로 휩싸다'라는 뜻도 있다. 맨정신으로는 견딜 수 없으니 미치게 해달라는 주문(呪文)이다. 4행에서 입술이 희열을 빨아들이는 게 아니라 희열이 입술을 빨아들인다는 표현도 이 격정이 제어할 수 없이 화자를 몰아대는 것을 말해준다. 2연에서 "영원히" 꿈속에 잠겨 있으려 한다거나 "오직 꿈만이" 달콤한 진정제가 된다는 말도 심상치 않다. 3연에서는 한낮의 공허한 화려함이 고통스럽고, 이글거리는 태양이 오히려 생명을 갉아먹는다고 말한다. 4연에서 자신을 "너"라고 부르는 변화는 자신을 내려놓으려는 태도처럼 느껴진다. 시의 마지막 구절 "레테의 시원한 강물"은 죽음을 가리킨다. 저승의 레테 강물을 마시면 이승의 모든 고통을 잊고 편안히 저승세계로 들어간다. 이 시는 밤에 대한 동경이 아니라 죽음에 대한 동경을 표현하고 있다.

사비니가 결혼한 후 귄더로데는 다시 하이델베르크 대학의 고고학자 크로이처 교수를 사랑했다. 크로이처는 13세 연상의 여성과 결혼한 몸이었지만 귄더로데의 구애를 뿌리치지 못했고, 귄더로데는 남자 복장으로 크로이처의 강의를 들었다고 한다. 일설에는 크로이처가 귄더로데에게 부인과 함께 셋이 한집에서 살자는 기이한 제안을 했다고 한다. 그러다가 결국 귄더로데에게 다시는 만나지 말자고 절교를 선언했고, 그런 직후에 귄더로데는 칼로 자기 가슴을 찔러 자살했다. 스물여섯에 생을 마감한 귄더로데가 생시에 출간한 것은 스물네살 때 '티안'이라는 필명으로 낸 시집이 전부였다. '거인'(Titan)을 떠올리게 하는 남자 이름 필명이 말해주듯이 귄더로데는 아직 봉건사회의 그늘에서 벗어나지 못한 시대에 여성에게 요구되는 규범의 족쇄를 견디지 못해 결국 스스로 레테의 강을 건너갔다.

아우구스트 폰 플라텐
(August von Platen, 1796~1835)

바이에른의 소도시 안스바흐의 귀족 집안에서 태어났다. 아버지가 이혼을 하고 재혼한 부인 밑에서 태어났는데, 전부인과의 사이에 이복형제가 6남매여서 유산을 물려받을 가망이 없자 10세에 사관학교에 들어가서 군인이 되었다. 그러나 군인생활을 견디지 못해 1818년에 장기 휴가를 얻어 뒤늦게 대학에 입학해서 어문학 공부를 시작했고, 고대 그리스어와 라틴어를 비롯해서 10여개 언어의 유럽어 서적을 읽을 수 있는 수준에 도달했다. 1826년에 공부를 계속한다는 명분으로 이탈리아에 가서 돌어오지 않았다. 플라텐은 동성애 취향이었는데, 하이네가 그의 동성애 취향을 폭로하면서 큰 스캔들로 비화한 것도 독일로 돌아오지 않은 이유 중 하나였을 것이다. 39세였던 1833년에 콜레라가 창궐하자 이를 피해 다니다가 약물 과다복용으로 숨졌다. 플라텐은 외국어에 능통한 어학의 천재답게 매우 정교한 형식의 시를 썼고, 과격한 정치시도 썼다.

누가 일찍이 인생을 깨달았을까

누가 일찍이 인생을 깨달았을까,
인생의 절반을 잃지 않은 사람이 누가 있을까?
꿈속에서, 열병을 앓으며, 바보들과 대화하면서,
사랑의 고통 속에서, 허망하게 시간을 허비하면서.

그렇다, 심지어 조용히 차분하게
무얼 해야 할지 자각하고 거듭나서
일찍이 삶의 진로를 선택한 사람도
삶의 모순 앞에 시들어야 한다.

행복이 웃어주기를 누구나 바라지만
정말 행복이 찾아올 때, 감당하는 것은
인간의 일이 아니라 신의 일이기 때문이다.

또한 행복은 결코 오지 않는다, 우리는 그저 바라고 감행할 뿐:
잠자는 자에게 행복은 결코 지붕에서 떨어지지 않고
달리는 자 또한 결코 행복을 낚아채지 못하리라.

누가 일찍이 인생을 깨달았을까(Wer wußte je das Leben)

유복한 귀족 집안 출신인 플라텐은 부친의 뜻에 따라 군인이 되었으나 군인 생활에 적응하지 못하고 시 창작에 몰두했다. 1825년에는 휴가를 얻어 베네치아 여행을 갔다가 휴가기한을 넘기고 귀대하지 않아서 체포 구금되는 일까지 벌어졌다. 게다가 플라텐은 동성애 취향이었다. 군대에 적응할 수 없는 고통, 동성애로 인한 갈등 등이 겹쳐서 오갈 데 없이 궁지에 몰린 처지였다. 1826년 가을에 쓴 이 시는 세상 어디에도 발을 붙일 수 없는 막막한 심정을 토로한다. 이 해에 플라텐은 결국 이탈리아에서 학업을 계속한다는 명분으로 2년의 휴가를 내고 이탈리아로 갔다. 그러나 이탈리아에서도 안착하지 못했고, 그렇다고 독일로 돌아오지도 않았으며, 1835년 39세의 젊은 나이에 콜레라로 숨을 거두었다.

플라텐이 독일로 돌아오지 않았던 결정적 이유는 아마 이탈리아로 간 직후 그의 동성애 문제가 스캔들로 비화했기 때문일 것이다. 발단은 플라텐이 즐겨 구사한 오리엔트 풍의 시 형식 가젤(Gasel)을 비판하는 카를 이머만(Carl Immermann)의 글을 하이네가 잡지에 게재한 데서 비롯되었다. 그러자 플라텐은 하이네가 유대인이라고 공격했고, 하이네는 다시 플라텐의 동성애 성향을 폭로하는 시를 발표했다. 플라텐이 이탈리아로 간 이후 바이에른 왕은 플라텐에게 장려금을 지급했는데, 귀족인 플라텐이 바이에른 왕실의 경제적 지원을 받는 것을 하이네가 아니꼽게 여긴 측면도 있다. 괴테는 이 요란한 스캔들에 대해 세상은 넓고 할 일은 많은데 두 사람이 아까운 재능을 독(毒)으로 써먹는다고 개탄했다. 오늘날의 관점에서 보면 당시 유대인과 동성애자는 서로를 지지해도 모자랄 판에 이전투구를 벌였던 것이다. 아무리 뛰어난 시인도 결국 그 시대의 한계를 벗어나긴 어렵다. 하이네는 플라텐이 괴테와 실러를 모방하는 아류라고 비판했지만, 이 시는 앞 세대의 감각과는 다른 극한의 새로운 감정을 표현하고 있다.

아델베르트 폰 샤미소
(Adelbert von Chamisso, 1781~1838)

샤미소의 부모는 프랑스의 귀족으로 1789년 프랑스대혁명이 터진 후 1792년 독일로 망명해서 베를린에 정착했고, 가족과 함께 프랑스를 떠날 당시 샤미소는 열한살이었다. 샤미소는 베를린에서 17세기 말에 세워진 프랑스계 김나지움을 다녔고, 1798~1807년 기간에 프로이센 군대에 복무했다. 장교로 제대한 후 1810년부터 3년 동안 프랑스와 스위스에 머물면서 식물학 연구에 몰두했고, 1815~18년 기간에 식물 연구를 위해 세계일주를 했다. 그의 식물학 연구가 학술적 가치를 인정받아 1835년에 프로이센 학술원 회원이 되었다. 호프만(E. T. A. Hoffmann) 등의 낭만주의 작가들과 가까웠던 샤미소는 1814년에 낭만적 환상소설『페터 슐레밀의 신기한 이야기』(*Peter Schlemihls wundersame Geschichte*, 1814)를 발표하여 큰 인기를 얻었다. 그의 시는 프랑스 시인 베랑제(Pierre-Jean de Béranger)의 정치적 샹송의 영향을 받아 사회비판적인 민중시의 면모를 보인다. 그런 점에서 샤미소의 시는 다음 세대의 베르트(Georg Weerth), 헤어베크(Georg Herwegh) 등의 정치시에 큰 영향을 주었다.

봉쿠르 성

어린 시절로 돌아가는 꿈을 꾸네
반백의 머리를 설레설레 저으며.
그 시절의 모습들이여, 어떻게 나를 찾아오는가?
오랫동안 잊었다고 믿었거늘.

그늘진 사냥터 위로 높다랗게
반짝이는 성이 솟아 있지,
성탑들, 흉벽들을 알아보겠구나,
돌다리와 성문도.

방패 모양의 문장紋章에 새겨진
사자가 나를 믿음직하게 바라보는구나.
나는 오랜 지인들에게 인사를 하고
성의 안마당으로 달려간다.

그곳 우물가에는 스핑크스가 있고
무화과나무가 푸르지.
저기 창문들 뒤에서
내 첫 꿈을 허망하게 꾸었지.

성의 예배당에 들어가서
조상들의 무덤을 찾아간다.

저기 있구나, 저기 기둥에
옛날 무기들이 걸려 있구나.

아직은 눈물에 가려서
묘비명 글씨를 읽지 못하겠구나.
형형색색의 유리창을 통해
눈부신 빛이 비추는데도.

오, 조상들의 성이여, 내 마음속에
아직 그대로 또렷이 남아 있건만
이제는 지상에서 사라지고
쟁기가 그 위를 갈고 있구나.

오, 소중한 땅이여, 비옥하거라,
내 따뜻하게 진심으로 축복하노니.
누가 그곳에 쟁기질을 하더라도
내 곱절로 축복해줄 것이니.

하지만 나는 마음을 다잡고
내 현악기를 손에 들고
드넓은 세상을 떠돌며
이 고장 저 고장 노래하리라.

정신병원의 상이용사

라이프치히, 라이프치히여! 몹쓸 땅이여,
  너는 불의와 치욕을 안겨주었지.
자유를! 그렇게 외쳤지, 전진, 전진!
  너는 나의 붉은 피를 마셨지, 무얼 위해서?

자유를! 나는 외쳤지, 전진, 전진!
  바보가 무엇인들 못 믿을까!
그래서 세게 휘두르는 칼에
  내 머리가 갈라졌지.

그래서 나는 쓰러졌고, 전투는
  재앙을 키우며 엎치락뒤치락했지,
내 위로 시체들 위로
  춥고 캄캄한 밤이 내렸지.

끔찍한 고통에 깨어나보니
  상처는 갈수록 더 화끈거리지,
그래서 나는 여기 묶인 채 누워 있고
  잔인한 감시자들이 나를 에워싸고 있지.

내가 격분해서 아직도 자유를 외치고
  피 값으로 행복을 달라고 외치면

감시자가 채찍으로 후려쳐서
　나는 다시 비열하게 조용해지지.

봉쿠르 성(Das Schloß Boncourt)

샤미소는 원래 프랑스의 귀족 집안 출신이다. 1789년 프랑스혁명이 터진 후 3년 뒤에, 샤미소가 열한살 때 그의 가족은 독일로 망명했다. 1827년 46세에 쓴 이 시는 어린 시절을 보냈던 고향 프랑스의 옛 성을 꿈처럼 회상하고 있다. 1연에서는 머리가 희끗한 나이에 어린 시절로 돌아가는 꿈을 꾼다. 2~6연에서는 옛 성의 현장을 지금 방문한 것처럼 현재형으로 묘사한다. 그렇지만 화자의 회상으로 복원되지 않는 암전(暗轉)의 장면이 있다. 성의 예배당에 안치된 조상들의 무덤에서 묘비명을 읽을 수 없다. 감정이 격해져서 눈물이 앞을 가려 읽지 못한다. 영영 떠나온 옛 성을 다시 보니 감정이 복받치는 것이다. 실제로는 돌아갈 수 없는 옛 고향의 집이기 때문에 더더욱 그럴 것이다. 그런데 7연을 보면 그 성은 사라지고 그 자리는 농사짓는 땅이 되어 쟁기가 땅을 갈고 있다. 실제로 샤미소의 부친은 프랑스를 떠나올 때 봉쿠르 성을 팔려고 내놓았고, 프랑스를 떠나온 후 3년 뒤에 팔렸는데, 다른 주인이 들어와서 살지 않고 성을 해체하여 건축 자재로 사용했다고 한다. 이 시에서 성이 사라졌다는 묘사는 그런 사실과 부합하지만, 다른 한편으로 쟁기가 그 땅을 갈고 있다는 구절은 프랑스혁명의 여파로 세상이 바뀐 것을 암시한다. 옛 귀족의 성이 해체되고 농경지로 바뀌었으니 세상의 주인이 바뀌었다 해도 과언이 아니다.

그런데 화자의 태도가 특이하다. 세상이 바뀌어 조상 대대로 살아온 옛 성이 해체되고 그 땅을 쟁기로 갈아엎고 있는데 그 땅이 비옥해지라고 축복하는 것이다. 더구나 그 땅에서 농사짓는 사람이 누구이든 간에 곱절로 축복하겠다고 한다. 이런 의외의 반응은 샤미소 자신이 혁명 이전의 구체제에 비판적 거리를 두고 새로운 공화정을 지지하는 입장에 섰기 때문에 가능할 것이다. 비록 조상 대대로 살아온 옛 성이 파괴되고 농경지로 바뀌었지만 그 땅이 비옥해져 농사꾼에게 축복을 안겨준다면 그것이 역사의 순리라고 보는 것이다. 조상들이 묻혀 있는 땅이 살기 좋은 땅으로 바뀌는 것이 조상들에게도 좋은 일이다. 마지막 연에서는 그 땅을 축복하는 더 근본적인 이유를 밝힌다. 화자는 이제 조국도 고향도 다 버리고 넓은 세상을 떠도는 가인(歌人)으로 노래하겠다는 것이다. 시인의 길은 나라에도 고향에도 혈통에도 얽매이지 않는 자유의 길이다.

정신병원의 상이용사(Der Invalide im Irrenhaus)

1827년에 쓴 시. 라이프치히는 1813년 라이프치히 전투를 가리킨다. 러시아 원정에서 퇴각하던 나폴레옹 군대에 맞서 프로이센·오스트리아·러시아 등의 연합군이 10월 16일부터 19일까지 격전을 벌였다. 양측 합쳐서 50만의 병력이 투입되어 1차대전 이전까지 최대 규모의 전투였고, 유럽의 모든 열강이 참전한 사실상의 세계대전이었다. 게다가 나폴레옹 군대에는 프랑스에 인접한 독일 제후국들이 라인동맹으로 가세하여 상당수의 독일 병사들이 참전했다. 이 전투로 양측 합쳐서 10만여명의 사상자가 발생했다. 이 시에 등장하는 병사는 자유를 외치며 전진했지만 결국 머리가 깨지는 중상으로 뇌손상을 입고 정신병원에 감금되어 학대를 당한다. 자유를 위한 전쟁이라는 공허한 명분에 세뇌된데다 머리를 다쳐서 아직도 자유를 외치고 있다. 그러나 이따금 제정신이 돌아올 때면 피 흘린 보상으로 행복을 요구한다. 따라서 병사가 격분하는 것은 세뇌로 인해 식지 않는 투지와, 자신을 사지로 내몰아 이 지경으로 만든 위정자들에 대한 분노가 뒤섞인 감정의 표현이다. 샤미소는 원래 프랑스의 귀족 집안 출신으로, 어릴 적에 프랑스대혁명이 터져서 온 가족이 베를린으로 망명해온 처지다. 따라서 그에겐 조국이 없다. 라이프치히 전투는 열강의 각축전이었고, 조국애를 앞세운 대혈전에 무고한 평민들이 수없이 희생되었다. 샤미소는 이 전투가 두고두고 그의 마음을 갈가리 찢어놓았노라고 회고했다.

게오르크 헤어베크
(Georg Herwegh, 1817~75)

슈투트가르트의 유복한 식당집에서 태어났다. 헤겔과 횔덜린이 공부했던 유서 깊은 튀빙겐 신학교에 입학했으나 친구들과의 다툼으로 퇴학당했다. 스무 살부터 시를 발표하기 시작했고, 1839년에 군입대 통지를 받자 징집을 피하려고 스위스로 가서 창작활동을 계속했다. 스위스에서 쓴 시들이 독일에서 엄청난 인기를 얻어서 1842년에 독일로 금의환향을 했다. 하이네 다음 세대의 대표적인 정치시인으로, 독일의 봉건적 낙후성과 억압체제를 신랄하게 비판하는 시를 써서 큰 반향을 얻었다. 그러나 1850년대에 접어들어 창작활동이 급격히 뜸해졌고, 1866년에 부인과 함께 스위스로 가서 여생을 보냈다. 사후에 유고집으로 나온 『신시집』(*Neue Gedichte*, 1877)을 보면 헤어베크가 스위스로 건너간 후에도 꾸준히 정치시를 썼다는 것을 알 수 있다. 셰익스피어(William Shakespeare) 희곡 8편과 프랑스 문학을 번역하기도 했다.

자장가

자거라, 무엇을 더 바라느냐?
—괴테

독일이여 — 포근한 베개에 누워
머리 싸매고 고민하지 마라,
이 혼란한 세상에서!
자거라, 무엇을 더 바라느냐?

모든 자유를 순순히 빼앗겨라
굳이 지키려 하지 마라
그래도 기독교 신앙을 가졌으니.
자거라, 무엇을 더 바라느냐?

너에게 모든 것을 금지해도
너무 슬퍼하지 마라
그래도 괴테와 쉴러가 있지 않으냐.
자거라, 무엇을 더 바라느냐?

너의 왕은 바보들을 비호하고
그들에게 연금을 준다,
일인당 300탈러씩.
자거라, 무엇을 더 바라느냐?

300개의 신문이 음지에서
싸우니, 스파르타처럼 막강한 대군이다.

덕분에 너는 매일 날씨를 알게 된다.
자거라, 무엇을 더 바라느냐?

긴바지도 입지 않고 쏘다니는 철부지는 없다
자유로운 라인 강변에서.
나의 독일이여, 나의 잠자는 공주여,
자거라, 무엇을 더 바라느냐?

자장가(Wiegenlied)

게오르크 헤어베크는 19세기 중반의 대표적인 정치시인이자 자유의 투사였다. 이 시는 봉건적 구체제의 미몽에서 깨어나지 못하는 독일을 향해 그렇게 계속 잠이나 자라고 반어적으로 풍자하고 있다. 1연에서 "포근한 베개"는 귀족과 부호 등 안락한 상류층을 가리킨다. 그런 유한계층이 무엇 때문에 머리 싸매고 격동의 시대를 고민하겠냐고 꼬집는다. 2연은 자유를 빼앗겨도 기독교만 믿으면 된다는 비아냥이다. 맑스, 엥겔스와 가까웠던 헤어베크는 무신론자였다. 3연은 사상 표현의 자유를 금지하면서도 괴테와 쉴러만 내세워 '문화민족'임을 자부하는 시류에 대한 비판이다. 4연은 무능한 관료집단에 대한 비판이다. 무능하지만 왕을 지켜주므로 왕은 그들에게 거액의 보수와 연금을 지급한다. 5연은 왕정체제를 옹호하는 막강한 언론에 대한 비판이다. 우리의 정보기관이 과거 독재체제 하에 "음지에서" 일하는 것을 자랑했듯이, 왕정체제를 비호하는 독일 언론도 체면상 "음지에서" 일하는 것을 자랑했던 모양이다. 어떻든 그런 막강한 대군을 거느린 덕분에 왕은 매일의 동향("날씨")을 훤히 꿰고 있다. 6연에서 "긴바지"도 입지 않은 철부지는 프랑스혁명 동조세력을 가리킨다. 프랑스혁명에 참여한 사람들은 허례허식을 일소한다는 이유로 긴바지를 입지 않았고, 그래서 그들을 '상 퀼로트'(Sans-culotte, 긴바지를 입지 않은)라 불렀다. "잠자는 공주"는 동화에서 100년 동안 숲에서 잠을 잔다는 공주를 가리킨다. 도대체 독일은 언제 잠에서 깨어나겠는가 하는 하소연이다. 거꾸로, 반복되는 후렴구는 낡은 독일은 영영 잠들라는 요청으로 읽어도 무방하다.

루트비히 울란트
(Ludwig Uhland, 1787~1862)

울란트의 집안은 16세기부터 대대로 학자를 배출했다. 고향의 튀빙겐 신학교에서 법학을 공부했고, 졸업 후 파리로 가서 나폴레옹 법전과 프랑스의 법제도를 연구했다. 귀국 후에 잠시 변호사를 지내다가 1815년에 뷔르템베르크 공국의 왕이 헌법 개정을 위해 지방의회를 소집했을 때 지방의원으로 선출되어 헌법 개정 작업에 적극 관여했다. 그후 1819년에도 지방의원으로 선출되어 봉건시대 귀족들의 특권을 폐지하는 개혁을 옹호했다. 다른 한편 울란트는 민요 수집과 연구에도 정열을 쏟았고, 중세문학 연구에도 조예가 깊었다. 이런 학문적 배경 덕분에 1829년에는 튀빙겐 대학의 독문학 교수로 부임했다. 그런데 1832년 지방의회 선거에 출마하라는 권유를 못 이겨 출마했다가 또 당선되었다. 이 때문에 결국 교수직을 포기했지만, 지방의회에서 민주적인 개혁 노선을 견지해서 지방정부와 갈등을 빚다가 결국 1838년에 의원직을 사직하고 정치에서 완전히 손을 뗐다. 울란트의 시는 소박하고 힘이 있으며, 일반 독자들이 함께 호흡하며 읽을 수 있도록 대화체의 발라드가 많다.

좋은 친구

"나는 좋은 친구가 있었지,
더 좋은 친구는 보지 못하리.
싸움의 북소리 울렸고,
그는 내 옆에서 나아갔지,
똑같은 걸음으로 발맞추어.

총알이 날아왔다,
나를 겨냥했나? 아니면 너를?
총알은 그를 낚아챘고,
그는 내 발치에 쓰러져 있다,
마치 내 몸의 일부인 것처럼.

그래도 내게 손을 뻗으려 하는데,
그새 나는 총알을 장전했다.
네게 손을 건넬 수 없구나,
영원한 삶을 누리거라
나의 좋은 친구여!"

좋은 친구(Der gute Kamerad)

1809년에 쓴 시. 굳이 설명이 필요 없이 돈독한 우정과 전우애를 노래한 시이다. 세상에 둘도 없는 친구가 전장에서 총을 맞고 쓰러졌지만, 화자인 '나'는 적과 싸워야 하므로 친구가 내미는 손을 잡아줄 겨를도 없다. 그 안타깝고 애통한 마음으로 죽어가는 친구에게 "영원한 삶"을 누리라고 명복을 비는 추모의 시이다. 이 노래는 시인과 같은 고향 튀빙겐 출신의 작곡가 프리드리히 질허(Friedrich Silcher)가 곡을 붙여 당시부터 지금까지 독일과 오스트리아 군대의 군가로 애창되고 있다. 특히 전사하거나 복무 중 사고사로 죽은 군인의 장례식 때 이 곡을 연주하는 것이 관례이다. 군대뿐 아니라 소방대나 산악구조대에서 근무 중 사고사로 죽은 대원의 장례식 때도 이 곡을 연주하며, 독일 의회에서 특별한 추도식을 거행할 때도 사용한다. 역사적으로 이 노래는 보수우익 군국주의 세력이 가장 애창했을 뿐만 아니라 좌파 진영에서도 동지애를 고무하는 노래로 즐겨 불렀다. 그러나 이 노래는 전투 의지를 북돋우는 독전가가 아니라 추모가이다. 시 전체를 인용부호로 묶은 것도 시인의 주관을 배제하고 등장인물에게 일정한 역할을 맡겨서 인물의 관점에서 묘사한 이른바 역할시(Rollengedicht)의 특성을 부각하기 위한 것이다. 그렇지만 이처럼 써먹기 좋은 시는 시인의 손을 떠나면 어떻게 사용하는가는 독자의 몫이 된다. 독자가 시의 등장인물의 역할을 맡겠다고 자청하면 시인의 중립성은 지킬 도리가 없다. 어떻든 이 추모가는 얼마든지 남용될 소지가 다분해서 앞에서 열거한 추모식에서 대개 가사는 빼고 기악 연주만 하는 것이 관례이다.

니콜라우스 레나우

(Nikolaus Lenau, 1802~50)

당시 오스트리아의 속국이었던 헝가리에서 태어났다. 다섯살 때 관리였던 아버지가 페스트로 죽자 어머니 밑에서 자라다가 귀족이었던 조부의 도움으로 빈 대학에서 철학, 농학, 의학을 공부했다. 모친과 조부의 사망 후 상당한 유산을 상속받은 후 일정한 직업 없이 방랑생활을 계속했는데, 1830년에 주식투자에 실패해서 유산의 절반을 잃었다. 1832년에 미국에서 새로운 삶을 시작해보려고 펜실베이니아로 가서 농장을 매입했으나 안착하지 못하고 다음 해에 돌아왔다. 그후 창작에 전념해서 장편 서사시 『파우스트』(*Faust*, 1836), 『사보나롤라』(*Savonarola*, 1837), 『알비파 교도들』(*Die Albigenser*, 1842) 등을 탈고했다. 1844년에 극심한 심신쇠약과 우울증으로 여러차례 자살을 시도했고, 결국 정신병원에 수용되어 6년을 더 살았다. 레나우의 시는 염세적인 우울과 비애 그리고 반항정신이 뒤섞인 독특한 스타일을 보여준다.

이별

이제 작별 인사를 하자
조국이여, 비겁하고 어리석게
폭군의 발가락에 입 맞추고
그의 손짓에 묵묵히 순종하는 조국이여.

어린아이는 네 품에서 잘 잤지,
소년에겐 기뻐하는 것을 주었지,
젊은이는 알량한 애정을 호의로 받아들였지,
그러나 대장부는 자유를 찾지 못했다.

산짐승 무리가 무섭게 달려오면
고산지대의 사냥꾼은
잽싸게 땅바닥에 납작 엎드리지,
그러면 위험도 지나가지.

조국이여, 너는 그렇게 침몰하리라,
통치자의 요란한 발걸음이 다가오면
탈 없이 지나가도록 너는 비켜서서
겁먹고 숨죽일 것이다.

배야, 구름이 허공을 가르듯이
신성한 불꽃이 타오르는 곳으로 날아가라!

바다여, 나를 자유로부터 갈라놓는
절벽을 파도로 쳐서 무너뜨려다오!

그대 신세계여, 그대 자유로운 세계여,
꽃들 만발한 해안에서
전횡의 물결은 산산히 부서지리라,
조국이여, 그대에게 인사하노라!

셋이서

전투에서 패배한 세명의 기병,
이들은 얼마나 얌전히, 얌전히 말을 타고 가는가!

깊은 상처에서 피가 솟아 나오고
준마는 따뜻한 핏물을 느낀다.

안장에서, 고삐에서 핏방울이 떨어져
땅바닥의 먼지와 거품을 씻어낸다.

준마는 살며시 부드럽게 걸어간다,
안 그러면 피가 너무 빨리, 너무 많이 쏟아질 테니.

기병들은 서로 바짝 붙어서 간다,
서로가 서로에게 기대어서.

그들은 슬프게 서로의 얼굴을 쳐다본다,
그리고 한명씩 차례로 말한다:

“내 집에는 꽃처럼 예쁜 색시가 기다리고 있어,
그래서 일찍 죽는 게 슬퍼.”

“난 집과 농장과 푸른 숲도 있는데,

그런데 이렇게 일찍 죽어야 하다니!"

"난 하느님의 나라만 바라볼 거야,
다른 무엇도 필요 없어, 그래도 죽는 건 괴로워."

그리고 이 죽음의 행렬을 노리면서
독수리 세마리가 허공을 날아 따라간다.

그들은 꺅꺅거리며 저들끼리 말한다:
"저놈은 네가 먹어, 저놈은 네가, 저놈은 내가."

이별(Abschied)

1832년에 쓴 시. 같은 해에 레나우는 독일에서의 삶을 청산하고 신대륙에서 새로운 삶을 개척하기 위해 미국으로 건너갔다. 19세기에는 수많은 유럽인이 이처럼 유럽을 떠나 신대륙으로 건너갔다. 19세기를 통틀어 약 500만명이 신대륙으로 갔고 그중 약 300만이 북미 대륙에 정착했는데, 그중에서도 특히 독일인이 가장 많았다. 독일인이 가장 많았다는 것은 독일에서의 삶을 답답한 질곡으로 여기는 사람들이 그만큼 많았다는 뜻이다. 이 시에서 보듯이 레나우의 경우에는 아직도 "폭군"이 지배하는 독일의 억압적 정치체제에 환멸을 느껴 미국행을 결심했다. 이 시는 여전히 폭군이 지배하는 낡은 조국을 버리고 '자유로운 신세계'를 새로운 조국으로 선택하려는 결연한 의지를 표명한다.

1연은 폭군에 순종하는 조국에 작별을 선언한다. 조국을 사람으로 의인화해서 호명하는 어법은 복합적인 함의를 갖는다. 과거 봉건 절대왕정 체제에서는 국가권력이 신으로부터 부여받은 신성한 왕권으로 간주되었다면 이제 국가와 권력의 주체는 분리된다. 폭군은 국가의 주인이 될 자격이 없다. 국가는 사람 위에 군림하는 절대권력이 아니다. 국가를 "너"라고 호명함으로써 나의 의지에 따라 선택할 수도 있고 버릴 수도 있는 대상으로 상대화된다.

2연은 지금의 조국이 국민을 길들이는 방식을 말한다. 어린아이는 "품"에 안아주고, 소년에겐 좋아하는 것을 제공하고, 젊은이에겐 "알량한 애정"을 베푼다. 어린아이와 소년과 젊은이는 아직 자신의 주권을 자각하지 못한 미성년들이다. 그러나 "자유"를 원하는 대장부에게서 자유를 박탈하므로 이 나라는 대장부의 조국이 아니다.

3연과 4연은 유추관계로 연결된다. 고산지대의 용맹스러운 사냥꾼도 사나운 산짐승이 달려들면 땅바닥에 엎드려 위험을 피한다. 그다음에 4연에서 조국도 그렇게 침몰할 거라고 말한다. 따라서 조국이 지금 폭군의 전횡에 굴복한다면, 장차 새로운 "통치자"가 도래해도 그렇게 숨죽이고 굴복할 거라는 말이다. 여기서 새로운 "통치자"는 폭군을 쓰러뜨리고 새 시대의 주인이 될 민주 세력을 암시한다.

지금까지 낡은 조국을 떠나는 이유를 밝혔다면 마지막 5~6연은 대서양을 건너가는 기개와 포부를 밝힌다. 대서양을 건너는 배가 신성한 자유의 불꽃이 타오르는 곳으로 힘차게 날아가라고 기원하고, 바다가 자유를 가로막는 절벽을 무너뜨리라고 호소한다. 마지막 연에서 화자는 "자유로운 세계" 신대륙을 자신의 새로운 조국으로 맞이한다.

이 시에서 레나우는 담대한 포부를 선언했지만 신대륙에서 꿈을 이루지 못한 채 다음 해에 다시 독일로 돌아와 창작에 전념하면서 작가로서 가장 생산적인 시기를 보냈다. 그러나 1844년 무렵부터 심각한 우울증으로 자살을 시도했다가 결국 6년 동안 정신병원에 갇혀 지내다 48세의 나이로 생을 마감했다.

셋이서(Die Drei)

레나우가 마흔살이던 1842년에 쓴 시. 원래 『알비파 교도들』이라는 장편 서사시에 삽입한 작품이다. 알비파 교도는 13세기 초 프랑스 남부 지역에 급속히 세력을 확장한 교파인데, 교황청은 그들을 이단으로 규정하고 1209년에 이들을 토벌하기 위한 십자군을 조직하여 20년 동안 전쟁을 벌였다. 이 잔혹한 전쟁에서 적게는 20만, 많게는 100만명이 살해된 것으로 추정되며, 그중 대다수는 민간인이었다.

이 시는 우선 형식이 독특하다. 단문의 시행이 2행씩 짝을 이루고, 무미건조한 보고체의 이야기 형식을 취한다. 전투에서 패배한 세 기병의 몸에서 피가 솟구치는 것은 끔찍한 상황이지만, 이 상황을 묘사하는 어휘들은 '얌전하고, 부드럽다.' 피가 너무 빨리, 너무 많이 쏟아지지 않게 말이 살며시 걸어가는 모습에서 뭔가 티끌만큼이라도 위안을 얻으려는 것처럼 보인다. 세명이 서로 바짝 붙어서 기대어 가는 모습도 서로 위안을 주고받으려는 것처럼 보인다. 세명이 각자 죽음을 슬퍼하는 이유도 안쓰럽다. 그렇지만 마지막에 살풍경한 반전이 일어난다. 독수리 세마리가 서로 먹잇감을 찍고 있다. 그다음 장면을 묘사하지 않았기 때문에 오히려 더 끔찍한 장면이 눈앞에 아른거린다. 시의 제목이 가리키는 '셋'은 독수리 세마리다. 그들이 주인공이고 기병 셋은 그들의 먹잇감일 뿐이다. 이 기병들은 꽃처럼 예쁜 색시와 재산과 하느님의 나라를 지키기 위해 전투에 출정했을 테지만, 결국은 독수리 먹이가 되기 위해 출정한 꼴이다. 하느님을 들먹인 전쟁들은 모두 이 지상을 지옥의 화염으로 불사른 학살이다.

프리드리히 헤벨
(Friedrich Hebbel, 1813~63)

독일 북부의 소도시 베셀부른의 가난한 벽돌공 집에서 태어났다. 집안 형편상 김나지움을 가지 못하고 일찍부터 교구(教區) 감독관의 서기로 일하면서 독학으로 공부하고 극작가의 꿈을 키웠다. 1835년에 잠시 지인의 도움으로 함부르크로 가서 대학 청강생이 되었으나, 1년 후에 뮌헨으로 가서 아이스킬로스(Aeschylos), 셰익스피어, 쉴러의 희곡을 집중적으로 연구했다. 1839년에 함부르크로 돌아와서 시인이자 정치평론가 카를 구츠코가 발행하는 잡지의 기고자로 참여했다. 1841년에 첫 희곡 『유디트』(*Judith*, 1840)를 발표하여 성공을 거두었다. 대표작으로 『헤로데스와 마리아네』(*Herodes und Mariane*, 1850), 『아그네스 베르나우어』(*Agnes Bernauer*, 1855), 『니벨룽겐 3부작』(*Die Nibelungen*, 1862) 등의 희곡이 있다. 사회비판적이고 여성의 권리를 옹호한 헤벨의 희곡은 입센(Henrik Ibsen)과 스트린드베리(August Strindberg)에게 큰 영향을 주었다. 헤벨은 희곡 작가로 유명하지만, 사실주의 대표 작가인 슈토름(Theodor Storm)이나 켈러(Gottfried Keller)로 연결되는 절제된 분위기의 서정시도 썼다.

여름 소묘

여름의 마지막 장미가 피어 있는 것을 나는 보았다.
그것은 마치 피를 흘릴 듯 붉은 빛깔이었다.
그 옆을 지나가면서 나는 몸서리치며 말했다.
삶에서 이렇게 멀리 왔으니 이토록 죽음에 가까이 왔구나!

숨소리 하나 들리지 않는 뜨거운 한낮에
하얀 나비 한마리가 아주 조용히 날아갔다.
그러나 날갯짓이 대기를 살짝 스치기만 해도
대기는 그것을 알고 사라져버렸다.

황무지의 나무 한그루

황무지 모래땅에 서 있는 나무 한그루,
거기서 자란 유일한 나무다.
태양이 나무를 거의 태웠고
비가 갈증을 달래주지도 못한다.

나무의 누르스름한 꼭대기에
과즙이 새콤한 열매 하나가 달려 있다.
나무는 자신의 진액을 열매에 몰아넣었다,
자신의 생명을, 최고의 힘을.

과일이 너무 무거워
바닥에 떨어질 때가 가까웠다,
지나가는 나그네도 없고
과일이 나무를 위해 있는 것도 아닌데.

여름 소묘(Sommerbild)

극작가로 유명한 헤벨의 시는 극히 사실적인 관찰과 사변적 성찰을 결합한다. '피처럼 붉은' 장미라고 하지 않고 장미가 "피를 흘릴 듯"이 붉다고 묘사함으로써 3행에서 "몸서리치며"라는 반응을 실감나게 한다. 2행의 "붉은"(rot)이 4행의 "죽음"(Tod)과 각운이 일치해서 장미의 핏빛 붉은 빛깔이 자연스럽게 죽음과 등치된다. 2연 1~2행은 바람 한점 없고 나비 한마리가 너무나 조용히 날아가는 고요한 정적을 묘사한다. 3~4행에서 나비 한마리의 날갯짓에 대기가 사라진다는 대비가 절묘하다. 엄밀히 말하면, 나비가 나는 것은 공기가 있어야 가능하므로 대기가 사라지는 것이 아니라 대기의 미세한 떨림을 그렇게 표현한 것이다. 그 떨림이 '사라지다'라는 동사로 비약한 것은 두가지 연상을 불러일으킨다. 우선 그 미세한 떨림의 파동에 의해 1연에서 말한 마지막 장미 한송이가 떨어질 거라고 암시한다. 다른 한편 시의 화자인 '나' 또한 이 대기를 호흡하고 있으므로 언젠가는 그 장미처럼 소멸할 운명이다. "몸서리치며"라는 온몸의 반응이 그것을 말해준다. 1연에서는 시의 첫머리에 "나는 보았다"라고 전면에 부각한 '나'가 2연에서는 고요한 정적 속에 자취를 감춘 것도 '나'의 사라짐을 예고한다. 그러나 이 시는 삶의 무상함을 노래하는 시는 아니다. 나비의 날갯짓에도 대기의 떨림을 감지하는 '나'는 무한한 대기를 호흡하고 있기 때문이다.

황무지의 나무 한그루(Der Baum in der Wüste)

헤벨 이전의 시에서는 자연이 이토록 적막하게 묘사된 경우를 찾아보기 어렵다. 황무지의 모래땅에 오직 한그루의 나무가 자랐으니 얼마나 반가울까. 그러나 나무는 열사의 뜨거운 태양에 거의 타들어갔고 나무의 갈증을 해소할 만큼 비가 내리지도 않는다. 분명히 태양과 빗물의 축복으로 한그루의 나무가 이렇게 자랐을 터인데, 애초에 생명을 키웠던 자연의 축복이 언제부터인가 천형(天刑)이 되었다. 그럼에도 누렇게 말라비틀어진 나무 꼭대기에 과일이 한 개 열려 있다. 더구나 사막의 신기루처럼 '새콤한 과즙'까지 느껴진다. 나무는 혼신의 진액과 생명을 다 쏟아넣어 한알의 열매를 키웠다. 2연은 이렇게 1연의 절망적 분위기를 반전시키는 것처럼 보인다. 헤벨은 탁월한 극작가답게 극적인 반전을 꾀하는 것일까. 그러나 3연은 다시 파국적 종말을 예감케 한다. 과일이 너무 무거워져 땅에 떨어질 때가 되었건만, 과일을 반길 나그네가 지나갈 기미도 보이지 않는다. 그렇다고 나무에서 떨어지는 과일이 나무를 위해 존재하는 것도 아니라고 말한다. 자연의 순환 과정에서 보면 과일이 떨어져 흙으로 돌아가면 어떻든 그 흙이 나무를 키웠으니 떨어진 과일과 나무는 자연의 순환고리로 연결되어 있다. 그러나 시인은 그러한 순환고리가 완전히 단절된 것으로 보고 있다.

이것은 물론 한그루의 나무에 대한 관찰과 상상의 산물이 아니라 시인이 세상을 보는 시각, 즉 세계관의 표현이다. 극작가 헤벨의 중심 장르는 비극이다. 그의 비극론은 이 세계에서 개인과 개체를 절대적 고립의 존재로 파악하는 비극적 세계관에 바탕을 둔다. 세상을 움직이는 이치, 헤벨에게 깊은 영향을 준 헤겔의 용어를 빌리면 '세계정신'은 독자적 생명을 발현하려는 개체의 의지와 충돌한다. 이 해소할 수 없는 갈등에서 세계정신의 승리와 개체의 파멸은 필연적이다. 이것을 헤벨은 범(汎)비극론(Pantragismus)이라 일컬었다. 이것은 모든 개체 속에 신성이 깃들어 있다고 보았던 스피노자의 범신론적 세계관의 종언을 뜻한다. 문학사의 맥락에서 보면 자연이나 내면세계의 무한함 속에서 이 각박한 세상을 초월할 피난처를 찾았던 낭만주의와의 완전한 결별을 뜻한다.

테오도어 슈토름

(Theodor Storm, 1817~88)

독일 북부의 해안 소도시 후줌에서 법관의 아들로 태어났다. 대학에서 법학을 공부한 후 1842년부터 고향 도시에서 변호사로 일하면서 시와 소설을 발표했다. 당시 후줌은 덴마크령이었는데, 1848년에 덴마크와 프로이센 사이에 영토 분쟁이 벌어졌고, 1850년에 평화조약이 체결되어 분쟁이 가라앉았다. 이 과정에서 슈토름은 프로이센을 지지하는 입장을 표명했고, 이로 인해 1952년에 덴마크 당국에 의해 변호사 업무 정지를 당했다. 그후 포츠담과 하일리겐슈타트에서 법관으로 있다가 1864년에 다시 고향으로 돌아와서 치안판사가 되었다. 슈토름은 『임멘 호수』(*Immensee*, 1849), 『백마의 기사』(*Der Schimmelreiter*, 1888) 등의 소설을 썼다. 그의 소설은 사회현실에 대한 묘사보다는 전원생활에 묻혀 지내는 고독한 인간상을 주로 다룬다. 이와 마찬가지로 슈토름의 시 역시 번잡한 사회현실에서 비켜나 있는 고독한 인간의 내면을 자연 외경으로 표현한다.

황야를 거닐며

황야를 거닐며 내 발걸음 울리고
땅속에서 둔중한 울림 함께 걷는다.

가을이 왔고 봄은 멀었는데 —
일찍이 행복한 시절이 있었던가?

피어오르는 안개가 유령처럼 배회하고
잡초는 까맣고 하늘은 텅 비었다.

5월에 내가 여기를 지나가지 않았더라면!
인생과 사랑 — 얼마나 덧없이 흘러갔는가!

깊은 그늘

오래된 관들이 누워 있는 옆
구덩이에 새 관이 하나 놓였다,
거기엔 내 사랑 앞에
고운 얼굴이 감춰져 있다.

함의 검은 덮개를
꽃다발이 완전히 덮고 있다.
도금양 꽃다발 하나,
하얀 라일락 꽃다발 하나.

불과 며칠 전까지도
숲에서 햇살을 받던 꽃들이
이제 여기 아래에서 향기를 낸다:
오월의 백합과 초록의 너도밤나무.

돌이 닫혔고
그 위에 소담한 격자만 놓였다.
사랑받던 고인이
홀로 쓸쓸히 누워 있다.

어쩌면 달빛 아래
세상이 고요히 잠들면

하얀 꽃 주위로 아직도
어두운색 나비 한마리 나풀댈까.

해설

황야를 거닐며(Über die Heide)

1875년 58세에 쓴 시. 만년의 고독이 짙게 배어 있는 가을날 황야의 적막한 풍경이자 내면의 풍경이다. 슈토름의 고향 도시 후줌은 덴마크에 가까운 북독일의 해안에 자리 잡고 있다. 해변의 황야를 거닐며 '나'의 발걸음이 울리고, 땅속에서도 둔중한 울림이 함께 걷는다. 이 이중의 울림은 이 황야를 평생 동안 수없이 거닐었던 기억의 메아리이다. 지난 세월에 대한 회상에 침잠해 있기 때문에 1연에서는 아무것도 시야에 들어오지 않고 자신의 발걸음 소리만 들린다. 땅속의 울림은 홀로 걷는 나의 분신처럼 느껴지기도 하고, 언젠가 함께 거닐었던 벗이나 연인의 부재를 또렷이 느끼게 한다. 또한 둔중한 울림에서 무거운 발걸음이 느껴진다. 2연에서 봄이 멀었다고 탄식하는 것은 겨울이 오기도 전에 봄을 기다리는 안타까운 마음의 표현이자 지나간 봄에 대한 그리움의 표현이기도 하다. 일찍이 행복한 시절이 있었던가 하고 반문하는 것은 지나간 봄날이 앞으로 다가올 봄날보다 훨씬 아득히 멀어졌다는 뜻이다. 3연에서 비로소 자연 풍경이 눈에 들어오지만, 이 풍경은 화자의 마음속 풍경과 구별되지 않는다. 안개가 유령처럼 배회하는 낯설고 섬뜩한 느낌은 '나' 자신과 더불어 이 세상 전부가 낯설어진 느낌의 표현이다. 까맣게 탄 잡초와 텅 빈 하늘 역시 내 마음속의 풍경이다. 1년 중 가장 아름다운 5월의 기억이 차라리 지워지길 바라면서 덧없이 흘러간 인생과 사랑에 탄식한다. 황량한 해변 황무지를 무거운 걸음으로 걸어가는 노시인의 뒷모습이 눈에 어른거린다.

깊은 그늘(Tiefe Schatten)

1865년 부인 콘스탄체(Constanze)가 죽었을 때 쓴 추모시. 슈토름은 1843년에 교회 성가대에서 콘스탄체를 만나 2년 후에 결혼했다. 결혼 후 슬하에 일곱명의 자녀를 두었는데, 부인은 일곱째 아이를 낳고 산욕으로 세상을 떠났다. 슈토름은 부인의 장례식을 치른 날 저녁에 이 시를 썼고, 이어서 여러편의 연작 추모시를 썼는데, 이 시가 그 첫번째 작품이다. 부인이 죽은 후 지인들에게 보낸 부고 편지에서 슈토름은 "사람이 제 명보다 오래 사는 것은 끔찍한 일"이라며 비통한 심정을 토로했다. 그러나 이 시에서는 격한 감정을 말끔히 걸러내고 한편의 정물화를 그리듯 담담한 추모의 정을 절제된 어조로 표현한다.
시의 첫머리에서 "오래된 관들이 누워 있는 옆"에 "새 관이 하나 놓였다"라고 함으로써 부인의 죽음이 먼저 떠난 망자들의 뒤를 따르는 운명의 순리임을 받아들인다. 무덤 속에 누운 고인을 다시는 볼 수 없지만 "고운 얼굴"이 눈앞에 아른거린다. 사별을 돌이킬 수 없는 현실로 받아들인다. 그러나 죽음의 색깔인 "검은 덮개"를 꽃다발이 완전히 덮고 있다. 또한 숲에서 햇살을 받던 꽃들이 무덤 속에서 향기를 낸다. 무덤 속도 생시에 거닐던 숲의 일부가 되었다. 그러면서도 4연에서는 다시 "홀로 쓸쓸히 누워" 있는 고인의 죽음을 상기한다. 슈토름은 부인이 죽은 후 한동안 밤중에 무덤 주위를 배회하곤 했는데, 그 심정을 마지막 연에서 한밤중에 하얀 꽃 주위로 "어두운색 나비 한마리"가 나풀대는 형상으로 표현하고 있다. 시인의 환상에 어른거리는 나비는 부인의 넋과 시인의 영혼을 이어주는 영매(靈媒)다.
상실의 비애와 고통이 거의 느껴지지 않는 이 정갈한 추모시는 죽음까지도 삶의 일부로 받아들이는 견고한 시민적 윤리에서 유래한다. 슈토름은 부인이 죽은 후 시인 뫼리케에게 보낸 편지에서 "나는 이대로 무너지지 않습니다. 무조건 노동은 계속되어야 합니다"라고 다짐했다. 하늘이 무너지고 땅이 꺼져도 신성한 노동은 계속되어야 한다. 이것이 시인이기 전에 한 인간인 슈토름의 삶을 지탱하는 엄격한 시민적 윤리이다. 죽음도 그런 시민적 윤리를 감히 훼

손하지 못한다. 일찍이 낭만주의 시인 노발리스가 그랬듯이 이제 죽음은 편협한 지상의 삶을 초월하는 무한의 영역이 아니라 "오래된 관들" 옆에 "새 관이 하나" 놓이는 범상한 사건이다. 예전에는 신의 섭리라 믿었던 초월적 운명, 인간을 파괴하는 마성적 힘은 철저히 시민적 일상으로 대체되었다. 노발리스가 죽음을 예찬했던 추모의 노래는(이 책에 수록된 노발리스의 시 「저 너머로 건너가련다」 해설 참조) 슈토름의 추모가에서 단아한 전원시로 바뀌었다.

고트프리트 켈러
(Gottfried Keller, 1819~90)

스위스 취리히주의 소도시에서 선반 세공 기능장 집에서 태어났다. 초등학교 졸업 후 실업계 학교로 진학했고, 졸업 후에는 화가가 되겠다는 꿈을 품고 취리히에서 그림 수업을 받으면서 동시에 습작으로 시와 소설을 써보기도 했다. 1840년에 뮌헨으로 가서 2년 동안 화가 수업을 받았으나 만족할 만한 성과를 얻지 못한 채 다시 귀향했다. 이때부터 진로를 바꾸어 작가가 되기로 결심하고 시와 소설을 쓰기 시작했다. 1848년에 국가 장학생으로 선발되어 하이델베르크 대학에서 2년 동안 공부할 기회를 얻었다. 1850년에 베를린으로 가서 극작가가 되려 했으나 좌절하고 5년 후에 귀향했다. 1855년에 첫 장편소설이자 19세기의 대표적 교양소설인 『녹색 옷의 하인리히』(*Der grüne Heinrich*) 초고를 탈고했고, 다음 해에 연작 단편집 『젤트빌라 사람들』(*Die Leute von Seldwyla*) 제1부를 완성했다. 1861년에 취리히 주정부의 1등 서기관으로 임용되어 1876년 퇴임할 때까지 공직에 몸담았다. 켈러는 19세기 최고의 스위스 소설가로 평가되지만, 시에서도 슈토름과 비슷하게 고독한 정서가 짙게 배어 있는 자연 서정시, 건강한 민중생활과 풍속의 단면을 묘사한 시도 다수 남겼다.

여름밤

곡식이 들판에 물결치며
바다처럼 광활하게 펼쳐진다.
하지만 조용한 대지 위에는
바다의 벌레도 다른 해충도 없다.
그저 꽃들이 화환을 꿈꾸고
별빛을 마실 뿐이다,
오, 황금빛 바다여, 너의 평화로운 반짝임이
내 영혼을 게걸스레 빨아 마시는구나!

내 고향 푸르른 골짜기에선
오랜 미풍양속이 전해오지.
여름밤 별이 환하게 빛나고
반딧불이 덤불 사이로 반짝일 때면
속삭임과 손짓으로 신호하며
곡식 이삭 넘실대는 들판으로 다가와
밤새 은빛 낫들 움직이며
황금빛 곡식을 베어주지.

그들은 젊고 씩씩한 총각들,
들판에 떼지어 모여들어
곡식이 무르익은
홀어미나 고아의 밭을 찾지,

아버지도 형제도
머슴도 도와주지 못하는 밭을 —
그들에게 축복의 수확을 선사하지,
순수한 신명에 열성을 다하지.

어느새 곡식 단이 묶여서
둥그런 낟가리로 잽싸게 옮겨졌지.
그 짧은 시간이 얼마나 살갑게 흘러갔는지
서늘한 여름밤 한바탕 놀이였네!
이제 모두 들떠서 즐거운 노래 부르네
낟가리 에워싸고, 시원한 아침 공기가
지칠 줄 모르고 햇볕에 그은 젊은이들을
힘든 자기네 밭일 하라고 부를 때까지.

겨울밤

온 세상에 날개 치는 소리 하나 들리지 않았고
하얀 눈이 소리 없이 눈부시게 쌓여 있었다.
별들의 지붕에는 구름 한점 없었고
고요한 호수에는 한가닥 물결도 일지 않았다.

깊은 곳에서 호수나무가 솟아올라
우듬지가 얼음 속에 갇혀 얼었다.
요정이 나뭇가지를 타고 올라왔고
초록빛 얼음 사이로 쳐다보았다.

캄캄한 깊은 곳과 나를 갈라놓은
얇은 얼음 유리 위에 나는 서 있었다.
내 발 바로 아래로는 새하얀 요정의
아름다운 모습이, 팔과 다리가 보였다.

요정은 숨이 막혀 절규하며
단단한 얼음판을 이리저리 더듬는다.
나는 그 어두운 얼굴을 결코 잊을 수 없다
언제나, 언제나 그 모습 뇌리에 남아 있다!

여름밤(Sommernacht)

곡식이 무르익은 수확의 계절에 씩씩하고 마음씨 착한 총각들이 일할 장정이 없는 "홀어미나 고아"의 밭을 골라 밤새 대신 수확을 해준다는 "오랜 미풍양속"을 노래한다. 이 미풍양속은 전설과 현실 사이의 미묘한 경계에 있다. 우리의 옛날 농촌 공동체의 두레 풍속과 비슷하게 스위스 산골짜기의 농촌에서도 아마 일손이 딸리는 집의 농사일을 동네 사람들이 십시일반으로 거들어주었을 것이다. "홀어미나 고아"의 밭을 골라 동네 총각들이 힘든 수확을 대신 해주는 것도 자연스럽다. 그러다보면 어쩌다가 마음씨 착한 총각이 그런 홀어미 집안의 가장이 되는 미담도 따랐을 법하다. 낮에는 힘들게 자기 집의 들일을 하고 나서, 밤새도록 신명나게 홀어미 집의 수확을 해준다는 발상도 가상하다.

이런 미풍양속은 대자연의 순리대로 농사를 짓고 자연의 순리대로 더불어 상부상조하며 살아가는 전근대적 공동체에서나 가능했을 것이다. 1연에서 그런 자연과 인간의 관계가 아름답게 묘사되어 있다. 들판의 곡식이 바다처럼 물결치고, 정갈한 대지 위에서 꽃들이 화환으로 엮이는 아름다운 꿈을 꾸며, 하늘에 빛나는 별들이 내 영혼의 갈증을 식혀준다. 켈러가 살았던 시대의 스위스 산골짜기 향촌에서만 느낄 수 있는 정서다. 그러나 하늘의 별빛이 "내 영혼을 게걸스럽게 빨아 마시는구나!"라는 구절을 천천히 다시 읽으면 이처럼 자연과 합일된 공동체적 정서도 사라져가는 느낌이 든다. 켈러가 살았던 시대는 어느덧 19세기 중반을 넘어간다. 독일에서는 이미 산업화가 본격적인 궤도에 들어선 시대다. 스위스는 고산지대여서 아직도 이런 전통적 농촌 공동체의 미풍양속이 전설처럼 회자되어 시가 되었을 것이다. 그런데 곡식이 무르익는 수확의 계절이 어째서 가을이 아니고 여름일까? 이것 역시 고산지대의 지리적 특성 때문이다. 고산지대에서는 계절이 빨리 가고 금방 추워지기 때문에 평지에서보다 일찍 파종하고 일찌감치 수확해야 한다.

겨울밤(Winternacht)

1847년 무렵에 쓴 시. 이 시는 1연만 읽으면 스위스의 눈부신 겨울밤 풍경을 묘사한 자연시로 읽힌다. 그렇지만 호수의 얼음 밑에서 꿈틀대는 요정은 그런 접근을 불허한다. 얼음 밑의 요정은 이전의 동화나 전설에 나오는 요정과 달리 신비화되지 않았다. 켈러는 원래 이 시의 마지막에 1연을 덧붙였는데, 발표 당시 삭제한 그 연의 마지막 2행은 "마치 나 자신의 영혼을 보는 것처럼/두려운 느낌에 온몸이 오싹했다"라고 되어 있다. 이 구절을 해석의 실마리로 삼으면 얼음 속에 갇힌 요정은 시적 화자의 내면 풍경이라 할 수 있다. 이 시의 독특한 매력은 그 내면 풍경을 자연 풍경과 절묘하게 대비시키고 있다는 점이다. 1연을 자세히 읽어보면 하늘과 땅의 풍경이 절묘하게 교차한다. 대기에는 새의 날갯소리 하나 들리지 않고, 땅에는 눈부시게 흰 눈이 쌓여 있다. "별들의 지붕"에는 구름 한점 없고, 호수에는 한줄기 물결도 일지 않는다. 1연 4행은 두가지 해석이 가능하다. 문자 그대로 수면이 거울처럼 매끈하다는 뜻일 수도 있고, 얼어붙은 수면에 물결 자국이 전혀 없다는 뜻일 수도 있다. 전자로 해석하면 2연 이하에서 호수가 얼어붙은 것은 상상이다. 어느 쪽으로 해석하든 이 호수가 화자의 영혼을 비추는 거울처럼 제시되고 있다.

1연이 하늘과 땅 사이의 우주적 고요를 보여준다면 2연은 호수 밑의 움직임을 보여준다. 1연의 고요한 정적 덕분에 시의 화자는 2연의 호수 밑 풍경에 집중하게 된다. 1연에서 풍경의 수직축과 수평축이 교차한다면, 2연에서는 호수 속에서 위로 올라오는 상승의 움직임이 반복된다. 깊은 곳에서 "호수나무"가 솟아오르고, 요정이 나뭇가지를 타고 올라오고, 반투명한 얼음벽 사이로 바깥을 쳐다본다. 여기서 "호수나무"도 또 하나의 수수께끼이다. 18세기 그림 사전에 따르면 호수나무는 호수에서 배가 잘못된 경로로 이탈하지 못하게 막아주는 나무기둥을 뜻한다. 그렇지만 그런 사실적 장치라기보다는 역시 상상의 나무라고 해야 할 것이다. 깊은 곳에서 나무가 솟아오르는 것은 자연스럽게 남근의 상징으로 읽힌다. 그 나무는 그러나 얼음벽에 갇혀서 얼어 있다. 요정이 그 나뭇가지를 타고 올라오는 모습은 유혹적이다. "초록빛 얼음"의 초록색도 뭔가 들뜬 심정을 암시한다. 그러나 3연에서 '나'는 요정의 유혹에서 위태로운 불안을 느낀다. 얼음 아래는 "캄캄한 깊은 곳"이고, 그곳과 '나'를 분리시키는 경계는 "얇은 얼음 유리"일 뿐이다. "얇은 얼음 유리"를 통해 요정의 관능적인 매력이 더욱 선명하게 느껴진다. 얼음판이 얇기 때문에 유혹은 그만큼 더 가까이 느껴지고, 얼음이 깨질 것 같은 위기의식도 더욱 고조된다. 그러나 얇은 얼음은 4연에서 다시 "단단한 얼음판"으로 바뀐다. '나'의 불안감이 든든한 보호장치를 마련한 것이다. 그렇지만 요정은 숨이 막혀 절규한다. '나'의 방어로 요정은 질식한다. 내면의 (성적) 충동에 대한 억압이 내면에서 꿈틀대는 에로스를 질식시키는 것이다. 20대 말에 쓴 이 시는 평생 독신으로 살게 될 시인의 운명을 예고하는 것처럼 보인다.

콘라트 페르디난트 마이어
(Conrad Ferdinand Meyer, 1825~98)

스위스 취리히의 유복한 명문가에서 태어났다. 15세에 아버지를 여의고, 어머니가 신경쇠약이어서 힘든 성장기를 보냈다. 물려받은 유산 덕분에 일정한 직업이 없이 생활했고, 1871년 46세의 나이에 「울리히 후텐의 마지막 나날들」(Huttens letzte Tage)이라는 연작시를 발표하여 주목을 받았다. 마이어는 역사에 관심이 많아서 역사적 소재를 다룬 노벨레를 많이 썼는데, 단지 과거사를 복원하기 위해서가 아니라 현재의 문제의식을 역사적 소재에 투영하기 위함이었다. 시에서는 사물과 풍경을 세밀하게 관찰하면서 사변적 성찰과 고도의 상징성이 가미된 시들을 썼고, 이는 한 세대 다음의 릴케의 사물시(Dinggedicht)에 많은 영향을 준 것으로 평가된다.

로마의 분수

솟구치는 분수가 떨어지면서
둥근 대리석 함으로 가득히 쏟아지고,
대리석 함은 자신을 감추면서
두번째 함의 바닥으로 흘러넘친다.
두번째 함이 가득 차올라
용솟음치며 세번째 함으로 넘쳐흐르니,
모두가 동시에 받으면서 주고
흐르면서 머무른다.

죽은 사랑

화사한 햇살 아래
우리는 마을로 걸어간다,
엠마오로 갔던
두 제자처럼,
둘 사이에 슬며시
말하며 스승이
끼어들어왔다,
그들이 따랐던,
죽임을 당했던 스승.
그렇게 우리 사이로
저녁노을 속에
우리의 죽은 사랑이
함께 걸으며 조용히 이야기한다.
죽은 사랑은 비밀을 풀어낼
숨은 말을 알고
영혼의 가장 깊은
성소聖所를 알고 있다.
죽은 사랑은 우리에게
모든 것을 해석하고 설명해준다,
죽은 사랑이 말한다: 그래서
나는 십자가에 매달렸다.
너희는 나를 부인했고

못되게 비웃었지,
나는 자색 옷을 입고
피 흘리며 가시면류관을 쓰고 있었지,
죽임을 당했고,
금방 죽음을 이겨냈고,
그래서 너희와 함께
성스러운 모습으로 동행한다—
그러자 우리는
동행자를 알아보았다,
그러자 우리는 제자들처럼
가슴이 뜨겁게 타올랐다.

해설

로마의 분수(Der römische Brunnen)

분수의 물이 차오르고 넘치면서 서로 주고받는 것은 인간의 지각에서는 순차적 과정이지만 자연의 운행에서 보면 동시적 사건이다. 따라서 흐르고 머무르는 것도 다 흘러내려서 정지상태로 고이는 것이 아니라, 동시에 받으면서 주는 흐름 속에서 각자는 서로에게 의존하면서도 자립하는 평온함을 유지한다. 그래서 시의 결어인 '머무름'과 첫머리의 '솟구침'은 대자연의 운행에서 보면 서로 순환하는 관계 속에 통일되어 있다. 일체의 수식어 없이 갑자기 '솟구치다'라는 말로 시가 시작되는 것도 그 솟구침의 근원을 그 어떤 인과율로도 규명할 수 없는 근원적 사태에 조응한다. 그리고 대리석 함이 흘러넘치는 분수의 베일 속에 "자신을 감추면서" 다음 함으로 물을 주는 것도 말없이 베풀면서 자신을 감추는 자연의 섭리에 상응한다. 이 시가 빼어난 사물시라 할 수 있는 것은 그처럼 결코 인간의 주관에 의해 장악될 수 없는 사물의 고유한 자재(自在) 속에서 존재의 열림을 보여주기 때문일 것이다. 이것은 우리가 이 시를 대도시의 조형 장식물로 축조된 어떤 분수의 사실적 재현으로 이해할 때는 결코 도달할 수 없는 낯선 경험이다. 예컨대 그런 관점에서 분수가 솟구치는 원리를 규명하려 든다면 분수의 밑바닥으로 흘러내려 저장되는 물을 다시 분수의 꼭대기로 끌어올리는 동력장치를 쉽게 떠올릴 수 있다. 그렇게 보면 분수의 물이 끝없이 순환하는 이치는 더이상 자연의 경이로 다가오는 것이 아니라 기술공학의 산물로 자명하게 파악된다. 그렇게 파악된 분수는 근대 과학자들이 기술만능의 환상에 들떠서 꿈꾸었던 영구운동체(perpetuum mobile)를 자연에 투사한 것이라 할 수 있다. 인간의 계산과 기술적 개입에 의해 자연의 운행조차도 완벽하게 조종될 수 있다는 환상이다. 그것은 이 시가 탈고된 1880년대의 대도시 로마를 떠올리면 이런 분수가 너무 흔한 일상적 조형물이

어서 굳이 새로울 것도 없는 자명한 경험일 것이다. 이 시는 분수의 물이 흐르면서 머무는 고요한 울림을 통해 이처럼 너무나 자명하고 친숙하게 굳어진 경험에 균열을 일으키면서 인간의 작위에 의해 은폐된 자연의 이치를 다시 생각하게 하고, 그러는 가운데 인간이 사는 모양새를 그 근원에서부터 되돌아보게 만든다. 하이데거(Martin Heidegger)는 『예술작품의 근원』(*Der Ursprung des Kunstwerkes*, 1936)에서 그렇게 존재의 새로운 지평을 열어 보이는 사건이 이 시에서 일어나고 있다고 했다.

죽은 사랑(Die tote Liebe)

마이어는 역사적인 소재를 새롭게 각색한 발라드를 많이 썼는데, 여기서는 성경에 나오는 이야기를 새롭게 고쳐 쓰고 있다. 시의 첫머리에서 언급되는 "엠마오"는 예수가 십자가에 매달려 죽은 지 사흘 후에 부활한 기적과 관련이 있다. 누가복음 24장 1~35절을 보면, 예수의 두 제자가 예루살렘 근처의 엠마오로 가는 길에 부활한 예수가 끼어들어 동행했으나 제자들은 예수를 알아보지 못했다. 그러다가 엠마오 마을에 도착하여 어느 집에 들어가 예수가 성경에서 예언된 모든 이야기를 다시 들려주며 제자들에게 빵을 떼어주고 축복하자 그제야 제자들은 예수를 알아보고 가슴이 뜨겁게 달아오른다.
이 시는 성경에 나오는 이야기를 다시 아주 간결하게 압축한 인상을 준다. 발라드의 형식치고는 이례적으로 분량이 짧을 뿐 아니라 각각의 시행도 2~3개의 낱말로 짧게 구성되어 있고, 연의 구분도 없다. 시의 첫머리에서 "엠마오로 갔던/두 제자처럼"이라고 성경을 그대로 인용하고 있고, 또 시의 마지막에서도 동행자가 "스승"임을 알아보고 "우리는 제자들처럼/가슴이 뜨겁게 타올랐다"라고 서술되어 있다. 그렇다면 이 시는 예수의 부활에 대한 믿음을 다시 일깨워주는 복음의 메시지를 전하는 것일까? 그렇게 순진하게 믿기에는 '죽은 사랑'이라는 제목이 마음에 걸린다. 더구나 시에서 "죽은 사랑"은 예수의 수

난과 부활을 이야기하는 주체로 반복해서 등장한다. 12행을 보면 두 사람 사이에 끼어들어 말하는 주체는 "스승"이 아니라 "죽은 사랑"이다. 두 사람 사이에 끼어들어 동행하는 "스승"이 "죽은 사랑"으로 바뀌었다. 그다음에 "영혼의 가장 깊은/성소"를 알고 있는 것도 "죽은 사랑"(14행)이고, 우리에게 모든 것을 해석하고 설명해주는 주체도 "죽은 사랑"(18행)이다. 뿐만 아니라 예수의 죽음과 부활을 "나"의 이야기로 들려주는 주체도 "죽은 사랑"(20행 이하)이다. 그렇다면 "죽은 사랑"이 드디어 "성스러운 모습"(29행)으로 우리와 함께 동행하노라고 고백할 때 우리가 "동행자를 알아보았다"라는 진술이나 "우리는 제자들처럼/가슴이 타올랐다"라는 진술은 과연 얼마나 신빙성이 있을까? 성경 해석학의 맥락에서 보면 "죽은 사랑"이란 성경에 기록된 예수의 행적을 단지 '죽은 문자'로만 암기하는 죽은 신앙을 뜻한다. 그렇다면 '죽은 문자'에 감춰진 생명과 사랑의 육성을 알아듣고 깨우치는 것은 진실한 신앙으로만 가능한 믿음의 기적이라 할 수 있을 것이다. 그러나 이 시는 후대를 사는 우리가 줄곧 "죽은 사랑"의 이야기만 되뇌면서 과연 어떻게 진정한 사랑이 살아날 수 있겠는가를 진지하게 묻는다. "죽은 사랑"이 "성스러운 모습"으로 되살아나는 사랑의 기적은 죽은 문자로 기록된 시가 어떻게 우리의 가슴을 뜨겁게 타오르게 하는 생명의 언어로 살아날 수 있는가 하는 물음과 통한다. 니체의 바로 앞 세대인 마이어는 바야흐로 신의 죽음이 고지되는 시대에 "죽은 사랑"을 살리는 믿음과 글쓰기에 대한 근본적인 의문을 제기한다.

프리드리히 니체

(Friedrich Nietzsche, 1844~1900)

튀링겐 지방 뤼첸의 개신교 목사 집안에서 태어나 바젤 대학에서 철학과 고전학을 공부했고, 1869년부터 10년 동안 바젤 대학의 고전학 교수를 지냈다. 알다시피 니체는 서구의 오랜 형이상학 전통, 근대의 체계철학과 인본주의 가치관을 급진적으로 해체한 철학자이다. 토마스 만, 카프카(Franz Kafka), 트라클(Georg Trakl) 등 20세기 독일 작가들에게 심대한 영향을 준 니체는 적지 않은 시를 남겼다. 『비극의 탄생』(*Die Geburt der Tragödie*, 1872)에서 고대 그리스 정신을 이성과 질서를 추구하는 '아폴론적인 것'과 감성과 격정의 해방을 추구하는 '디오니소스적인 것'으로 대별했고, 니체 자신이 디오니소스적인 것의 분출을 시로 쓴 「디오니소스 송가」(Dionysos Dithyramben, 1888) 연작시가 있다. 니체의 시는 그의 철학적 통찰을 아포리즘처럼 표현한 시가 주류이지만, 훗날 트라클의 시를 떠올리게 하는 서정적인 시들도 더러 있다.

고독

까마귀들 울어대고
어지럽게 날개 치며 도시로 날아가니
곧 눈이 내릴 것이다. —
지금까지도 — 고향이 있는 사람은 복되도다!

이제 너는 우두커니 서서
뒤를 돌아본다, 아! 벌써 얼마나 오래되었나!
바보야 너는 어찌하여
겨울을 앞두고 세상으로 도망쳐 왔나?

세상은 — 말없이 차가운
수많은 사막으로 통하는 문!
네가 잃어버린 것을
잃어버린 사람은 어디에도 머물지 못하리.

이제 너는 창백하게 서서
겨우내 방랑하라고 저주받았구나,
연기와 같구나,
언제나 더 차가운 하늘을 찾아가는.

날아라, 새야, 까악까악
사막의 새소리로 노래 불러라! —

너 바보야, 감추어라,
너의 피 흘리는 심장을 얼음과 모멸 속에.

까마귀들 울어대고
어지럽게 날개 치며 도시로 날아가니
곧 눈이 내릴 것이다. —
애달파라, 고향이 없는 사람은!

새로운 바다들을 향하여

그리로 — 나는 가련다, 나는 믿으니
이제부터 나 자신과 내 수완을.
바다는 활짝 트여 있고, 푸르름 속으로
내 제노바 배가 달려간다.

모든 것이 점점 새롭게 빛나고
정오는 시간과 공간 위에 잠잔다 —:
오직 네 눈이 — 무시무시하게
나를 응시한다, 무한이여!

고독(Vereinsamt)

니체는 "신은 죽었다"라고 천명하면서 서양의 수천년 형이상학 전통을 해체하고 20세기 철학에 가장 큰 영향을 끼친 사상가이면서 또한 뛰어난 시인이기도 했다. 1884년 마흔살에 쓴 이 시에서 '고독'은 낭만주의 시인 뫼리케나 아이헨도르프는 물론이고 사실주의 시대의 슈토름이나 켈러의 시에서 접하는 고독과도 사뭇 다른 현대성을 보여준다. 우선 첫머리에 나오는 "까마귀들"이라는 시어가 파격적이다. 동양에서도 까마귀를 흉조로 여기지만, 서양에서도 까마귀의 검은색은 죽음과 고독, 적막과 고통과 연결된다. 요컨대 전통적인 서정성과는 합치되기 어려운 이미지다. 처음 3행은 곧 겨울이 오고, 눈이 내리고, 새들이 둥지를 떠나 먹이를 구할 수 있는 따뜻한 도시로 이동하는 것을 간명한 이미지로 보여준다. 4행은 앞의 이미지와 대비되는 상상이다. 새들도 둥지("고향")를 떠나는데, 아직도 고향이 있는 사람은 복되도다!

2연은 시의 화자가 자기 자신에게 말을 건다. 그러고 보면 이 시는 시인이 자신에게 말을 건네는 독백이다. 화자는 지난 세월을 돌아보며 고향을 떠나온지 얼마나 오래되었는지 탄식한다. 고향을 떠나왔다는 것은 폭넓은 의미망을 함축한다. 이미 한세기 전에 쉴러는 당대 문학이 유럽 문화의 정신적 고향(고대 그리스)에서 아득히 멀어졌다고 탄식했다. 그 고향 상실의 비애는 횔덜린의 비가를 거쳐 니체에까지 이어진다. 물론 니체의 고향 상실은 이전 시대의 시인들에 비해 훨씬 더 실존적인 차원이다. 이 세상 어디에도 고향처럼 마음 편히 쉴 수 있는 곳은 없다. 그런데 하필이면 겨울을 앞두고 세상으로 도망쳐 왔으니 "너"는 "바보"라고 탄식한다. 3연은 "너"가 선택한 세상이 어떤 곳인지 부연한다. 세상은 말을 나눌 사람도 없고 차가운 한겨울의 사막으로 통하는 "문"이다. "수많은" 사막이므로 어디에도 숨을 곳은 없다. 그래서 4연에서 "너"는 "겨우내 방랑하라고 저주받았구나"라고 탄식한다. 3~4행의 이미지가 절묘하다. "연기"는 지난 시절 한때 불타올랐던 젊음의 열정을 떠올리게 한다. 또한 다 불타고 남은 재를 연상할 수 있다. 이 시를 쓰기 두해 전에 니체는 스위스에서 스무살의 루 살로메(Rou Salome)를 만나 뜨거운 사랑에 빠졌고, 두번이나 청혼을 했으나 보기 좋게 퇴짜를 맞았으며, 그로 인해 충격과 실의에 잠겼다. 루 살로메는 나중에 한동안 릴케의 연인이 되었고, 프로이트와도 각별한 사이였다. 이제 마흔살이 된 시인은 한때 그렇게 불타올랐던 젊음이 재만 남기고 연기로 피어오르는 모습을 뒤돌아보고 있다. 연기가 점점 더 "차가운 하늘"로 오르는 것은 청춘/고향에 대한 기억이 더이상 지상에 머물 수 없음을 보여준다.

5연에서 화자는 자신을 사막의 새와 동일시한다. 한겨울에 먹을 것도 없는 사막에서 헤매야 하는 '새의 소리'로 노래 부르라고 자신에게 주문한다. "피 흘리는 심장"을 세상의 냉대와 모멸 속에 감추라고 한다. 사막에서 겨울을 견뎌야 하는 새의 운명을 감내하라는 다짐으로 들린다. 그런데 앞에서 다 불타고 "연기"로 피어올랐던 심장이 아직도 피 흘리고 있다. "고향"에 대한 그리움을, 고향 상실의 비애를, 차마 끊지 못하는 것이다. 그래서 마지막 연에서 이 엄동설한 사막에서 고향이 없는 사람은 애달프다고 탄식한다. 마지막 연의 1~3행이 1연의 시행을 반복하는 것은 이 절대적 고독과 비애가 한없이 계속될 것임을 예고한다. 이 시를 쓰고 나서 5년 후 니체는 아무것도 생각할 수 없는 중증의 치매상태에 빠졌다. 그리고 아직 괴테의 화려한 후광이 서려 있는 바이마르에서 누이의 보살핌을 받으며 이 시가 말하는 한겨울의 사막과도 같은 적막한 말년을 보냈다. 니체가 죽은 1900년은 이전까지의 천년이 저물고 새로운 세기가 열리는 분기점이었다.

새로운 바다들을 향하여(Nach neuen Meeren)

콜럼버스의 대항해를 소재로 쓴 이 시는 1887년에 나온 『즐거운 학문』(*Die fröhliche Wissenschaft*) 신판 후기 형식으로 삽입된 14편의 연작시 「버림받은 왕자의 노래」(Lieder des Prinzen Vogelfrei) 중 열두번째 노래다. 니체는 1882년부터 이 시를 쓰기 시작해서 여러차례 고쳐 썼는데, 다섯번째로 고쳐 쓴 이 시가 최종본이다. 이전의 버전들에는 '콜럼버스'가 제목에 들어갔지만 이 최종본에서는 삭제되었다. 콜럼버스라는 이름이 들어가면 그에 대한 역사적 기억이 생각과 상상력을 제한하기 때문에 지운 것으로 보인다.

시의 제목에서 "바다들"이라는 복수형이 눈에 띈다. 이 복수형은 항해의 항로가 우리가 아는 특정한 바다가 아니라 아직 누구도 가본 적이 없는 미지의 바다임을 암시한다. 뿐만 아니라 그 미지의 바다가 끝없이 계속 출현할 수 있다는 가능성을 열어놓는다. 이 불확실성은 시의 첫머리에서도 반복된다. "그리로 — 나는 **가련다**"라고 할 때 "그리로"는 어디를 가리키는 것일까? 콜럼버스가 찾으려 했던 서인도? 그가 찾은 신대륙? 당연히 아니다. 시 제목의 "바다들"과 마찬가지로 "그리로"는 우리가 아는 곳이 아니다. 이런 경우 시의 제목과 첫머리를 연결해서 읽는 것이 자연스러운 독법인데, 그렇게 읽으면 "새로운 바다들을 향하여" 가겠다는 말이 된다. 그렇게 읽을 때 다시 눈에 띄는 것은 항해의 목표가 안전하게 발을 딛고 안착할 수 있는 '대륙'이 아니라 '바다'라는 점이다. 이 항해는 마지막 종착지에 닻을 내리는 것을 목표로 하는 것이 아니라, 끝없는 항해 자체가 목표인 셈이다. "그리로" 다음에 줄표(—)가 들어간 것도 그곳이 과연 어디일까 하는 의문을 증폭시키는 구실을 한다. "그리로 — 나는 **가련다**"에서"**가련다**"라고 강조하는 것은 그런 의문과 불확실성에도 불구하고 항해를 하겠다는 주체의 결연한 의지를 표명한다.

그 의지를 다지기 위해 그다음에 나의 '믿음'을 이야기한다. 그런데 "나는 믿으니"라고 하고서 행이 끝나기 때문에, 여기서도 과연 무엇을 믿는다는 말인가 의구심이 생긴다. 항해지도? 나침판? 하늘의 별자리? 유능한 선원들? 역시 아니다. 그 모든 수단은 더이상 믿고 의지할 것이 못 된다. 그래서 "나 자신과 내 수완을" 믿겠다고 말한다. 믿을 것은 나 자신밖에 없다는 독립불기의 결연한 의지다. "이제부터"라는 단서를 달아서 지금까지는 앞에서 열거한 항해 수단들에 의존했지만 이제부터는 나 자신만 믿겠다고 강조한다. 그러나 뒤집어 보면, 이전에는 그런 자신감이 없었다는 말이다. "이제부터 나 자신과 내 수완을" 믿겠다고 할 때 "나"와 "내 수완"을 등치한 어법도 독특하다. "나"의 전 존재를 "내 수완"으로 압축한 것이다. 여기서 "수완"이라고 번역한 독일어 Griff는 수완(手腕)의 한자어 뜻과 일치한다. 손으로 움켜쥐는 힘과 능력, 장악력이라는 뜻이다. 항해의 모티브를 빌린 시이므로, 옛날 범선에서 가장 요긴한 운전 수단인 밧줄을 다루는 능력을 떠올리게 된다. 망망대해에서 예측할 수 없는 풍랑을 돛과 연결된 밧줄로 제어하는 '손힘'이다. 손으로 움켜쥐는 이 구체성은 "활짝 트여 있"는 망망대해의 무한성과 대비된다. 양자 사이의 긴장이 이 시 전체의 팽팽한 시적 긴장을 지탱한다.

'수완'의 독일어 Griff에서 전성된 말이 '개념'(Begriff)이다. 철학의 요체인 개념은 원래 사물을 손으로 움켜쥐듯이 확실하게 파악하는 것을 추구한다. 그런데 우리가 철학 교과서에서 배운 개념들이 과연 손에 잡힐 듯이 구체적인가? 전혀 아니다. 니체의 말을 빌리면, 개념들은 너무 닳고 닳아서 무늬를 알아볼 수 없는 동전들과 같다. 이 시의 화자가 감히 "나의 수완"을 믿겠다는 것은 그런 개념들의 추상성을 허물고 손에 잡히는 구체성을 회복하려는 분투의 의지를 표명한 것이다.

1연 3행에서 "푸르름 속으로"라고 번역한 구절은 필자가 번역의 한계를 절감한 부분이다. 이 구절은 독일어 ins Blaue의 원래 의미를 그대로 직역한 것이다. 일상적인 어법으로는 아무것도 없는 '푸른 허공을 향하여'라는 의미에서 '정처 없이'라고 번역할 수도 있겠다. 하지만 시에서 "푸르름"은 망망대해의 푸른 바다와 푸른 하늘을 아우르는 푸르름, 즉 우주적 무한을 가리킨다. 또한 전통적으로 푸른색은 희망과 꿈의 상징이다. 특히 독일 낭만주의에서 노발리스의 『푸른 꽃』(『하인리히 폰 오프터딩엔』의 우리말 제목)이라는 소설 제목은 무한과 영원을 향한 낭만적 동경을 상징한다. 이 시에서도 "푸르름"은 그런 뉘앙스를 띤다. 그것은 시의 운율로도 확인된다. 1행 끝의 traue(믿는다)와 3행 끝의 Blaue(푸르름)의 각운이 일치하므로 이 '푸르름'은 화자의 '믿음'에 상응하는 것이다. 2행과 4행의 각운도 의미심장하다. 2행 끝의 Griff(수완)와 4행 끝의 Schiff(배)의 각운이 일치한다. 자신이 타고 가는 배를 확고하게 장악하겠다는 의지가 느껴진다. 화자의 몸과 마음과 배는 일체가 되어야 한다.
1연이 출항의 결의를 표현한다면 2연은 망망대해에서 느끼는 심정을 술회한다. 1행에서 "모든 것이 점점 새롭게 빛나"는 것은 무한을 향해 나아가는 벅찬 희열의 감정이다. 2행에서 "정오"라는 말은 니체가 『차라투스트라는 이렇게 말했다』(*Also sprach Zarathustra*, 1883)에서 인간이 자신의 한계를 극복하고 초인(Übermensch)으로 거듭나는 창조적 도약의 순간을 가리킨다. 이 시에서 "정오는 시간과 공간 위에 잠잔다"라는 표현이 독특하다. "시간과 공간 위에"라는 구절에서 "위에"는 공간과 시간을 초월한 '너머'(über=over)가 아니라 시공간과 닿아 있는 '위에'(auf=on)다. 마치 정오가 공간과 시간을 베개 삼아 베고 누워서 잠자는 상황을 떠올릴 수 있다. 사실적 정황을 떠올리자면, 정오의 태양이 작열하는 망망대해에서 지금이 언제인지 어디로 가는지도 잊고 잠들어 있는 상황일 것이다. 그렇지만 이 '정오의 수면'은 무한한 시공간의 중압을 견디며 극복하는 방편이다. 그렇게 잠자는 시간에도 '무한의 시선'은 "나"를 응시한다. 다시 말해 "나"의 모든 감각은 시퍼렇게 깨어 있다. 무한의 시선이 "무시무시하게" 느껴지는 것은 단순히 끝 모를 두려움만이 아니라 벅찬 기대와 희열이 공존하는 전율의 감정이다. 무한의 숭고함에서 느끼는 전율이다.
이 시의 2연을 네번째 개작 버전의 마지막 연(3연)과 비교해보면 니체의 시적 운산이 얼마나 치밀한지 실감할 수 있다. 네번째 버전의 마지막 연은 다음과 같다.

내겐 모든 것이 점점 더 새롭고
공간과 시간이 아득히 빛난다 —

그리고 가장 아름다운 괴물이
나를 향해 웃는다, 영원이.

3연에서 "괴물"(Ungeheuer)은 최종본의 "무시무시하게"(ungeheuer)를 명사화한 것이다. 그런데 괴물 앞에 "가장 아름다운"이라는 수식어를 붙이면 "괴물"의 엄청난 무시무시함을 아름다움이 순화하는 효과를 낸다. 다시 말해 엄청난 무시무시함의 '숭고함'이 '아름다움'으로 포장되고, 이로써 전율의 감정은 미적 쾌감으로 순화된다. 그래서 안도감이 생겨나 "괴물"이 "나를 향해 웃는다." 이것은 마지막 행의 "영원"의 무한성을 숭고함이 아니라 아름다움으로 표상하는 자충수를 초래한다. 칸트와 쉴러의 미학에서 숭고함(das Erhabene)은 인간 감각의 한계를 초월한 대상이 유발하는 미적 감정이며, 반면에 아름다움은 인간의 감각으로 소화할 수 있는 미적 현상이다. 망망대해의 무한한 푸르름에서 느끼는 전율은 감각의 한계 너머에 있는 숭고미에 해당한다. 그러므로 "가장 아름다운 괴물"이라는 구절은 형용모순이다. 니체가 어째서 네번째 개작에 만족하지 못하고 다시 고쳐 썼는지 알 수 있다.

제4부

라이너 마리아 릴케

(Rainer Maria Rilke, 1875~1926)

프라하에서 하급 공무원의 아들로 태어났다. 장교로 키우려는 부모의 뜻에 따라 11세에 육군유년학교에 입학했고, 15세에 졸업 후 예비사관학교에 입학했으나 규율에 적응하지 못해 다음 해에 자퇴했다. 프라하, 뮌헨, 베를린에서 법학, 독문학, 미술사를 공부했다. 1901년에 화가 클라라(Clara)와 결혼하여 딸을 두었으나 1년 만에 헤어졌다. 릴케는 평생 안정된 정주처가 없이 줄곧 방랑생활을 했다. 1902년에 파리로 가서 조각가 로댕을 만나 '사물을 관찰하는 법'을 익혔으며, 뛰어난 조형 감각이 구현된 『신시집』(*Neue Gedichte*, 1907)이 그 결실이다. 1912년부터 10년에 걸쳐 완성한 장편 연작시 『두이노의 비가』(*Duineser Elegien*, 1923)는 55편의 소네트 연작시 『오르페우스에게 바치는 소네트』(*Sonette an Orpheus*, 1922)와 더불어 릴케 시의 총결산이다. 또한 파리 대도시의 충격 체험들을 파편식으로 서술한 소설 『말테의 수기』(*Die Aufzeichnungen des Malte Laurids Brigge*, 1910)도 대표작으로 꼽힌다. 릴케는 일찍이 일제 치하에 한국에 수용되기 시작하여 한국 시인들에게 가장 많은 영향을 준 서구 시인으로 알려져 있다.

엄숙한 시간

세상 어디선가 지금 울고 있는 사람은
세상에서 까닭 없이 울고 있는 사람은
나를 보고 우는 것이다.

한밤중에 어디선가 지금 웃는 사람은
한밤중에 까닭 없이 웃고 있는 사람은
나를 보고 웃는 것이다.

세상 어디선가 지금 걷고 있는 사람은
세상에서 까닭 없이 걷고 있는 사람은
나를 찾아오는 것이다.

세상 어디선가 지금 죽고 있는 사람은
세상에서 까닭 없이 죽고 있는 사람은
나를 쳐다보고 있다.

표범

—파리, 식물원에서

그의 눈길은 지나가는 창살에
너무 지쳐 이제 아무것도 붙잡지 못한다.
그에겐 마치 수천개의 창살만 있고
수천개의 창살 뒤에는 어떤 세상도 없는 듯하다.

아주 작은 원을 그리며 돌고 있는
가뿐하게 힘찬 발걸음의 부드러운 행보는
거대한 의지가 마비된 채 서 있는
중심을 맴도는 힘의 춤사위 같다.

다만 이따금 눈동자의 장막이
소리 없이 걷힌다. 그러면 하나의 상像이 들어와
사지의 긴장된 고요를 통과하고
심장에 들어가 존재하기를 멈춘다.

들장미 덤불

어둠이 깔리고 비 내리는 저녁
어쩌면 저렇게 싱싱하고 정갈하게 서 있을까,
활처럼 휘어진 덩굴로 선물을 주면서도
장미의 존재에 침잠해 있구나,

밋밋한 꽃들 여기저기 어느새 피었구나
어느 것 하나 바라지도 돌보지도 않았건만:
저렇게, 자신을 끝없이 능가하면서,
형언할 수 없이 제 풀에 흥에 겨워,

저녁의 골똘한 생각에 잠겨
길을 지나가는 나그네에게 소리친다:
오, 제 모습 보세요, 보라고요, 보호받지 않아도
얼마나 당당해요, 이만큼 스스로 컸잖아요.

모든 이별에 앞서가라

·

모든 이별에 앞서가라, 마치 이별이
네 뒤에 있는 것처럼, 막 지나가는 겨울처럼.
겨울 중 어떤 것은 끝없는 겨울이라서
겨울을 나며 네 마음은 그냥 견뎌야 하리니.

언제나 에우리디케 안에 죽어 있어라, 더 노래하며 올라가라,
더 칭송하며 순수한 연관 속으로 돌아가라.
이곳, 사라지는 것들과 함께, 쇠락의 왕국 속에 있어라,
울리는 유리잔이 되어라, 울림 속에서 이미 깨져버린.

존재하라 — 그리고 동시에 비존재가 그 조건임을 알아라,
너의 내밀한 진동의 무한한 근거를 알아라,
그리하여 네 진동을 이번 한번에 완수할 수 있도록.

충만한 자연에서 써버린 것과 묵묵히 말 없는
비축분, 이루 말할 수 없는 그 총합에
환호하며 너를 더하고 숫자는 없애버려라.

오라, 그대, 마지막 존재여

오라, 그대, 내가 인정하는 마지막 존재여,
육체의 조직에 스며든 고칠 수 없는 고통이여:
내가 정신으로 타올랐듯이, 보라, 나는 네 안에서
타오른다. 장작은 네 날름대는 불꽃에 순응하기를
오래도록 거부했으나, 이젠 내가 너를 먹이고 네 안에서 타오른다.
이곳에서의 나의 온유함이 네 격분 속에서
이곳 아닌 지옥의 격분이 되는구나.
아주 말끔히, 미래에 얽매이지 않고 아무런 계획도 없이,
나는 고통의 어지러운 장작더미에 올랐으니
남은 생명마저 침묵한 이 심장을 내주고서
결코 어디서도 미래를 사지 않으련다.
저기 알아볼 수 없이 타오르는 자가 아직도 나인가?
지난 추억을 낚아 들이지는 않겠다.
오, 삶이여, 생명이여: 바깥에 있음이여.
그리고 화염 속의 나. 나를 알아보는 이 아무도 없구나.

엄숙한 시간(Ernste Stunde)

1900년에 쓴 시. 릴케 시의 영원한 주제인 고독을 노래한다. 우선 눈에 띄는 특징으로 1~4연에서 거의 똑같은 문장이 반복되고 있다. 그러면서 각 연에서 인생을 집약한 핵심어가 '웃음-울음-걷기-죽음'으로 변주되고 있다. "세상 어디선가"라는 불특정한 장소는 울고, 웃고, 걷고, 죽는 주체가 불특정의 누군가임을 말해준다. 현대의 대도시에서 군중 속에 모래알처럼 흩어져 있는 누군가를 떠올릴 수 있겠다. 그런데 그 사람은 나를 보고서 웃고 울지만, 나는 그 사람을 알지 못한다. 나는 누군가의 관찰 대상 또는 구경거리이다. 그런데 나를 보고 울고 웃는 그 사람도 "까닭 없이" 울거나 웃으니까 내가 그 사람에게 울고 웃는 원인이나 계기를 제공하는 것은 아니다. 그럼에도 그 사람이 줄곧 "나를 보고" 울거나 웃으며, 심지어 나를 찾아오고 죽을 때도 나를 쳐다본다면 그것은 최소한 나에 대한 끈질긴 관심의 표현일 것이다. 아무리 그렇게 관심을 가지고 나에게 접근해도 결국 나에 대해 관심을 표명한 모든 행위의 "까닭"을 모른 채 눈을 감는다. 릴케에게 고독이 평생의 숙명임을 예감할 수 있다. 그런데 시의 화자의 시선이 독특하다. 누군가가 나에게 관심을 갖고 접근하는 것을 보지만 정작 "나" 자신을 보지는 못한다. 이 시에서 "나"는 한번도 주어로 등장하지 않고 줄곧 목적어로만 쓰인다. "나"가 나 자신을 보지 못하니 상대방이 나와 소통하지 못하는 것은 당연하지 않을까?

표범—파리, 식물원에서(Der Panther: Im Jardin des Plantes, Paris)

1902년 8월 말에 릴케는 파리로 가서 조각가 로댕의 비서로 일하기 시작했다.

원래 독일 출판사에서 로댕에 관한 책을 써주기로 하고 파리에 온 것인데, 아예 로댕의 개인 비서로 들어간 것이다. 로댕은 릴케에게 사물을 관찰하는 법을 익히라고 충고했고, 그런 취지에서 릴케는 거의 매일 파리 식물원으로 가서 여러 동물들을 관찰했다. 릴케는 화가나 조각가처럼 사물을 파악하고자 애썼고, 그런 노력이 비로소 열매를 맺은 대표작이 「표범」이다. 이 시처럼 사물에 대한 엄밀한 관찰을 통해 탄생한 작품을 '사물시'라 일컫는다. 사물시는 시인의 주관을 사물에 덧씌우지 않고 사물이 고유한 생명체로서 스스로 말하게 하는 것이다. 따라서 사물에 대한 (자연주의적) '객관적 묘사'와도 엄연히 구별된다는 점을 유념해야 한다.

릴케의 사물시 계열의 시들은 대개 특정 대상을 시의 제목으로 정한다. 이 시는 야생동물 중에서도 가장 야성이 강한 표범을 골랐다. 좁은 우리 안에 갇힌 표범은 야성의 본능을 주체하지 못해 우리 안에서 뱅뱅 돈다. 표범이 창살 옆을 지나가는데, 마치 창살이 표범을 스쳐 가는 것처럼 느껴진다. 주객이 뒤바뀐 이 감각의 혼란은 표범이 좁은 공간에서 계속 돌다가 지쳐서 거의 현기증이 날 지경임을 암시한다. 그래서 표범의 눈길은 창살 사이로 어떤 대상도 포착하지 못한다. 게다가 창살이 수천개로 늘어나 보이는 것은 창살 앞을 맴도는 동작이 수없이 반복되어 마치 잔상처럼 계속 이어지는 착시현상일 것이다. 그래서 창살 뒤의 세계는 아예 존재하지 않는 것처럼 보인다. 여기까지만 보아도 릴케 사물시의 핵심 특징이 잘 드러난다. 언어가 명확하고 투명하면서도 복합적인 연상을 불러일으킨다. 사물에 대한 외적 묘사가 아니라 내적 지각이 언어라는 '예술사물'(Kunstding)로 조형되어, 현실에 실재하는 사물보다 한층 고양된 형태를 띤다.

2연은 표범의 움직임을 포착한다. "가뿐하게 힘찬 발걸음의 부드러운 행보"에서 우리 안에 갇혀 있음에도 불구하고 드넓은 평원을 거닐 때의 기운이 느껴진다. 그러나 갇힌 존재이기에 "거대한 의지"는 마비된 채 하나의 "중심"으로 응축되어 표범의 움직임은 그 중심을 축으로 맴도는 "힘의 춤사위 같다." 1연에서는 감각의 혼란이 극대화하는 반면, 2연에서는 좁은 우리에 갇힌 상태에서도 야생의 기운이 꿈틀대는 율동감이 느껴진다. 3연에서는 이따금 "눈동자의 장막"이 열려서 바깥세계의 어떤 형상이 표범의 몸에 감지되는 양상을 묘파한다. "사지의 긴장된 고요"는 표범이 드물게 어떤 대상을 인지했을 때 오로지 그 대상에 신경을 집중하고 전신의 힘을 모은 상태를 가리킨다. 그러나 그 대상이 "심장에 들어가 존재하기를 멈춘다"는 말은 표범이 비로소 대상을 인지하고 어떤 감정을 느끼는 바로 그 순간 대상은 소멸한다는 뜻이다. 대상의 인지와 소멸이 동시에 일어난다. 좁은 우리 안에 갇힌 표범에게 바깥세계와의 교감은 철저히 차단되기 때문이다. 어쩌면 우리에서 벗어나고 싶은 충동이 너무 강해서 외부세계의 신호를 접수하는 지각기능을 마비시키는지도 모른다. 사람이 너무 강한 고통에 처해 있으면 정상적인 지각능력과 다른 모든 감정이 마비되는 것과 흡사하다.

우리에 갇힌 표범은 인간사회에서 벌어지는 여러 극한 상황을 떠올리게 한다. 인권의 사각지대에 갇힌 사람들, 노예노동으로 생존을 영위해야 하는 사람들. 뿐만 아니라 우리 인간이 스스로에게 부과한 온갖 굴레가 "수천개의 창살"처럼 우리를 에워싸고 있다.

들장미 덤불(Wilder Rosenbusch)

1924년에 쓴 시. 치열한 사색을 동반하는 릴케의 후기 시에서는 드물게 원숙기의 경쾌함과 소박함이 돋보인다. 인간이 바랄 수 있는 무상의 행복이 저렇지 않을까. 날이 어두워지기 시작하고 비까지 내려 사물의 윤곽이 흐려지는 저녁 어스름에 갓 피어난 들장미가 선연히 눈에 들어온다. 덩굴이 활처럼 휘어진 모습 자체가 보는 이에게 선물로 다가온다. 어째서일까? 활이 휘어진 아치형 형상을 사물의 역동적 균형의 상징으로 파악하는 사유는 고대 그리스의 헤라클레이토스(Heracleitos)로 소급된다. 활을 미는 힘과 시위를 당기는 힘의 팽팽한 긴장이 화살을 쏘아 올리는 것이다. 이런 사유는 횔덜린의 시에서도 중요한 모티브가 된다. 이 시에서 휘어진 들장미 덩굴은 비바람과 중력을 견디며 가장 자연스럽고 편안하게 자신을 가누고 있다. 우리 인간이 그렇게 세파를 견디며 자신을 가누고 몸과 마음의 균형을 유지할 수 있다면 얼마나 고마운 축복의 선물일까. 그렇게 들장미 덩굴은 무상의 선물을 주면서도 "장미의 존재에 침잠해" 있다. 어떤 보상도 바라지 않는 선물을 주기에 그 존재가 더욱 깊어진다. 게다가 아무도 돌보지 않고 화려하지도 않은 "밋밋한" 꽃이어서 그 소박함이 더욱 청순하다. 또한 다른 무엇과도 경쟁하지 않고 오로지 자기 자신만을 추월한다. 그렇게 스스로 자라고 마음속에서 저절로 흥이 솟구쳐서 지나가는 행인에게 말을 걸어 그의 근심걱정을 덜어주려 한다. 행인이 어떤 고민에 빠져 있는지는 알 수 없으나 "저녁의 골똘한 생각"에 잠겨 있으니 편치 않은 하루를 보냈거나, 인생의 황혼에 걱정거리가 생겼거나, 살아온 한 평생이 못마땅할 것이다. 보호받지 않아도 당당하고 스스로 이만큼 자란 어린 들장미가 나그네의 시름을 덜어준다.
이 시를 쓰기 두해 전에 릴케는 그의 지인이 휴식과 집필 공간으로 제공해준 뮈조트 성에 은거하면서 그의 시적 이력의 절정이라 할 대작 『두이노의 비가』와 『오르페우스에게 바치는 소네트』를 완성했다. 대장정을 마쳤으니 아무도 돌보지 않는 어린 들장미에게 눈길이 가는 마음의 여유가 생긴 것일까.

모든 이별에 앞서가라(Sei allem Abschied voran)

장편 연작시집 『오르페우스에게 바치는 소네트』의 제2부 13번 시. 릴케는 이 시가 "소네트 연작시 전체의 맥락에 가장 근접한 작품"이자 "가장 순수하고 궁극적인 성취"라고 자평했다. 소네트 전체의 맥락은 우선 제목이 가리키는 오르페우스 신화에서 유래한다. 그리스 신화에 나오는 오르페우스는 그의 노래와 음악으로 인간과 동식물은 물론 돌덩이 같은 무생물까지도 감동시켰다는 전설적인 가인이다. 다시 말해 시인의 원형이다. 또한 오르페우스는 그 노래의 힘으로 삶과 죽음의 경계를 넘나들고 죽음을 극복한 존재다. 독사에 물려 죽은 연인 에우리디케를 찾아 저승세계로 내려가고, 노래로 저승의 신을 감동시켜 에우리디케를 데리고 다시 이승으로 돌아온다. 그러나 이승에 오를 때까지 뒤를 돌아보지 말라는 금령을 어기고 뒤따르는 에우리디케를 돌아보는 바람에 에우리디케는 돌이 되었다. 그리고 디오니소스 신을 섬기는 무녀들이 오르페우스를 찢어 죽인 다음에도 그의 머리는 바다 위를 떠돌며 에우리디케를 잃은 슬픔의 노래를 불렀고 리라도 함께 울렸다. 이를 딱히 여긴 제우스 신이 그의 리라를 천상의 별로 만들어주었다. 이러한 신화적 전승이 릴케의 소네트와 연결되는 핵심 모티브는 이별과 죽음의 극복이며, 이를 위해 이승의 삶을 온전히 예술로 승화시키는 시적 변용이다. 반면에 신화적 전승과 구별되는 결정적 차이는 오르페우스가 죽은 에우리디케를 다시 살려내어 이승으로 데려오려 한다면, 릴케는 죽음을 그대로 받아들임으로써 삶과 죽음의 경계를 극복하려 한다는 점이다.

다른 한편 릴케는 이 소네트 전체를 베라 오우카마 크노프(Wera Ouckama Knoop)라는 소녀에게 헌정했다. 릴케가 뮌헨에 체류하던 시절에 드나들던 집안의 딸인 크노프는 원래 무용수였으나 병으로 19세의 나이에 요절했다. 소네트 제2부 28번 시를 보면 이 소녀를 가리키는 "무용수"는 천상의 "별자리"로 승천한다. 오르페우스 신화에서 그의 악기 리라가 별이 되는 모티브를 이어받은 것이라 할 수 있다.

1연 첫 행에서 "모든 이별에 앞서가라"는 말은 이별을 전폭적으로 받아들이라는 것이다. "끝없는 겨울"은 죽음을 암시한다. "겨울"이 네번이나 반복되어 누구도 이별과 죽음을 피할 수 없다는 운명적 필연성을 강조한다. 그러므로 끝없는 겨울을 보내려면 그저 견디는 것 말고는 다른 길이 없다. 삶의 모든 고통을 견더내는 것은 릴케 시의 중요한 모티브이다.

2연에서 "에우리디케 안에 죽어 있어라"는 말은 오르페우스 신화를 뒤집는 발상이다. 오르페우스는 에우리디케를 다시 살려내려 했지만, 릴케는 사랑하는 사람의 죽음을 그대로 받아들이고 그 죽음과 함께 있으라고 명한다. 끝없는 겨울을 견디라는 요청과 연결된다. "노래하며 올라가라"는 말은 죽음과 이별의 슬픔을 노래로 승화시키라는 것이다. '칭송하라'는 것은 상실의 고통에 잠겨 있지 말고 죽어서도 빛나는 아름다움을, 또한 변치 않는 사랑을 찬미하라는 뜻이다.[1] 그리하여 상실의 슬픔이 남김없이 노래의 아름다움으로 승화된 상태가 "순수한 연관"이다. 이 순수함 안에서 삶과 죽음의 경계가 극복되고 죽음이 극복된다. "노래하며 올라가라"는 상승의 움직임은 시적 승화를 통해 수평의 운동으로 표상되는 시간적 공간적 제약을 극복하는 상승과 고양을 시사한다. 2연의 3행은 그런 상승과 대비되는 "쇠락", 즉 지상의 덧없음을 노래하는데, 여기서 주목할 것은 "사라지는 것들과 함께" 있으라는 것이다. 다시 말해 시적 고양과 상승은 지상의 삶을 초월하라는 요구가 아니라 포용하라는 요구를 동반한다. 바로 그런 점에서 릴케가 추구하는 시적 고양은 전근대의 신비주의나 종교의 발상과는 확연히 다르다. "울리는 유리잔"이 울림과 동시에 이미 깨졌다는 발상은 이별/죽음에 앞서가라는 요청의 구체적 발현이다. 유리잔은 맑은 소리를 내면서 언젠가는 깨질 운명을 미리 선취하는 셈이다. 덧없이 사라질 "쇠락의 왕국"에 거하는 자신의 존재를 남김없이 봉헌하여 노래로 승화시키라는 말이다. 이 비유는 괴테의 시 「복된 동경」에서 자신을 태우면서 빛을 발하는 촛불의 형상을 보고 "죽어서 되어라!"라고 언명했던 것을 떠올리게 한다. 촛불이 시적 승화의 고전적 비유라면 "울리는 유리잔"은 현대적 일상의 소품이다.

3연의 초두에 나오는 "존재하라"는 요청은 1연의 "앞서가라"와 2연의 "죽어 있어라"를 존재론적 차원으로 확장한 것이다. 그리고 "비존재"가 "존재"의 조건이라는 말은 바로 앞에서 유리잔이 울리면서 동시에 깨지는 형질전환을 일반화한 것이다. 유리잔은 깨지면서 자신을 바쳐야 비로소 맑은 소리를 울리며 완성되는 것이다. 유리잔이라는 가시적 대상이 소리라는 비가시적 형질

1 죽은 소녀 크노프의 어머니에게 보낸 편지에서 릴케는 딸을 잃은 고통에 잠겨 있는 것은 "육신에 갇혀 있는 잘못된 생각"이며, "하늘과 대지의 통일성을 돌도끼로 찍어서 갈라놓는 것"이라고 말한다.

로 — 보이는 물체에서 보이지 않는 형체로 — 변환되는 양상은 오르페우스 소네트 연작을 비롯하여 릴케 후기 시의 중요한 특징이다. "사라지는 것들"과 더불어 있으면서 그것을 바쳐 보이지 않는 노래의 울림을 낳는 것 — 이러한 시적 변용을 릴케는 그의 시집 『두이노의 비가』 헝가리어 번역자 훌레비츠(Witold von Hulewicz)에게 보낸 편지에서 "우리는 보이지 않는 것을 모으는 벌꿀입니다. 우리는 보이는 것들을 모아서 보이지 않는 거대한 황금 벌통에 저장합니다"[2]라고 표현한 바 있다. 2행의 "내밀한 진동"에서 '진동'을 릴케는 물리학에서 빛의 '파동'을 가리키는 말로 사용하고 있다. 물체의 에너지가 연소하여 빛으로 전환될 때 생겨나는 빛의 파동을 가리킨다. 이 경우에도 가시적인 물질의 운동(진동)이 비가시적인 — 빛의 금빛은 비가시성이 더욱 순수하고 아름답게 변용된 투명성에 견줄 수 있다 — 빛으로 변환된다. '진동'이라는 언어 자체에서는 보이지 않는 이 빛은 인식과 깨달음의 빛이기도 하다(그래서 "알아라"라고 말하는 것이다). 물질계가 정신계로 승화되는 형국이다. 다른 한편 이 진동/파동을 매개로 하여 빛은 아득히 멀리 우주 공간으로 전파된다. 밤하늘을 수놓는 별빛이 우리에게 전달되는 것도 그런 이치다. 오르페우스의 노래와 리라가 그러했듯이, 지상에서 울리는 노래는 그 별빛을 매개로 천상의 별과 만나며, 그 노래는 천상의 별이 되어 후세에 길이 전해진다. 이렇게 보면 "내밀한 진동"은 시인의 마음이 바깥의 삼라만상과 교감하고 안과 밖의 경계가 사라지는 경지를 가리킨다. 이런 상태를 릴케는 '세계내면공간'(Weltinnenraum)이라 일컬었다. 이러한 "내밀한 진동"의 "무한한 근거"는 인간을 비롯하여 지상의 만물에게 무상의 선물을 아낌없이 선사하는 대지이다. 4행에서 그러한 "진동"을 "이번 한번에 완수"하라는 말은 단 한번뿐인 지상의 삶을 온전히 바쳐 "존재"의 완성에 이르라는 말이다.

앞에서 말한 "내밀한 진동의 무한한 근거"를 4연에서는 "충만한 자연"이라고 분명히 밝히고 있다. 자연의 무한한 "비축분"에서 이미 "써버린" 것이나 "묵

2 1925년 11월 13일 훌레비츠에게 보낸 편지.

묵히 말 없는" 것, 즉 아직 발현되지 않은 잠재성은 자연의 순환 과정에서는 하나의 과정으로 통일되어 있다. 나뭇잎이 떨어져 땅에 묻히면 다시 거름이 되어 토양을 비옥하게 하는 것이다. 따라서 그 전체는 언어로 형용할 수 없고 인간의 머리로 헤아릴 수 없는 "총합"이다. 죽음도 곧 그 무한의 세계에 동참하는 것이니 "환호"할 일이다. 그런 합일 속에서는 '나'라는 개체를 의식하고 연연하는 분별지도 사라진다. 끝없이 순환하는 자연은 무한의 영역이므로 숫자 개념 자체가 의미가 없어지는 것이다. 이처럼 가시적 세계가 비가시적 우주와 합일하는 신비의 사건을 릴케는 이렇게 말했다.

> 이처럼 우리가 사랑하는 보이는 것, 손에 잡히는 것을 보이지 않는 자연의 진동과 고양상태로 전환하는 작업 — 그렇게 새로 생겨난 진동수는 우리를 우주의 진동계로 이끌어줍니다. (우주에 존재하는 다양한 소재들은 다양한 진동수의 구현물일 뿐이며, 우리는 이와 같은 방식으로 고밀도의 정신적인 산물뿐만 아니라 물체와 금속과 성운과 성좌까지도 준비하는 것입니다.)[3]

릴케가 이러한 시적 신비의 체험을 추구한 이유는, 가시적 경험세계는 그가 "아메리카의 제품"이라 말한 일회용 소모품으로 전락할 위험에 노출되어 있다고 보았기 때문이다. 모든 경험을 소비 대상으로 변질시키는 자본주의적 물신세계를 초극하려는 시적 변용의 시도인 것이다.

오라, 그대, 마지막 존재여(Komm du, du letzter)

릴케가 쓴 마지막 시로, 미완성이다. 1926년 11월 말 릴케는 급성 백혈병 진단

3 1925년 11월 13일 훌레비츠에게 보낸 편지.

을 받았다. 심한 통증을 동반하고 장기가 손상되고 입안이 헐어서 물을 마시기도 힘든 상태였다. 12월 13일 평생의 연인 루 살로메에게 보낸 편지에서 릴케는 이렇게 말한다. "벌써 자연으로 돌아가는 길이 시작되었습니다. 이제 고통이 나를 뒤덮고 내 역할을 대신합니다. 밤낮으로!" 자신의 존재가 온통 고통덩어리로 바뀌었다는 탄식이다. 그러면서도 릴케는 다른 지인에게 보낸 편지에서 자기만의 방식으로 죽을 수 있게 도와달라고 호소하면서 "의사들의 손에 죽고 싶지 않습니다. 자유를 얻고 싶습니다"라고 했다. 대도시의 병원에서 '처리되는' 죽음에 대해 릴케는 소설 『말테의 수기』에서 파리의 대형 병원을 예로 들어 "559개의 침상에서 공장식으로 죽는다"라고 표현한다. 이런 '공장식 죽음'에 경악했기 때문인지 릴케는 심지어 통증을 완화시켜줄 마취제 주사도 거부했다고 한다. 그는 결국 12월 29일 51세의 나이로 영면했다.

위의 시는 죽기 보름 전에 수첩에 적은 것이다. 평생에 걸친 시 창작이 정신을 불사르는 작업이었다면 이제 죽음 속으로 한발을 내디딘 시인은 자신의 육신이 불타는 것을 지켜보고 있다. 그러나 몸과 마음은 둘이면서 하나이므로 정신을 불사르는 열기에 육신도 함께 불탔을 것이다. 「모든 이별에 앞서가라」에서 말했듯이 시인은 "울리는 유리잔"으로 노래하면서 그 울림 속에서 이미 깨지고 있었던 것이다. 그래서 이제 화염의 장작더미에 오른 육신이 고통을 먹여 살리고 고통 속에서 불타고 있다. 이젠 정신과 육신을 이어주는 심장에 저장된 생명도 다 소진되었으니 굳이 미래를 기약하며 바칠 심장도 없다. 화염에 휩싸인 자신을 가리켜 "아직도 나인가?"라고 반문하는 시인의 영혼은 이미 육신을 떠나고 있다. 삶의 바깥, 생명의 바깥에 있는 것이다. 이것은 릴케만의 고유한 죽음이므로 이 죽음을 알아보는 이는 아무도 없다.

슈테판 게오르게

(Stefan George, 1868~1933)

라인 강변의 유복한 포도주상 집안에서 태어나 베를린 대학에서 불문학, 영문학, 독문학, 예술사를 공부했다. 일찍부터 오로지 시 창작에 전념하기로 결심한 게오르게는 19세기 후반의 사실주의, 자연주의 전통과 단호히 결별하고 보들레르(Charles Baudlelaire), 말라르메(Stéphane Mallarmé) 등 프랑스 상징주의 시인들의 영향을 받아 '예술을 위한 예술'을 추구하고 형식주의와 유미주의를 지향했다. 그는 속물적 삶에 철저히 거리를 두고, 지향을 달리하는 문인들에 대해서도 담을 쌓으며 이른바 '게오르게 서클'을 형성했다. 게오르게의 시는 현실의 갈등에 관여하지 않고 오로지 엄격한 형식미를 추구하는 성향이 강하지만, 후기 시에서는 예리한 현실진단과 섬세한 서정시의 면모를 보여주기도 한다. 1933년 히틀러 집권 후 스위스로 망명했다가 같은 해에 생을 마감했다. 스물두살에 첫 시집 『송가』(*Hymnen*, 1890)를 냈고, 『순례』(*Pilgerfahrten*, 1891), 『알가발』(*Algabal*, 1892), 『영혼의 해』(*Das Jahr der Seele*, 1897), 『일곱번째 고리』(*Der siebente Ring*, 1907), 『결속의 별』(*Der Stern des Bundes*, 1913), 『전쟁』(*Der Krieg*, 1917), 『새로운 왕국』(*Das neue Reich*, 1927) 등의 시집이 있다.

노래

한 머슴이 숲으로 갔다네.
그는 아직 수염도 자라지 않았다네.
그는 기적의 숲에서 길을 잃었다네.
그는 다시는 돌아오지 않았네.

온 동네 사람들이 그를 찾아 나섰다네
새벽노을 물들고 저녁노을 질 때까지
하지만 어디서도 그의 흔적은 찾지 못했네.
그래서 사람들은 그가 죽은 줄 알았다네.

그렇게 일곱해가 흘렀다네.
그런데 어느날 아침 갑자기
그 머슴이 다시 마을 어귀에 나타나
우물가로 갔다네.

사람들은 그가 누구인지 물었고
낯선 이의 얼굴을 바라보았다네.
그의 아버지도 어머니도 죽었고
다른 사람은 그를 알아보지 못했다네.

며칠 전부터 길을 잃었어요.
기적의 숲에 갔었지요.

거기서 때마침 축제에 참가했는데 ·
금방 나를 집으로 가라고 몰아냈어요.

그들은 머리칼이 황금이고
피부는 눈처럼 희지요.
그들은 해와 달이라 불리지요
산과 골짜기와 바다로 불리지요.

그러자 모두가 껄껄 웃었다: 이른 아침부터
술을 퍼마시지는 않았는데.
그들은 그에게 가축을 돌보라고 했고
그가 돌았다고들 했다.

그렇게 그는 날마다 들로 나갔고
바위 위에 앉아서
노래 불렀지, 한밤중까지
아무도 그에게 신경 쓰지 않았다.

오직 어린아이들만 그의 노래에 귀 기울였고
종종 그의 옆에 앉기도 했지.
아이들은 노래 불렀지, 그가 죽고 나서도 오래도록
아주아주 늦은 시간까지.

죽었다는 공원에 와서 보라

죽었다는 공원에 와서 보라:
저 멀리 미소 짓는 물가의 반짝임 ·
순백의 구름에 언뜻 비치는 푸르름이
연못과 형형색색의 오솔길을 비춘다.

저기 짙은 노란색과 · 연한 회색을 취하라
자작나무와 회양목의·바람은 온화하다 ·
철 지난 장미가 완전히 시들지는 않았으니 ·
그들을 추려 모아 입 맞추고 화환을 엮어라.

여기 마지막 과꽃 또한 잊지 마라 ·
들포도 덩굴에 감도는 자주색도 ·
그리고 아직 남아 있는 푸른 생명도
가을의 표정에 살포시 엮어넣어라.

노래(Das Lied)

슈테판 게오르게는 스물네살이던 1892년부터 『예술을 위한 잡지』(*Blätter für die Kunst*)라는 문학잡지를 발간했다. 주로 이 지면을 통해 발표된 그의 시들은 '그 무엇에도 봉사하지 않는 예술', 즉 '예술을 위한 예술'을 표방했다. 따라서 시의 현실적 효용 자체를 거부하는 그의 시는 광범위한 독자층의 취향을 무시하는 것은 물론 문학 애호가들도 접근하기 쉽지 않은 비의성(秘儀性)을 띤다. 1910년 『예술을 위한 잡지』 마지막 호에 실린 이 시는 그러나 게오르게 시의 그런 일반적 특성과는 사뭇 다르게 평이한 노래의 어조를 취한다. 시의 제목을 '노래'라고 한 것도 전통적인 노래 내지 민요의 소박한 가락을 최대한 살리려는 취지다. 모든 언어권의 문학이 다 그러하듯 독일문학에서도 노래 내지 민요는 원래 구전(口傳)으로 전승되어 문자를 모르는 서민층이 즐겨 부르는 노래였다. 따라서 본격적인 장르로 엄격한 형식을 구축해온 '시'에 비하면 '노래'는 폭넓은 독자층이 공감할 수 있게 마련이다. '노래'라는 제목을 붙인 이 시 역시 그런 의미에서 노래의 소박한 특성을 공유한다. 게다가 이야기를 곁들인 발라드의 형식을 취하고 있어서 소박한 친밀감을 더한다.

그런데 정작 이 시는 어떻게 '노래'가 사람들에게서 멀어지고 이해할 수 없게 되었는가를 말한다. 그렇게 된 사연을 살펴보자. 훗날 노래하는 가인이 될 주인공은 아직 수염도 나지 않은 어린 "머슴"으로 등장한다. 시인을 세상 물정 모르는 애송이 취급하고 주변인으로 비하하는 통념에 상응한다. 그 머슴이 숲을 향해 길을 떠나고 "기적의 숲"에서 길을 잃고 헤매는 것은 보통 사람들이 사는 공동체에 안착하지 못하고 미지의 세계로 방황하며 환상의 세계에 몰입하는 것을 가리킨다. 그러는 사이에 머슴은 마을에서 완전히 잊힌 존재로, 그야말로 "죽은" 것으로 간주된다(2연). 그렇게 "일곱해"가 흘러갔다. 여기서

"일곱해"는 머슴이 "기적의 숲"에서 완전히 다른 존재로, 노래하는 가인으로 거듭난 마법의 시간이다. "기적의 숲"이 현실의 경험적 공간이 아니듯이 "일곱해" 또한 경험적 시간과는 다른 차원의 시간, 시간을 초월한 시간이다. 이처럼 다른 차원의 시공간에서 현실의 시공간으로 돌아오는 시점이 "어느날 아침 갑자기"로 아무도 예측할 수 없는 때인 것은 너무 당연하다. 그리고 다시 나타난 머슴이 제일 먼저 "우물가"로 가는 것도 상징적이다. 우물은 마을 사람들에게 생명수를 공급하는 원천이다. 마을 사람들이 삶을 함께 나누는 공유재이다. 그 누구의 전유물도 아니기 때문에 마을 사람 누구나 신분 고하를 막론하고 가장 인간적인 모습으로 만나는 자연스럽고 일상적인 소통과 교유의 공간이다. 성경에서는 유대인들이 천대하는 사마리아 여인에게 예수가 물을 달라고 청하는 바로 그 우물이다(요한복음 4장 1절 이하). 여기서 예수는 사마리아 여인에게 "내가 주는 물을 마시는 자는 영원히 목마르지 아니하리니"(14절)라고 하며, 사마리아 여인은 그 말을 믿는다. 우물은 가장 미천한 사마리아 여인과 거룩한 예수를 서로 진실한 마음과 영혼으로 소통하게 해주는, 성(聖)과 속(俗)이 만나는 공간이다. 여기서 미천함과 숭고함은 하나로 섞인다. 그래서 괴테는 소설 『젊은 베르터의 고뇌』에서 베르터가 찾아가는 우물을 가리켜 "예전에는 공주님들도 손수 물을 길었다고 한다"[1]라고 서술한다. 마을 사람들에게 죽은 것으로 잊힌 머슴이 "일곱해"가 지난 후에 갑자기 나타나서 가장 먼저 마을 우물가로 찾아가는 장면은 이 모든 것을 떠올리게 한다. 머슴 역시 이제는 마을 사람들과 예전과는 다른 모습으로 만나기를 기대하고 모종의 변화를 꿈꾸면서 우물가로 왔을 것이다.

그러나 이러한 기대는 완전히 무산된다. 아무도 그를 알아보지 못하기 때문이다(4연). "기적의 숲"에서 완전히 다른 사람이 되어 나타났으니 마을 사람들이 알아보지 못하는 것은 당연하지만, 5~6연에서 머슴이 들려주는 이야기는 그를 '미친' 사람으로 보이게 만드는 것이다. 머슴이 "며칠 전부터" 길을 잃

1 괴테 『젊은 베르터의 고뇌』, 임홍배 옮김, 창비 2011, 16면.

었다고 한 것부터 동네 사람들에겐 난센스로 들릴 것이다. 마법의 시간 "일곱 해"는 현실의 경험적 시간으로는 그보다 훨씬 아득한 세월일 수도 있기 때문이다. 머슴이 기적의 숲에서 참가했다는 "축제"는 그가 다른 세계에 입문하는 제의적 통과의례였을 것이다. 그러고 나서 숲의 사람들이 그를 집으로 가라고 몰아냈다는 말은 마을로 돌아가서 마을 사람들을 위해 뭔가를 하라는 소명을 부여한 것으로 짐작된다. 머슴이 가장 먼저 우물가를 찾아간 것도 그런 소명의식에서 나온 행동일 것이다.

6연의 진술은 머슴이 경험한 환상적 마법의 세계와 마을 사람들이 사는 현실 사이의 괴리가 얼마나 큰지 단적으로 보여준다. "기적의 숲"에 사는 사람들의 이름은 "해"와 "달" 그리고 "산"과 "골짜기"와 "바다"인 것이다. 이 이름들은 인간이 사물에 이름을 부여하기 이전의 근원적인 언어, 모든 이름과 말의 바탕이 되는 언어, 노래와 시의 모태가 되는 언어이다. 그 근원적 언어는 생명수의 원천인 우물의 이미지와 합치된다. 그러나 그 근원적인 언어를 망각한 마을 사람들에게는 머슴의 말이 그저 실성한 사람의 헛소리로 들릴 뿐이다. 그래서 머슴은 형안을 가진 시인이나 선지자가 아니라 예전과 다름없이 여전히 가축을 돌보는 머슴의 굴레를 써야 한다. 그것이 지상에서 저주받은 시인의 운명이다. 그래도 그는 날마다 한밤중까지 노래를 부른다. 허허벌판의 "바위 위에 앉아서" 노래를 부르는 모습은 인적이 끊어진 황량한 사막에서 홀로 하늘을 향해 기도하는 선지자의 이미지를 떠올리게 한다. 아무도 그의 노래를 알아주지 않지만 어린아이들은 그의 노래에 귀를 기울인다. 아직 세상의 비속한 언어에 때묻지 않은 순수한 영혼의 어린아이들만이 가인의 노래를 알아듣는 것이다. 그렇게 해서 가인이 죽은 후에도 아이들은 노래를 부른다. 마지막 연 마지막 행의 "아주아주 늦은 시간까지"는 "일곱해"의 시간과 마찬가지로 지상의 척도로는 잴 수 없는 아득한 시간이다. 세상 사람들이 알아듣지 못하는 "노래"는 그렇게 입에서 입으로 전승된다. 오직 "해"와 "달" 같은 근원의 언어를 상기하는 노래만이 지상의 시간을 견디면서 오래도록 전승된다.

이 시의 제목인 '노래'는 물론 전통적인 구전의 노래만을 가리키지는 않는다.

괴테와 하이네 시대에는 문자로 기록되지 않은 구전 민요를 '인류의 보편 언어'로 높이 평가하면서 민요 발굴에 힘을 쏟았다. 그러나 그렇게 발굴된 민요도 한세기가 흐르는 사이에 대부분 역사적 유물로 남게 되었다. 게오르게의 시 「노래」는 그런 역사적 유물인 노래를 다시 발굴 보존하자는 얘기가 아니라 시가 어떻게 다시 근원적인 언어를 회복할 것인가 하는 문제제기로 읽어야 할 것이다.

죽었다는 공원에 와서 보라(Komm in den totgesagten park)

게오르게가 스물아홉살에 펴낸 연작시집 『영혼의 해』의 첫머리에 수록된 시. 이 시는 사람들이 이미 "죽었다"라고 말하는 공원에 들어와서 가을 풍경을 보라고 권한다. 여기서 "죽었다"라는 말은 일단 낙엽이 진 스산한 늦가을 풍경을 가리킨다. 사람들은 공원이 이미 죽었다고 하지만 시의 화자는 살아 있는 "가을의 표정"이 탄생하는 과정을 보여준다. 죽었다는 공원을 되살리는 시발점은 1연에서 비치는 '빛'이다. "저 멀리 미소 짓는 물가의 반짝임"과 "순백의 구름에 언뜻 비치는 푸르름"이 (공원 안의) "연못과 형형색색의 오솔길을 비춘다." "저 멀리 미소 짓는 물가"는 게오르게의 고향인 빙겐을 끼고 흘러가는 라인강의 건너편 물가를 떠올리게 한다. 어떤 연구자는 이 구절을 푸른 하늘을 물가에 빗댄 은유로 해석하기도 한다. 멀리 떨어진 강 건너편의 물결에서 반짝이는 빛이 강의 이쪽에 있는 공원의 연못과 오솔길을 비춘다는 것은 경험적으로 납득할 수 없다고 보기 때문이다. 그러나 이런 해석은 게오르게의 시가 외경(外景)의 사실적 묘사를 추구하는 자연주의에 대한 전면적인 저항에서 출발한다는 사실을 간과한 단견이다. 경험적 개연성에 비추어보더라도 그다지 비약은 아니다. 바로 다음 행에서 "순백의 구름에 언뜻 비치는 푸르름"은 매우 청명한 날씨를 말해준다. "순백의 구름"에 푸른 하늘빛이 (마치 그림자처럼) 비칠 정도로 맑은 날씨이다. 따라서 "미소 짓는 물가의 반짝임"은 쏟아지는 햇살이 강물에 비쳐서 반짝거리는 풍광을 가리킨다. 2~3연을 함께 읽으면 강물에 비치는 반사광과 청명한 햇살이 어우러져 대기를 환하게 비추면서 강 이쪽에 있는 공원의 "연못"과 "오솔길"까지도 환하게 드러내는 것이다. 인상주의 회화의 빛을 떠올리면 전혀 낯설지 않은 풍경이다. 아울러, 강 저편의 반짝거리는 물결과 푸른 하늘 흰 구름을 바라보던 시적 화자의 시선이 밝아져서 (이전까지 죽은 것처럼 보이던) 공원의 연못과 오솔길이 선연히 시야에 들어오는 것이라 할 수도 있다. 말하자면 사물을 새롭게 보는 감각이 열린 것이다. "보라"라는 시적 화자의 요청에 따르는 독자의 시야가 2연과 3연에서 계속 새롭게 포착되는 대상을 향해 점점 확장되는 것도 그런 감각의 열림에 상응한다.

2~3연은 "형형색색의 오솔길"에서 발견하는 가을의 표정들이다. 자작나무와 회양목의 "짙은 노란색"과 "연한 회색"은 늦가을의 조락(凋落) 속에 봄과 여름을 거쳐온 시간의 깊이가 밴 고결한 색조이다. 화자는 그 색깔을 "취하라"고, 즉 받아들이라고 청한다. 그다음에 "바람은 온화하다"라는 구절이 이어지므로 그 은은한 가을 색을 들이마시며 호흡하라는 뜻으로 읽힌다. 젊은 시절 게오르게를 문학적 멘토로 따랐던 호프만스탈(Hugo von Hofmannsthal)은 이 시를 가리켜 "가을을 호흡하는 시"라고 했는데, 딱 맞는 말이다. "형형색색"의 늦가을 빛깔을 들이마시면서 화자/독자 역시 가을 색으로 물든다. 이렇게 계속 새로운 감각이 열리고 확장되고 깊어진다. 2연 3~4행은 가을 풍경과 정취가 시적 언어로 다시 태어나는 시적 변용의 절정이다. 꽃의 여왕이라 불리는 장미가 만발하는 계절은 5월 무렵 초여름이다. 그런데 늦가을에 철이 한참 지나도록 "완전히 시들지는 않"은 모습으로 피어 있는 장미로 "화환"을 엮는 것은 자연적 시간의 순환 속에 있던 장미가 자연적 시간을 초월해서 새 생명을 얻는 사건이다. 바로 이 시 안에서 "화환"으로 엮이는 것이다. 고대 로마 시대부터 화환(Florilegium)은 '시집'을 가리키는 말로 쓰였다. 그렇게 보면 이 시에서 시들어가는 장미 송이를 추려 모아서 화환을 엮는다는 것은 자연 사물로 존재하던 장미가 시어로 탄생하는 사건을 가리킨다. 또한 이 시가

시집『영혼의 해』의 맨 앞에 수록된 서시라는 점을 감안하면, 이 시를 발단으로 시집 전체가 엮어지는 과정을 가리킨다. 그런 맥락에서 4행을 천천히 다시 읽어보자. "추려 모아"라고 번역한 동사 '추리다'(erlesen)는 '선별하다, 엄선하다'라는 뜻과 '수확하다, 거두다'라는 뜻도 있다. 가을에 추수한 곡식이 인간을 살리는 양식이 되듯이, 자연 사물에서 시의 언어로 다시 태어난 '장미 화환'은 우리의 영혼을 살리는 마음의 양식이 되는 것이다. 그렇게 시든 장미를 추려 모아 입 맞추고 화환으로 엮는 행위는 경건한 축성(祝聖)의 제의를 방불케 한다. 이것은 한편의 시, 한권의 시집을 엮는 행위를 넘어서 시의 세계에 입문하는 경건한 의식이다. 이와 관련하여 게오르게가 사용하는 특이한 구두점을 눈여겨볼 필요가 있다. 1연 2행 끝에 가운뎃점(·)이 들어가 있다. 쉼표도 아니고 마침표도 아닌 이 특이한 기호를 게오르게는 즐겨 사용한다. 이 경우에는 1연 1행에서 "보라"라고 했으므로 다른 데로 눈길을 돌리지 말고 "저 멀리 미소 짓는 물가의 반짝임"을 가만히 바라보라는 뜻으로 이해할 수 있다. 다시 말해 잠시 호흡을 멈추고 강 건너편 물가의 반짝이는 물결에 시선을 고정시키라는 뜻이다. 그런 연후에 눈길을 돌려 바라본 흰 구름과 푸른 하늘의 모습은 예컨대 강 건너 풍경을 흘낏 스쳐본 후에 바라보는 하늘의 모습과 다를 것이다. 그래서 '순백의 구름 사이로 언뜻 비치는 하늘'이 아니라 "순백의 구름에 언뜻 비치는 하늘"이 가능해지는 것이다. 2연에서는 가운뎃점이 더 빈번히 사용된다. 2연 마지막 행에서 경건한 제의적 분위기가 감지된다는 점을 감안하면, 마치 미사에서 기도문을 읊듯이 완만하고 유장하게 호흡을 가다듬어 읽으라는 뜻으로 이해할 수 있겠다. 그것은 시적 화자의 안내에 따라 천천히 오솔길을 걸어가는 걸음걸이의 호흡이기도 하다.

이 모든 과정을 거쳐 장미 화환은 마지막 연에서 '마지막 과꽃'과 '들포도 덩굴의 자주색' 그리고 '아직 남아 있는 푸른 생명'을 '살포시 엮어넣은 가을의 표정'으로 무한히 확장된다. 시 원문의 맨 마지막에 들어간 "가을의 표정"으로 이 시는 완성된다. 여기서 '표정'(Gesicht)은 '시'(Gedicht)의 다른 이름이다. 죽은 것처럼 보이던 공원은 시인의 눈길을 거쳐 '시'의 세계로 다시 태어나 완성되는 것이다.

이상에서 살펴본 대로 이 시는 단지 가을의 서정을 노래하는 차원을 넘어서 시의 탄생 과정, 시적 변용의 경이를 보여준다. 그런 점에서 이 시는 시가 다른 무엇의 도구로 쓰여서도 안 되고 오로지 시의 순수함 자체를 추구해야 한다는 게오르게의 문학관에 충실하다. 게오르게 자신도 이 시집에 부친 서문에서 여기에 수록된 시들이 오로지 시로서만 읽혀야 한다는 점을 거듭 강조했다. 그럼에도 불구하고 이 시에는 극도로 절제된 비애가 배어 있다. 늦가을 황량한 공원에서 다 시들어가는 장미를 추려 모아 화환을 엮는 것은 장미가 만발했던 계절의 추억을 되짚는 행위이다. 활짝 피어난 장미를 마주하던 기억과 작별하면서 그 이별의 비애를 시로 승화시키는 것이다. 이 시가 수록된 『영혼의 해』가 발간되기 한해 전인 1896년에 게오르게는 1892년부터 사귀어온 여성 이다 코블렌츠(Ida Coblenz)와 헤어졌다. 두살 아래의 이다는 빼어난 미모에다 문학과 음악에 조예가 깊었고, 게오르게는 그런 이다에게 금방 매료되었다. 이다 역시 게오르게의 시에 깊은 이해를 보여주었다. 그렇지만 결벽한 정신주의자에다 동성애 취향이 있었던 게오르게가 여성과 결합하기는 힘들었고, 결국 둘은 헤어질 수밖에 없었다. 이 시를 비롯하여 『영혼의 해』에 수록된 시편에는 곳곳에 이다와의 사랑과 이별의 흔적이 배어 있다. 그 비애의 감정 역시 게오르게가 결벽하게 추구했던 '순수 언어'의 일부일 것이다. 이 시가 발표되고 반세기가 지난 후에 고트프리트 벤(Gottfried Benn)은 이 시를 가리켜 "현대의 가장 아름다운 가을 시의 하나"로 "금세기를 매혹하고 있다"라고 했다.[2]

2 고트프리트 벤 「서정시의 제 문제」, 『현대 독일 시론』, 전광진 옮김, 탐구당 1978, 30면.

후고 폰 호프만스탈

(Hugo von Hofmannsthal, 1874~1929)

귀족 가문의 은행장 집안에서 태어났지만, 어릴 적에 아버지가 주식투자에 실패하여 가산을 탕진했다. 10대 후반부터 시와 희곡을 발표하면서 당대 문인들과 교유한 조숙한 천재로, 18세에 쓴 희곡 『바보와 죽음』(*Der Tor und der Tod*, 1893)으로 유명해졌다. 빈 대학에서 프랑스 문학으로 박사를 마치고 교수자격 논문까지 썼으나 전업작가의 길을 택했다. 19세기 말의 상징주의, 유미주의 조류의 영향을 받은 호프만스탈은 모든 전통적 가치가 몰락한 시대에 과연 언어가 온전한 의미 전달 기능을 수행할 수 있는가 하는 깊은 회의에 빠졌고, 이런 생각을 「찬도스 경의 편지」(Brief des Lord Chandos, 1902)에 담고 있다. 평생 동안 작곡가 리하르트 슈트라우스(Richard Strauss)와 공동작업을 하며 오페라 대본을 썼고, 대표작으로 『엘렉트라』(*Elektra*, 1903), 『장미의 기사』(*Der Rosenkavalier*, 1911), 『그림자 없는 여인』(*Die Frau ohne Schatten*, 1919), 『탑』(*Der Turm*, 1925) 등이 있다. 1920년에 잘츠부르크 축제(음악, 희곡)를 창설했다. 게오르게와 함께 빈 모더니즘을 대표하는 시인이다.

어떤 사람들은…

어떤 사람들은 물론 저 아래에서 죽어야 한다,
배의 무거운 노를 젓는 곳에서.
다른 사람들은 저 위의 조종실에 살고 있으니
하늘을 나는 새들과 별들의 나라를 알고 있다.

어떤 사람들은 늘 무거운 팔다리로
뒤엉킨 삶의 뿌리 언저리에 누워 있고,
다른 사람들은 의자를 세워놓고
여사제와 여왕들 곁에
제 집처럼 앉아 있다
머리도 가볍게 손도 가볍게.

하지만 한쪽 삶에서 다른 삶으로
어떤 그림자가 드리우니,
그리하여 가벼운 삶은 무거운 삶에 얽매인다,
대기와 대지에 얽매이듯이:

완전히 잊힌 민족들의 피로를
나는 내 눈썹에서 쉽게 떨치지 못하고,
머나먼 별들이 소리 없이 떨어져내리는 것을
화들짝 놀란 영혼이 외면할 수도 없다.

수많은 운명이 내 운명과 얽혀 있으니
삶은 그 모든 운명들을 마구 휘저어놓는다,
그러니 내 몫은 이 삶의 가냘픈 불꽃이나
좁다란 칠현금보다 더 크다.

세계의 비밀

깊은 샘은 알고 있으리라
한때는 모두가 깊고 말이 없었다,
모두가 그런 줄 알고 있었다.

마법의 주문呪文처럼 흉내 내어 옹알거리며
밑바닥까지 이해하지도 못한다,
이제는 그렇게 입에서 입으로 전해진다.

깊은 샘은 알고 있으리라
샘물 속으로 몸을 숙여 한 남자가 그것을 이해했다,
이해한 다음에는 잊어버렸다.

그리고 헛소리를 하며 노래를 불렀다 —
샘의 어두운 거울 위로 몸을 숙이고
언젠가 한 아이가 매료되었다.

그리고 자라서 자기 자신에 대해선 아무것도 모른 채
그리고 한 남자가 사랑하는 여자가 되고,
그리고 사랑은 얼마나 놀랍게 베푸는가!

사랑은 얼마나 깊은 비결을 알려주는가! —
그리하여 어렴풋이 예감하던 사물들이

사랑의 입맞춤 속에서 깊이 일깨워진다…

비밀은 우리의 말 속에 있으니,
보석을 감추고 있는
자갈길을 거지의 발이 밟고 간다.

깊은 샘은 알고 있으리라
예전에는 모두가 그걸 알았는데
이제는 맴도는 말 속에 어떤 꿈이 섬광처럼 스친다.

어떤 사람들은…(Manche freilich…)

시인이 스물한살이던 1895년 작품. 생시에 시선집에 수록될 때는 '운명의 노래'라는 제목을 붙이기도 했다. 1연에서는 세상 사람들을 두 부류로 나눈다. 한쪽은 배의 아래쪽에서 노를 젓는 사람들, 다른 한쪽은 조종실에 사는 사람들이다. 여기서 노를 젓는 사람들은 예전에 배에서 평생 노를 젓던 노예들을 가리키는데, 그들은 대개 사형수나 무기수로 충원되었다. 평생 중노동에 시달리는 하층민을 빗댄 것이라 할 수 있다. 이들은 평생 바깥세상을 구경도 못하지만, 배 위쪽의 상갑판 조종실에 있는 사람들은 "하늘을 나는 새들과 별들의 나라"까지도 잘 안다. 2연에서는 미묘한 변화가 감지된다. 노예 또는 하층민들은 힘들게 일하는 대신 "삶의 뿌리"에 가깝다. 반면에 "여사제와 여왕들 곁에/제 집처럼 앉아" 있는 사람들은 어쩐지 시대착오의 삶을 사는 것 같다. 또한 그들이 그런 자리에 "제 집처럼" 앉아 있을 자격이 있는가 하는 의구심도 생긴다. 3연에서 반전이 일어난다. 노를 젓는 사람들은 조종실 사람들의 운명에 영향을 끼치고("그림자가 드리우니"), 그리하여 지배자로 군림하던 "가벼운 삶"이 피지배 계층의 "무거운 삶"에 얽매인다. 마치 "대기와 대지에 얽매이듯이" 매이기 때문에 "무거운 삶"은 "가벼운 삶"의 존립기반인 셈이다. 주인은 노예에 의존함으로써만 주인 노릇을 할 수 있다는 주인과 노예의 변증법을 떠올리게 한다. 4~5연에서는 시의 화자가 "나"로 등장하여 앞에서 진술한 세계인식이 "나"에게 어떤 각성을 일깨우는가를 말한다. 정신의 불꽃을 뜻하는 "불꽃"이나 시를 뜻하는 "칠현금"이 나오므로 여기서 "나"는 곧 시인을 가리킨다. 시인은 "완전히 잊힌 민족들의 피로를" 외면해서도 안 되고, 천상의 "별들이 소리 없이 떨어져내리는 것"도 외면할 수 없다. 또한 나의 운명은 다른 수많은 사람의 운명과 얽혀 있으므로 시인의 정신과 노래는 자기 삶의 좁은 시야를 벗어나 그 모든 삶의 총체를 궁구해야 한다. 이제 막 스무살을 넘긴 시인이 창작의 자세를 다지는 시이다.

세계의 비밀(Weltgeheimnis)

1896년에 발표한 작품. 이 시는 크게 세 부분으로 이루어졌다. 처음 2연은 모든 사람이 '깊은 비밀'을 묵언으로 공유했던 예전의 기억(1연), 그리고 이제 남의 말을 흉내 내기만 하는 언어의 타락(2연)을 진술한다. 3~6연은 "비밀"의 상실과 회복 가능성을 말한다. 그리고 7~8연은 다름 아닌 "말" 속에 세계의 비밀이 숨어 있다는 결론에 도달한다. 첫머리에 나오는 "깊은 샘"은 "세계의 비밀"을 간직한 언어의 상징이다. 인간의 영혼을 살아 있게 하는 언어는 깊이를 알 수 없는 샘, 항상 생명수가 넘치고 결코 고갈되지 않는 샘과 같은 것이다. 예전에는 모든 사람이 그 깊은 샘물을 마셨기에 굳이 말을 하지 않아도 마음이 통하는 공동체를 이루고 살았다. 이것은 물론 과거의 특정한 역사시대를 가리키는 것이 아니라 이상적 언어공동체에 대한 상상이다. 그러나 지금은 남의 말을 무슨 뜻인지도 모른 채 앵무새처럼 흉내 내기만 한다. 3연에서 어떤 남자가 깊은 샘물 속으로 몸을 숙여 세계의 비밀을 이해하지만 바로 잊어버린다. 그 까닭은 여기서 "이해"가 '개념적 이해'에 그치기 때문이다. '이해하다'를 뜻하는 begreifen은 개념적으로 파악한다는 말이다. 4연에서 '헛소리를 하며 노래를 부르는' 주체가 누구인지는 분명치 않다. 주어가 없는 문장을 문자 그대로 받아들이면, 지은이와 무관하게 전승되는 노래를 가리킨다. '개념적 이해'의 관점에서 보면 그 노래는 "헛소리"로 들린다. "노래"는 당연히 시와 예술의 상징이다. 4연 2~3행에서 아이는 깊은 샘에서 울리는 노래를 듣고 매료된다. "어두운" 거울이라는 표현은 이 샘이 세계의 비밀을 간직한 노래가 울리는 "깊은" 샘임을 나타낸다. 또한 "거울"은 아이가 아직 "세계의 비밀"을 이해하지는 못해도 마치 거울에 비친 제 모습에 반하듯이 그 비밀에 매료된다는 것을 가리킨다. 5~6연은 세계의 비밀을 일깨우는 사랑의 기적을 말한다. 아이는 어른이 되어 자신을 망각하지만, 누군가의 사랑을 받는 여자로 성숙한다. 모호하던 사물들은 사랑의 입맞춤 속에서 깊은 의미를 드러낸다. 7연에서는 우리가 매일 밟고 지나가는 자갈길처럼 일상적으로 닳고 닳은 말 속에 보석이 감춰져 있다고 말한다. 8연은 그 자갈처럼 일상적인 언어를 맴돌면서 섬광처럼 스치는 "꿈"의 가능성을 말한다. 모든 가치가 몰락하고 언어도 함께 타락한 세기말의 상황에서 일상의 언어에서 어떻게 시를 일굴 것인가 하는 고민이 담긴 시이다. 이 시에서 말하는 언어의 타락은 니체의 『차라투스트라는 이렇게 말했다』 제3부 「귀향」 장면에서 진술하는 언어의 타락을 떠올리게 한다. "그러나 저 아래, 거기에서는 모든 것이 말을 하지만 귀담아 듣는 자 아무도 없다. 사람들은 종을 울려 지혜를 알리려 하지만 시장 잡상인들의 쩔렁거리는 동전 소리가 종소리를 덮어버리고 만다! 그들 사이에서는 모든 것이 말하지만, 아무도 그것을 이해하지 못한다. 모든 것은 물속으로 떨어지지만, 깊은 샘물 속으로 떨어지는 것은 없다."

야코프 판 호디스
(Jakob van Hoddis, 1887~1942)

베를린에서 유대계 보건관리의 아들로 태어나 대학에서 건축, 법학, 고전문학을 공부했다. 1911년에 발표한 시 「세계의 종말」(Weltende)은 독일 표현주의의 대표작으로 평가된다. 모든 가치의 붕괴, 종말론적 위기의식, 격정적 표현이 표현주의의 특징이다. 1912년부터 정신이상 증세가 오기 시작하여 여러 차례 요양원에서 치료를 받다가 결국 1926년에 어머니의 요청으로 금치산 선고를 받았고 숙부가 후견인을 맡았다. 1933년 히틀러가 집권하자 어머니와 여동생은 팔레스티나로 망명했고, 호디스는 코블렌츠의 정신병원에 맡겨졌다. 1942년에 나치에 의해 폴란드 강제수용소로 끌려갔으며, 폴란드 동부의 소비보르 수용소에서 처형된 것으로 추정된다. 70여편의 시를 남겼는데, 표현주의 계열의 시들 외에 다다(dada)의 언어실험에 가까운 시들이 있다.

세상의 종말

시민의 뾰족한 머리에서 모자가 날아가고
모든 허공이 절규처럼 울리고
기왓장들이 떨어져 두동강이 난다.
그리고 신문을 보니 해안에는 해일이 덮친다.

태풍이 몰려온다, 사나운 바다가 펄쩍 뛰어
뭍으로 돌진하고 두꺼운 방파제가 으깨진다.
사람들은 대부분 고뿔을 앓고
기차들은 철교에서 추락한다.

세상의 종말(Weltende)

1911년에 발표된 이 시는 독일 표현주의의 신호탄이다. 동시다발로 터지는 재난이 실시간으로 중계되는 느낌이다. 시각과 청각, 바로 눈앞의 사태와 먼 곳의 재난이 뒤섞여서 난무하는 이 속도감은 대도시의 시공간적 압축 경험의 산물이다. 또한 "신문을 보니"라는 삽입구는 이 사건들이 대중매체를 통해 편집되고 급속히 퍼지는 미디어 효과를 떠올리게 한다. 제목에 걸맞게 여기서 나열되는 사건들은 어떤 맥락으로 수렴하기보다는 이질적으로 분산된다. 묵시록적 분위기를 흩트리는 그로테스크 또는 블랙유머의 어투가 간혹 삽입되어 이 재난을 희대의 스펙터클 구경거리로 만든다. "사나운 바다"가 마치 말(馬)처럼 펄쩍 뛰어 뭍으로 돌진하고, 두꺼운 방파제가 마치 아이들이 장난으로 쌓은 진흙 둑처럼 "으깨진다". 이런 언어유희는 이 걷잡을 수 없는 재난을 오히려 더 섬찟하게 만든다. 종교적 묵시록의 비장한 분위기는 카타르시스를 통해 위안을 주지만, 여기에는 어떤 위안도 없다. 여기서 종말은 무엇보다 안락한 '시민'(부르주아)의 삶을 보장하는 모든 질서체계의 붕괴를 뜻한다. 나아가서, 머지않아 닥쳐올 두차례 세계대전의 재앙을 예감하게 한다.

게오르크 하임

(Georg Heym, 1887~1912)

베를린에서 검사의 아들로 태어났고 대학에서 법학을 공부했다. 횔덜린과 니체의 영향을 많이 받았고, 주로 대도시 체험을 다룬 그의 시는 초기 표현주의의 새로운 개성으로 주목을 받았다. 1912년 겨울에 베를린의 하벨강에서 친구와 함께 스케이트를 타다가 얼음이 깨져서 강물에 빠진 친구를 구하려다가 익사했다. 그는 불과 3년 남짓한 창작기간 동안에 상당한 분량의 시와 함께 「도둑」(Der Dieb, 1913), 「광인」(Der Irre, 1913), 「수술」(Die Sektion, 1913) 등 문제적 단편들을 남겼다.

베를린

커다란 부지에 굴뚝들이 서 있고
겨울날 이 도시의 짐을,
검은 하늘의 어두워지는 궁전을 떠받치고 있다.
하늘의 아래쪽 가장자리가 황금빛 계단처럼 불탄다.

썰물이 빠지는 세계적 도시에서, 저 멀리 앙상한 나무들,
수많은 집들, 울타리와 쇄석 더미들 사이로,
철길 위로 기다란 화물열차가 힘겹게
무거운 몸을 끌며 기어나온다.

빈민가의 공동묘지가 솟아난다, 시커멓고, 다닥다닥 붙은 묘비들,
죽은 자들이 붉은 일몰을 바라본다,
무덤 밖으로. 일몰은 독한 포도주 맛을 풍긴다.

그들은 벽을 따라 줄지어 앉아 천을 짠다,
뒷머리에 그을음투성이의 모자를 걸치고서,
오랜 돌격의 노래 마르세유를 부르며.

베를린(Berlin)

게오르크 하임이 스물세살이던 1910년에 쓴 8편의 베를린 연작시 중 마지막 시. 1~2연에서는 해질 무렵 "세계적 도시" 베를린의 이미지를, 3~4연에서는 빈민가 공동묘지에 어른거리는 죽은 자들의 환영을 표현한다. 1연은 크게 두 개의 이미지로 구성된다. 하나는 하늘과 땅의 대비, 또 하나는 강렬한 색채 대비이다. 주택이 없는 넓은 부지에 서 있는 공장 굴뚝들이 마치 기둥처럼 하늘을 떠받치고 있다. 한때 천상의 궁전으로 드높은 이상과 천국의 상징이었던 하늘은 그러나 지금—아마도 수많은 굴뚝의 연기에 검게 그은—"검은 하늘"로, 죽음의 색깔이다. 굴뚝 기둥들이 떠받쳐야 할 "도시의 짐"일 뿐이다. 굴뚝이 무너지면 하늘도 무너질 것 같다. 수많은 굴뚝들이 하늘을 텐트처럼 떠받치고 있는 건축적 이미지는 하늘과 땅 사이의 모든 공간이 무수한 공장으로 가득 채워져 있는 느낌을 준다. "하늘의 아래쪽 가장자리가 황금빛 계단처럼 불탄다"에서 묘사된 강렬한 색채는 앞에서 하늘을 뒤덮은 검은색과 대비되는데, 이는 표현주의의 전형적인 강렬한 색채 대비이다. 하늘 아래쪽 가장자리가 불타는 이미지는 우선 하늘이 타들어가는 느낌을 주면서 굴뚝에서 뿜어 나오는 연기로 하늘이 검게 그은 이미지와 연결되며, 공장의 용광로가 불타는 이미지도 떠올릴 수 있다. 그런데 "황금빛 계단처럼" 불탄다고 했으므로 이 거대한 소멸 속에서 뭔가 신생의 기운도 감지된다. "계단"은 이 황금빛을 타고 새로운 세상으로 오르는 상승의 운동감을 준다.

2연에서는 "세계적 도시" 베를린의 몰락의 이미지가 제시된다. "썰물이 빠지는"이라는 간결한 표현이 1연의 검은 하늘에 상응하는 지상의 풍경을 압축해서 보여준다. "쇄석 더미"는 계속 뭔가를 부수고 새로 짓는 공사가 진행 중임을 보여준다. 그 사이로 무거운 몸을 끌며 힘겹게 기어나오는 화물열차 역시 계속 공장이 돌아가고 있다는 뜻이다. 그러나 1연에서 하늘을 떠받치는 굴뚝들이 언제 무너질지 불안하듯이, 이 화물열차도 기력이 다한 힘겨운 모습이다. 1연에서 "황금빛 계단"의 상승 이미지와 대비되는 수평적 이미지다. 게오르크 하임의 대도시 시에서 대도시는 흔히 거대한 괴물 같은 마신(魔神)의 이미지로 포착되는데, 여기서는 기력이 다한 골리앗처럼 보인다.

3연 시작에서 빈민가의 공동묘지가 솟아나는 이미지는 2연에서 화물열차가 힘겹게 기어가는 이미지와 대비된다. 세상을 움직이는 공장의 엔진보다 죽은 자들의 부활이 더 웅대하다. 죽은 자들이 무덤 밖으로 바라보는 "붉은 일몰"은 공장에서 연료를 태워 만들어진 것들의 소멸과 몰락의 이미지다. '일몰'로 번역한 Untergang은 원래 '몰락'이라는 뜻이다.

4연에서 천을 짜는 "그들"은 무덤에서 부활한 노동자들이다. "그을음투성이의 모자"는 1연 첫머리의 "굴뚝"과 연결되어, 지금 이 대도시의 공장에서 매연을 마시며 일하는 노동자들의 모습이 떠오른다. 죽은 자와 산 자들이 함께 "오랜 돌격의 노래 마르세유를" 부른다. 마르세유의 노래는 일찍이 프랑스대혁명 당시 혁명가요였고 지금 프랑스의 국가이기도 한데, 게오르크 하임이 시를 쓰던 무렵에는 유럽 노동운동과 혁명의 가요로 불리기도 했다. 이 시를 쓰던 무렵 하임은 프랑스대혁명을 소재로 하는 일련의 시 「바스티유」(Bastille) 「당통」(Danton) 「로베스피에르」(Robespierre) 등을 썼다.

마르세유의 노래

(1절)
일어나라, 조국의 자녀들아,
영광의 날이 왔노라!
우리에 맞서 저 폭군의
피 묻은 깃발이 올랐도다, (반복)
들리는가, 저 들판에서

고함치는 흉포한 적들의 소리가?
그들이 턱밑까지 다가오고 있다,
그대들의 처자식의 목을 베러!

(후렴)
무장하라, 시민들이여,
대오를 갖추라,
전진, 전진!
저 더러운 피가
우리의 밭고랑을 적시도록!

알프레트 리히텐슈타인

(Alfred Lichtenstein, 1889~1914)

베를린에서 직물공장을 운영하는 집안에서 태어나 대학에서 법학을 공부했다. 1910년에 처음 시를 발표했고 1913년에 시집 『해 질 녘』(*Die Dämmerung*)을 냈다. 1913년에 바이에른 보병부대에 1년 복무 예정으로 자원입대했고, 1914년 8월 초에 1차대전이 터진 후 프랑스 전선에 투입되었다가 한달 만에 전사했다. 그의 시는 표현주의 계열에 속하지만, 격정적 어조와 묵시록적 분위기를 가라앉히고 자신의 스타일을 모색한 흔적이 엿보인다.

해 질 녘

뚱뚱한 소년이 연못과 놀고 있다.
바람은 어느 나무에 잡혀 있다.
하늘은 게을러 보이고 창백하다,
마치 분장을 걷어버린 것처럼.

들판에는 긴 지팡이에 꾸부정하게 의지한 채
절름발이 둘이 잡담을 하며 기어가고 있다.
금발의 시인이라면 아마 미칠 것이다.
작은 말이 발을 헛디뎌 숙녀를 덮친다.

어느 집 창문에 뚱뚱한 사내가 붙어 있다.
한 젊은이가 나긋한 여자를 찾아가려 한다.
침울한 광대가 장화를 신는다.
유모차가 비명을 지르고 개들이 저주를 한다.

해 질 녘(Die Dämmerung)

1911년에 쓴 작품. 시인 자신은 이 시에 대해 남긴 글에서 "저녁노을에 비친 다양한 대상의 모습을 주관적 성찰을 배제하고 진술한" 시라고 밝힌 바 있다. 주관적 성찰을 배제한다는 말은 경험상 우리에게 친숙한 지각방식을 배제한다는 것, 또한 전통적인 서정적 분위기를 배제한다는 것을 동시에 뜻한다. 가령 뚱뚱한 소년이 연못과 놀고 있다는 표현은 경험상 '연못가에서' 또는 '연못에서 헤엄치며' 놀고 있다고 해야 말이 된다. 전통적인 서정적 분위기를 배제하는 것은 특히 시행의 배열에서 드러난다. 12행 중에 8행이 단 하나의 문장으로만 이루어져 있는데, 마침표를 찍은 각 행의 진술 내용은 서로 아무런 연관성이 없고 중심도 없다. 전통적으로 시간 순서에 따라 어떤 인과관계를 이루며 의미를 산출하는 서술이 아니라, 마치 찰나의 장면들을 무작위로 찍은 스냅사진을 나열해놓은 듯한 느낌을 준다. 또한 해질 무렵에 여기저기서 동시에 일어나는 상이한 사건의 장면들을 일정한 순서 없이 동시에 펼쳐놓은 느낌을 준다. 이런 기법의 시를 '동시성의 시'(Simultangedicht)라 일컫는다. 신속한 정보를 동시에 제공하는 대중매체의 등장이 대도시인의 현실지각에 미친 영향이 감지된다. 삶의 일상도 그런 식으로 순간순간 명멸하는 경험의 연쇄로 스쳐 지나간다. 전통적 서정이 화음의 멜로디라면 이 탈중심의 무질서는 불협화음이다. 이 불협화음은 조화와 질서로 포장된 삶의 외양이 삶의 어두운 실상을 은폐하는 허위와 가식이 아닐까 하는 의구심을 자아낸다. 자고로 시라는 것이 생겨난 이래 수천년 동안 "하늘"에 부여된 숭고한 의미를 이 시는 "분장"을 걷어내고 "게을러 보이고 창백"한 민낯으로 보여준다. 전통적인 서정적 어법과 의미를 해체한다는 점에서 표현주의 계열에 해당하지만, 가령 호디스의 「세상의 종말」 같은 시에서 압도적인 묵시록적 격정의 톤은 없다.

게오르크 트라클

(Georg Trakl, 1887~1914)

잘츠부르크의 유복한 철물상 집안에서 태어났다. 김나지움을 다니다가 중도에 그만두고 약제사 수업을 받았다. 10대 중반부터 코카인 복용으로 불안증세를 보였다. 1차대전이 터진 후 의무병으로 징집되어 동부전선에 투입되었다가 사상자의 끔찍한 참상을 견디지 못해 코카인 과다복용으로 자살했다. 릴케는 트라클의 죽음을 애도하며 "트라클의 시들은 한없이 말 없는 침묵의 담장을 에워싸고 있는 듯하다"라고 했다. 보들레르와 니체의 영향을 많이 받은 트라클의 시는 넓게 보면 표현주의에 속하지만, 독특한 색채 감각과 회화적 이미지, 죽음과 비애의 정조, 깊은 죄의식 등으로 트라클 고유의 시세계를 구축했다.

어두운 골짜기

소나무 숲에서 까마귀떼 화들짝 날아오르고
초록빛 저녁 안개 피어오르고
꿈결처럼 외마디 바이올린 소리 울리고
처녀들은 춤추러 선술집으로 달려간다.

취객들의 웃음과 고함 소리 들리고
늙은 주목朱木에 한줄기 전율이 훑고 간다.
주검처럼 창백한 유리창에
춤꾼들의 그림자가 스쳐 간다.

포도주와 백리향 냄새가 풍기고
누군가 홀로 외치는 소리가 숲을 울린다.
거지들은 계단에서 귀 기울이고
헛되이 기도하기 시작한다.

들짐승 한마리가 개암나무 덤불에서 피를 흘린다.
얼음장 같은 구름에 짓눌려
거대한 나무 아치가 둔중하게 흔들린다.
연인들은 연못가에서 꼭 끌어안고 쉬고 있다.

겨울 저녁

창가에 눈이 내리고
저녁 종이 길게 울려퍼지면
많은 사람들을 위해 식탁이 차려져 있다.
집 안은 잘 정돈되어 있다.

방랑길에 오른 이들 여럿이
어두운 오솔길 따라 성문으로 다가오고
대지의 서늘한 수액을 마시며
은총의 나무가 금빛으로 피어난다.

나그네가 말없이 들어선다.
고통은 문지방에서 돌이 되었다.
저기 맑고 환하게 빛난다.
식탁 위의 빵과 포도주.

심연에서

검은 비가 내리는 그루터기 들판.
외롭게 우두커니 서 있는 갈색 나무 한그루.
빈 오두막들을 휘감아도는 소슬바람.
얼마나 슬픈 저녁인가.

촌락을 지나서
온순한 고아 소녀가 얼마 남지 않은 이삭을 주워 모은다.
그녀의 눈은 저녁노을 속에 동그랗게 금빛으로 반짝이고
그녀의 품은 천상의 신랑을 애타게 기다린다.

집에 가는 길에
목동들은 소녀의 달콤한 몸뚱이가
가시덤불 속에서 부패한 것을 발견했다.

나는 어두운 마을들에서 멀리 떨어져 있는 그림자다.
하느님의 침묵을
나는 숲속 샘에서 마셨다.

차가운 쇠붙이가 내 이마를 밟고
거미들이 내 심장을 찾아온다.
내 입안에서 꺼지는 한줄기 빛.

밤이면 나는 황야에 있었다,
별들의 오물과 먼지투성이로.
개암나무 숲에서
다시 수정 같은 천사들 소리 울려퍼졌다.

그로덱

가을 숲들이 살인 무기들로
울리는 저녁, 황금빛 평원과
푸른 호수들, 그 위로 태양이
암울하게 굴러간다. 밤은 죽어가는
전사들을, 그들의 짓뭉개진 입의
거친 탄식을 감싼다.
그러나 목초지에는
진노한 신이 사는 붉은 구름이,
내뿜은 피가 조용히 모인다, 서늘한 달빛.
모든 도로는 검은 부패로 흘러든다.
밤의 황금가지 별들 아래
침묵하는 밝은 숲을 가로질러 누이의 그림자가 휘청거리며
용사들의 혼령을, 피 흘리는 머리들을 맞이한다.
갈대밭에서 가을의 어두운 피리 소리 울린다.
오, 자랑스러운 슬픔이여! 그대들 청동 제단이여!
먹먹한 고통이 오늘 정신의 뜨거운 불꽃을 지핀다,
태어나지 않은 손자들.

어두운 골짜기(Das dunkle Tal)

1910년에 쓴 시. 어두운 골짜기에 죽음의 그림자가 엄습한다. 까마귀떼가 무언가에 화들짝 놀라서 날아오르는 것을 신호로 모종의 연쇄반응이 일어난다. 독일어 원문을 보면 1연 2~4행이 모두 '그리고'(und)라는 접속사로 시작하여 각 행이 독립적인 의미단위를 형성하면서 순차적으로 배열된다. 이처럼 나란히 줄을 세우듯이 시행을 '정렬'(Reihung)하는 방식은 트라클 시의 핵심적인 구성원리이다. 이러한 '정렬'은 개별적 이미지들을 시 전체를 관통하는 하나의 이미지로 — 여기서는 어두운 골짜기=죽음의 골짜기 — 수렴하기 위한 작법이다.

1연의 2~4행은 평화로운 잔치 분위기처럼 보이는데, 그래서 도무지 까마귀떼가 왜 놀라서 날아오르는지 이유를 파악할 수 없어 궁금증을 더욱 증폭시킨다. 이어지는 연들의 사건과 이미지는 잔치 분위기를 잠식한다. 2연 1~2행의 대비가 그런 반전을 압축해서 보여준다. 취객들의 웃음소리와 고함소리는 늙은 주목을 훑고 가는 전율에 묻힌다. 음산한 분위기가 잔치 분위기를 잠식하는 양상은 갈수록 고조된다. 2연 3~4행에서 춤꾼들의 그림자는 "주검처럼 창백한 유리창"에 스쳐 지나간다. 이들의 춤은 삶의 신명이 아니라 흑사병이 창궐했던 중세에 죽음의 공포를 잊으려 추던 광란의 집단적 춤인 '죽음의 무도'를 떠올리게 한다. "스쳐 간다"(vorbeihuschen)라는 표현도 무상한 시간이 덧없이 스쳐 지나가는 느낌을 준다. 3연에서 숲을 울리는 외로운 외침은 그 자체로는 뜻이 모호하지만, 바로 다음에 거지들이 기도하기 시작하므로 두려움을 일으키는 불길한 외침이다. 그러나 이들의 기도는 아무런 소용이 없으므로("헛되이") 이 불길한 사태는 막을 길이 없다.

드디어 4연에서 죽음이 가시화된다. 나무 덤불에서 피를 흘리며 죽은 들짐승은 사냥의 제물이다. 평상시에 휴식의 그늘을 제공하는 거대한 나무 아치가 "얼음장 같은 구름"에 짓눌려 불안하게 흔들린다. 하늘이 무너질 것 같은 느낌이다. 따라서 피를 흘리는 들짐승은 단지 한마리의 개체가 아니라 하늘과 땅 사이에 존재하는 뭇 생명을 대표하는 상징성을 지닌다. 여기서 이 시의 제목이 구약성경 「시편」의 한 대목을 떠올리게 한다는 사실을 상기할 필요가 있다. 「시편」 23장은 "여호와는 나의 목자시니"라는 유명한 구절로 시작해 4절에서 "내가 죽음의 음침한 골짜기로 다닐지라도" 주님이 함께하시니 두렵지 않다고 노래한다. 이 시가 말하는 "어두운 골짜기"는 온 세상을 가리키는 것이다. 시의 마지막 행은 앞의 모든 진술과 단절된 듯하면서도 연결되어 있다. 이 세상이 죽음의 골짜기로 뒤덮일 것처럼 위협이 엄습함에도 불구하고 연인들은 연못가에서 사랑의 포옹을 하며 평화롭게 쉬고 있는 것처럼 보인다. 그러나 남자는 들짐승을 사냥한 장본인으로 짐작된다. 그러므로 그는 골짜기를 뒤덮을 죽음/죽임에 가담하고 있다. 그러니 이 포옹과 휴식은 죽음의 피를 잊기 위한 자기방어가 아닐까? 살상의 가책을 잊으려는 안간힘이 아닐까? 트라클은 그의 누이를 사랑했고, 이 근친애는 그의 시의 중요한 모티브로 반복된다. 그런 맥락에서 마지막 행은 이룰 수 없는 사랑과 죄의식의 표현이라고 해석되기도 한다. 그러나 이 시는 시적 화자가 드러나지 않는 익명적 진술로 일관하고 있다. 전통적인 시의 체험적 요소를 제거하는 것 또한 트라클 시의 기본 특징이다. 그러므로 이 시는 시인의 개인적 체험보다는 당대 현실에 대한 진단으로 읽는 편이 적절해 보인다. 세상이 종말에 이르고 파괴와 죽음이 휩쓸 것 같은 깊은 불안과 위기의식을 표현하고 있다. 1차대전을 앞둔 시기에 서구 지식인들 사이에는 서구문명이 종말에 이르렀다는 위기의식이 팽배했다. 표현주의적 색채가 농후한 이 시에서 트라클은 그런 위기의식을 자기만의 고유한 언어로 표현하고 있다.

겨울 저녁(Ein Winterabend)

1913년 말에 쓰고 사후에 발표된 시. 상실과 비애, 몰락과 죽음의 음울한 분위기가 압도하는 대부분의 트라클 시와 달리 성탄절 저녁처럼 밝고 환하다. 1연에서부터 창밖에 눈이 내리고 집 안에는 만찬이 차려진 평화로운 분위기 속에서 안식과 축복의 종소리가 울려퍼진다. 2연에서 "방랑길에 오른 이들"이 등장하므로 1연에서 말하는 "집 안"은 여느 가정집이 아닌 특별한 공간이다. 딱히 교회나 성전은 아니더라도 방랑자들의 안식처인 것은 분명하다. "많은 사람들을 위해" 만찬을 준비하는 것도 그런 맥락에서 다시 읽힌다. 또한 "방랑길"은 하루 이틀의 여정이 아니라 적어도 인생의 큰 고비를 넘기고 안식을 찾을 때까지 계속되는 기나긴 여정이다. 2연 3~4행에서 그것은 더욱 분명해진다. "대지의 서늘한 수액을 마시며/은총의 나무가 금빛으로 피어난다"는 황홀한 지복(至福)의 체험은 평생의 방랑 끝에도 도달하기 힘든 것이다. 게다가 특이한 것은 "은총의 나무"가 "대지의 수액"을 마시고 피어난다는 진술이다. "은총"은 거의 자동으로 '하느님의 은총'으로 읽히는 말인데, 하느님 대신에 '대지의 수액'이 은총의 나무를 자라게 한다. "대지의 서늘한 수액"은 "방랑길"과 연결되는 모티브이다. 방랑길의 고행을 달래주고 심신을 정화해주는 생명수이다. 은총은 하늘에서 떨어지는 게 아니라 오랜 방랑의 고행을 통해서만 비로소 대지의 선물로 주어진다.

3연은 해석상 많은 논란을 불러일으킨다. 우선 1행에서 "나그네"가 단수형인 것이 눈에 띈다. "많은 사람들을 위해" 만찬을 차려놓았고, 방랑길에 오른 "여럿"이 성문으로 다가왔는데, 정작 "집 안"으로 들어서는 사람은 한명뿐이다. 어떤 학자는 1연에서도 인기척은 느껴지지 않는다며 "집 안"을 텅 비어 있는 괴기스러운 정적의 공간이라고 해석한다. 그래서 마지막 행의 "빵과 포도주"도 종교적 성찬의 의미는 완전히 제거된 한낱 사물일 뿐이라는 것이다. 마치 정물화 속의 빵과 포도주처럼 그 자체로 빛나는 사물이라는 것이다. 그렇게 보면 이 시는 "빵과 포도주"라는 사물 내지 '시어'가 성스러운 종교적 상징을 대체한 형국이 된다. 신성한 것의 현현을 뜻하는 종교적 의미의 에피파니(Epiphanie)가 시적 에피파니로 대체된 셈이다(트라클이 활동하던 시기의 '현대시'가 대체로 이런 경향을 띠는 것은 사실이다). 이런 해석을 뒷받침하는 유력한 전거로 곧잘 인용되는 것이 이 시의 초고인데, 트라클은 이 시의 2~3연을 원래 다음과 같이 썼다.

방랑길에 오른 이들 여럿이
어두운 오솔길 따라 성문에 다가온다.
은총으로 가득한 그의 고통을
사랑의 부드러운 힘이 보듬어준다.

오! 인간의 한갓된 괴로움이여!
말없이 천사와 싸우던 자는
성스러운 고통에 못 이겨
하느님의 빵과 포도주를 조용히 붙잡는다.

한눈에 보아도 기독교와 성경의 배경이 강하게 드러난다. 그런 종교적 색채를 지우려고 고쳐 쓴 것이 분명하다. 그런데 이 시의 핵심이자 정점인 "빵과 포도주"에만 국한해서 말하면, 초고대로 "하느님의 빵과 포도주"라고 했으면 상투적으로 들릴 테고, "빵과 포도주"의 강한 상징성도 퇴색할 것이다. 최종본에서 "하느님의"라는 뻔한 수식어를 지웠기 때문에 오히려 "맑고 환하게 빛난다"라는 변용이 가능해진다. 이 환한 광채가 종교적인 것인가 아닌가의 문제는 부차적이다. 문지방을 넘어온 방랑자에게 그렇게 보이는 것이 중요하다. 트라클의 시에서 가시적인 외경은 보이지 않는 심상의 표현이고, 여기서도 그렇다. 방랑자의 눈에 빵과 포도주가 환하게 빛나는 것은 2연에서 이미 "대지의 서늘한 수액을 마시며/은총의 나무가 금빛으로 피어"나는 경험을 축적했기 때문이다. 그 경험의 더욱 농밀한 응축이 3연 2행에서 표현되고 있다. 이 구절도 해석상 논란이 된다. 문법적으로 '고통이 문지방을 돌로 바꾸었다'라고 해석할 수도 있고, 거꾸로 주어/목적어를 바꾸어서 '문지방이 고통을 돌로 바꾸었다'라고 해석할 수도 있다. 그렇지만 대개 석조건축인 서양 건물에서 문지방은 돌일 가능성이 크기 때문에 '고통이 문지방을 돌로 바꾸었다'는 해석은 설득력이 떨어진다. 그렇다면 '문지방이 고통을 돌로 바꾸었다'라는 말은 어떻게 이해해야 할까. 고통이 돌이 된다는 것은 우선 오랜 세월 동안 방랑하며 고통을 겪었다는 뜻이다. 그래서 고통이 돌처럼 단단해졌다는 말은 방랑자의 마음도 단단히 여물고 성숙했다는 뜻으로 보아야 결미의 환한 빛과 자연스럽게 연결된다. 그렇게 해서 방랑자가 바깥세상에서 떠돌다가 "집 안"의 평온한 안식으로 넘어가는 경계가 바로 "문지방"이다. '어두운 오솔길'에서 '환한 집 안'으로 넘어가는 경계, 세속의 세계에서 — 반드시 종교적 의미로 해석할 필요는 없는 — 성스러운 장소로 넘어가는 경계다. 그 문지방을 넘어서 고통이 돌처럼 단단해지고 환하게 빛나는 빵과 포도주를 보는 경험은 어둠에서 벗어나 환한 빛 속으로 들어가는 경험, 존재의 대전환이 일어나는 사건이다.
그런데 "많은 사람들을 위해" 성찬을 준비했는데 "방랑자" 혼자 문지방을 넘어 들어오는 것은 여전히 풀리지 않는 의문이다. 이런 경우 사변적 추론에 골몰하기보다는 시를 있는 그대로 읽을 때 뜻이 통할 수도 있다. "많은 사람들을 위해" 성찬을 준비한 공간은 "빵과 포도주"를 아직도 교회의 영성체 의식처럼 '집단적 공동체'가 함께 나눌 수 있는 신성한 종교적 체험으로 믿고 있는 공간이다. 그러나 '방랑자'는 오로지 홀로 '단독자'로서만 환하게 빛나는 "빵과 포도주"를 경험할 수 있다. 그가 들어서는 공간이 설령 전통적인 교회라 하더라도 그는 다른 신도들과 함께 영성체 의식에 참여하는 방식으로는 "빵과 포도주"를 영접할 수 없다. 그러므로 그가 경험하는 빵과 포도주의 환한 빛은 신도들이 교회 안에서 '예수의 피와 살'로 경험하고 믿는 그런 공동체적 신앙과는 다른 차원의 것이다. 그것은 십자가에 매달린 예수가 누구도 대신할 수 없는 자기만의 고통을 짊어지고 세상을 떠돌다가, 그 고통이 돌처럼 단단해졌을 때에야 비로소 접하게 되는 성스러운 경험이다. 이 시에서 나오는 환한 빛은 트라클의 시에서 보기 드문 광채다. 그렇지만 달리 생각하면 그의 시가 그토록 어두운 것은 자신의 실존적 고통이 돌처럼 단단해지길 바라는 마음이 그만큼 처절하기 때문일 것이다.

심연에서(De profundis)

1912년 가을에 쓴 시. 시의 제목은 구약성경 「시편」에서 따온 것이다. "주님, 깊은 곳에서 당신께 부르짖습니다."(「시편」 130장 1절) 이 구절에서 "깊은 곳에서"의 라틴어 원문이 이 시의 제목이다. 죄의 깊은 수렁에서 하느님께 자비와 구원을 간구하는 목소리다. 성경 맥락에서는 용서와 구원을 믿는 신실한 믿음과 희망이 넘친다. 그러나 트라클의 시에서는 그 어떤 희망도 보이지 않는다. 1연은 시적 화자의 슬픈 내면 풍경을 보여준다. 트라클의 시에서 절대적 고독과 허무, 죽음과 종말의 상징으로 자주 등장하는 검은색이 여기서는 "검은 비"로 내린다. 추수를 끝낸 들판, 갈색 나무, 텅 빈 오두막은 그 자체로는 고즈넉한 가을 풍경이지만, 그 모든 것이 검은 비에 젖는다.
2연은 1연과 대비되는 것처럼 보인다. 얼마 남지 않은 이삭을 줍는 고아 소녀의 살뜰한 마음씨, 뭔지 모를 기쁨에 들떠서 저녁노을에 금빛으로 반짝이는 눈, 그리고 "천상의 신랑"을 기다리는 순진무구함이 모두 선연하다. 그러나 3연의 충격적인 장면은 생시의 아름다운 모습을 기억으로 밀어낸다. 소녀는 아마도 폭행을 당하고 살해된 것으로 짐작된다. 시신이 부패했으므로 상당한 시일이 경과한 것으로 보인다. 목동들은 시에서 대개 평화로운 전원 풍경에 어울리는 선한 사람들로 등장한다. 성경 맥락에서는 "주님은 나의 목자이시니"라는 구절처럼 어린 양들을 이끌어주는 구원의 목자다. 그러나 이 시에서는 목동들의 시선이 "달콤한 몸뚱이"를 보고 있다. 시행을 원문 그대로 옮기면 '목동들은 달콤한 몸뚱이를 발견했다'가 되고, 시신이 부패했다는 것은 그다음 행에 나온다. 부패한 시신을 보고 생시의 "달콤한 몸뚱이"를 떠올리는 것이다. 애틋한 연민일 수도 있지만, 어쩐지 목동들도 잠재적 공범 내지는 적어도 방조자들이 아닐까 하는 의구심을 떨칠 수 없다. 집으로 가는 길이면 매일 지나가는 길일 텐데 시신이 부패한 다음에야 발견한 것도 이상하다.

4연에서 갑자기 등장하는 "나"는 누구일까? 4연 이하에서 "나"는 처절한 고통과 가책에 시달리는 것을 알 수 있다. 이 시의 제목에서도 떠올릴 수 있는 그 깊은 죄의식에 미루어볼 때 "나"는 범인이거나, 아니면 소녀를 지켜주지 못한 회한으로 괴로워하는 자라고 추정할 수 있다. 시 자체만 보면 어느 쪽이라고 단정하기 어렵다. "나"는 마을에서 멀리 떨어져 있는 "그림자" 같은 존재다. 고아 소녀와 마찬가지로 마을 공동체에 속하지 못하는 외톨이다. "그림자" 같은 존재이므로 지상의 삶에 뿌리내리지 못하고, 살아 있어도 죽은 것과 다름없다. 오갈 데 없는 고아 소녀와 비슷한 운명을 공유한다(따라서 "나"가 범인일 가능성은 희박하다). 4연에서 '하느님의 침묵을 마셨다'는 구절은 아무리 애타게 기도해도 아무런 응답이 없다는 말이다.

5연은 통렬한 자책과 죄의식을 표현한다. "이마"와 "심장"과 "빛"은 그 자체로는 모두 상서로운 말들이지만, 여기서는 긍정적 의미가 완전히 제거된다. 차가운 쇠붙이가 이마를 치는 데서 혹독한 자학이 느껴진다. 생명과 사랑의 기관인 심장에 거미들이 기어들어오는 것은 "나"의 심장도 이미 소녀처럼 죽어서 썩고 있는 형국이다. 예레미아스 고트헬프(Jeremias Gotthelf)의 소설 『검은 거미』(*Die schwarze Spinne*, 1842)에서 검은 독거미떼는 사람들을 물어 죽이는 악마의 졸개로 등장한다. "내 입안에서 꺼지는 한줄기 빛"은 "나"의 어떤 간절한 기도도 구원의 빛에 닿지 못함을 보여준다.

6연에서도 밤하늘의 별들은 지상의 어둠을 비추고 길을 안내하는 것이 아니라 "오물과 먼지"만 뿌릴 뿐이다. 시를 끝맺는 "수정 같은 천사들 소리"는 중의적이다. "수정 같은" 맑은 소리는 별빛마저 꺼진 어두운 분위기와 대비되어 "하느님의 침묵"에도 불구하고 마지막 희망의 끈을 놓지 않는 느낌을 준다. 그런가 하면 '수정 같은 소리'는 광물의 음향이므로 "차가운 쇠붙이"의 금속성과 연결되어 공허한 메아리로 울리는 느낌을 불러일으킨다. 천사들의 소리는 "나"의 간절한 기도에 대한 응답일 터인데, 앞에서 이미 "내 입안에서 꺼지는 한줄기 빛"을 확인했으므로 공허한 메아리라고 보는 편이 적절해 보인다. 천사의 소리가 "다시" 울렸다고 반복의 부사를 쓴 것도 역시 '이번에도' 공허하다는 뜻으로 이해된다. '지난번에' 천사의 소리가 "나"에게 위안과 희망을 주었다면 새삼스레 "하느님의 침묵"을 들먹일 이유가 없는 것이다.

그로덱(Grodek)

그로덱은 지금의 우크라이나에 위치한 소도시이다. 1차대전 당시에는 오스트리아·헝가리제국의 동부전선 최전방이었다. 1914년 8월, 1차대전이 터진 후 오스트리아 군대는 동부전선에서 러시아군에 대패했다. 이를 만회하기 위해 9월 6일부터 11일까지 그로덱을 거점으로 대공세를 폈지만 또다시 완패했다. 고향 잘츠부르크에서 약사 수업을 받았던 트라클은 의무병으로 징집되어 그로덱 전투의 현장에 있었는데, 의사도 없이 혼자서 100여명의 중상자를 보살펴야 했다. 아비규환의 와중에 부상자가 권총으로 머리를 쏘아 자살하는 일까지 벌어졌다. 이런 참상을 견디다 못해 트라클은 들판으로 뛰쳐나갔는데, 나무에는 목을 매달아 살해한 우크라이나 병사들의 시신이 매달려 있었다. 이런 생지옥을 겪고 나서 오스트리아 군대가 퇴각하던 도중에 트라클은 도저히 못 살겠다고 외치면서 총으로 자살을 시도하다가 제지당했고, 이어서 크라카우에 있는 위수병원의 정신과 병동으로 후송되었다. 여기서 트라클은 정신분열증 진단을 받았다. 그해 10월 24일에 친구이자 후원자인 루트비히 폰 피커(Ludwig von Ficker)가 병문안을 왔을 때 트라클은 이 시와 「탄식」(Klage, 1914)이라는 시를 읽어주었다. 그러고서 사흘 후인 10월 27일에 트라클은 다시 두 시를 고쳐 쓴 원고를 피커에게 보냈는데, 그 편지에서 "나는 이미 거의 다른 세상에 있는 심정"이라고 썼다. 그러고서 일주일 후 11월 3일에 트라클은 코카인 과다복용으로 사망했다. 스물일곱살이었다. 그러니까 이 시는 그가 쓴 마지막 두편의 시 중 하나다.

이 시는 명제적 진술로 중심적 위치를 차지하는 10행을 전후로 나뉜다. 가장 두드러진 형식적 특징으로, 거의 모든 시행의 끝에 명사가 와서 행이 완결되지 않고 다음 줄로 월행(越行)해서 호흡이 끊어진다. 이런 가파른 리듬이 전시 상황의 급박함에 상응한다. 또한 "가을 숲들" "황금빛 평원" "푸른 호수들" "목초지" 같은 아름다운 자연 풍경이 "살인 무기들" "죽어가는/전사들" "짓뭉개진 입의/거친 탄식" 등 전쟁의 참상을 적시하는 말과 대비되어 긴장을 형성한다. "가을 숲들이 살인 무기들로/울리는 저녁"에서 '울리다'라는 동사는 원래 듣기 좋은 노래나 악기가 울린다는 뜻으로 사용해야 제격인데 "살인 무기들"의 굉음이 노랫가락을 대체하고 있다. 또한 "태양이/암울하게 굴러간다"고 할 때의 '굴러가다'는 태양신 헬리오스의 마차를 떠올리게 하지만, 이 살풍경한 분위기에서는 전차의 무한궤도가 굴러가는 느낌이 더 강하다. 이렇게 이어지는 살벌한 풍경이 "짓뭉개진 입의/거친 탄식"으로 끝나서 이루 말할 수 없는 언어도단의 참상을 단적으로 드러낸다. 7~9행은 목초지의 웅덩이에 핏물이 고이고, 거기에 저녁노을에 물든 붉은 구름이 비쳐서 저녁노을마저 핏빛으로 물든 것을 보여준다. "진노한 신"은 전쟁의 신 마르스이다.

10행은 '모든 길은 로마로 통한다'는 경구의 변형처럼 읽힌다. 인류가 이룩한 모든 것이 전쟁에서 죽은 시신의 부패로 귀결되어 끝장난다. "모든 도로"이므로 빠져나갈 출구는 없다. "흘러든다"는 원래 작은 물줄기가 모여서 큰물을 이룬다는 뜻이다. 앞에서 "내뿜은 피"가 웅덩이에 "모인다"라고 했으므로 그 이미지의 확장, 피의 강물이 "검은 부패"로 변주되었다. 이 종말의 묵시록 다음 행부터 반전이 일어난다. "밤의 황금가지 별들"은 앞에서 나온 '핏빛 노을'이나 "검은 부패"와 선명히 대비되어 모종의 숭고한 변용을 예감케 한다. 그 별들이 비추는 "침묵하는 밝은 숲"을 따라 "누이의 그림자"가 전사한 자들의 혼령을 맞으러 휘청이며 다가온다. 이미 자살을 시도함으로써 죽음에 한발을 들여놓은 시인 자신이 사랑했던 누이이기도 하고 전사한 모든 이의 누이이기도 하다. 그 누이의 "그림자"이므로 누이가 오르페우스처럼 저승으로 혼령들을 마중 나온 것이다. 갈대가 바람에 이는 소리가 진혼곡의 피리 소리처럼 울린다. "살인 무기들"의 '울림'이 진혼곡의 울림으로 바뀌었다. 죽은 이들에 대한 애도가 "자랑스러운 슬픔"인 것은 그들을 잃은 고통이 "정신의 뜨거운 불꽃을 지"피는 봉헌의 공물(供物)로 바쳐지기 때문이다. 그리하여 가열한 고통으로 정화되고 거듭난 정신 속에서 전쟁 세대의 업보를 씻어낸 후손이 태어나기를 기원한다. 그 후손이 "손자들"이라 일컬어지는 것은 전사한 '조국의 아들들'의 자식들이기 때문이다. 그들은 아직 "태어나지 않은" 존재라는 말이 의미심장하다. 죽은 이들은 대부분 자신이 조국을 위해 죽는 거라고 마지막 순간까지 믿었을 테지만, 장차 태어날 자식들은 그런 아비들과는 다른 정화된 생명으로 거듭나야 한다. 여기서 "자랑스러운 슬픔"의 중의성을 간과할 수 없다. 그 말은 문자 그대로 조국을 위해 자랑스럽게 죽는다고 믿은 당사자와 유족의 "자랑스러운 슬픔"까지도 포함하는 것이다. 그들 역시 전쟁의 (어쩌면 최대의) 희생자이므로 그들의 "자랑스러운 슬픔" 역시 정신의 불꽃을 지피는 번제(燔祭)의 공물로 바쳐져야 합당하다. 또한 "태어나지 않은 손자들"이 어떤 수식어나 술어도 없이 시를 끝맺는 것도 깊은 여운을 남긴다. 죽은 아비들이 남긴 자식들이 1차대전 종전 20년 후에 더 큰 전쟁에 동원되었다는 사실을 우리는 익히 알고 있다. 그리고 20세기의 오랜 냉전체제를 거쳐 여전히 약육강식의 패권이 지배하는 지금의 세계질서에서 100년 전에 비원(悲願)했던 "손자들"은 아직도 태어나지 않았다.

제5부

엘제 라스커-쉴러

(Else Lasker-Schüler, 1869~1945)

부퍼탈 인근의 소읍에서 유복한 중산층 집안의 딸로 태어났다. 주로 가정교육을 통해 교육을 받으며 자랐다. 1889년에 의사와 결혼했으나 이혼했고, 표현주의 잡지의 발행인 발덴(Herwarth Walden)과 재혼했으나 역시 오래가지 못했다. 그녀의 시는 완전히 새로운 개성으로 주목받았고, 한때 열렬한 사이였던 고트프리트 벤은 그녀를 "독일 최고의 여성 시인"이라 격찬했다. 부모가 모두 유대계였기 때문에 1933년 히틀러가 집권한 직후 스위스로 망명해서 1939년까지 머물다가 다시 예루살렘으로 가서 쓸쓸한 여생을 보냈다. 전위예술가들과 함께 파격적인 예술실험에 참여했던 라스커-쉴러의 시는 그 자체로 새로운 삶의 실험이라 할 수 있다. 관능의 해방, 고대 이집트를 넘나드는 문화적 뒤섞임, 독특한 색채 감각, 간결한 시행 구성, 중기 이후 경건한 유대교적 영성의 수용 등이 중요한 특징이다. 『스틱스강』(*Styx*, 1902), 『히브리의 발라드』(*Hebräische Balladen*, 1913), 『나의 푸른색 피아노』(*Mein blaues Klavier*, 1943) 등의 시집 외에 『테베의 왕자』(*Der Prinz von Theben*, 1914) 같은 독특한 소설이 있다.

에로스 신경

그토록 뜨겁게 이글거리는 낮을 수없이 보내고도
단 하룻밤도 우리의 것이 아니라니…
만향옥은 내 피로 물들고
꽃받침에서 붉은 화염이 솟구친다!

말해다오, 밤중에도 그대의 영혼은 울부짖는지,
불안한 선잠에서 화들짝 깨어날 때면,
들새들이 밤새도록 울부짖듯이.

온 세상이 붉게 보인다,
삶의 드넓은 영혼이 피를 흘리듯이.
내 가슴은 굶주림의 고통처럼 신음하고,
허깨비들의 붉은 눈에서 죽음이 껌벅거린다!

말해다오, 밤중에도 그대의 영혼은 탄식하는지,
아릿한 만향옥 향기에 흠뻑 젖어서,
그리고 오색영롱한 꿈의 신경을 갉아먹는지.

향수

나는 이 썰렁한 나라의
언어를 말할 수 없고
이 나라의 걸음걸이로 걸을 수 없다.

지나가는 구름도
나는 해석할 수 없다.

밤은 계모 왕비이다.

언제나 나는 파라오들이 누비던 숲을 생각해야 하고
내 별자리들에 키스한다.

내 입술은 어느새 반짝이고
멀리 있는 것을 말하고,

오색영롱한 그림책으로
그대 품에 안겨 있다.

하지만 그대 얼굴은 눈물의
베일로 가려진다.

나의 빛나는 새들은

산호 눈동자가 뽑혀나갔고,

정원 울타리에는
부드러운 둥지들이 돌로 변한다.

나의 죽은 궁궐들에 누가 성유聖油를 부어줄까 —
그들은 내 조상들의 왕관을 받들었고
그들의 기도는 성스러운 물결 속에 가라앉았다.

쫓겨난 여자

낮은 완전히 안개에 휩싸였고
온 세상이 영혼을 잃고 만난다 —
실루엣 그림처럼 휙 스쳐 간다.

얼마나 오래도록 아무도 따뜻한 가슴으로 나를 맞지 않았나…
세상은 얼어붙었고 인간은 핏기를 잃었다.
— 오라, 나와 함께 기도하자 — 하느님은 나를 위로해주시니.

내 삶에서 빠져나간 숨결은 어디에 머물까?
나는 들짐승과 함께 정처 없이 떠돌고 있다
창백한 시간들을 지나 꿈꾸면서 — 그래, 나는 너를 사랑했지…

나는 어디로 가야 하나, 북풍이 차갑게 으르렁대는데?
겁먹은 짐승들은 무모하게 풍경에서 벗어나려 하고
나는 네 문 앞에 다가간다, 한묶음 질경이처럼.

금방 눈물이 모든 하늘을 깨끗이 씻어냈고
그 눈물로 채운 잔으로 시인들은 갈증을 달랬다 —
너도 나도.

그리고 내 입술을 닮은 네 입술은
이제 눈멀어 화살처럼 나를 겨냥한다 —.

에로스 신경(Nervus Erotis)

시인의 첫 시집 『스틱스강』에 수록된 작품. 시의 제목은 성적 욕망과 쾌감을 느끼는 '에로스 신경'이라는 신경계가 따로 있는 것처럼 지어낸 말이다. 이 시 역시 전례 없이 대담하고 파격적이다. 억눌린 성적 욕망을 이렇게 강렬한 언어로 표현한 시는 일찍이 없었다. 끓어오르는 성적 욕망이 제어되지 않는 '에로스 신경'의 뜨거운 반응으로 묘사된다. 처음 1~2행은 오로지 일에만 매달리는 삶이 "단 하룻밤"의 사랑도 허용하지 않는다는 비판적 현실진단이다. "이글거리는 낮"은 에로스를 몰아내고 억압하는 태양신 아폴론의 정신활동을 암시한다. 그로 인해 억눌린 성적 욕망은 진한 꽃향기를 피로 물들이고, 그래도 해소되지 않는 욕구는 불길로 타오른다. 피와 화염의 시각적 이미지는 2연에서 들새들이 밤새도록 울부짖는 청각으로 확장된다. 3연에서 에로스적 충동에 대한 억압은 결국 "죽음"으로 귀결된다. 충족되지 않는 욕구는 스스로를 태워서 소멸할 수밖에 없다. 그럼에도 4연에서 "만향옥 향기에 흠뻑 젖어서,/ 그리고 오색영롱한 꿈"을 꾸는 것은 뜻밖에도 에로스적 욕구가 충족되고 해소되는 느낌을 준다. 그것은 아마 앞에서 이 시의 에로틱한 언어가 계속 달아올라 텍스트 안에서 황홀한 절정에 도달했기 때문일 것이다. 그러나 현실에서는 욕구의 충족이 가로막히기 때문에 "꿈의 신경을 갉아먹는" 것이다. 이 에로틱한 텍스트는 일종의 대리충족이다.

이 시가 수록된 시집을 출간한 무렵 라스커-쉴러는 몇몇 전위적인 시인 예술가들과 함께 '새로운 공동체'(Neue Gemeinschaft)라는 서클에 참여했다. 니체를 정신적 스승으로 숭배한 이들은 삶의 디오니소스적 해방을 추구했고, 그런 목표에 걸맞은 퍼포먼스도 곧잘 연출했다. 1901년에는 '에로틱한 예술'이라는 주제로 시와 음악·미술·공연을 아우르는 퍼포먼스를 열었는데, 여기서

라스커-쉴러는 원래 이 시를 비롯하여 세편의 시를 낭송하기로 되어 있었다. 그러나 경찰의 사전검열로 이 시를 포함한 두편의 시는 제외해야만 했다. 라스커-쉴러가 활동하던 시절만 해도 이런 시는 '풍기문란'으로 단속을 받았다. 외설의 기준이 이렇게 고급스러웠다니 놀라울 따름이다.

향수(Heimweh)

1909년 가을에 쓴 시. 시의 화자는 지금 이곳의 현실을 견디기 힘든 낯선 타향으로 의식하면서 상상의 고향을 그리워한다. 처음 1~2연에서 낯섦이 세번이나 강조된다. 언어도 낯설고 걸음걸이마저 낯설다. 지나가는 구름도 해석할 수 없다는 말은 시적 영감도 고갈되는 느낌으로 읽힌다. 이 시를 쓰던 무렵 그녀의 시를 번역하려 했던 영국 독문학자 제트로 비덜(Jethro Bithell)에게 보낸 편지에는 1~2연의 내용과 똑같은 구절이 나온다. 따라서 시인 자신이 곤경에 처했음을 짐작할 수 있다. 이 무렵 발덴과의 두번째 결혼도 파탄이 났고, 경제적으로 몹시 쪼들려서 친구의 집에 얹혀 지내는 처지였다. 보수적인 독일사회에서 유대인 여성으로 살아야 한다는 것도 늘 불편했을 것이다. 이 모든 악조건에도 불구하고 인습에 얽매이지 않는 자유로운 영혼으로 살려고 했으니 주변환경이 그만큼 더 힘든 장벽으로 다가왔을 것이다. 걸음걸이마저 힘들다는 말이 그런 사정을 단적으로 드러낸다. 1행이 하나의 연을 이루는 "밤은 계모왕비이다"라는 간결한 진술은 일찍이 낭만주의의 피난처였던 밤도 이젠 더이상 위안이 되지 않을뿐더러, 동화 속의 계모처럼 화자를 괴롭힐 뿐이다. 사면초가의 처지이니 홀로 있는 밤이 더 두려운 것이다.

4~6연은 시공간을 초월해서 상상의 고향으로 회귀한다. 고대 이집트의 왕들이 누비던 숲이 상상의 고향이다. 실제로 이 무렵부터 시인은 지인들에게 보내는 편지에서 천연덕스럽게 자신이 "테베의 왕자"라고 자처한다. 그리고 몇 년 후에는 『테베의 왕자』라는 중편 분량의 환상소설도 출간했다. 이 무렵부터

시인의 상상력이 고대 이집트 세계에 사로잡혔음을 알 수 있다. 다시 시로 돌아오면, 파라오들이 누비던 숲을 상상하면서 화자는 "내 별자리들"에 키스한다. 2연에서 "지나가는 구름도/나는 해석할 수 없다"라고 했던 것과 정반대의 이미지로, 마법의 상상력으로 천상의 별들과 교감하면서 자신의 별자리에서 운명을 예감한다. 그래서 5연에서 화자는 침묵에서 깨어나 "멀리 있는 것"을 말할 줄 알게 된다. 지금 이곳의 현실에서는 언어적 소통이 불가능하지만, 이제 미지의 세계와 교감할 수 있는 자신의 언어를 발견한 것이다. 6연에서 화자의 언어는 "오색영롱한 그림책"으로 완성되어 "그대 품에 안겨 있다." 여기서 "그대"가 누구를 지칭하는지는 분명치 않지만, "오색영롱한 그림책"은 "계모왕비"와 반대되는 동화적 상상이다.

7연에서 다시 반전이 일어난다. "그대 얼굴"이 눈물의 베일로 가려서 보이지 않는 것은 4~6연에서 떠올린 상상의 고향이 이제는 돌이킬 수 없이 상실된 깊은 비애를 가리킨다. 테베의 왕자가 한없이 눈물을 흘리는 모습을 떠올릴 수도 있다. 왜냐하면 8~9연에서 그 신성한 고대 유적이 약탈당하고 파괴되어 폐허로 모습을 드러내기 때문이다. "나의 빛나는 새들"은 고대 이집트 왕의 피라미드에 함께 부장된, 산호나 홍옥 등의 귀한 재료로 만든 공작품으로 짐작된다. 고대 이집트에서 새는 죽은 자의 영혼으로 여겨졌다. 테베 왕자의 영혼이 눈알이 뽑힌 채 널브러져 있는 것이다. 서구의 약탈자들에 의해 도굴된 흔적의 잔해이다. 영혼이 파괴되었으므로 그 영혼의 거처인 둥지들도 한낱 돌덩이로 버려져 있을 뿐이다. 또한 "돌로 변한다"는 말은 화자의 고향인 테베 왕국이 둥지가 화석으로 변할 만큼 아득한 태고의 전설로만 남아 있음을 희미하게 상기시킨다. 그래서 마지막 연에서 화자는 비가의 어조로 탄식한다. 과연 누가 "나의 죽은 궁궐들"의 소멸을 슬퍼하고 추모해줄까. 마지막 2행은 그 추모마저도 이젠 돌이킬 수 없는 과거가 되었음을 슬퍼한다. 화자의 고향은 옛 사람들이 죽은 궁궐에 바친 기도의 "성스러운 물결"을 상상의 회상으로 불러내는 이 시의 텍스트 안에서만 존재한다. 1~3연에서 말한 낯섦이 얼마나 사무치는 것인지 생생히 느껴진다.

시행이 짧은 2행으로 하나의 연을 이루는 간결한 구성은 이 무렵부터 시인이 선호한 작법이다. 시행을 간소화하고 간결한 언어로 풍부한 서사를 함축한 장인적 솜씨가 돋보인다.

쫓겨난 여자(Die Verscheuchte)

1933년 1월 말 히틀러가 집권한 후 유대인인 라스커-쉴러는 같은 해 4월 19일에 베를린을 떠나 취리히로 망명했다. 어느덧 64세였다. 그런데 불과 며칠 후 4월 24일에 고트프리트 벤이 베를린 라디오방송에 출연하여 히틀러 정권을 찬양하는 연설을 했다. 라스커-쉴러는 1911년에 17세 연하의 신예 시인 벤을 만나 약 3년 동안 연인관계로 지냈다. 한때의 연인이 공교롭게 유대인을 박해하는 정권을 지지하고 나선 것이다. 이 시는 조국에서 쫓겨난 처지에다 벤과의 기구한 인연을 배경으로 쓴 것으로, 1934년 3월에 토마스 만의 아들 클라우스 만(Klaus Mann)이 망명지 암스테르담에서 발행한 잡지에 게재되었다.

1연은 완전히 혼돈에 싸인 현실을 말한다. 한낮이지만 사방이 안개에 잠겨 태양도 빛을 잃고 사물도 분간되지 않는다. 온 세상이 영혼을 빼앗긴 상태이며, 실루엣 그림처럼 표정을 알아볼 수 없는 허깨비처럼 보인다. 2연 1행은 세상의 변화와 무관하게 시의 화자가 오랜 고독에 칩거했음을 암시하며, 2행은 히틀러의 집권을 암시한다. 개인적 불행과 세상의 재앙이 겹친 상태이다. 3행에서 화자는 누군가에게 함께 기도하자고 청한다. 하느님의 위로를 마지막 피난처로 의지한다. 3연 1행의 "숨결"은 "영혼"과 거의 같은 뜻이다. 영혼이 떠난 육신은 "들짐승"과 함께 정처 없이 떠돈다. "들짐승"은 포획과 사냥의 대상이다. 그래도 화자는 꿈을 꾼다. 그 꿈은 한때 "너를 사랑했"다는 기억을 불러내는 것이다. "너"는 2연에서 함께 기도하자고 했던 대상일 것이다. 한때 사랑했고 이제는 헤어졌지만, 그래도 이 엄청난 재앙 앞에서는 함께 기도하자는 간청이다. 4연에서 "북풍"은 독일에서 불어오는 사나운 바람이다. 겁먹은 짐승이 무모하게 산에서 나와 사람에게 도움을 청하듯이, 화자는 "네 문 앞에 다가간다." 그러나 길가에서 밟히거나 뽑히는 "질경이"처럼 팽개쳐진 상태이며, 문 안쪽에서는 아무런 응답이 없다. 5연은 대담한 이미지의 도약이다. 오갈 데 없이 들짐승처럼 지상을 방황하는 이들의 눈물이 "모든 하늘"을 깨끗이 씻어냈다. "모든 하늘"은 인간이 신에 대해 기대할 수 있는 모든 구원 가능성을 암시한다. 그러나 현실에서 기도는 응답을 얻지 못하므로 그 갈증을 시로 달랜다. 마지막 연은 함께 기도하자고 했던 "너"가 끝내 침묵할 뿐 아니라 앞뒤를 분간하지 못하고 "화살처럼 나를 겨냥한다." 이 마지막 연은 서두에 언급한 대로 벤이 히틀러 정권을 옹호한 것을 상기시킨다. "내 입술을 닮은 네 입술"은 한때 뜨겁게 사랑을 나누었던 입술이자 시로써 사랑을 노래한 그 입술이지만, 이제는 한때의 연인을 겨냥한 독화살이 되고 말았다.
라스커-쉴러는 스위스에서 1939년까지 6년을 지내다가 결국 예루살렘으로 가서 만년을 보냈다. 예루살렘에서 펴낸 시선집에 수록된 이 시에는 마지막 2행이 삭제되었다. 벤이 히틀러 정권하에 악역을 했더라도 과거의 허물을 다시 들추는 것이 꺼려졌던 것일까. 노년에 접어들어 신앙도 깊어지면서 마음속으로 용서하고 화해한 것일지도 모른다.

고트프리트 벤

(Gottfried Benn, 1886~1956)

브란덴부르크 북서부의 시골 마을에서 목사의 아들로 태어났다. 원래 의사가 되려고 했으나, 아버지의 뜻에 따라 신학을 공부하다가 그만두고 다시 군의관 양성소를 다니고 의사가 되었다. 1912년 첫 시집 『시체 공시장』(*Morgue und andere Gedichte*)을 발표하여 독일 문단에 엄청난 충격을 불러일으켰다. 여기에 수록된 시들은 인간 시체의 끔찍한 모습을 통해 인간의 존엄을 여지없이 무너뜨리는 극단적 허무주의 양상을 보인다. 그런 점에서 벤의 초기 시는 표현주의와 맥을 같이한다. 벤은 1차대전에 군의관으로 참전했다. 1933년 히틀러 집권 직후 라디오방송에서 히틀러 정권을 찬양하는 연설을 했다가 망명 문인들의 거센 비판을 받았다. 벤 자신도 금방 나치에 비판적 거리를 두고 은둔생활을 했으며, 이로 인해 나치 치하에 관변 언론의 거센 공격을 받았고, 결국 작가협회에서 제명되었다. 1930년대 이후 벤의 시에는 술어가 없이 이미지를 끊어서 나열하는 기법이 곧잘 등장한다. 이것은 현실의 지배논리와 그 역동성을 무화하기 위한 것인데, 벤은 이를 현실의 동역학에 맞서는 '정시'(靜詩, Statisches Gedicht)라 일컬었다.

아름다운 청춘

오랫동안 갈대밭에 누워 있던 소녀의 입은
심하게 갉아먹힌 듯했다.
흉곽을 뜯자 식도는 구멍이 숭숭했다.
마침내 횡격막 아래 으슥한 곳에서
어린 쥐들의 둥지를 찾았다.
새끼 암컷 한마리가 죽어 있었다.
다른 것들은 간과 콩팥을 먹고 살았다,
차가운 피를 마셨고,
여기서 아름다운 청춘을 보냈다.
그리고 이것들의 죽음도 아름답고 잽싸게 다가왔으니,
모조리 물속으로 내던져졌다.
아, 조그만 주둥이들이 얼마나 짹짹거리던지!

더 고독한 적은 없었네

8월보다 더 고독한 적은 없었네.
충일의 계절 — 대지에는
붉은빛 황금빛 화염花焰,
그런데 네 정원의 즐거움은 어디에 있는가?

호수는 맑고 하늘은 고운데
정갈한 밭들은 조용히 빛나는데
그대가 대변하는 왕국의
승리, 승리의 증명은 어디 있는가?

모든 것이 행복으로 증명되는 곳,
술 냄새 속에서, 사물의 도취 속에서
시선을 교환하고 반지를 교환하는 곳에서
그대는 행복의 적 정신에 봉사한다.

오직 두가지만

그렇게 많은 형식들을 거쳐왔고
나와 우리와 너를 거쳐왔건만
모든 것은 여전히 고통에 잠겨 있다,
'무엇을 위해?'라는 영원한 질문으로 인해.

그것은 어린아이들의 질문이다.
너는 뒤늦게야 깨달았다,
오직 하나만 명심하고 감당해야 한다는 것을,
— 의미든 탐색이든 전설이든 간에 —
멀리서 너에게 부과된 소명을.

장미든 눈雪이든 바다든 간에
한때 만발했던 모든 것은 시들었고,
오직 두가지만 존재한다, 공허함
그리고 낙인찍힌 나.

과꽃

과꽃들 — 내연內燃하는 나날,
오랜 간구, 주문呪文,
신들은 잠시 머뭇거리며
저울 균형을 맞춘다.

다시 한번 황금빛 무리,
하늘, 빛, 만발한 꽃,
죽어가는 날개 아래에서
오랜 생성은 무엇을 부화하려는가?

다시 한번, 선망했던 것,
도취를, 장미의 그대여 —
여름은 멈추고 기대어 서서
제비들을 바라보았다.

다시 한번, 추측하기,
이미 오래전에 확신이 깨어 있는 곳에서
제비들이 강물을 스치며 날고
여정과 밤을 마신다.

아름다운 청춘(Schöne Jugend)

벤의 첫 시집 『시체 공시장』에 수록된 작품. 독일시의 역사에서 전대미문의 충격적인 장면이다. 의사인 벤은 실제로 이런 끔찍한 장면들을 많이 목격했을 것이다. 이 시를 포함하여 『시체 공시장』에 수록된 비슷한 시들에 대해 당시 독일 언론은 "역겨운 도착증의 발작"이라고 혐오감과 분노를 쏟아냈다. 지금 읽어도 차마 눈 뜨고 보기 힘든 혐오감을 유발한다. 반면에 이 시를 긍정적으로 평가한 쪽은 날것의 현실을 적나라하게 파헤쳤다고 옹호했다. 문학에서 추악함이 전통적 아름다움을 몰아내고 전면에 부상한 것은 프랑스 자연주의 문학의 기수 에밀 졸라(Emile Zola)의 소설에서 찾아볼 수 있다. 가령 『나나』(*Nana*, 1880)의 마지막 장면에서 한때 파리의 유명인사들을 치마폭에 가지고 놀았던 미모의 여배우 나나는 천연두에 걸려 그 아름답던 얼굴이 썩은 과일처럼 문드러진다. 벤의 시보다 30년 전에 그런 끔찍한 장면을 소설의 대미로 장식한 졸라의 작품도 충격적이다. 그러나 결정적인 차이가 있다. 졸라는 그런 충격적인 장면을 통해 당시 파리 상류사회의 썩어 문드러진 실상을 고발하려 했다. 그러나 벤의 시에서는 그런 고발정신이 전혀 느껴지지 않는다. 의사의 직업윤리에 충실하게 너무나 냉정하고 차분하게 시신을 관찰하고 있을 뿐이다. 소녀가 스스로 물에 투신했는지, 아니면 살해되어 물에 던져졌는지도 전혀 분간할 수 없다. 그러나 한걸음 물러서서 생각해보면, 자살이든 타살이든 이 소녀를 죽음으로 내몬 것은 결국 추악하고 폭력적인 사회이다. 이 끔찍한 장면을 이토록 차분하게 묘사할 수 있는 정신 속에도 어쩌면 그런 폭력성이 내면화된 것은 아닐까? 시인은 자신을 제물로 바쳐서 독자에게 이런 질문을 하는 것처럼 보인다. 시를 자세히 읽어보면 죽은 소녀의 운명을 쥐들의 운명과 동일시하고 있음을 알 수 있다. "새끼 암컷 한마리가 죽어 있었다"라는 구절이 그렇고, 또한 "여기서 아름다운 청춘을 보냈다"라는 구절도 그렇다. 이 소녀가 살던 사회환경과 쥐들이 소녀의 시신 속에서 서식하는 환경은 동일한 생태계이다. 벤은 이 시에서 무작정 추의 미학을 추구하는 것이 아니라, 이 시의 장면이 우리가 사는 사회의 실상이 아닌지 조용히 묻고 있다.

더 고독한 적은 없었네(Einsamer nie)

1936년 8월 초에 쓴 시. 시의 화자는 주위의 모든 환경과 단절되고 고립되어 있는 고독을 토로하면서 외적 관계를 끊고 오로지 "정신"에 봉사하겠다는 결의를 표명한다. 1~2연은 자연의 풍요와 화자의 고독을 대비한다. 가장 풍요로운 계절인 8월에 가장 깊은 고독에 잠겨 있다. 꽃들이 마치 불이라도 난 듯이 울긋불긋 피어나는데 화자의 정원에는 낙이 없다. 2연에서 맑은 호수, 고운 하늘, 정갈한 들판 역시 고독의 피난처가 되지 못한다. "그대가 대변하는 왕국의/승리"는 어디 있는가 하는 물음은 시의 세계도 고독을 채워주지 못하는 것을 말해준다. 다른 한편 자연의 순수하고 정적인 이미지는 3연에서 말하는 도취의 분위기와 대비된다. "모든 것이 행복으로 증명되는 곳"에서 행복은 "술 냄새"와 열광적 "도취"의 분위기에 동참하는 자들에게만 주어지는 보상이다. 그 도취의 분위기를 즐기며 그들끼리 소통하는 것이 곧 행복이다. 거기에서 소외된 화자는 "행복의 적"인 "정신"에 봉사한다.

이 시는 일반적인 의미에서 현대사회에서 소외된 시적 자아의 고독을 표현한 것으로 이해할 수 있다. 현실의 승자들 내지 순응주의자들에게 주어지는 행복을 공유할 수 없는 고립된 자아는 오로지 시의 세계에 침잠함으로써만 자신의 존재 의의를 확인할 수 있다. 다른 한편 벤이 이 시를 쓰던 무렵을 전후하여 처한 곤경을 떠올리면 이 시에서 말하는 고독을 한층 실감나게 이해할 수 있다. 벤은 1933년 초에 히틀러가 집권한 직후 베를린 라디오방송에서 히틀러 정권을 찬양하는 방송을 해서 망명 문인들의 신랄한 비판을 받았다. 그러나 벤 자신도 금방 히틀러 정권에 환멸을 느끼고 거리를 두었는데, 그런 태도 변화가 관변언론의 미움을 샀다. 1936년 5월에 50세 생일을 맞아 시선집이 발간되자 관변언론은 벤을 망명 작가들과 결탁한 변절자라고 극렬히 공격했다. 이런 불상사에다가, 1936년 8월 초에 베를린에서 올림픽이 개최되었다. 이 올림픽은 히틀러가 국제무대에서 당당하게 공인받고 히틀러의 승리를 구가하는 화려한 선전장이기도 했다. 이 시에 나오는 "승리"와 "승리의 증명"이라는 말은 그런 맥락에서 히틀러의 승리를 가리킨다. 또한 "도취" 역시 올림픽에 대한 열광이 곧 히틀러에 대한 열광임을 나타내는 말이다. 벤은 결국 1938년 관변단체 구실을 하던 작가협회 회원 자격을 박탈당했다.

오직 두가지만(Nur zwei Dinge)

1953년에 쓴 시. 지나온 삶을 회고하면서 시를 쓰는 일의 의미에 대해 성찰하고 있다. 1연 1행에서 말하는 "많은 형식들"은 2행의 "나" "우리" "너"와 연결되므로 시인 자신의 개인적 실존, 사회 공동체와의 관계, 삶의 동반자와의 관계를 가리킨다. 그 모든 것이 여전히 고통스럽기만 한 것은 "무엇을 위해?" 그런 방식으로 살았는가 하는 질문 앞에서 모두 실패한 것으로 판정되기 때문이다. 그 질문이 "영원한" 까닭은 영원히 해결할 수 없고 그렇다고 회피할 수도 없는 질문이기 때문이다. 따라서 2연에서 그것을 "어린아이들의 질문"이라고 하는 것은 유치한 질문이라는 뜻보다는 그 질문을 맞닥뜨리면 어린아이처럼 속수무책이 된다는 뜻으로 봐야 할 것이다. 다른 한편, 매사에 무조건 "무엇을 위해?"라는 목적의식을 앞세우고 덤비는 것은 유치하는 뜻도 함축한다. 그다음에 진술하는 '뒤늦은 깨달음'이 이 시의 핵심이다. 삶에서 중요한 것은 오직 하나, 즉 '멀리서 부과된 소명을 감당해야 한다'는 것이다. "멀리서"라는 단서가 중요하다. 당장 눈앞의 요구, 시대적 요구가 아니라 시대를 넘어서 추구해야 할 어떤 가치를 암시한다. 2연 4행의 삽입구는 시를 쓰는 일과 관련이 있다.

의미를 찾고 탐색하고 후대에 전승될 수 있는("전설") 시를 쓰는 일, 그것이 곧 '멀리서 부과된 소명'이다.

3연 1~2행은 만물의 무상함을 표현한다. 한때 꽃피었던 아름다움도 시들어 소멸하게 마련이다. "장미"와 "눈"은 자연스럽게 그런 이미지에 해당한다. 그런데 "바다"까지도 언젠가는 고갈되리라는 예언적 언명은 시의 마지막에서 지상의 모든 일의 "공허함"을 극한으로 밀고 가는 것이다. 이처럼 역사와 현실을 철저한 허무의 관점에서 바라보는 것은 무엇보다 히틀러 시대의 암흑을 몸소 겪었기 때문일 것이다. 히틀러 정권 초기에 뭘 모르고 그 정권을 옹호했다가 이내 침묵으로 거리를 두었던 그 끔찍한 경험에서 의미 있게 구제할 수 있는 것은 아무것도 없는 것이다. 그 암흑의 현실에서 살아남은 것은 "낙인찍힌 나"일 뿐이다. 그런데 여기서 "낙인찍힌"이라는 말은 그런 부정적 의미만이 아니라, 2연에서 말하는 '멀리서 부과된 소명'을 받은 운명에 순응해야 한다는 의미도 함축한다. 그 소명의 부름에 낙인찍힌 나는 암흑의 수렁에 빠져 낙인찍힌 나와 한몸이다. 암흑의 세력에 이끌려 낙인찍힌 나를 지우거나 부정하지 않고서 '멀리서 부과된 소명'을 다하는 길은 과연 무엇일까? 죽기 3년 전의 시인은 이 절체절명의 영원한 질문을 마주하고 있다.

과꽃(Asthern)

1935년 가을에 쓴 시. 과꽃은 국화과의 꽃으로 가을에 가장 늦게까지 피며, 흔히 고인을 추모하는 꽃으로 바친다. 그래서 과꽃은 흔히 망자에 대한 추모, 상실의 비애와 그리움, 그리고 회복에의 소망을 나타내는 시어로 쓰인다. 이 시는 과꽃을 바라보며 가을이 저물어가는 계절의 변화에 대한 소회를 표현한다. 제목 '과꽃'을 시의 첫머리에 다시 한번 쓰고 그다음에 줄표를 넣어서 뭔가 긴 여운을 남긴다. 그다음에 "내연하는 나날"에서 '내연하다'라는 동사는 불이 겉으로 피어오르지 않고 속으로 타들어가는 것을 뜻한다. 과꽃이 피었으니 어느새 가을이 저물어가는 것 같지만 속으로는 아직도 늦여름의 뜨거운 열기가 잔열로 남아 있다. '내연하는'(schwällend)의 독일어를 소리 나는 대로 읽으면 '경계선에 있는'(schwellend)이라는 뜻도 된다. 늦여름과 늦가을이 경계선에서 오락가락하는 유동적인 계절이다. 그런데 이런 상태가 실제 계절에 상응하는 실감일까, 아니면 시인의 주관적 상상일까? 아직까지는 그 경계가 모호하지만 시를 읽다보면 후자에 가깝다는 느낌이 짙어진다.

둘째 줄에서 "오랜 간구"와 "주문"은 주술사가 마법으로 뭔가를 불러내고 불러일으키는 느낌을 준다. 그런 간절한 주문 덕분에 3~4행에서 "신들은 잠시 머뭇거리며/저울 균형을 맞춘다." 아직 내연하는 늦여름의 기운과 저무는 가을의 차가운 기운 사이의 균형을 맞춘다는 말이다. 이것은 시간의 흐름이 머뭇거리고 정지하는 상태다. 2행에서 간구한 주문은 불가항력의 자연력인 시간의 흐름까지 멈추었다. 시의 언어가 현실의 운동을 제어하고 시적 언어 세계 자체의 정적(靜的) 상태를 구축하기 시작한다. 이런 양상은 1930년대 중반 이후 벤의 시에서 가장 중요한 특징으로, 벤 자신은 이런 시를 '정시'라 일컬었다. 이것은 시가 현실의 운동과 논리에 말려들지 않기 위한 언어적 책략이라 할 수 있다. 현실의 논리에 말려들면 그 무엇을 위한 도구로 쓰일 가능성이 크기 때문이다. 앞에서 「더 고독한 적은 없었네」 해설에서 언급한 대로, 1933년 히틀러 집권 후 지지 발언을 했다가 그 후폭풍으로 호된 곤욕을 치렀기에 이런 시적 전략을 택한 것이다. 시의 형식으로 보면 1연 1~2행에서 동사와 술어가 없고 명사만 나열한 언어적 배치 역시 동적인 움직임을 제거하기 위함이다. 일단 1연에서 이러한 시적 주술은 신들이 계절의 저울 균형을 맞추게 할 만큼 완전히 성공했다.

2, 3, 4연은 1연의 서술구조를 반복, 변주한다. 2, 3, 4연 모두 "다시 한번"으로 시작하는 것은 1연에서 성공한 주술을 세번 반복하는 것이다. 그렇다면 시를 이해하는 지름길은 그 주술이 세번의 시도에서 어떻게 변주되는지 살펴보는 것이다.

2연 첫 행의 "황금빛 무리"는 다양한 연상을 불러일으킨다. 과꽃과 비슷하고 비슷한 시기에 피는 국화를 떠올릴 수도 있다. 국화(Chrysanthemen)의 어원인 chrysos는 '황금빛'이라는 뜻이다. 또한 가을 하늘에 높이 뜬 양떼구름이 이른 석양에 노랗게 물든 것을 떠올릴 수도 있다. 또한 신화에서는 태양신 아폴로가 부리는 소떼를 연상할 수도 있다. 어떻든 1연의 같은 위치에 있는 "내연하는 나날"에 비해 더 초현실적이고 다채롭다. 이것도 현실에서 멀어지려는 시적 논리의 귀결이다. 2행의 "하늘, 빛, 만발한 꽃"은 마치 다시 쨍쨍한 여름날로 돌아간 느낌을 주는데, 이것 역시 1연 2행에서 말한 주술의 효과다. 그렇다면 2연에서도 주술은 성공한 것일까? 3~4행이 그 질문에 대한 대답인데, 의문문이다. "죽어가는 날개 아래에서/오랜 생성은 무엇을 부화하려는가?" 새가 알을 부화하는 것은 따뜻한 날개로 알을 품어줄 때만 가능하다. 그러나 여기서는 이미 "죽어가는 날개"로 덮고 있으니 제대로 부화할 가망이 없다. 1연과 달리 2연에서는 주술이 먹혀들지 않는 것으로 보인다.

그럼에도 3연에서 "다시 한번" 한때 "선망했던 것", 즉 "도취"를 꿈꾼다. "장미의 그대"는 "그대"를 "장미"와 동격으로 표현한 것인데, 한때 화자를 도취시킨 계절의 여왕을 떠올리는 것일 수도 있고, 한때 선망했던 연인을 가리키는 것일 수도 있겠다. 그다음 3~4행은 "도취"와 "장미"의 이미지에 걸맞게 주술에 성공한 것처럼 보인다. 여름이 걸음을 멈추고, 아직은 제비가 날고 있으니 말이다. 그러나 여름이 잠시 걸음을 멈추었다고 해서 이미 지나간 여름을 돌이킬 수는 없다. 그래서 시제가 과거형이다.

마지막 연에서 "다시 한번" 주술을 건다. "다시 한번"은 항상 '마지막'일 수 있다. 이미 여름이 갔고 가을도 가고 있다는 "확신"에도 불구하고 마지막으로 다시 한번 "추측", 즉 기대한다. 그러나 '추측'이라는 말은 '기대'보다 훨씬 약하고 막연하다. 3~4행을 보면 "제비들이 강물을 스치며 날고/여정과 밤을 마신다." 제비가 낮게 나는 것 자체는 곧 날씨가 나빠질 거라는 조짐이다. 이제 가을도 며칠 남지 않았고, 제비는 머나먼 남쪽 나라로 떠날 채비를 하고 있다. 그러나 제비가 "강물을 스치며" 날고 "여정과 밤을 마"시는 움직임은 부정적인 것만은 아니다. 화자가 서 있는 현실 공간에서 보면 곧 가을이 끝나고 혹독한 계절이 도래하겠지만, 제비는 다시 따뜻한 남쪽 나라로 날아가 새로운 삶의 터전을 찾을 것이다. 제비가 화자의 마음을 담고 있다면, 가을이 저물지만 화자의 마음속에는 다시 따뜻한 남국에 대한 그리움이 솟아난다. 제비가 마시는 "여정과 밤"은 지금 이곳의 현실과는 다른 세계를 암시한다. 다른 한편 지금 이곳이 화자가 발 디디고 있는 엄연한 현실이라면, 그리고 계절의 변화가 불가항력의 시간적 흐름이라면, 제비가 길을 떠나기 전에 마지막으로 스치는 "강물"은 다른 세상으로 건너가는 강의 물결이다. 그 다른 세상은 이생의 저편일 수도 있고, 경험적 현실의 저편에 어른거리는 시적 상상의 세계일 수도 있다. 이 시는 그렇게 모호하게 부유하는 상태에 계속 머물고 있다. 이런 정적(靜寂)의 지향을 현실로부터의 도피라고 비판할 수도 있겠지만, 숨 막히는 현실에서 이 고요한 정적은 시가 숨 쉬기 위한 최소한의 공간인 것도 사실이다.

오스카 뢰르케
(Oskar Loerke, 1884~1941)

프로이센 동부의 단치히 근교의 소읍에서 태어났다. 베를린 대학에서 역사와 문학을 공부하다가 그만두고 여러해 동안 독일 전역을 방랑했다. 1911년 발표한 첫 시집 『방랑』(*Wanderschaft*)이 회화성과 음악성이 풍부한 자연시로 주목을 받았다. 1913년 클라이스트 문학상을 받았고, 1917년부터 피셔 출판사 편집장으로 일했다. 1933년 나치 집권 후에는 유대인이 사장인 출판사에서 일한다는 이유로 압박에 시달렸고, 뢰르케 자신도 히틀러 정권에 비판적 거리를 두었다. 그런 면에서 뢰르케는 '국내 망명' 작가로 꼽힌다. 뢰르케의 대표 시집 『세계의 숲』(*Der Wald der Welt*, 1936), 『돌길』(*Der Steinpfad*, 1938) 등은 이른바 '마술적 자연시'로 평가된다.

수평선 너머

나의 배가 천천히 간다, 배는 엄청나게 늙었다,
해초, 소라, 이끼,
바다의 똥이 달라붙었다.
다채로운 섬, 결국에는 거의 멈춰섰다.

아직 더 가야 할까? 더이상 가지 않겠다.
하지만 모든 것이 다가온다,
화물을 잔뜩 실은 대륙들
낯선 배처럼 나에게 헤엄쳐 온다.

사람이 살 수 있는 안전한 해안은 지나갔다
겨울날 천둥처럼,
먹구름 속에 남은 것은
뭔가를 예언하는 새의 비상.

상승하는 민족들, 추락하는 민족들의 완강한 모습!
그토록 많은 피, 그토록 많은 고통!
하지만 여기서 오래 남을 것은
모두 고독 속에서 이루어지지 않는가.

돌길

돌길이 올라가는 대로 나도 올라간다.
길은 금방 끝나고 목적지도 없다.
나는 발길을 돌리고, 길도 순순히 돌아선다—
이것은 장난이고 장난이 아니다.

겨울이면 덩굴 시렁의 가시 화환이
거무죽죽해진다, 처음과 비슷하게.
여름에는 똑같은 발걸음 수로
장미 시계가 있는 데까지 걸어간다, 흔적도 없이.

길 끝에는 돌을 깐 작은 공터가 있고
한쪽 구석에 복숭아나무가 한그루 서 있다.
올라가는 길은 내 우정의 길이 되었다.
세상이 나를 따른다, 어린 양처럼.

나는 묻는다: 너 말할 줄 아니? — "네가 하는 말!"
복숭아가 앞다투어 붉게 타오른다.

티무르와 무녀

티무르

그대는 위대한 예언 능력을 지닌 무녀로 아는데
천한 하녀처럼 젖소 우유를 직접 짜서 마시는구려.
그대는 이제 늙었는데 힘든 일이 싫지 않소?
그대를 찾아온 내가 누구인지 알기나 하오?

무녀

풀밭에 꽃이 만발한데 클로버를 밟지 마세요!
제가 키우는 소들한테는 맛있는 음식이지요.
당신은 절름발이 티무르지요. 무엇을 알고 싶으세요?

티무르

내 권력이 어느 정도인지.

무녀

권력은 눈처럼 녹아 없어집니다.

티무르

내 왕국은 무더운 열대부터 얼음 나라까지 미치오.
별들도 매일 나의 바닷속으로 잠겼다가
나의 군대처럼 바다에서 기상하오.
이 정도면 위대한 권력의 증거로 충분하지 않소?

무녀

저에겐 물을 채우는 두레박이 증거랍니다.
저에겐 벌거벗고 사는 가축이 증거랍니다.
가축은 물을 마시며 창조주의 위대함을 보여주고,
배불리 먹으면 고함치지도 않습니다.

티무르

그대는 달에게 명령을 내리지도 못하지. 가시오!

무녀

달을 오렌지처럼 쥐어짜려는 겁니까?

티무르

그렇게 무엄하게 말하면 그대를 죽이겠다.

무녀

마음대로 하세요. 하지만 클로버를 밟지는 마세요!

수평선 너머(Hinter dem Horizont)

1926년에 출간한 시집 『하지』(*Der längste Tag*)에 수록된 작품. 화자는 배를 몰고 항해를 하고 있다. 그러나 그의 배는 엄청 낡았다. 게다가 배에는 온갖 해초와 조개류와 이끼를 비롯하여 바다의 오물이 잔뜩 달라붙어 있다. 온갖 오물이 형형색색으로 달라붙은 배가 마치 "다채로운 섬"처럼 보인다. 수평선 너머에 있을지도 모를 "다채로운 섬" 혹은 지상낙원을 향해 가는데, 오랜 항해에 지쳐서 수평선 너머의 낙원 같은 섬은 잊어버린 채 바다의 오물이 달라붙은 배가 낙원인 양 착각하는 것일까?

2연에서 더이상 가지 않겠다고 배를 멈췄지만 그러자 다른 모든 것이 나의 배를 향해 다가온다. "화물을 잔뜩 실은 대륙들"이 마치 거대한 빙하처럼 위협적으로 다가온다. 대륙은 유사 이래 수많은 사람들이 살아온 삶의 터전이자 역사의 현장이다. "화물을 잔뜩 실은 대륙들"은 인간이 저지른 잘못된 역사의 중압에 짓눌려 침몰할 것 같다. 이런 종말론적 상상은 뢰르케가 작품활동을 시작했던 1910년대 초반 표현주의 문학의 중요한 특징이다. 뢰르케의 시는 표현주의에서 출발하여 표현주의를 극복하는 방향으로 나아갔는데, 이 시에는 아직 표현주의의 영향이 남아 있다.

3연에서 "겨울날 천둥"은 극히 이례적인 기상 현상이다. 따라서 사람이 살 만한 안전한 해안이 겨울날 천둥처럼 지나갔다는 말은 이제 어디서도 안전한 해안을 찾기 어렵다는 말이다. 먹구름 속에 남은 새의 비상이 뭔가를 예언한다는 것은 옛날에 날아가는 새를 보고 날씨를 예측하거나 인간사의 길흉을 점치던 새점(鳥占)을 떠올리게 한다. 그러나 지상의 모든 안전지대를 잃은 인간들이 과연 새의 비상이 암시하는 예언을 해독할 능력이 있을까?

마지막 연에서 드디어 이 돌이킬 수 없는 종말의 정체가 분명히 드러난다. 수

많은 사람의 피와 고통을 치르며 승리와 패배를 반복하는 역사의 변함없는 모습이 그것이다. 모두가 이 집단적 광기에 휩쓸려가는 시대의 격랑 속에서 오래 남을 수 있는 방법은 결국 이 사악한 시대정신에 거슬러 자기만의 길을 가는 것뿐이다.

돌길(Steinpfad)

1938년에 나온 시집 『돌길』의 서시로 수록된 작품이다. 뢰르케는 1930년에 베를린 교외로 거처를 옮겼는데, 집 근처에 있는 작은 정원의 돌길을 8년째 산책하면서 이 시를 비롯한 연작시집 『돌길』을 썼다. 시집을 내던 무렵 뢰르케는 중병을 앓고 있었고, 시집을 출간한 지 3년 후에 결국 세상을 하직했다. 뢰르케는 다음 2행시를 이 시집의 모토로 적고 있다.

> 누가 알까? 아케론강 기슭에서 꺾은 꽃다발 한묶음이
> 여기 위쪽 공간을 근사하게 장식하게 될지?

아케론강은 그리스 신화에서 저승으로 건너가는 강이다. 시인은 이미 저승으로 건너가는 강가에서 이 시집을 '한묶음 꽃다발'로 꺾어 "여기 위쪽 공간", 즉 하늘나라에 드는 자신의 혼백에 바치고자 하는 것이다.

시의 이해를 위해 또 하나 중요한 배경은 1933년 히틀러가 집권한 후 뢰르케는 정권에 비판적 거리를 두었고 사실상 은둔상태로 칩거했다는 사실이다. 1913년(29세)에 클라이스트 문학상을 받았고 1926년(42세)에 프로이센 예술원 회원이 된 뢰르케는 이미 독일 시단에서 확고한 위치에 있었다. 그래서 나치는 그를 정권의 편으로 끌어들이려고 집요하게 애썼지만 뢰르케는 이에 굴하지 않고 고립무원의 길을 택했다.

시의 화자는 오르막길로 이어지는 돌길을 따라 올라간다. 하지만 금방 길이 끝

난다. 시집 후기에서 뢰르케는 실제로 집 앞의 산책길이 "마치 무한으로 이어질 것처럼" 갑자기 끊어진다고 썼다. 이생의 길이 끊어지고 다른 세상의 무한이 시작되는 느낌을 그렇게 표현한 것이다. 이 길의 "목적지도 없다"는 말은 중의적이다. 애초부터 이 돌길 산책의 목적지가 따로 있는 것은 아니니 길이 금방 끝났다고 서운해할 일은 아니다. 그리고 이생의 길이 끝나는 다음에 무한히 이어질 알 수 없는 세상을 딱히 목적지라 할 수도 없는 노릇이다. 어떻든 금방 길이 끝나서 나는 발길을 돌리고, 길도 순순히 돌아선다. 처음에는 내가 길을 따라 올라가고, 돌아서면 길이 나를 따라 내려온다. 내가 길의 일부가 되고 길도 나의 일부가 되었다. 8년째 매일 이렇게 똑같은 돌길을 걷다보니 무념무상의 경지에 이르렀다. 그렇게 순수한 몰입의 상태에서 걷는 것은 순수한 유희의 경지라 할 수 있다. 그러나 순수한 유희와 나 사이에 거리가 사라질 때, 다시 말해 순수한 유희가 내 삶의 전부일 때, 그것은 더이상 유희가 아니라 한평생 삶의 무게로 다가온다. 그래서 이것은 장난이면서도 장난이 아니다.
1연에서 똑같은 길을 언제까지고 걷는 반복적 순환은 2연에서 계절의 순환으로 변주된다. "덩굴 시렁의 가시 화환"은 진작에 꽃과 잎이 다 지고 겨울에 가시만 남은 장미 덩굴을 가리킨다. 가시만 남은 덩굴이 초록빛마저 잃고 거무죽죽하게 변색했지만, 결국 이 색깔로 겨울을 나고 봄을 맞이할 것이므로 봄날의 '처음과 비슷한 색깔로' 돌아간 셈이다. "가시 화환"은 정선된 의미로 '가시 면류관'을 뜻하기도 한다. 꽃과 잎사귀와 싱싱한 푸른 기운을 모두 잃고 앙상한 가시만 남은 장미 덩굴에서 시인은 혹독한 겨울을 견디는 자신의 초상을 보고 있는 것일까. 그런가 하면 여름철이면 아마도 장미를 시계 모양으로 조경한 "장미 시계"가 있는 데까지 역시 똑같은 길을 왕래한다. "똑같은 발걸음 수"까지 헤아리는 것은 이 좁은 정원에 갇혀 있는 시간이 한없이 길게만 느껴진다는 뜻이다. 아무리 '순수한 유희'에 몰입해도 이것은 결코 장난이 아니다. 발걸음의 "흔적도 없이"라는 말 역시 그렇게 매일 똑같이 걷는 발걸음의 자취가 그 어떤 의미 있는 기억으로 축적되지 않는다는 말이다. 그렇게 정지된 시간과 자연의 영원한 순환이 미묘하게 맞물려 있다.

3연에서 뭔가 의미 있는 반전이 일어난다. 길 끝의 공터에 복숭아나무 한그루가 서 있다. 복숭아가 열리리라는 결실의 기대로 내 마음도 풍요로워진 덕분일까, 이제 오르막 돌길이 "우정의 길"이 되었다. 이 길의 끝에서 마주치는 것은 복숭아나무 한그루뿐이지만 나는 세상을 다 얻은 느낌이다. 그래서 올라가는 길에 세상이 "어린 양처럼" 나를 따른다. 나는 그 어린 양에게 말을 할 줄 아느냐고 묻고, 어린 양은 "네가 하는 말"은 할 줄 안다고 정답게 화답한다. 언제까지고 돌길의 침묵 속에 갇혀 있을 줄만 알았던 나는 이렇게 내 말을 알아듣고 나와 소통할 줄 아는 세상의 어린 양을 친구로 얻은 것이다. 복숭아가 태양의 열기를 흡수하여 붉게 타오르는 것은 바로 내 마음속에 붉게 타오르는 단심(丹心)을 보여준다.

티무르와 무녀(Timur und die Seherin)

1370년에 티무르 제국을 건설한 티무르는 항복한 적장도 살해한 잔혹한 폭군으로 악명이 높다. 1941년 뢰르케가 죽은 후 유고시 중에 발견된 이 시는 히틀러를 티무르로 바꾸어놓는다. 티무르를 정면으로 공격하지 않고, 아무리 거대 권력을 휘두르는 폭군이라도 결코 범해서는 안 될 한도가 있다는 것을 가르치고 있다. 물론 이 가르침을 알아듣고 수용하면 폭군이 아닐 것이다. 티무르의 막강한 권력보다 물을 길어올리는 두레박, 그 물을 마시고 풀을 뜯는 가축이 창조주의 위대함을 입증하므로 더 위대하다는 단순 소박한 진리의 한마디가 가슴에 와닿는다. 아무리 천하를 호령해도 소가 먹을 클로버를 밟지는 말라는 경고도 권력자들이 새겨들어야 할 말이다. 그렇지만 자고로 권력을 쥐는 자는 좀처럼 이 무녀의 고언을 알아듣지 못한다. 권력을 누가 잡든 간에 권력 자체는 사악하다는 말도 있다. 권력은 지배하고 군림하려 들기 때문이다. 권좌에 오르더라도 권력을 내려놓을 줄 알아야 참으로 백성을 섬기는 정치가 가능하다.

쿠르트 투홀스키

(Kurt Tucholsky, 1890~1935)

베를린에서 은행원의 아들로 태어났다. 17세에 빌헬름 황제를 비꼬는 풍자시를 발표했다. 대학에서 법학을 공부한 후 문학·연극·영화 등 다양한 장르에 관한 비평과 정치사회 문제 전반을 다루는 날카로운 논설을 활발히 발표했다. 작가이자 언론인으로서 1920년대 바이마르공화국 시대의 보수 지배계층을 비판하는 진보주의자, 군국주의를 비판하는 평화주의자로서 치열하게 분투했다. 작가로서는 『라인베르크: 연인들을 위한 그림책』(*Rheinsberg: Einbilderbuch für Verliebte*, 1912)을 발표하여 대중적 인기를 얻었고, 현실비판적인 풍자시, 그리고 시·연극·음악을 아우르는 카바레 공연 대본을 많이 썼다. 1933년 히틀러가 집권하기 직전에 스웨덴으로 망명했으나 1935년에 수면제 과다복용으로 자살했다.

몽소 공원

여기는 멋지다. 여기서는 편안히 꿈꿀 수 있다.
여기서 나는 인간이다 — 그저 민간인이 아니라.
여기서는 왼쪽으로 가도 된다. 푸른 나무들 아래에는
무엇이 금지되었는지 알리는 게시판도 없다.

통통한 작은 공이 풀밭 위에 놓여 있다.
새 한마리가 밝은 잎사귀를 쪼고 있다.
꼬마 소년이 콧구멍을 파고 있고
뭔가가 나오면 기뻐한다.

미국 여자들 넷이 따지고 있다,
쿡 선장 말이 맞는지, 여기에 나무들이 있는지.
밖에서 보는 파리와 안에서 보는 파리:
저들은 아무것도 보지 못하고, 모든 걸 봐야 한다.

아이들이 알록달록한 바위 위에서 떠들어댄다.
해가 빛나고 어느 집에 비쳐 반짝거린다.
나는 가만히 앉아서 햇살을 쬐며
조국을 떠나 느긋하게 쉬고 있다.

몽소 공원(Park Monceau)

투홀스키는 1920년대를 가장 치열하게 살았던 언론인이자 작가였다. 종합 정치·문화 비평지인 『세계 무대』(*Weltbühne*)라는 주간지의 공동 편집인으로 바이마르공화국의 허상을 폭로하고, 파시즘과 군국주의의 위협을 비판했으며, 근본적인 사회혁명과 국제평화를 옹호했다. 1924년부터 『세계 무대』의 파리 특파원으로 4년 동안 파리에 체류했는데, 이 시는 파리로 간 직후인 1924년 봄에 쓴 것이다. 독일에서는 자신이 꿈꾸는 이상을 마음대로 표현할 수 없지만, 여기서는 마음 놓고 꿈을 펼칠 수 있다. 독일에서는 국민을 민간인과 군인으로 나누는 군국주의적 사고가 팽배하지만, 여기서는 민간인이라는 딱지를 떼고 온전한 인간의 존재감을 느낄 수 있다. 독일에서 좌파는 공격의 표적이 되지만 여기서는 왼쪽으로 가도 탈이 없다. 요컨대 금지와 억압이 없다. 그러나 이렇게 말하는 화자의 목소리에는 여전히 독일을 의식하는 긴장이 배어 있다. 2연에서는 1연의 긴장이 풀리고 투홀스키 특유의 잔잔한 유머가 흐른다. 풀밭 위에 작은 공이 놓여 있고, 새가 잎사귀를 쪼고, 꼬마가 콧구멍을 파는 등의 사소한 우연들도 지상에서 저마다 존재 이유가 있고 기쁨을 누릴 자격이 있다. 3연에서는 파리에 여행객으로 온 사람들과 사실상 망명객이나 다름없는 자신의 처지를 비교한다. 미국에서 여행 온 여성들은 18세기의 전설적인 탐험가 쿡(James Cook) 선장의 여행기를 읽고 와서, 쿡 선장의 묘사가 맞는지 따져본다. 심지어 나무가 서 있는 위치까지 확인하므로 쿡 선장의 여행기를 아주 꼼꼼히 읽은 교양인들이다. 그런데 쿡 선장의 말이 맞는지 확인해서 뭘 어쩌자는 것인가. 투홀스키가 싫어한 교양 있는 속물의 군상이다. 그러니 아무것도 보지 못하고, 그러니 모든 걸 봐야 직성이 풀린다. 그러나 모든 걸 봐도 여전히 아무것도 보지 못한다. 3연의 4행은 끝없이 쳇바퀴처럼 돌아가는 악순환의 문장이다. 4연은 2연의 시상을 이어받으면서 콧구멍을 파는 꼬마의 자리에 화자 자신을 앉힌다. 몽소 공원에서 햇살을 쬐며 잠시 조국을 잊고 느긋하게 쉴 수 있는 자유와 마음의 여유, 그것은 물론 금방 지나가는 한순간의 여유일 뿐이다. "조국을 떠나" 쉬고 있다고 하지만 그의 마음은 아직도 조국을 떠나지 못하고 있다.

1928년 다시 독일로 귀국한 투홀스키는 파시즘과 군국주의의 발호에 맹렬하게 맞서다가 1933년 히틀러가 집권하기 전에 스웨덴으로 망명했다. 히틀러 정권은 집권 직후 반체제 문인들의 작품을 광장에 쌓아놓고 불태웠는데, 맨 앞에 투홀스키의 작품들이 포함되었다. 투홀스키는 망명지에서 절필하고 음울한 나날을 보내다가 1935년 45세의 나이에 수면제 과다복용으로 자살했다.

프란츠 베르펠
(Franz Werfel, 1890~1945)

프라하에서 신발공장을 운영하는 유복한 유대계 집안에서 태어났다. 고등학교 시절부터 시를 발표했고, 같은 프라하 태생의 막스 브로트(Max Brod), 프란츠 카프카(Franz Kafka)와 친교를 맺었다. 월트 휘트먼(Walt Whitman)의 영향을 받은 격정적 찬가풍의 시집 『세계의 벗』(*Der Weltfreund*, 1911), 『심판의 날』(*Der Gerichtstag*, 1919) 등으로 주목을 끌었고, 1927년 쉴러 문학상을 받았다. 오스트리아가 히틀러의 독일에 합병된 후 프랑스로 망명했다가 스페인과 포르투갈을 거쳐 미국으로 건너갔다. 캘리포니아에 머물던 그는 전쟁이 끝난 직후인 1945년 8월 26일 심장마비로 사망했다. 베르펠의 중심 장르는 희곡이다. 상징적이고 이념적 색채가 강한 표현주의 희곡 『정오의 여신』(*Mittagsgöttin*, 1919), 『거울 인간』(*Der Spiegelmensch*, 1921), 『침묵하는 사람』(*Schweiger*, 1922) 등이 있다. 소설로는 표현주의 시기의 『소시민의 죽음』(*Der Tod des Kleinbürgers*, 1926), 미국 망명 시절에 쓴 가상미래 소설 『태어나지 않은 자의 별』(*Stern der Ungeborenen*, 1945) 등이 있다.

어느 망명객의 꿈의 도시

그래, 내 기억이 맞아, 예전부터 알던 골목이야.
나는 여기서 30년 동안 줄곧 살아왔지…
그런데 여기가 맞나?? 뭔가가 나를 몰아댄다,
나를 놓아주지 않는 뭔가가 인간 떼거지와 함께.

저기, 차단기가 버티고 있다… 내가 정신을 차리기도 전에
내 팔을 잡는다: "여권을 보여주시오! 어서!"
내 여권? 여권이 어디 있지!? 조소와 혐오에
나는 포위당하고, 휘청대고, 창백해진다…

인간의 용기가 그 엄청난 불안을 견뎌낼 수 있을까?
강철봉이 쩔렁거린다, 나를 후려칠 것이다.
무릎이 꺾인 기억이 아직도 생생하다…

그리고 보이지 않는 사람들이 나를 욕하는 동안
"나는 아무 짓도 하지 않았습니다"—그렇게 외친 기억이 생생하다,
"당신들의 언어, 나의 언어를 말한 것 말고는."

어느 망명객의 꿈의 도시(Traumstadt eines Emigranten)

1938년 히틀러의 독일이 오스트리아를 합병하자 마침 지중해를 여행 중이던 베르펠은 귀국하지 않고 부인과 함께 프랑스에 머물렀다. 그렇게 지중해 연안의 소도시 사나리-쉬르-메르에서 망명객으로 머문 지 한해가 지난 1939년 9월 초에 베르펠은 시장 광장에서 사복경찰의 검문을 받고 몸수색을 당했고, 경찰은 공산주의자라고 욕설을 퍼부었다. 함께 있던 부인의 증언에 따르면 여러 사람이 더러운 손으로 온몸을 수색했고, 거리의 행인들이 구경하며 냉소를 보내는 가운데 상의도 벗겼다고 한다. 이런 고초를 겪고 나서 며칠 후에 베르펠은 경찰에 소환되어 자세한 심문을 받았고, 경찰은 수배자 명단에서 그를 뒤지며 범죄자 취급을 했다. 결국 그는 반쯤 기절한 상태에서 몸을 가누지 못하고 경찰서 밖으로 끌려 나왔다. 위의 시는 그런 곤욕을 치르기 한해 전, 망명 초기에 쓴 것이다.

그럼에도 1년 후에 겪을 고초를 예견이나 하듯이 진술하고 있는 것은 이 소도시의 경찰과 시민들이 진작부터 낯선 망명객을 수상한 불순분자로 주시하고 있었기 때문일 것이다. 베르펠이 뛰어난 극작가임을 고려하면 그런 분위기에서 벌어질 수 있는 상황을 극적인 상상으로 예감한 것이라 할 수도 있다. 그런데 시의 첫머리에서 빈에 있는 주거지의 골목을 떠올리는 것은 만약 독일이 오스트리아를 합병했을 때 그가 외국에 있지 않고 빈에 있었더라면 어땠을까 상상하기 때문이다. 아마 그랬더라면 영락없이 비밀경찰에 체포되었을 것이다. 그런 공포와 망명지에서 조여오는 두려움이 겹쳐지는 것이다. 불심검문을 당하고, 여권을 금방 꺼내지 못하는 것도 공포감이 압도하기 때문이다. 설령 여권을 보여준들 그 여권이 과연 언제까지 안전을 보장해줄까 하는 두려움도 깔려 있을 것이다.

3~4연은 나중에 경찰에 소환되어 당한 고초를 거의 그대로 예견한다. "나"를 체포하고 심판할 수 있는 자들은 "나"에겐 보이지 않는 막강한 권력을 가진 자들이다. 그들의 언어를 사용한 것 외에는 아무런 죄도 없다고 말하려다, 그들의 언어를 "나의" 언어라고 강조해서 고친다. 그들의 언어는 권력과 폭력의 언어이므로, 이 시를 쓰는 "나의" 언어를 지키기 위함이다.

1940년 독일이 프랑스를 점령하기 시작하자 베르펠은 계속 지중해 서부로 거처를 옮기다가 나중에는 토마스 만의 아들 골로 만(Golo Mann)을 포함하여 다른 망명객들과 함께 걸어서 피레네산맥을 넘어 스페인과 포르투갈을 거쳐 미국으로 건너갔다. 캘리포니아에 머물던 그는 전쟁이 끝난 직후인 1945년 8월 26일 심장마비로 사망했다.

막스 헤르만-나이세
(Max Hermann-Neiße, 1886~1941)

독일 동부 슐레지엔 지방의 나이세에서 태어났다. '나이세'는 고향 지명을 딴 필명이다. 어릴 적에 척수염을 앓아 척추장애인이 되어 남들과 쉽게 어울릴 수 없었다. 그래도 부모님이 그를 김나지움과 대학에 보냈다. 김나지움 시절부터 시와 희곡을 쓰기 시작했고, 특히 라스커-쉴러가 그의 시를 높이 평가했다. 1차대전은 그의 집안을 완전히 파괴했다. 1916년에 아버지가 사망했고, 1917년에 어머니는 나이세강에 뛰어들어 자살했다. 신체 장애에다 생계수단도 막막한 힘든 여건에서도 문단의 인정을 받아 1924년에 아이헨도르프 문학상을, 1927년에 하우프트만 문학상을 수상했다. 파시즘을 비판한 화가 게오르크 그로츠(Georg Grosz)와 가깝게 지냈고, 같은 고향 출신의 사회주의 운동가 프란츠 융(Franz Jung)과도 가까운 사이였다. 1933년 히틀러가 집권한 직후 독일을 떠나 스위스, 네덜란드, 프랑스를 거쳐 런던으로 망명했다. 그는 유대인이 아니면서 자발적으로 망명한 극소수의 문인에 속한다.

등불이 하나씩 꺼지고

등불이 하나씩 꺼지고
집은 점점 더 어두워진다.
나는 등불 가에 홀로 있다,
다른 사람들이 잠잘 때 깨어서
바다에 있는 것이 두려운
밤을 지키는 등대처럼.

멀리서 가까이서 다른 사람들의
창백한 사랑과 증오가 나를 맴돈다,
내가 늦도록 밝힌 불에 혹해서.
그들이 쾌락과 고통으로 신음하는 소리가
나의 막막한 고독으로 밀려오고,
그들의 원망이 서늘하게 내 얼굴로 불어온다.

벌써 그들은 누워 있다, 죽은 이들이 그러듯이,
마치 무덤 속에 안식하는 연습이라도 하듯이,
이제 그들의 숨소리만 얕게 가르랑거린다.
나를 영원히 잡아둘 수 있는
이 잠의 마법이 두려워
나는 밤새 깨어 있다.

어쩌면 문은 영원히 닫혔을 것이다,

나는 그 문의 열쇠를 잃어버렸고,
적에게 에워싸여 있다.
아버지의 집은 무너졌고,
등불이 하나씩 꺼지고,
그리고 세상은 점점 더 어두워진다.

해설

등불이 하나씩 꺼지고(Ein Licht geht nach dem andern aus)

1933년 히틀러가 집권한 직후 헤르만-나이세는 독일을 떠나 스위스, 네덜란드, 프랑스를 거쳐 런던으로 망명했다. 망명 중에도 많은 시를 썼지만, 시를 발표할 지면은 거의 없었다. 1911년에 결혼한 부인도 망명에 동행했는데, 두 식구가 먹고살 길이 막막한 처지에 다행히 알폰제 존트하이머(Alphonse Sondheimer)라는 유복한 독지가의 도움으로 생계를 해결할 수 있었다. 그 독지가는 1936년에 헤르만-나이세의 시집이 스위스에서 출간될 수 있도록 도와주기도 했다. 그러나 시인의 부인이 이 후원자와 가까운 사이가 되었고, 1941년에 시인이 심장마비로 사망한 후에 후원자와 결혼했다. 부인은 유고시집을 출간해주었고, 재혼한 남편이 1960년에 사망한 직후에 자살로 생을 마감했다. 망명생활 막바지에 쓴 이 시에는 망명생활의 간난신고와 홀로 고립된 처지, 그럼에도 밤을 새워 시를 써야 하는 운명, 돌아갈 수 없는 고향에 대한 그리움이 짙게 배어 있다.

게르트루트 콜마

(Gertrud Kolmar, 1894~1943)

베를린에서 유대인 변호사의 딸로 태어났다. 영어와 프랑스어 교사 자격증을 취득하여 교사생활을 했다. 1917년 필명으로 첫 시집을 냈다. 히틀러 집권 후 군수공장에서 강제노동을 해야만 했고, 1943년에 폴란드 아우슈비츠 수용소로 끌려가서 처형당했다. 콜마의 시는 그녀 자신의 실존적 문제였던 소외된 아웃사이더의 체험이 중심을 이룬다. 특히 유대인 여성으로서 겪는 이중적 고뇌가 그 핵심이며, 유대교 신앙의 영성이 바탕에 깔려 있다. 생시에 나온 시집으로 『시집』(*Gedichte*, 1917), 『프로이센의 문장(紋章)』(*Preußische Wappen*, 1934), 『여인과 동물들』(*Die Frau und Tiere*, 1938)이 있다.

방랑하는 여인

모든 철길이 증기를 뿜으며 내 손안에 들어오고,
모든 큰 항구가 나를 위해 출렁이며 배를 띄우고,
모든 보행도로가 공터로 쏟아져 들어오고,
여기서 작별 인사를 한다, 왜냐하면 맞은편 끝에
이들을 즐겁게 맞이하려고 내가 미소 지으며 서 있으니까.

내가 이 세상 한 귀퉁이라도 움켜잡을 수 있다면,
다른 세 귀퉁이도 찾아서 수건처럼 매듭을 묶을 수 있다면,
수건을 장대에 매달고서 목에 걸치고 갈 수 있다면,
빰이 발그스레한 둥근 지구를 담고서,
갈색 과일 알맹이와 작은 사과 향도 담고서.

육중한 청동 격자문이 철커덕거리며 멀리서 내 이름을 부른다,
납작한 집이 몰래 숨어서 내 발걸음을 염탐하고 있다.
저 멀리 길을 잃은 형상들이 다시 액자 속으로 들어간다,
그리고 눈먼 자의 그리움으로, 몸이 마비된 자의 소망으로
나의 여행 술잔을 채우고, 나는 목이 말라 다 마신다.

나는 분투하는 맨 팔로 깊은 호수를 휘젓고,
반짝이는 내 눈 속에 하늘을 끌어담는다.
언젠가는 때가 오리라, 조용히 도로 표지판 옆에 서서
홀쭉한 양식을 살펴보고, 머뭇거리며 귀가하는 때가,

신발 속에 모래만 담고 돌아오는 때가.

방랑하는 여인(Die Fahrende)

정확한 집필 시기는 미상이나 1920년대 후반이나 30년대 초반에 쓴 것으로 보인다. 1연에서부터 이미지의 조합이 대담하고 기발하다. 화자가 방랑하는 세상의 모든 길이 화자에게로 모여든다. 이 전복적 이미지에 역동성을 부여하는 것은 '모두'가 함께 움직일 때의 속도감이다. 모든 철길이 증기를 뿜으며 달려오고, 모든 항구가 출렁이며 배를 띄우고, 모든 도로가 공터로 쏟아져 모여든다. 모든 공간을 꽉 채우는 이 속도감은 프리츠 랑(Fritz Lang)의 표현주의 영화 「메트로폴리스」(Metropolis, 1927)의 이미지를 방불케 한다. 그러나 메트로폴리스의 속도감과 소음을 가볍게 잠재우는 것은 이들을 즐겁게 맞이하는 '나의 미소'이다. 절묘한 비대칭의 균형이다. 2연에서도 대범한 공간적 상상력이 작동한다. 이 넓은 세상의 네 귀퉁이를 움켜쥐고 수건처럼 매듭을 묶을 수 있다면! 그 수건을 장대에 매달아 목에 걸치고 갈 수 있다면! 그 수건에 지구를 담고, 과일과 사과 향도 담을 수 있다면! 독일시의 역사에서 전례가 없는 기발한 환상이다.

그러나 3연에서 분위기가 반전되어 어두운 현실의 위협과 공포가 엄습한다. "육중한 청동 격자문"은 들어가면 나올 수 없는 거대한 감옥을 떠올리게 한다. 그 격자문이 "내 이름"을 부르니 누군가가 "나"를 감옥에 처넣으려 하는 것이다. "납작한 집"이 몰래 "내 발걸음을 염탐하"는 데서도 보이지 않는 감시의 눈길이 느껴진다. 이 음산한 살풍경은 역시 표현주의 영화 「칼리가리 박사의 밀실」(Das Cabinet des Dr. Caligari, 1920)의 으스스한 장면을 떠올리게 한다. 길을 잃고 헤매는 형상들은 이 위협과 감시의 두려움에 쫓겨 다시 정해진 틀("액자") 속으로 들어간다. 역으로 보면, 화자가 세상의 모든 곳을 누비며 방황하고자 하는 것은 모든 구속의 틀에서 벗어나려는 몸부림이다. 또한 3연

4~5행에서 그 방랑벽이 “눈먼 자의 그리움”이나 “몸이 마비된 자의 소망”과 닿아 있음을 알 수 있다. 그들에 대한 깊은 연민에 목이 탄다.
4연은 1연의 역동적 이미지를 우주적으로 확장하여 깊은 호수와 끝없는 하늘을 품는 이미지로 응축시킨다. 그리고 언젠가는 집으로 돌아갈 수 있기를 고대한다. 그러나 주머니는 비어 있고 신발에 모래만 가득하다. 이 시는 세상에서 정처 없이 떠돌고 위협에 노출된 모든 약자의 운명을 노래하면서, 동시에 시인 자신의 혈족인 유대인의 운명을 암시한다. 유대인인 콜마는 히틀러 집권 후 군수공장에 차출되어 강제노역에 시달리다가 결국 1943년 80세의 아버지와 함께 아우슈비츠 수용소에 끌려가서 가스실에서 죽임을 당했다. 콜마의 시는 오래도록 주목받지 못했지만, 이 시에서 보듯이 횔덜린, 트라클, 게오르크 하임의 이미지를 하나로 녹여낸 듯한 뛰어난 감각으로 개성적인 시세계를 구축하고 있다.

엘리자베트 랑게서
(Elisabeth Langgässer, 1899~1950)

독일 남서부의 소도시 알체이에서 유대계 건축가의 딸로 태어났다. 대학 졸업 후 교사생활을 하면서 시와 소설을 썼다. 1929년 서른살이던 랑게서는 잠시 사귀던 법률가와의 사이에 딸을 낳았고, 1935년에 다른 남자와 결혼해서 세 자녀를 더 두었다. 랑게서는 히틀러가 집권한 후 1936년에 집필금지 처분을 받았다. 1942년부터는 군수공장에 차출되어 강제노동을 해야 했고, 1944년에는 아우슈비츠 강제수용소로 끌려갔으나, 다행히 전쟁이 끝날 때까지 살아남았다. 랑게서의 시는 인간의 근원적인 욕망, 죄와 타락, 마음의 정화와 구원의 문제를 주로 다룬다. 대표 시집으로 『양의 회귀선』(*Der Wendekreis des Lammes*, 1924), 『동물 시편』(*Die Tierkreisgedichte*, 1935), 『나뭇잎 인간과 장미』(*Der Laubmann und die Rose*, 1947) 등이 있고, 장편소설 『갈대 숲을 지나며』(*Der Gang durch das Ried*, 1936), 단편집 『미로』(*Das Labyrinth*, 1949) 등이 있다.

1946년 봄

—코르델리아를 위하여

사랑스러운 아네모네,
네가 다시 왔구나
능멸당한 나를 위로하고자
환한 꽃부리 빛나니?
나우시카처럼?

바람에 흔들리며 몸 숙인다,
파도여, 거품이여, 빛이여!
아, 대기에 가득한 이 기쁨,
먼지 구덩이에 처박힌 내 등에서
마침내 무거운 짐 내려주었지?

땅속 두꺼비의 나라에서
나는 지상으로 올라왔다,
눈꺼풀 아래로 아직도 플루톤의 붉은 피가 어른거리고
죽은 이들을 끌고 가는 자의 피리 소리
아직도 귀에 쟁쟁하다.

고르곤의 눈은
강철처럼 번득였고,
거짓말의 양잿물 뿌리며
속삭이는 소리 아직도 들린다, 이 양잿물로

나를 확 죽일 수 있다고.

아네모네여! 네 얼굴에
입 맞추게 해다오,
스틱스와 레테 강물에
우리 모습 비치지 않게,
부정하고 부인하는 일 없이.

유혹하지 않고,
너는 여기 이렇게 살아 있다,
조용히 내 가슴 어루만지며,
내 가슴 후비지 않고 —
내 딸 나우시카야!

1946년 봄—코르델리아를 위하여(Frühling 1946: für Cordelia)

1929년 서른살이던 랑게서는 잠시 사귀던 법률가와의 사이에 딸을 낳았고, 1935년에 다른 남자와 결혼해서 세 자녀를 더 두었다. 랑게서는 히틀러가 집권한 후 1936년에 집필금지 처분을 받았고, 1942년부터는 군수공장에 차출되어 강제노동을 해야 했고, 1944년에는 아우슈비츠 강제수용소로 끌려갔다. 그런데 처음 사귀던 남자도 유대인이어서 둘 사이에 태어난 딸 역시 15세의 어린 나이에 아우슈비츠로 끌려갔다. 랑게서 자신은 다행히 목숨을 부지하고 종전 후 집으로 돌아왔지만, 수용소에서 헤어진 딸의 생사는 알 수가 없었다. 그런데 전쟁이 끝난 다음 해인 1946년 봄에 딸이 수용소에서 구출되어 스웨덴으로 후송되었다는 소식을 듣게 되었다. 위의 시는 이 기적 같은 소식을 듣고 이루 말할 수 없는 감격의 기쁨을 노래한 것이다.
봄철에 아네모네가 핀 것을 보고서 올해도 어김없이 피었다고 반기는 것으로 시를 연다. 알다시피 아네모네는 고대 그리스 신화에서 미소년 아도니스가 멧돼지에 물려 죽으며 흘린 피가 꽃으로 피었다는 이야기로 전해진다. 아도니스처럼 야만적 폭력에 희생되어 죽은 줄만 알았던 딸의 생환을 반기는 것이다. 딸의 생환 소식 자체가 능멸당한 "나"의 고통을 보상하는 위로가 된다. 나우시카는 호메로스의 『오디세이아』 제6장에서 바다에서 난파해 섬에 표류한 오디세우스를 구해주고 극진히 보살펴주는 마음씨 착한 공주로 등장한다. 나우시카가 사는 섬의 해양부족은 비단 오디세우스뿐 아니라 모든 난파한 뱃사람을 구해주고 바람처럼 빨리 달리는 배로 안전하게 뭍으로 안내해준다. 따라서 딸을 나우시카에 견주는 것은 딸의 생환이 거친 바다를 표류해온 모든 조난자에게 새로운 삶을 시작하는 희망이 되기를 비는 마음도 담고 있다. 아네모네의 꽃말이 그리스어로 '바람'(anemos)이라는 뜻이므로 아네모네와 나우시카는 자매지간인 셈이다.

2연에서 화자는 나우시카를 바람으로 느낀다. 나우시카는 신화에서 현실 속으로 걸어 나와, 1946년 전쟁의 폐허 속에서도 피어난 아네모네를 보라고 내 몸을 흔든다. 화자의 눈앞에 바람에 살랑이는 아네모네 꽃무리가 바다의 물결처럼 출렁인다. "파도여, 거품이여, 빛이여!" 여기서 "거품"은 미의 여신 아프로디테가 '물거품'(afros)에서 탄생했다는 신화적 유래를 떠올리게 한다. "빛"은 1연에서 말한 "환한 꽃부리"가 빛나는 것이자 또한 하늘의 빛이 꽃무리에 비치는 것이기도 하다. 대지와 하늘의 융합으로 탄생한 빛이다. 따라서 여기서 아프로디테의 아름다움은 단지 지상의 아름다움만이 아니라 천상의 거룩함도 담고 있다. 그래서 4~5행에서 화자는 자신을 무겁게 짓누르던 지상의 고통에서 벗어난다. "먼지 구덩이에 처박힌 내 등"은 구약성경 「시편」에서 하느님의 버림을 받고 지상의 수난에 시달리는 고통을 가리킨다(「시편」 44장 참조). 여기서 "무거운 짐"은 강제수용소에서 당한 고통보다는 딸을 지켜주지 못한 회한과 죄책감을 가리킨다. 1~2연이 모두 의문문으로 끝나는 것은 딸이 살아 있다는 소식을 들었지만 아직 만나지는 못한 상태에서 이렇게라도 딸에게 말을 걸고 싶은 애절한 마음의 표현일 것이다. 또한 독자들에게 이 기적 같은 사건에 동참하라고 호소하는 것이기도 하다.

3~4연에서는 강제수용소에서 당한 고난을 떠올린다. 서양 동화와 전설에서 두꺼비의 나라는 악마와 마녀가 지배하는 암흑의 지하세계이다. 저승의 신 플루톤의 몸에 묻은 학살의 피가 눈에 어른거리고, 저승사자의 피리 소리가 아직 귀에 쟁쟁하다. 보는 사람을 돌로 변하게 하는 고르곤의 눈이 강철처럼 번득이고, 양잿물로 죽이겠다는 위협이 아직도 환청처럼 들린다.

5연은 다시 지금으로 돌아와 지옥에서 살아나온 딸에게 입 맞추게 해달라고 한다. 그 입맞춤으로 다시는 죽음과 망각의 강을 건너는 일이 없기를 기원한다. 마지막 행에서 "부정하고 부인하는 일 없이"라는 말은 구원과 은총을 부정하고 부인하는 일은 절대로 없을 거라는 다짐이다.

마지막 연은 나우시카의 환생처럼 살아 나온 딸이 화자에게 마음의 평온을 선사하는 것으로 끝난다. 1행의 "유혹"은 지난날 나치가 국민들을 나쁜 길로 유혹하고 선동한 것을 상기시키므로 "유혹하지 않고"라는 말은 전쟁이 끝나고 새로 시작되는 삶이 그 암울한 시대와 완전히 결별해야 한다는 뜻이다. 다른 한편 4행에서 "내 가슴 후비지 않고"라는 말은 나치의 폭력에 대한 기억이 단지 회한으로 응어리져도 곤란하다는 뜻이다. 나치 시대와 결별하면서 암울한 과거사를 극복하는 일은 이 시의 화자가 딸을 되찾는 그런 사랑의 힘만으로 가능할 것이다.

베르톨트 브레히트
(Bertolt Brecht, 1898~1956)

바이에른의 아우크스부르크에서 인쇄소를 운영하는 집안에서 태어났고, 대학에서 의학을 공부했다. 1차대전이 끝난 후에 희곡 『바알』(*Baal*, 1918)을 발표하여 주목받았고, 두번째 희곡 『한밤의 북소리』(*Trommeln in der Nacht*, 1919)로 클라이스트 상을 받았다. 『도시의 정글 속에서』(*Im Dickicht der Städte*, 1923), 『서푼짜리 오페라』(*Die Dreigroschenoper*, 1928)로 연극계에서 확고한 지위를 굳혔다. 히틀러 집권 후 미국으로 망명했고, 망명 중에도 『제3제국의 공포와 비참』(*Furcht und Elend des dritten Reiches*, 1938), 『갈릴레이의 생애』(*Leben des Galilei*, 1938), 『억척어멈과 그 자식들』(*Mutter Courage und ihre Kinder*, 1939), 『코카서스의 백묵원』(*Der Kaukasische Kreidekreis*, 1944) 등의 희곡을 썼다. 2차대전이 끝난 후 동독으로 귀환하여 베를린 앙상블의 초대 극장장을 맡았다. 브레히트는 희곡 작가로 유명하지만, 하이네의 전통을 잇는 정치풍자시와 교훈시, 서정시도 다수 남겼다. 시는 단지 심미적 향유의 대상이 아니라, 현실에서 유익하게 써먹혀야 한다는 소신을 고수했다.

서정시를 쓰기 힘든 시대

나도 안다, 행복한 자만이
사랑받는다는 걸. 그의 목소리는
듣기 좋다. 그의 얼굴은 잘생겼다.

마당의 구부러진 나무가
척박한 땅을 손가락질한다. 그러나
지나가는 사람들은 나무가 뒤틀렸다고 욕한다.
하긴 맞는 말이다.

해협의 초록빛 보트와 즐거운 돛단배들이
내게는 보이지 않는다. 내게는 무엇보다
어부들의 찢어진 그물만이 보일 뿐이다.
왜 자꾸 나는
40대 소작인의 처가 허리를 꼬부리고 걸어가는 것만 이야기하는가?
처녀들의 젖가슴은
예나 지금이나 따스한데.

내 노래에 운율을 맞춘다면
그것은 거의 오만일지니.
꽃피는 사과나무에 대한 감격과
엉터리 화가에 대한 경악이

내 가슴속에서 다투고 있다.
그러나 바로 두번째 것이
나로 하여금 시를 쓰게 한다.

사랑하는 사람들

커다란 곡선 그리며 날아가는 저 두루미들을 보라!
그들이 하나의 삶에서 벗어나 다른 삶으로
날아갔을 때, 그들에게 짝지어준

구름도 어느새 그들을 따라갔다.
똑같은 높이로, 똑같은 속도로
두 무리 모두 바짝 붙어 있나보다.

하여 어느 쪽도 여기 더 오래 머물지 않고
잠시 날아가는 아름다운 하늘을
두루미는 구름과 함께 나누려는가.

그리하여 지금 날면서 함께 누워
느끼는 바람 속에서
상대방의 몸놀림만 보려는가.

저러다 바람이 저들을 무無의 세계로 유혹할라.
제발 저들이 사라지지 않고 머무른다면
그동안은 아무것도 저들을 건드릴 수 없고

소나기가 위협하거나 총소리 울리는 곳
가지 못하게 저들을 쫓아버릴 수 있으리.

그러면 별 차이 없이 둥그런 해와 달 아래서

서로 폭 빠져서 마냥 날아갈 텐데.

너희들 어디로 가느냐?
어디에도 없는 곳으로.

너희들 누구를 떠나 왔느냐?
모두에게서.

저들이 얼마 동안 함께 있었냐고 당신들은 묻는가?
조금 전부터.
그러면 저들이 언제 헤어질까?
금방.
이처럼 사랑은 사랑하는 사람들에겐 잠시 기대는 것인가보다.

책 읽는 노동자의 의문

성문이 일곱개나 되는 테베를 누가 건설했던가?
책에는 왕의 이름만 나와 있다.
왕들이 바윗덩어리들을 옮겨왔을까?
그리고 여러차례 파괴되었던 바빌론,
누가 그렇게 번번이 그 도시를 재건했던가? 금빛 찬란한 리마에서
건설 노동자들은 어떤 집에서 살았을까?
만리장성이 완공된 날 저녁에
벽돌공들은 어디로 갔을까? 위대한 로마에는
개선문들이 많다. 누가 그것들을 세웠을까?
로마 황제들은 누구를 정복했을까? 수없이 노래되는 비잔틴에는
시민들을 위한 궁전들만 있었을까? 전설의 나라 아틀란티스에서
조차
바다가 그 땅을 집어삼키던 밤에
익사하는 자들은 그들의 노예를 찾으며 울부짖었다.

젊은 알렉산더는 인도를 정복했다.
그가 혼자 해냈을까?
시저는 갈리아를 정벌했다.
그가 적어도 요리사는 데려가지 않았을까?
스페인의 펠리페 왕은 그의 함대가 침몰하자
울었다. 왕 말고 다른 사람은 아무도 울지 않았던가?
프리드리히 2세는 7년전쟁에서 승리했다. 그 말고도

또 누가 승리했을까?

역사의 페이지마다 승리가 나온다.
승리의 잔치는 누가 차렸을까?
10년마다 위대한 인물이 나온다.
그 비용은 누가 지불했을까?

그 많은 보고들.
그 많은 의문들.

바퀴 갈아 끼우기

나는 도로변 둔덕에 앉아 있다.
운전사는 바퀴를 갈아 끼운다.
나는 내가 떠나온 곳이 내키지 않는다.
나는 내가 가야 할 곳이 내키지 않는다.
어째서 나는 바퀴 갈아 끼우는 것을 보며
초조해하는 것일까?

아, 어린 장미를 어떻게 기록해야 할까?

아, 어린 장미를 어떻게 기록해야 할까?
갑자기 검붉은 어린 장미가 가까이서 눈에 띄는데
아, 우리가 장미꽃을 찾아온 것은 아니었지만
우리가 왔을 때 장미꽃은 그렇게 피어 있었다.

장미가 그렇게 피기 전에는 기대도 하지 않았다.
장미가 그렇게 피었을 때는 거의 믿기지 않았다.
아, 시작한 적도 없는 일이 목적지에 이르렀구나.
하지만 모든 일이 워낙 그렇지 않았던가?

서정시를 쓰기 힘든 시대(Schlechte Zeit für Lyrik)

1939년 초반 덴마크에 망명해 있던 시절에 쓴 시. 독일에서는 히틀러가 집권한 지 6년이 지난 야만의 시대에 시인은 아름답고 평화로운 해변에서 시의 존재 이유에 대해 물으면서, 이런 어두운 시대에도 밝고 아름다운 시가 성립할 수 있는지 갈등한다. 1연은 행복을 노래하는 시가 듣기 좋고 독자의 사랑을 받는다고 말한다. 이런 취향에 익숙한 독자는 척박한 토양 때문에 나무가 구부러져도 토질이 나쁜 것은 생각하지 않고 나무가 뒤틀린 것만 욕한다. "척박한 땅"의 비유가 3연에서는 가난한 어부의 찢어진 그물, 마흔살에 허리가 구부러진 소작인 아내의 모습 등으로 구체화된다. 이런 어두운 현실 앞에서 시인의 노래가 '운'을 맞춘다면 그것은 현실을 무시하는 오만이다. 실제로 이 시는 일부러 운율을 맞추지 않았다. 첫 연에서 "그의 목소리는/듣기 좋다. 그의 얼굴은 잘생겼다"라는 진술은 짧게 토막낸 산문처럼 읽힌다. 마지막 연에서 "엉터리 화가"는 히틀러를 가리킨다. 그에 대한 경악과 아름다운 자연에 대한 감격이 시인의 가슴속에서 갈등하지만, 결국 시인은 야만적 현실을 비판하는 참여시의 길을 택하겠다고 말한다. 그렇지만 역설적이게도 "꽃피는 사과나무에 대한 감격"이 살아 있기에 "엉터리 화가에 대한 경악" 또한 가슴 떨리는 전율을 불러일으킬 수 있다.

사랑하는 사람들(Die Liebenden)

이 시는 원래 브레히트의 오페라 『마하고니 시의 흥망성쇠』(Aufstieg und Fall der Stadt Mahagonny, 1930)에 노래로 삽입된 것이다. 오페라의 열네번째 장면에서 사창가의 여성 제니는 애인 파울과 함께 (파울은 담배를 피워 물고 제니는 화장을 하면서) 듀엣으로 이 노래를 부른다. 이런 맥락에서 보면 이 시는 지상의 비루한 하루살이 사랑을 넘어 푸른 하늘을 나는 두루미처럼 고결한 사랑이 지속되기를 꿈꾸는 것으로 이해할 수 있다. 그러나 3행씩 하나의 연을 이루는 완결성이 마지막 부분에서 해체되면서 그런 꿈은 무상한 현실에 직면하여 여지없이 깨지는 것처럼 보인다. "사랑하는 사람들"은 "조금 전에" 만나서 "금방" 헤어질 거라고 말하기 때문이다. 그렇지만 시상의 전개 양상을 보면 고결한 사랑의 지속과 덧없는 소멸, 연인들의 합일과 분리가 계속 번갈아 나타나면서 거의 동시적으로 진행되고 있다.

두루미가 "커다란 곡선 그리며" 날아간다는 것은 여러마리가 아치형의 대형을 이루어 함께 날고 있는 모습을 가리킨다. 시의 화자가 높은 하늘을 올려다보고 있음을 감안하면 여기서 커다란 아치형은 화자의 시야에 들어오는 하늘의 천궁(天弓)의 형상과 겹쳐진다. 두루미들의 비상 자체가 하늘나라의 형상을 방불케 한다. 그렇게 보면 "하나의 삶에서 벗어나 다른 삶으로" 날아간다는 말은 지상에서 벗어나 천상을 향하는 비상으로 이해할 수 있다. 그러나 그것은 지상의 세계를 완전히 떠나는 초월적 상승은 아니다. 두루미의 날갯짓을 떠올려보면, 두루미가 날아가는 것은 지상의 중력을 이겨내는 동시에 중력에 순응하는 절묘한 균형상태이기 때문이다. 매번 날개를 퍼덕이면서 매 순간 초월적 상승과 지상으로의 하강을 반복하는 것이다. 두루미의 이러한 이중적 운동에 구름이 합류하는 것도 이채롭다. 덧없이 흩어질 구름은 무상한 시간에 어울리기 때문이다. 그런 구름이 두루미들의 "짝"이 되어 "똑같은 높이로, 같은 속도로" 동행하는 것은 역설적이지만, 더 깊이 생각하면 이것은 지상에서 천상으로 향하는 모든 비상의 본래적 속성이다. 천지간의 만물이 지속하는 것은 곧 소멸을 향해 가는 것이기도 하기 때문이다. 또한 두루미들이 둥실둥실 날아가는 모습과 구름이 둥둥 떠가는 모습이 겹쳐지면서 지속과 소멸 사이에서 부유하는 만물의 운명과 시간의 흐름을 절묘하게 형상화한다.

이렇게 두루미와 구름이 함께 어울리게 하는 비결은 바람의 힘이다. 그래서 두루미와 구름이 "느끼는 바람" 속에서 둘은 "함께 누워" 있는 것이다. 바람은 사랑의 합일을 이루게 해주는 보이지 않는 힘이다. 그런 바람을 타고 나란히 누워 "상대방의 몸놀림만 보려는가" 하고 화자는 에로틱한 상상을 한다. 2연부터 5연까지, 그리고 그다음의 1행까지는 이렇게 이어지는 시적 화자의 상상이다. 그런데 5연의 1행에서 "저러다 바람이 저들을 무(無)의 세계로 유혹할라"라는 말은 무슨 뜻일까? 두루미와 구름은 바람에 힘입어 행복한 동행을 하고 아름다운 하늘을 함께 나누고 있다. 그러나 이 아름다운 비상은 "잠시" 날아가는 하늘에서만 가능할 뿐, 영원히 지속될 수는 없다. 두루미는 곧 지상에서 머물 곳을 찾아야 하고, 구름은 이내 흩어지게 마련이다. 그럼에도 두루미가 언제까지고 바람에 편승하여 비상을 계속하려 한다면 이카루스처럼 추락할 수밖에 없다. 따라서 바람은 두루미가 비상하게 하는 힘인 동시에 그 비상에 절대적 한계를 부여하는 제약조건이기도 하다. 두루미는 그 한계를 넘어서고 싶은 유혹을 견뎌야 한다. 그래야 잠시라도 아름다운 비상을 할 수 있고, 지상의 온갖 위협에서 벗어날 수 있다. 물론 그런 행복은 오래가지 않는다. 그럼에도 "서로 폭 빠져서 마냥 날아갈 텐데"라는 상상에 잠기는 것은 "잠시" 날아가는 아름다운 비상이 영원히 지속되기를 바라는 마음의 표현이다. "해"와 "달"이 바뀌어도 밤낮없이 행복한 동행이 지속하길 바라는 것은 물론 초현실적 상상이다. 다시 지상으로 하강하지 않고 영원히 바람에 실려 가길 바라는 것은, 그리하여 무(無)로 접어들길 바라는 것은, 완벽한 합일에의 염원이다. 사랑으로 하나가 된 연인들 말고는 세상의 모든 것이 사라져도 좋다는 말이기 때문이다. 그것은 사랑의 절정에 이르러 지상의 시간이 멈추기를 바라는 정사(情死)의 꿈일 수도 있다.

그러나 시의 마지막 부분은 이 모든 상상과 꿈에 찬물을 끼얹는다. 사랑하는 연인들이 갈 곳은 어디에도 없고, 이들은 모든 사람과 결별했다. 이들이 "얼마 동안 함께 있었냐고 당신들은 묻는가" 하는 구절에서 "당신들"은 지금까지 이 노래를 들은 오페라의 청중, 또는 이 시를 함께 읽은 독자들을 가리킨다고 볼 수 있다. 그리고 사랑하는 이들이 "조금 전부터" 함께 있었고 "금방" 헤어질 거라고 말하는 화자, 그리고 시의 마지막 행을 말하는 화자는 그 이전까지 천상의 상상과 꿈을 펼쳐온 화자에게 거리를 두는 또다른 화자라 할 수 있다. "이처럼"—즉, 이 시에서 보듯이—"사랑은 사랑하는 사람들에겐 잠시 기대는 것인가보다"라는 말은 현실의 사랑은 덧없이 지나가지만, 이 시가 언뜻 보여주는 두루미의 비상처럼 아름다운 사랑이 지속되길 바라는 꿈은 시의 형상으로 잠시 의지할 곳을 마련해준다는 뜻일 것이다. 이 시가 삽입된 오페라 『마하고니 시의 흥망성쇠』를 아도르노(Theodor Adorno)는 "최초의 초현실주의 오페라"라고 했는데, 그런 해석을 이 시에 적용한다면 이 시는 현실의 진창 너머로 초현실적 상상의 나래를 펴는 아름다운 작품이다.

책 읽는 노동자의 의문(Fragen eines lesenden Arbeiters)

1935년 덴마크에 망명해 있던 시절에 쓴 시. 브레히트는 노동자들이 그의 시를 읽고 비판적 인식과 투쟁을 위해 유용하게 '사용'하기를 바랐다. 이런 의도를 갖고 시를 쓰면 자칫 노동자들을 가르치려 드는 상투적 교훈시가 될 우려가 있다. 하지만 브레히트는 역사책을 읽는 노동자에게 질문을 던지고 노동자 스스로 생각해보기를 유도하는 화법으로 그런 우려를 불식한다. 알다시피 역사책은 대개 승자나 제왕의 업적을 찬양하고 역사적 기념비를 예찬하는 방식으로 서술되었다. 싸움에서 진 패자, 제왕을 위해 세금을 내고 목숨을 바친 수많은 백성, 수십년 걸리는 대공사에 동원된 수많은 인부와 노예는 아예 기록으로 남아 있지도 않으니 역사책에서 그들에 대한 이야기를 쓰는 것 자체가 불가능했다.

1연에서는 역사의 전설적인 위업으로 전해지는 기념비적 건축물을 과연 누가 세웠는지 묻는다. 그런 공사에 동원된 인부들은 죄인이나 노예의 경우는 말할 것도 없고 일반 양민의 경우에도 마치 전쟁에 동원되듯이 강제노역에 동원되었고, 굶어 죽지 않을 만큼의 숙식만 제공되고 다른 대가는 받지 못했다. 대개는 노동력이 고갈되어 죽을 때까지 강제노역에 시달렸고, 아주 운이 좋아야 살아서 집으로 돌아갈 수 있었다. 제왕의 업적은 이름 없는 수많은 백성의 희생을 대가로 붙여진 허명에 지나지 않는다. 1연의 마지막은 앞에서 열거한 사례들을 종합하는 추론의 실마리를 제공한다. 역사가 아닌 전설에서조차 아틀란티스 대륙이 침몰할 때 물에 빠져 죽어가는 자들은 자신을 구해줄 노예를 찾았다고 한다. 다시 말해 그 땅의 주인들은 노예들의 봉사 덕분에 주인의 위세를 누렸다는 뜻이다. 주인은 노예에 의존하는 존재, 노예에 종속된 존재다. 그렇다면 과연 누가 역사의 주인일까?

2연은 구체적 인물에 초점을 맞추어 질문을 조금씩 변주한다. 여기서도 마지막 부분은 발상의 전환을 유도한다. 프로이센이 7년전쟁(1756~63)에서 승리했으니 프로이센의 왕 프리드리히 2세가 승자라고 역사는 서술할 것이다. 그렇지만 이 전쟁에는 유럽의 모든 강대국이 참여했기 때문에 그들의 합종연횡에서 과연 어느 쪽이 실익을 챙겼는지는 명확히 판가름하기 어렵다. 또한 왕과 나라의 승패를 떠나서, 이 전쟁 덕분에 출세하거나 벼락부자가 된 사람도 있을 것이다. 프리드리히 2세를 승자로 서술하는 역사는 사태의 단편만 보는 것이다. 3연은 다시 역사에 대한 의문을 간결한 도식의 형태로 간추리고 있다. 그리고 술어가 없는 마지막 연의 2행은 우리가 사실이라고 아는 수많은 "보고들"의 이면에는 이상에서 예시한 의문들이 숱하게 잠복해 있음을 키워드처럼 제시한다. 시인이 노동자들에게 이런 의문을 던지는 이유는 이런 의문을 가지고 노동자들 자신이 처한 현실을 직시하길 바라기 때문일 것이다. 만리장성이 완공된 날 저녁에 벽돌공들이 제대로 대접을 받았을 리 없다. 아마도 살아서 집으로 돌아갈 수 있다는 사실만으로 감지덕지했을 것이다. 세계에서 가장 가난하던 나라에서 세계 10위권의 경제대국으로 성장하기까지 이 나라의 노동자들은 어떤 대접을 받았을까? 이 시는 지금 우리 상황에 대입해서 (마치 노래가사 바꾸어 부르기 하듯이) 바꾸어 쓰기를 해보면 더욱 실감이 날 것이다.

바퀴 갈아 끼우기(Radwechsel)

'부코 비가'(Bukower Elegie) 연작시 중 하나로 1953년에 쓴 시. 시의 화자는 도로변 둔덕에 앉아서 운전사가 펑크 난 바퀴를 갈아 끼우는 것을 보면서 초조해한다. 왜 초조해하는 것일까? 이 물음에 대해 시는 직접적인 답을 주지 않는다. 하지만 3~4행에서 화자가 처한 맥락을 짐작해볼 수 있다. 떠나온 곳이 내키지 않고, 앞으로 나아갈 곳도 내키지 않는 상황은 브레히트의 망명 시절을 떠올리게 한다. 히틀러가 집권한 후 브레히트는 덴마크, 핀란드, 노르웨이를 거쳐 미국으로 망명했다. 히틀러가 장악한 독일이 내키지 않는 것은 당연하고, 유랑민처럼 떠돌아야 하는 처지이니 정처 없는 망명지가 달가운 목적지가 될 수도 없다. 이렇게 보면 바퀴를 갈아 끼우는 것을 보면서 초조해하는 것은 정상적인 궤도에서 이탈하여 파국으로 치닫는 역사적 재난이 과연 언제 끝날지 막막한 심정을 표현한 것이라 할 수 있다.

그렇지만 지나간 망명 시절을 회고하는 시로만 보기에는 아쉬운 여운이 남는다. 시제도 과거형의 회상이 아니고, 지금 진행 중인 상황을 전달하는 느낌을 강하게 주는 현재형이다. 그렇게 보면 바퀴를 갈아 끼우는 것은 나치 시대와 전쟁을 뒤로 하고 바야흐로 동독이 사회주의 건설기로 접어든 현재 상황을 가리킨다고 볼 수 있다. 흔히 말하듯 역사의 수레바퀴를 갈아 끼우는 전환기를 맞은 것이다. 그렇게 보면 떠나온 곳이 내키지 않는다는 말은 나치 시대와 전쟁 시기를 가리키는 것으로 금방 이해된다. 그런데 가야 할 곳도 내키지 않는다는 말은 이런 현재적 맥락에는 들어맞지 않는 것처럼 보인다. 브레히트 자신이 전쟁이 끝난 후 동독을 조국으로 택한 사회주의자였고, 문화혁명의 주역 중 일원으로서 동독 사회주의 건설에 적극 참여했기 때문이다. 여기서 시의 문맥 자체를 다시 음미해보면, 운전사는 바퀴를 갈아 끼우는데 "나"는 도로변에 앉아서 수리 과정을 그냥 보고만 있다는 사실이 눈에 띈다. 예컨대 운전사가 바퀴를 갈아 끼우는 것을 거들지도 않고, 가까이서 유심히 지켜보지도 않고, 멀찌감치 도로변 언덕에 앉아서 구경하고 있는 형국이다. '본다'는 동사를

'바라보다'(zusehen)라고 쓰지 않고 그냥 '보다'(sehen)라고 쓴 것도 모종의 방관자적 태도를 암시한다. 이렇게 이해하면 "나"가 초조해하는 것은 역사의 수레바퀴를 갈아 끼우는 거대한 역사적 실험에서 과연 자신의 역할이 무엇인지 되묻는 것이라 할 수 있다. 또한 일정한 거리를 두고 있는 상황은 과연 바퀴를 제대로 갈아 끼우고 있는지도 확신이 서지 않는다는 뜻으로 이해할 수도 있겠다. 가야 할 곳이 내키지 않는다는 말은 과연 제대로 가고 있는지 마음이 놓이지 않는 의구심 내지 불안감을 드러내는 것이라 할 수 있다.

나아가서, 이런 역사적 격동기를 살아온 시인이 자신의 인생행로를 돌아보는 시로 이해할 수도 있다. 그런 맥락에서 3~4행에서 "나"의 인생은 과연 — 괴테의 시 「변화 속의 지속」에서 말하듯이 — "시작과 끝이/하나로 합쳐"져서 아름다운 대미를 장식할 수 있을까? "나"는 초심을 잃지 않고 항심(恒心)을 지켜왔을까? 그리하여 언제 죽더라도 기꺼이 순명(殉名)할 수 있을까? 이렇게 자신에게 묻고 있는 것으로 보인다. 이런 물음 끝에 초조해하는 것은 아직 선뜻 그렇다고 자신할 수 없기 때문이다. 50대 중반에 접어들었지만 아직 지천명(知天命)에 이르지 못했다는 자의식이 꿈틀대는 것이다. 4행까지 각 행의 끝에 마침표를 찍어서 시행이 순조롭게 연결되지 않고, 마지막에 시의 화자도 답하지 못할 의문을 던지는 형식도 그런 자의식에 상응한다.

아, 어린 장미를 어떻게 기록해야 할까?
(Ach, wie sollen wir die kleine Rose buchen?)

1954년 6월 초순에 여배우 이조트 킬리안(Isot Kilian)과 함께 산책을 하다가 우연히 장미가 갓 피어난 것을 보고 이 시를 썼다고 한다. 아름다운 장미가 피어난 것은 누가 계획하고 목표를 세워서가 아니라 우리 인간의 예측과 계산을 벗어나 독화자생(獨化自生)하는 자연의 이치에 따른 것이다. 아름다움은 이해관계나 목적을 초월해서 그 자체로 기쁨과 감동을 선사한다. 브레히트의 시적 여정에서 보면 이것은 모종의 전환을 시사한다. 앞에서 「서정시를 쓰기 힘든 시대」에서 보았듯이, 망명 시절에 이르기까지 그의 시가 날카로운 현실비판을 대의로 앞세웠다면 여기서는 "꽃피는 사과나무에 대한 감격"이 '어린 장미에 대한 감격'으로 되살아나고 있다. 이전의 시가 주로 어두운 시대를 "기록"했다면 갑자기 피어난 "어린 장미"는 그런 "기록"을 불허한다. 그런 점에서 이 시는 목적의식적인 정치시에서 벗어나 서정을 회복하는 새로운 감각을 보여준다. 그러나 이러한 서정의 회복은 전통적 서정으로의 회귀가 아니라 시대와의 긴장 속에서 새로운 의미지평을 확보한다. 알다시피 브레히트는 2차대전 종전 후 사회주의 동독을 조국으로 선택했고, 그는 문학의 영역에서 사회주의 건설에 동참했다. 그의 문학이 추구한 목적의식은 인간해방의 대의 하에 사회주의 건설을 지향하는 것이었다. 그러나 1953년 6월, 민주화를 요구하며 시위에 나선 노동자와 시민들을 동독 정권이 유혈 진압한 사태에 직면하여 브레히트는 그의 조국 동독의 현실사회주의 체제에 깊은 회의를 품었다. 이런 시대적 맥락에서 보면 이 시에서 피어난 "어린 장미"는 사회주의 건설의 '목표'를 향해 전진하고 있다고 믿는 동독체제의 어두운 현실과 선명히 대비된다. 동독체제를 이끄는 베테랑 사회주의자들이 거창한 이념과 목표에 사로잡혀 역사의 길을 헛디디고 있다면, 진정한 인간해방은 인간의 편협한 의지를 벗어나 자연의 섭리 같은 순리에 따라서만 가능한 것일지도 모른다.

제6부

귄터 아이히
(Günter Eich, 1907~72)

독일 동부의 시골 마을에서 태어나 열한살에 부모를 따라 베를린으로 이주했다. 대학에서 경제학과 중국학을 공부했고, 20대 초반부터 시를 발표했으나 초기에는 주로 방송극 작가로 활동했다. 2차대전에 징집되었다가 전쟁 말기에 미군 포로가 되었다. 종전 직후부터 다시 시를 발표하기 시작하여 전후 폐허문학을 대표하는 시인으로 꼽힌다. 대표작으로 시집 『비가 전하는 소식』(*Botschaften des Regens*, 1955), 방송극 『꿈들』(*Träume*, 1951) 등이 있다. 그의 방송극은 전후 방송극의 예술성을 개척한 것으로 평가되며, 그의 시는 간결하고 함축적인 언어로 전후 사회의 문제를 예리하게 해부한다.

재고 조사

이것은 나의 모자,
이것은 나의 외투,
아마포 주머니에 들어 있는
여기 이것은 면도기.

통조림 깡통은
나의 접시, 나의 잔,
나는 하얀 양철에
이름을 새겼다.

새겼다, 여기 이
귀한 못으로,
나는 그 못을 감춘다,
탐욕스러운 눈들을 피해.

빵주머니 속에는
털양말 한켤레와
누구에게도 발설하지 않은
몇가지가 있다,

그것은 밤이면
내 머리의 베개가 된다.

여기 이 마분지는
나와 땅 사이에 깔려 있다.

이 연필심을
나는 가장 좋아한다:
그것은 밤에 생각해낸
시구를 내게 써준다.

이것은 나의 수첩,
이것은 나의 천막 시트,
이것은 나의 손수건,
이것은 나의 실패.

재고 조사(Inventur)

2차대전 종전 후의 독일 전후문학을 흔히 '벌채문학' 또는 '영점(零點)의 문학'이라 일컫는다. 전쟁으로 모든 것이 파괴된 폐허를 숲을 모조리 베어낸 '벌채'에 견주고, 그 어떤 긍정적 가치도 남지 않은 제로상태를 '영점'에 빗댄 것이다. 이러한 '벌채'상태는 시의 본질인 서정성 자체의 붕괴로 나타나고, 서정성에 대한 근본적인 회의와 불신을 수반한다. 숲의 파괴는 곧 서정성의 파괴와 같은 말이다. 귄터 아이히의 「재고 조사」는 그러한 벌채상태를 극명히 보여주는 표본으로 꼽힌다.
1945~46년 무렵에 쓴 이 시는 귄터 아이히가 2차대전에 종군했다가 전쟁 말기인 1945년에 미군 포로가 되었던 당시의 상황을 서술한다. 이 시를 읽으면 무엇보다 먼저 이것도 시인가 하는 의문이 들 것이다. '재고 조사'라는 제목 아래 나열하는 '물품들'은 이전의 어떤 시에서도 이런 방식으로는 쓰인 적이 없는 허접한 소품들이다. 시적 울림을 유발하는 최소한의 이미지나 비유, 어떤 배려도 없다. 오히려 시의 흔적을 지우기 위해 일체의 서정성을 남김없이 제거한 시, 굳이 말하자면 반시(反詩)라 할 만하다. 그렇다고 아무렇게나 휘갈긴 것은 아니다. 서정의 흔적을 지우기 위해서는 나름의 계산이 필요하다.
1연은 "모자"와 "외투"와 "면도기"를 맥락 없이 나열만 함으로써 그 어떤 의미 부여도 거부한다. '이것은 시가 아니다'라는 선언이라 해도 무방하다.
2연은 통조림 깡통의 '쓰임새'를 말한다. 1연에 비하면 상당한 의미 부여라 할 수 있다. 더구나 깡통에 '이름을 새기는' 행위는 독자에게 해석의 욕구를 자극한다. 사실적 정황으로 보면, 빈 통조림 깡통은 "접시"와 "잔"으로도 쓰이는 귀한 물품이니 빼앗기지 않으려고 이름을 새기는 것이다. 3연까지 연결되는 서술도 그 점을 말한다. 그렇지만 사물에 이름을 부여한다는 것은 호모 사피

엔스의 본질과 연결되는 상징적 행위이다. 인간이 처음 언어를 발명했을 때, 사물에 이름을 부여하는 것은 낯설고 위협적인 세계를 이해하고 파악해서 삶의 터전으로 일구기 위한 방편이었다. 여기서도 그런 흔적이 남아 있다. 당연히 소유권 개념이 없는 무법천지의 포로수용소에서 깡통에 이름이라도 새겨야 최소한의 소유권 주장이 가능한 것이다. 그런데 구텐베르크 은하계를 — 다시 말해 종이와 문자와 책의 역사를 — 거쳐온 시점에서 보면 '종이'가 아닌 '깡통'에 '이름을 새기는' 행위는 이전까지 종이로 기록된 모든 문화를 무위로 돌리고 이젠 종이마저 남아나지 않은 폐허의 원점에서 글쓰기를 새로 시작해야 한다는 다짐으로 읽힐 여지가 있다. 고답적인 '글쓰기' 행위를 버리고 '깡통에 새기는' 것부터 새로 시작해야 한다는 것이다.

그래서 2연의 끝에 들어간 '새긴다'라는 말을 3연의 첫머리에서 다시 반복한다. '새긴다'라는 말의 의미를 한번 더 생각해보라는 뜻이다. 여기서 '한번 더' 생각하는 추상적 사변은 '새긴다'라는 표현의 구체적 물질성의 강도에 비례한다. 그런 관점에서 깡통의 '쓰임새', 즉 용도가 변경되었고 그래서 '탐욕스러운 눈들'이 호시탐탐 노리고 있다는 점을 유념할 필요가 있다. "탐욕스러운 눈들"이 노리는 "귀한 못"은 이 깡통에 전혀 다른 이름을 새겨넣을 수도 있는 것이다. 포로수용소의 살벌한 상황에서 "못"은 공격 수단이기 때문에 더더욱 그러하다. 이런 사실적 정황은 나치 치하에서 일정한 '쓰임새'를 가진 모든 언어가 선전 선동의 도구로 악용되었던 상황을 어쩔 수 없이 상기시킨다. 그렇다면 모든 '종이'를 불태우고 '빈 깡통'만 남게 된 것은 결국 나치의 만행이었다는 것이 자연스레 이해된다.

4연에서는 다시 의미의 진화가 일어난다. 빵주머니 안에는 전시 상황에서는 정말 귀한 털양말이 들어 있을 뿐 아니라, 화자가 누구에게도 발설하지 않은 그 무엇이 들어 있기 때문이다. 그러니까 '재고 조사'에 노출되지 않는 '비밀'이 감춰져 있다. 그 비밀이 무엇인지는 아직 분명치 않다.

4연은 5연의 처음 2행과 연결되는데, 밤이면 그 무엇이 "내 머리의 베개"로 쓰인다. 실제로는 빵주머니를 베개로 사용한다는 말이지만 빵주머니 안에 다른

'비밀'이 들어 있으므로 그 비밀도 베개인 셈이다. 그냥 "베개"라고만 써도 뜻이 분명한데 굳이 "내 머리의"라고 덧붙인 것은 그 비밀이 내 머릿속에서 일어나는 상상이나 생각과 관련되는 것임을 강조하는 표현이다. 그다음에 나오는 "마분지"는 머릿속의 생각을 종이에 적고 싶은 욕구와 관련될 것이다. 그렇지만 필기 종이보다 절박한 것은 땅에서 올라오는 습기와 냉기를 차단하는 일이다. 그래서 마분지는 "나와 땅 사이"를 차단하는 용도로 쓰인다. 여기서 "땅"(Erde)은 이 시 전체에서 유일하게 원래 시어로서 유구한 전통을 지닌 어휘다. 만물의 근원이요 삶의 터전인 '대지'인 것이다. 그렇지만 포로수용소의 극한 상황에서는 생명을 갉아먹는 습한 냉기를 발산하는 위협 요인일 뿐이다. 뿐만 아니라 나치 시대에는 아리안족의 혈통적 우수성을 선전하는 향토 이데올로기로 — '피와 토양'(Blut und Boden)이라는 슬로건으로 — 오염되었다. 마분지로 "나와 땅 사이"를 차단하는 것은 그렇게 오염된 언어에 저항하는 자구책이다.

6연에는 드디어 "연필심"이 나온다. 깡통에 이름을 새기는 "못"이 아니라 종이에 글씨를 쓸 수 있는 "연필심"이니 내가 가장 좋아하는 것은 당연하다. 그 연필심은 단순히 필기도구가 아니라 종이와 책이 모두 불탄 폐허 속에서 새로 글쓰기를 시작하는 신호탄이다. 그래서 내가 연필심으로 쓰는 것이 아니라 연필심이 나에게 "시구"를 써준다. 너무나 벅찬 감격의 선물을 받는 것이다. 밤에 생각해낸 것을 낮에 쓰는 행위, 어둠에서 빛으로의 이행도 창조적 사건을 암시한다. 그렇지만 포로수용소에 갇힌 화자에게 이 "시구"는 아직 너무 과분해 보인다. 그래서 마지막 연에서는 다시 차분하게 '재고 조사'로 돌아간다. 여기서 언급되는 "수첩" 내지 메모장은 바로 이 시를 가리킨다. 그리고 처음으로 수첩(Notizbuch)과 손수건(Handtuch)의 각운이 맞아떨어지면서 비로소 시가 되기 위한 최소한의 요건을 갖추고 있다.

이 '시가 아닌 시'를 굳이 시로 분류하자면 각 연이 4행으로 이루어진 것도 우연은 아니다. 짧은 4행의 시연은 원래 독일 민요에서 가장 즐겨 사용해온 형식이다. 민요는 대개 작자 미상으로 구전으로 전승된다. 문자를 모르는 남녀노소 누구나 애창할 수 있는 것이 바로 민요다. 그래서 민요는 시가 대중성을 얻는 데 중요한 역할을 했다. 특히 독일 낭만주의에서 그러했듯이, 민요가 구전에서 문자로 전환되는 과정은 근대 시 형성과 쇄신의 중요한 활력소 중 하나였다. 다른 한편 "이것은 나의 모자/이것은 나의 외투"라고 반복하는 어법은 어린아이가 언어와 사물을 처음 배우고 익히는 학습 과정을 떠올리게 한다. 이 시를 쓰고 나서 10년이 지난 후에도 귄터 아이히는 "나는 아직 어린아이의 언어로 쓴다"라고 토로한 바 있다. 전후의 폐허에서 이전 시대의 모든 오염된 언어를 청산하고 언어가 원점에서 다시 사물과의 관계를 회복하며 시가 되는 과정은 그토록 지난했다. 물론 이런 유형의 시가 똑같은 형태로 다시 반복될 수는 없다. 그렇지만 귄터 아이히 이후의 시인들은, 적어도 현실을 직시하려는 시인들은, 과연 나의 언어가 현실에 대한 엄정한 '재고 조사'를 거친 것인지 부단히 되묻지 않을 수 없게 된다. 이 질문을 통과하지 못한 서정은 가짜일 공산이 크다.

마리 루이제 카슈니츠
(Marie Luise Kaschnitz, 1901~74)

독일 남부 프라이부르크 근교에서 태어나 베를린에서 자랐다. 서점원으로 일하다가 20대 후반부터 창작활동을 시작했고, 첫 장편소설 『사랑이 시작되다』(*Liebe beginnt*, 1933)를 발표한 이후 시와 소설, 방송극 작가로 활동했다. 1954년 게오르크 뷔히너 문학상을 수상했다. 카슈니츠의 시와 소설은 주로 특정한 장소에 대한 세밀한 관찰과 밀도 있는 묘사를 통해 삶의 깊이를 천착하는 방식을 취한다. 카슈니츠는 자신의 창작방식을 이렇게 표현했다. "나는 보고 듣는다. 눈을 번쩍 뜨고 귀를 쫑긋 세우고, 내가 보고 듣는 것을 해석하려고 애쓰며, 내가 보고 듣는 것을 커다란 종(鐘)에다 내건다." 대표작으로 시집 『죽음의 무도』(*Totentanz und Gedichte zur Zeit*, 1947), 『미래의 음악』(*Zukunftsmusik*, 1950), 『당신의 침묵—나의 목소리』(*Dein Schweigen – Meine Stimme*, 1962), 장편소설 『유년의 집』(*Das Haus der Kindheit*, 1956), 단편집 『뚱뚱한 아이』(*Das dicke Kind*, 1952), 『긴 그림자』(*Lange Schatten*, 1960) 등이 있다.

히로시마

히로시마에 죽음을 투하한 자는
수도원에 들어가 거기서 종을 친다.
히로시마에 죽음을 투하한 자는
올가미에 목을 매고 의자에서 뛰어내려 죽었다.
히로시마에 죽음을 투하한 자는
광기에 사로잡혀 귀신들에 저항했다
밤마다 그를 찾아오는 수십만명
먼지에서 부활한 자들, 그를 위해.

그 무엇도 진실이 아니다.
바로 얼마 전에 나는 그를 보았다
교외에 있는 그의 집 정원에서.
생나무 울타리는 아직 파릇하고 장미 덩굴은 우아했다.
그것은 그리 빨리 자라지 않는다, 망각의 숲속에
자신을 숨길 수 있을 만큼은. 보기에 좋았다
교외의 벌거벗은 전원주택. 꽃무늬 옷을 입고
그 옆에 서 있는 젊은 부인
엄마의 손을 잡은 어린 소녀
그의 등에 업힌 사내아이는
그의 머리 위로 채찍을 휘두른다.
그를 잘 알아볼 수 있었다
잔디밭에 네 발을 짚고 있었다, 얼굴은

웃느라 일그러졌다, 울타리 뒤에
사진사가 있었기 때문에, 세계의 눈이.

히로시마(Hiroshima)

카슈니츠가 1951년 월간 『현대』(*Die Gegenwart*)에 발표한 시. 1연에서 언급되는 이야기는 히로시마 원자폭탄 투하에 참여한 미군 조종사 클로드 이덜리(Claude Eatherly)에 관한 '전설'이다. 정확히 말하면 이덜리는 원폭을 투하한 조종사가 아니라 원폭 투하 한시간 전에 히로시마 상공을 정찰했던 비행기의 조종사다. 전쟁이 끝난 후 이덜리는 자신의 잘못으로 수십만의 민간인들이 희생된 것에 죄책감을 느끼며 알코올중독에 빠져 소소한 범죄를 저지르고 자살 시도를 하고 죽은 원혼들에 쫓기는 피해망상에 사로잡혀 한동안 병원에서 치료를 받기도 했다. 그러는 과정에서 그는 원폭 희생자의 비극에 괴로워하며 시달리는 살아 있는 양심의 대명사로 떠올라 반전 평화운동가들의 주목을 받았다. 단적인 예로 오스트리아 출신의 철학자이자 반전 평화운동가로 유명한 귄터 안더스(Günther Anders)[1]는 이덜리가 병원에 있을 때부터 오랫동안 편지를 주고받는 사이가 되었는데, 나중에 그의 서한집이 『양심의 한계를 넘어서』(*Off limits für das Gewissen*, 1961)라는 제목으로 출간되었다. 그러나 카슈니츠가 이 시를 쓰던 무렵만 해도 이덜리가 아직 그 정도로 유명하지는 않았고, 언론이 이제 막 그에게 주목하기 시작하던 참이었다. 따라서 아직은 이덜리의 진정성에 대한 믿음이 지배적이었고 그의 태도가 신선한 충격을 주던 때였다. 그러나 시간이 흐를수록 이덜리 '전설'이 만들어지면서 사태의 본질은 그의 병적인 명예욕과 그를 스타로 띄우려는 언론의 합작품이라는 사실이 밝혀졌다.

1 1902~1992. 젊은 시절 철학자 한나 아렌트(Hannah Arendt)와 결혼한 사이였고, 2차대전 종전 후 국제 평화운동을 주도한 인물로 꼽힌다.

그런데 이 시에서 카슈니츠는 한참 후 이덜리 전설이 절정에 이른 양상을 예견한다. 이덜리의 자살 시도는 이미 목을 매달아 죽었다는 허구로 변형되어 있다. 그런데 목을 매달고 "의자에서 뛰어내려 죽었다"라는 단정적 서술은 허구임에도 사실보다 더 사실적이다. 양심의 가책에 못 이겨 스스로 목숨을 끊었으니 순교자나 다름없다. 밤마다 수십만 희생자들의 원혼이 그를 찾아와 괴롭히니 그의 괴로움이 오죽했을까. 얼핏 읽으면 시의 진술은 이런 순진한 믿음을 유도한다. 그러나 수십만의 무고한 민간인 희생자들은 원폭 투하 가담자의 숭고한 양심을 증언하기 위한 들러리에 불과하다. "먼지에서 부활한 자들"이 "그를 위해" 밤마다 찾아오는 것이다.

그런데 1연의 서술 내용 중에는 다른 조종사의 이야기도 섞여 있다. 원자폭탄을 투하한 비행기의 조종사 로버트 루이스(Robert Lewis)는 전쟁 후 참회하는 뜻으로 수도원에 들어가 수도사가 되었다는 소문이 돌았다. 그러나 그것은 언론이 만들어낸 가짜 뉴스였고, 실제로 루이스는 제과공장 사장에 임명되었다. 그는 비행기를 몰고 가서 히로시마 상공에서 사탕을 선물로 뿌릴까 하는 공상에 한동안 빠져 있었다고 한다. 수십만의 희생자에 대한 위로와 보상을 사탕 발림으로 때우려 했던 것일까? 1연에서 두 인물의 전설이 모자이크된 것은 이런 식으로 얼마든지 언론에 의해 전설의 '편집'이 가능하다는 것을 꼬집는다. "히로시마에 죽음을 투하한 자는"이라는 구절이 세번 반복되는 것은 다른 참전자들의 전설이 얼마든지 더 꼬리를 물고 반복될 수 있음을 시사한다.

2연은 "그 무엇도 진실이 아니다"라고 1연의 진술을 단호히 부정하는 것으로 시작한다. 따라서 이하의 서술은 있는 그대로의 사실을 묘사한 것으로 이해된다. 시의 화자는 "바로 얼마 전에 나는 그를 보았다"라고 마치 목격담처럼 진술하므로 이하의 서술은 1연에서 인용한 전설과는 상반되는 현실의 실상일 거라는 기대를 갖게 한다. 교외의 아담한 전원주택과 단란한 가정의 목가적 분위기와 평화. 이것은 1연의 '전설'에 의해 은폐된 진실을 망각할 때만 가능하다. 그러나 전쟁의 흔적을 지우려는 생나무 울타리는 아직 어리고, 망각의 숲에 자신을 숨길 수 있을 만큼 빨리 자라지도 않는다. 그래서 애써 과거의 기억을 감추려는 웃음은 일그러져 있다. 그 일그러진 표정을 화사한 웃음으로 포장하는 것이 카메라의 기술이다. 그러므로 울타리 뒤에서 이 단란한 가정의 평화와 행복을 찍고 있는 카메라는 여전히 1연에서와 같이 '전설'을 편집하는 동일한 기능을 수행하고 있다. 이 "벌거벗은" 전원주택은 "세계의 눈"을 위해 전시된 공간이다. 시의 화자 역시 그 카메라의 눈을 통해 이 광경을 지켜보고 있다. "바로 얼마 전에 나는 그를 보았다"라는 목격담조차도 카메라의 렌즈에 걸러진 현실을 본 것이다. 이렇듯 카메라 내지 대중매체는 사실과 허구의 경계마저도 지우면서 '전설'을 창조한다.

넬리 작스

(Nelly Sachs, 1891~1970)

베를린의 유복한 유대인 가정에서 태어났다. 10대 중반 문학소녀 시절부터 스웨덴의 여성 작가이자 1909년 노벨 문학상 수상자인 셀마 라겔뢰프(Selma Lagerlöf)와 편지를 주고받으며 가까운 사이가 되었다. 20대부터 시를 쓰기 시작해 1921년 슈테판 츠바이크(Stefan Zweig)의 추천으로 첫 시집 『전설과 이야기들』(*Legenden und Erzählungen*)을 냈다. 30대에 사귀던 남성이 있었으나 그는 나치 집권 후 비밀경찰에 체포되어 옥사했고, 넬리 작스 또한 이 남성 때문에 여러차례 심문을 당했다. 작스는 끝까지 그 남성의 신원을 밝히지 않은 채 나중에 시에서 "신랑"이라 부른다. 1939년 유대인 박해를 피해 어머니와 함께 스웨덴으로 탈출했고, 2차대전 후에도 독일로 귀국하지 않고 스웨덴에서 여생을 보냈다. 종전 후 나온 시집 『죽음의 거처』(*In den Wohnungen des Todes*, 1947)에서는 시집 제목이 암시하듯 유대인 학살의 참상을 직접 다룬 시가 대부분을 차지한다. 1966년 노벨 문학상을 수상했다. 대표 시집으로 『빛을 잃은 별』(*Sternverdunkelung*, 1949), 『그리고 그 이상 아무도 모른다』(*Und Niemand weiss weiter*, 1957), 『도피와 변신』(*Flucht und Verwandlung*, 1959), 『먼지 없는 세상으로의 여행』(*Fahrt ins Staublose*, 1961) 등이 있다.

지상의 민족들이여

지상의 민족들이여,
당신들, 알 수 없는 별의 힘으로
실패처럼 자신을 감싸고 있고,
바느질하고, 바느질한 것을 다시 뜯어내며,
마치 벌집을 짓듯이
언어의 혼란 속으로 상승한다,
달콤한 꿀 속에서 서로 쏘고
쏘이기 위하여 —

지상의 민족들이여,
말의 우주를 파괴하지 마라
증오의 칼로 베지 마라
숨과 동시에 태어난 소리를.

지상의 민족들이여,
오, 생명을 말하면서 죽음을 의도하지 말기를 —
요람을 말하면서 피를 의도하지 말기를 —

지상의 민족들이여,
말이 그 원천에 머물게 하라,
말은 지평선이
참된 하늘에 닿게 하고,

그 보이지 않는 이면에
밤이 가면처럼 입을 벌리고,
별들이 태어나는 것을 도와준다 —

지상의 민족들이여(Völker der Erde)

두번째 시집 『빛을 잃은 별』에 수록된 작품이다. 이 시는 시인의 동족이 겪은 비극이 다시는 일어나지 않도록 "지상의 민족들"에게 호소하고 있다. 가해자와 피해자를 나누기보다는 지상의 모든 민족들에게 호소한다. 유대인들이 겪은 고난을 보편 인간적인 운명의 관점에서 일반화하고 있다. 1연에서 "알 수 없는 별의 힘으로/실패처럼 자신을 감싸고" 있는 것은 인간의 운명을 가리킨다. 흔히 '운명의 실타래'라고 하듯이 인간의 운명은 오랜 업(業)이 쌓인 결과이다. 운명은 인간 스스로 어떻게 할 수 없기 때문에 "알 수 없는 별의 힘"으로 일컬어진다. 그렇지만 운명이 지상의 한계를 초월한 "별의 힘"만 작용한 결과는 아니다. '별의 힘으로 자신을 감싸는' 주체는 "당신들", 즉 인간들 자신이다. 그래서 1연 4행 이하는 인간의 업보를 말한다. "바느질하고, 바느질한 것을 다시 뜯어내"는 것은 인간이 자신의 운명을 엮고 풀고 하는 시행착오의 반복을 암시한다. 그 과정에서 사람들과 연을 맺고 풀고 하는 세상살이 전반을 떠올릴 수도 있겠다. 그러다가 "언어의 혼란 속으로 상승"하는 것은 바벨탑을 연상케 한다. 인간의 존엄을 과시하기 위해 하늘까지 닿을 탑을 쌓으려 하지만 서로 알아들을 수 없는 언어로 작업하기 때문에 소통이 단절되고 결국 사상누각을 쌓는 꼴이 된다. 이로써 언어는 공동의 유대를 담보하는 수단이 아니라 불신과 증오의 화근이 된다. 그리하여 "서로 쏘고/쏘이"는 공멸의 결과가 초래된다. 인간의 이러한 업보는 "벌집"과 "달콤한 꿀"의 유혹에 굴복하듯 본능적인 충동의 필연적 결과처럼 보인다.

2연은 언어의 혼란을 바로잡을 정언명령을 격언시 같은 어조로 호소한다. "말의 우주"는 인류의 공동체적 삶을 영위하기 위한 궁극의 터전이다. 여기서 "말"은 요한복음 서장에서 "태초에 말씀이 있었다"라고 할 때의 바로 그 말이다. 천지 만물을 탄생시키고 살아 움직이게 하는 근본적인 이치, 섭리이다. 따라서 "말"은 모든 생명의 근원이므로 "숨과 동시에 태어난 소리"이다. 인간이 그 어떤 의미도 부여하기 이전에 탄생의 사건으로 존재한다. "숨과 동시에 태어난 소리"는 막 탯줄을 끊고 울음을 터뜨리는 아기의 탄생을 떠올리게 한다. 신성하고 존엄한 생명의 탄생이다. 또한 "숨"의 독일어 Atem(아템)은 고대 인도의 브라만교에서 참된 자아를 뜻하는 Atman(아트만)에서 파생한 말이다. 각각의 개체인 아트만(我)은 대우주(梵)를 향해 열려 있고 끊임없이 교류한다는 범아일여(梵我一如)의 사상과 연결된다. 지상의 만물이 그렇게 서로 연결되어 있고, 지상의 민족들도 마찬가지다.

2연이 말의 근원을 말한다면 3연은 말의 잘못된 쓰임새를 경고한다. 4연은 다시 말의 근원을 강조한다. '말의 원천'은 모든 생명을 살리는 근원, 파괴와 죽임의 도구가 아니라 사랑과 치유의 생명수다. 그렇게 말이 원천에 머물 때 인간의 제한된 시야("지평선")는 "참된 하늘"에 닿을 수 있다. 1연에서 지상의 운명과 "별의 힘"이 분리된 것이 아니듯이, 여기서도 근원을 간직한 말의 힘으로 "지평선"과 "참된 하늘"은 연결된다. "지평선"은 인간적 시야의 한계인 동시에 끊임없이 그 한계를 넘어서는 탈경계의 영역이다.

마지막 3행은 지평선 너머로 어두운 밤하늘에 별이 하나둘 떠오르는 장면을 떠올리게 한다. 지평선에서 인간의 시야는 끊어지는 것 같지만 그 너머의 무한한 어둠속에서 다시 별이 밤하늘을 밝히고 지상의 어둠을 비추는 것이다. 그렇게 해서 지평선이 "참된 하늘"에 닿는다. 그것은 "말이 그 원천에 머물게" 할 때만 가능한 일이다. 여기서 말의 "보이지 않는 이면"은 인간이 아무리 말의 원천에 충실하려 해도 말의 참뜻을 다 헤아릴 수 없는 인간적 한계를 가리킨다. "태초에 말씀이 있었다"라고 할 때의 "말씀"을 인간이 어떻게 온전히 깨우칠 수 있겠는가. 말의 "보이지 않는 이면"이라고 번역한 구절에서 "보이지 않는"(abgewandt)을 독일어 원문에 충실하게 옮기면 말이 인간에게 '등을 돌리는'의 뜻이다. 아무리 진실한 믿음으로 말씀에 충실하게 살아가려 해도 말씀이 인간의 고통을 외면한다는 말이다. 그렇게 이해하면 "밤이 가면처럼 입을 벌리"는 상황도 암흑의 고난을 암시한다. 그렇지만 캄캄한 어둠속에서도 말의 원천에 충실하려는 항심을 잃지 않을 때 비로소 "별들이 태어나는" 희망의 빛이 보이기 시작한다.

넬리 작스가 이 시를 발표했던 무렵 아도르노는 "아우슈비츠 이후 서정시를 쓰는 것은 야만적이다"라고 선언했다. 이 말은 물론 서정시 자체를 금지하는 말은 아니다. 차마 인간의 언어로는 형용할 수 없는 아우슈비츠의 참상을 겪고 나서 대체 어떻게 '아름다운' 서정시를 쓸 수 있겠는가, 냉정히 현실을 직시하자는 뜻이다. 그런 시대 분위기에서 넬리 작스의 시는 시대를 앞서간 면이 있다. 아직 나치 과거 청산이 제대로 시작되기도 전에 "지상의 민족들"이 평화롭게 공존하기 위한 조건을 말하고 있기 때문이다. 그러나 진정한 과거사 극복을 이루기 위해서도 공존의 조건이 무엇인가를 치열하게 성찰하는 일을 마냥 뒤로 미룰 수만은 없다. 남들이 주저하는 발언을 먼저 운을 떼는 데도 용기와 결단이 필요하다.

파울 첼란

(Paul Celan, 1920~70)

루마니아 체르노비츠의 유대인 가정에서 태어났다. 고등학교 졸업 후 프랑스에서 의학을 공부하다가 2차대전 발발 후 학업을 중단했다. 아버지와 어머니가 유대인 강제수용소에서 죽었고, 첼란 자신은 한동안 숨어 지내다 나중에는 도로공사를 하는 강제노동에 동원되었다가 구사일생으로 살아남았다. 2차대전 종전 후 2년 남짓 부쿠레슈티에서 지내면서 번역 일과 시 창작을 병행했고, 1947~48년 잠시 빈에 체류하는 동안 첫 시집 『유골 단지에서 나온 모래』(*Der Sand aus den Urnen*, 1948)를 출간했다. 그후 다시 파리로 가서 정착한 후 1959년부터 파리 고등사범학교의 독일어 강사를 지냈다. 1970년 센강에 투신하여 생을 마감했다. 시집으로 『양귀비와 기억』(*Mohn und Gedächtnis*, 1952), 『문지방에서 문지방으로』(*Von Schwelle zu Schwelle*, 1955), 『언어 격자』(*Sprachgitter*, 1959), 『아무도 아닌 자의 장미』(*Die Niemandsrose*, 1963), 『숨 돌리기』(*Atemwende*, 1967) 등이 있다. 첼란은 프랑스 초현실주의의 영향을 받으면서 시 창작을 시작했고, 강제수용소에서 죽은 어머니에 대한 깊은 죄의식과 유대인 학살의 트라우마가 시의 주조를 이룬다.

죽음의 푸가

새벽의 검은 우유 우리는 마신다 저녁에
우리는 그것을 마신다 점심에 그리고 아침에 우리는 그것을 마신다 밤에
우리는 마시고 또 마신다
우리는 허공에 묘지를 판다 거기서는 비좁지 않게 눕는다
한 남자가 집 안에 산다 그는 뱀들과 논다 그는 쓴다
그는 쓴다 어두워지면 독일로 너의 금빛 머리카락 마르가레테
그는 그것을 쓴다 그리고 집 앞으로 나온다 별이 반짝인다 그는 휘파람으로 그의 사냥개들을 부른다
그는 휘파람으로 그의 유대인들을 부르고 땅에 무덤을 파게 한다
그는 우리에게 명령한다 이제 춤곡을 연주하라

새벽의 검은 우유 우리는 너를 마신다 밤에
우리는 너를 마신다 점심에 아침에 우리는 너를 마신다 저녁에
우리는 마시고 또 마신다
한 남자가 집 안에 산다 그는 뱀들과 논다 그는 쓴다
그는 쓴다 어두워지면 독일로 너의 금빛 머리카락 마르가레테
너의 재가 된 머리카락 술라미트 우리는 허공에 무덤을 판다 거기서는 비좁지 않게 눕는다

그가 외친다 너희 한 무리는 땅을 더 깊이 파라 다른 무리는 노래하고 연주하라

그는 허리춤에서 권총을 잡고 휘두른다 그의 눈은 파랗다
한쪽은 삽을 더 깊이 파라 다른 쪽은 계속 춤곡을 연주하라

새벽의 검은 우유 우리는 너를 마신다 밤에
우리는 너를 마신다 점심에 아침에 우리는 너를 마신다 저녁에
우리는 마시고 또 마신다
한 남자가 집에 살고 있다 너의 금빛 머리카락 마르가레테
너의 재가 된 머리카락 술라미트 그는 뱀들과 논다

그가 외친다 죽음을 더 달콤하게 연주하라 죽음은 독일에서 온 달인
그가 외친다 바이올린을 더 어둡게 연주하라 그러면 너희는 연기로 허공으로 올라간다
그러면 너희는 구름 속에 무덤을 갖고 거기서는 비좁지 않게 눕는다

새벽의 검은 우유 우리는 너를 마신다 밤에
우리는 너를 마신다 점심에 죽음은 독일에서 온 달인
우리는 너를 마신다 아침 저녁으로 우리는 마시고 또 마신다

죽음은 독일에서 온 달인 그의 눈은 파랗다
그는 납 총알로 너를 맞힌다 그는 정확히 너를 맞힌다

한 남자가 집 안에 살고 있다 너의 금빛 머리카락 마르가레테
그는 우리를 향해 사냥개를 몰아댄다 그는 우리에게 허공에 무덤을 선사한다
그는 뱀들과 놀고 꿈을 꾼다 죽음은 독일에서 온 달인

너의 금빛 머리카락 마르가레테
너의 재가 된 머리카락 술라미트

죽음의 푸가(Todesfuge)

이 시는 나치의 유대인 대학살에 대한 문학적 증언이자 희생자들을 기리는 추모의 만가(輓歌)이다. 일찍이 아도르노는 아우슈비츠 이후 서정시를 쓰는 것은 야만적이라고 일갈했다. 이루 말로 형용할 수 없는 언어도단의 참극을 어떻게 시로 표현할 수 있겠는가 하는 문제제기였다. 그렇지만 첼란의 이 시는 아우슈비츠 이후 시의 가능성을 극한으로 보여준 본보기로 평가되며, 피카소(Pablo Picasso)의 「게르니카」(Guernica, 1937)에 비견되기도 한다.

첼란이 이 시를 쓴 것은 1944년 가을부터 1945년 사이로 알려져 있다. 이 시는 1947년 루마니아의 부쿠레슈티에서 발행되는 잡지에 루마니아어 번역본으로 처음 발표되었다. 발표 당시 제목은 '죽음의 탱고'였다. 알다시피 탱고는 남미의 열정적이고 낭만적인 춤곡이다. 탱고는 특히 첼란의 유년 시절에 유럽에서 선풍적인 인기를 얻었다. 그런 탱고가 유대인 대학살과 무슨 상관이란 말인가. 첼란 자신은 2차대전 종전 직후 언론보도 기사를 보고 이 시의 착상을 얻었노라고 했다. 당시 보도와 강제수용소 생존자들의 증언에 따르면, 나치는 강제수용소에서 유대인들에게 행진이나 강제노동을 시킬 때, 심지어는 집단으로 처형하고 매장할 때에도 악기를 다룰 줄 아는 유대인들을 모아서 탱고를 연주하게 했다. 어떤 수용소에서는 24시간 내내 확성기로 탱고 음악을 틀었다고 한다. 집단학살의 현장에서 열정적인 탱고를 연주하게 하는 해괴한 만행은 뒤틀린 '가학성 심리'라는 심리학 용어로도 설명할 수 없다. 히틀러는 파리에 입성했을 때 자축연에서 탱고를 연주하게 했다. 첼란은 '탱고'가 무수한 유대인들의 '죽음'과 결합하기에는 너무 튀기 때문에 '푸가'로 바꾸었다.

음악에서 푸가는 대위법적 대조 모티브의 반복으로 구성되는 악곡으로 춤곡과 노래에 두루 쓰인다. 이 시는 죽음을 주제로 하는 푸가의 노랫말이자 춤곡의 리듬으로 구성된다. 시의 첫머리에서 '우리는 검은 우유를 마신다'라는 핵심 주제가 제시되고, 이 주제가 1, 2, 4, 6연의 첫머리에서 반복된다. 또한 '우리는 검은 우유를 마신다'라는 주제부와 대비되는 주제가 '그는 휘파람을 분다' '그는 명령한다'라는 구절로 반복된다. 시 전체는 "우리"가 부르는 만가, 통곡의 합창이다. 따라서 눈으로 읽기보다는 목소리로 들어야 하는 시다(인터넷을 통해 첼란이 생시에 낭송한 영상을 쉽게 찾아볼 수 있다).

시를 여는 "검은 우유"는 제목과 시 전체를 압축해서 보여준다. 우유는 생명의 자양분이지만 "검은 우유"이므로 죽음의 음료가 된다. 생존을 위해 먹고 마시고 숨 쉬는 행위 전부가 죽음을 마시는 것이다. "새벽의" 검은 우유를 "저녁에" 마신다는 표현이 특이하다. 정상적인 상황이라면 새벽은 간밤의 어둠이 가시고 새날이 밝아오는 기대와 희망의 시간이다. 그러나 수용소에서는 새벽에 눈을 뜨자마자 과연 오늘 하루도 무사히 넘길 수 있을지 불안하다. 생과 사의 갈림길에 있는 불투명한 시간이다. 따라서 이 회색 시간은 하루 중 새벽 시간에만 한정되지 않고 사실상 하루 내내 계속되는 시간이다. 그래서 "새벽의 검은 우유"를 "저녁에"도 마시고 "점심에"도 "아침에"도, 심지어 "밤에"도 마시는 것이다. 하루 시간의 순서가 저녁→점심→아침→밤으로 역행하는 것도 죽음이 삶의 시간을 점령하는 사태의 귀결이다. 죽음이 삶의 시간을 잠식하면서 시간의 흐름이 역류하는 것이다. 죽음의 검은 우유가 점점 넓게 번져서 삶의 시간·공간을 온통 검게 뒤덮는 형국이다. "밤에"도 마신다고 하니 잠자는 시간에도 죽음의 손아귀에서 자유롭지 못하다. 2연에서는 검은 우유 "너를" 마신다고 하는 것도 죽음을 더 가까이 대면하고 있기 때문이다. 옛 신화에서도 잠은 죽음의 형제다. 수용소 현실에서는 오늘밤이 언제라도 지상의 마지막 밤이 될 수 있으므로 잠은 죽음에 더 가깝다.

1연 3행에서 "우리는 마시고 또 마신다"라고 후렴구처럼 반복되는 것은 죽음의 잔을 마시는 시간이 쉴 새 없이 반복되는 사태를 가리킨다. 이 구절은 하이네의 시 「슐레지엔의 직조공들」에서 "우리는 짠다, 우리는 짠다"라는 구절을 떠올리게 한다(이 책에 수록된 「슐레지엔의 직조공들」 해설 참조). 하이네의 시에서 이 구절은 직조공들이 직물을 짜는 노동행위로써 억압과 착취가 지배하는 낡은 독일을 타파하겠다는 다짐을 보여준다. 그러나 첼란의 시에서 "우리는 마시고 또 마신다"라는 행위의 반복은 무방비로 죽음의 폭력에 노출된 상태를 가리킬 뿐이다. 이처럼 이 시에서 선행 텍스트의 차용은 선행 텍스트가 표현했던 전통적 가치가 완전히 파괴된 상태의 표현으로 재구성된다.

1연 4행에서 허공에 무덤을 판다는 것은 수용소에서 유대인들이 불태워지고 소각장 굴뚝의 연기로 사라지는 사태를 가리킨다. 허공에서는 비좁지 않게 눕는다는 말은 가축우리보다 더 비좁은 수용소에서 죽음의 공포에 떠는 것보다는 차라리 연기로 사라지는 것이 더 편안할 거라는 한탄이다.

1연의 5행에서 "한 남자가 집 안에 산다"라고 푸가의 반대 주제가 시작된다. 5행을 축으로 전반부와 후반부가 대비되는 대위법적 구성이다. 익명의 집단인 "우리"는 곧 무덤 속으로 사라질 운명이지만 "한 남자"는 "집 안에" 살면서 인간적 품위를 유지한다. 이 남자는 물론 수용소의 독일인 감시자, 형리이자 사형 집행자다. "뱀"을 가지고 논다는 것은 사악한 궁리에 골몰한다는 뜻이다. 그러면서도 하루 일과를 끝내고 어두워지면 "독일로" (아마도 편지를) 쓴다. "너의 금빛 머리카락 마르가레테"는 일단 편지의 수신자, 즉 남자의 애인 또는 아내로 읽힌다. 그러니까 이 남자는 누군가를 사랑한다. 낮에는 학살의 궁리에 몰두하지만 밤이 되면 애틋한 사랑의 편지를 쓴다. 그러니 알고 보면 가슴이 따뜻한 평범한 사람이다. 일찍이 한나 아렌트가 나치의 학살 책임자 아이히만(Adolf Eichmann)에 대한 재판 과정을 지켜보고 말했듯이 악의 얼굴은 의외로 평범하다.

그런데 여기서 "금빛 머리카락 마르가레테"는 또다른 상징성을 갖는다. 시의 문맥을 보면 편지를 "독일로" 쓴다고 하고서 바로 다음에 마르가레테를 호명한다. 물론 강제수용소들이 주로 동유럽에 산재해 있었기 때문에 거기서 독일로 편지를 쓴다는 말이지만, 서술의 흐름상 "마르가레테"가 독일적 상징으로 읽힐 소지가 있다. 마르가레테는 괴테의 『파우스트』에서 파우스트가 사랑하는 여인이다. 파우스트는 독일 정신의 화신이므로 그가 사랑한 마르가레테는 독일적 여인상의 이상이다. 그러나 괴테의 『파우스트』에서 마르가레테는 금발의 글래머가 아니다. 홀어머니를 모시고 살면서 온갖 집안일을 감당하는 가난한 집의 소녀 가장이다. 아무것도 가진 게 없고 배운 것도 없고 그저 마음씨만 착한 청순가련한 소녀다. 그런 마르가레테를 금발의 이상적인 독일적 여인상으로 둔갑시킨 것이 말하자면 나치 이데올로기다. '금발'은 3연에 나오는 '파란' 눈과 더불어 독일 아리안족의 상징이다. 엄밀히 말하면 상징이 아니라 나치가 조작한 게르만족 우월성의 징표다. 시에서 금발의 마르가레테도 그런 유의 상징 조작이다. 또한 '금발'의 마르가레테는 2연에서 처음 나오는 "너의 재가 된 머리카락 술라미트"와 뚜렷이 대비된다. 술라미트는 구약성경의 「아가서」에서 솔로몬이 사랑하는 유대 여인이다. 따라서 유대인의 이상적 여성상이다. 하지만 그 여인은 불태워지고 머리가 "재"가 되었다. 술라미트는 학살당한 유대인들의 다른 이름이다. 마르가레테의 "금빛" 머리카락과 대비되는 "재가 된" 머리카락이다.

1연 마지막에서 다시 시의 제목을 구체적 현장으로 보여준다. 유대인들을 불러내어 무덤을 파게 하고, 동시에 춤곡을 연주하라고 명령한다.

2연은 1연 1~6행을 대체로 순서만 바꾸어 반복 변주하며, 마지막 행에 "너의 재가 된 머리카락 술라미트"만 추가되었다. 그다음에 "우리는 허공에 무덤을 판다"는 구절이 이어지기 때문에 재가 된 술라미트의 집단적 대표성이 강조된다.

3연은 "그"가 주체가 되는 반대 주제를 더욱 강하게 부각하여 폭력적 공격성을 강조한다. 땅을 더 깊이 파라고 호령하면서 총을 휘두르고, 춤곡을 계속 연주하라고 다그치면서 "죽음의 푸가"는 더욱 고조된다.

4연은 주제부와 반대 주제를 압축해서 선명히 대비시키고, 이와 더불어 "금빛 머리카락 마르가레테"와 "재가 된 머리카락 술라미트"의 대비도 더욱 선명해진다.

5연에서 그가 "죽음을 더 달콤하게 연주하라"고 외치는 대목에서 "그"가 학살을 즐기는 가학성이 예술적 쾌감으로 표현된다. '달콤한 죽음'은 바흐의 아리아 「오라, 달콤한 죽음이여」를 떠올리게 한다. 바흐의 성가에서는 어서 죽어 예수를 만나려 하는 지극한 신심의 표현이지만, 이 시에서는 학살에서 미적 쾌감을 느끼는 야만의 극치를 표현한다.
6연에서 "죽음은 독일에서 온 달인"이라는 구절은 강제수용소의 '체계적' 학살이 "달인"의 경지에 이르렀다는 말이다. "달인"이라 번역한 Meister(마이스터)는 중세부터 어떤 분야의 최고 명장(名匠)을 일컫는 말이다. 음악의 아버지라 일컬어지는 바흐는 명장 중의 명장이다. 그는 푸가의 완성자이기도 하다. 바흐의 아리아까지도 죽음의 기술로 녹여낸 수용소의 학살 체계야말로 '마이스터'의 경지에 이른 것이다. 실제로 부하들이 수용소 소장을 받들어 마이스터라 부르기도 했다.
7연은 이상에서 제시한 주제부와 반대 주제를 다시 변주 반복하면서 "죽음은 독일에서 온 달인"으로 맺는다. 그리고 시의 마지막 연에는 "너의 금빛 머리카락 마르가레테"와 "너의 재가 된 머리카락 술라미트"가 다른 수식어 없이 나란히 병치되어 있다. 마르가레테를 '금발'로 채색하여 온갖 만행을 자행한 독일인과 그들의 손에 불타 죽은 유대인이 과연 공존할 수 있는가, 공존할 수 있다면 그 조건은 무엇일까 하는 물음이 긴 여운을 남긴다.

잉게보르크 바흐만

(Ingeborg Bachmann, 1926~73)

오스트리아 남부의 클라겐푸르트에서 교사의 딸로 태어났다. 빈 대학에서 독문학, 철학, 심리학을 공부했고 하이데거의 철학에 관한 논문으로 박사학위를 받았다. 1950년대 초반에 '47그룹'에서 데뷔하면서 본격적인 창작활동을 시작했다. 대표작으로 시집 『유예된 시간』(*Die gestundete Zeit*, 1953), 『큰곰자리를 불러냄』(*Anrufung des Großen Bären*, 1956), 방송극 『맨해튼의 선신(善神)』(*Der gute Gott von Manhattan*, 1958), 단편집 『삼십세』(*Das dreißigste Jahre*, 1961), 『동시에』(*Simultan*, 1971), 그리고 미완성 3부작 소설 『죽음의 방식들』(*Todesarten*)의 제1부에 해당하는 장편소설 『말리나』(*Malina*, 1971) 등이 있다. 게오르크 뷔히너 문학상, 오스트리아 국가문학상을 수상했다. 시인 파울 첼란과 오랜 연인 사이였다. 1973년 로마 체류 중 화재 사고로 사망했다. 바흐만의 문학은 병든 사회를 대범하고 깊이 있는 심리분석과 치열한 언어적 실험으로 탐구했다고 평가받는다.

진실한 것은

진실한 것은 그대의 눈에 모래를 뿌리지 않고,
잠과 죽음은 그대에게 진실한 것을 요구한다,
온갖 고통으로 단련되어 육화된 상태로,
진실한 것은 그대의 무덤에서 묘석을 밀쳐낸다.

진실한 것은 아무리 가라앉고 씻겨나가도
새싹과 이파리 속에, 썩은 혓바닥 속에,
한해 또 한해, 아득한 세월 내내 —
진실한 것은 시간을 만들지 않고 시간을 보상한다.

진실한 것은 지상에 가르마를 타고
꿈과 화환 그리고 주문한 것을 빗질하고,
빗을 부풀려 훑어낸 한아름 열매를 안고
그대 안에 쳐들어와 그대를 통째로 마셔버린다.

진실한 것은 어쩌면 그대의 모든 것을 걸어야 할
공략의 때가 올 때까지 가만있지 않는다.
그대의 상처가 터질 때 그대는 진실의 노획물일지니
그대를 드러내지 않는 것이 그대를 기습하진 않는다.

쓸개즙 담긴 항아리를 이고 달이 떠오른다.
그러니 그대의 잔을 마셔라. 쓰디쓴 밤이 가라앉는다.

거품이 비둘기 깃털에 송이송이 맺히고
그 어떤 나뭇가지도 안전하지 못하리라.

그대는 무거운 사슬에 감겨 세상에 붙잡혀 있지만
진실한 것은 벽을 뚫고 도약한다.
그대는 어둠속에서 깨어나 옳은 것을 지켜보고 있다,
미지의 출구를 향하여.

진실한 것은(Was wahr ist)

바흐만의 두번째 시집 『큰곰자리를 불러냄』에 수록된 시. 시의 제목은 '진실한 것은 …이다'라는 식으로 명확한 명제적 진술을 유도하는 것 같지만 전혀 그렇지 않다. 젊은 시절 바흐만이 열심히 공부했던 비트겐슈타인(Ludwig Wittgenstein)의 언어철학에서 명제적 진술은 검증 가능한 논리적 진술로만 성립할 수 있다. 그러나 문학과 시는 검증 가능한 논리의 바깥에서 뭔가를 표현한다. 이 시는 우선 진실한 것이 어떻게 시적 언어로 구현될 수 있을까 하는 문제제기로 이해될 수 있다. 물론 진실한 시적 언어에 관한 물음은 진실한 삶이 무엇인가, 진실한 사랑이 무엇인가 하는 근본적인 물음과 불가분의 관계에 있다. 바흐만의 시에서 시에 대한 성찰은 언제나 사랑과 삶의 문제와 연결된다. 바흐만의 시를 읽을 때 또 하나 유의할 점은 이전의 시적 전통에서 계보를 찾기 힘든 매우 독특한 이미지를 구사한다는 것이다. 그래서 바흐만의 시는 흔히 난해시로 기우는 경향이 있다. 이것 역시 기성의 관념과 언어로는 표현하기 힘든 것을 탐색하려는 치열한 사유의 흔적이라 할 수 있다. 말로 표현하기 힘든 것을 어떻게 표현할 수 있을까, 하는 고투의 흔적이다. 이런 특징은 흔히 바흐만의 시에 대한 사변적 해석을 낳게 마련이다. 그러나 여기서는 가능하면 시의 언어와 표현 자체가 무엇을 말하는가를 있는 그대로 이해하고자 한다.

1연은 선언적 진술로 비교적 뜻이 분명하다. 진실한 것은 우리의 눈을 흐리게 하지 않는다. 진실을 가리는 "잠과 죽음"은 오히려 진실이 고통으로 단련되어 육화될 것을 요구한다. 그리하여 진실한 것은 무덤의 묘석도 밀쳐낸다. 다시 말해 죽음도 극복한다. 물론 어떻게 죽음을 극복할 것인가는 답하기 어려운 문제다. 진실에 대한 감각을 마비시키는 잠과 죽음은 결국 덧없이 소멸하는 시간의 작용이다. 그래서 2연에서는 진실한 것이 어떻게 시간을 견디는가

하는 문제를 다룬다. 1~3행은 진실한 것이 시간의 풍화작용에 씻겨서 흔적도 찾아보기 어렵다고 말한다. 4행은 그러나 진실한 것은 시간을 만들지 않고(시간의 흐름에 자신을 내맡기지 않고) 시간을(시간 속에서 잃어버린 것을) 보상한다고 말한다. 여기서 1~3행의 진술과 4행의 진술 사이에는 모종의 비약이 있다. 진실한 것이 세월에 마모되고 퇴색해서 알아보기도 힘든데 과연 어떻게 시간 속에서 잃어버린 것을 보상한다는 말인가? 1연에서 어떻게 죽음을 극복할 것인가가 답하기 어려운 문제이듯 이 문제 역시 구체적 '방법'으로 답할 수 있는 것은 아니다. 1~3행과 4행의 연결관계를 보면, 진실한 것이 "아무리" 시간의 풍화작용에 씻겨나간다 해도, '그럼에도 불구하고' 진실한 것은 시간 속에서 잃어버린 것을 보상한다는 말이다. 여기서 '그럼에도 불구하고'라는 역설적 관계를 시에서는 3행 끝의 줄표(—)로 표시했다. 줄표를 독일어로는 '생각하는 줄표'(Gedankenstrich)라고 쓴다. 앞뒤의 관계가 어떻게 연결될지 곰곰이 생각해보자는 말이다. 그렇지만 아무리 생각해도 '그럼에도 불구하고'의 역설적 반전은 (증명 가능한) 논리적 추론으로는 해명될 수 없다.

이런 의문을 안고 디테일을 조금 더 읽어보자. 2행에서 "새싹과 이파리"는 피어나는 푸른 생명의 상징이다. 그런데 진실한 것은 "새싹과 이파리 속에"서도 쇠락을 피하지 못한다. 아무리 푸른 생명이라도 기운이 쇠하기 마련이다. "썩은 혓바닥"이 그 결과를 보여준다. '혀'는 언어를 연상케 하므로 "새싹"처럼 파릇하던 언어도 종국에는 썩어 문드러진다. "썩은 혓바닥"은 일찍이 호프만스탈이 언어의 쇠락 현상을 "입속의 썩은 버섯"이라 했던 것을 떠올리게 한다. 종래에 언어가 표현하던 모든 가치의 붕괴와 더불어 언어 또한 더이상 생생한 의미를 담보하지 못하고 먹지 못할 "썩은 버섯"처럼 되었다는 것이다. 이 시의 문맥에서도 "썩은 혓바닥"은 그런 뜻이다. 3행에서 세월을 강조하는 것은 시간 속에 존재하는 언어는 그런 쇠락의 운명을 피하지 못한다는 뜻으로 읽힌다. 그렇지만 "진실한 것"은 시간이 잃어버린 것을 보상한다. 그렇다면 "진실한 것"은 시간과 더불어 쇠락하는 언어로는 표현할 수 없는 것일까?

3연에 낯선 비유가 나오기 시작한다. 대지에 가르마를 타고 빗질을 한다는 말은 무슨 뜻일까? 3행에 "열매"가 나오므로 대지를 쟁기로 갈고 경작한다는 느낌을 준다. "꿈과 화환"은 아름다움을 꿈꾸는 마음가짐으로 보인다. "주문한 것을 빗질하고"에서 "주문"은 대지에 가르마를 타고 씨를 뿌릴 때 장차 풍성한 수확을 주문(기대)한다는 뜻인 듯하다. 3행에서 "빗"을 부풀려 열매를 훑는다는 말은 "빗"을 곡식을 훑어내는 갈고리처럼 사용하는 느낌을 준다. 그런데 '빗'(Kamm)은 닭의 '볏'을 뜻하기도 한다. '볏을 부풀리다'라는 말은 관용구로 싸움닭처럼 분노한다는 뜻이다. 열매를 훑어내는 수확의 도구 '빗'이 조류의 성난 '볏'과 무슨 상관이 있는 것일까? 마지막 행이 더 어렵다. "진실한 것"이 수확의 열매를 잔뜩 안고 내 안에 쳐들어와 나를 통째로 마셔버린다. 내가 진실의 열매를 마시는 게 아니라 거꾸로 진실이 나를 남김없이 마신다.

4연은 3연의 마지막 이미지를 더욱 격하게 표현한다. 여기서 "공략" "노획물"이라는 말은 마치 솔개가 병아리를 채듯이 낚아채는 상황을 연상시킨다. 진실한 것은 그렇게 그대를 낚아챈다. "그대의 상처가 터질 때." 상처가 터질 때까지 그대를 위험에 노출시키는('드러내는') 그 무엇이 예기치 않던 순간에 그대를 엄습한다. 진실한 것은 그렇게 다가온다.

5연에서는 상처가 터진 이후의 상황을 말한다. "쓸개즙"은 상처가 터져 흘러나온 고통의 수액이다. "달"은 원래 아름다운 낭만적 동경의 상징이지만 여기서는 누런 쓸개즙의 덩어리일 뿐이다. 그대는 자신의 터진 상처에서 흘러나온 쓸개즙을, 운명의 잔을 마셔야 한다. 달이 다 기울 때까지. "거품이 비둘기 깃털에 송이송이 맺히고"에서 미세하게 이미지의 반전이 일어난다. 앞에서 쓸개즙이 담긴 "그대의 잔"을 마시라고 했으므로 여기서 "거품"은 고통의 잔을 다 비운 흔적이다. "비둘기"는 성경에서 노아의 방주를 띄우게 한 대홍수가 끝났음을 알리는 길조로 등장한다(「창세기」 8장 6~12절). 다시 2행과 연결해서 보면, 달이 가라앉도록 고통의 잔을 비운 시간은 대지가 다 물에 잠겼던 대홍수에 비견되는 셈이다. "깃털"은 흔히 '펜', 즉 '글'을 가리킨다. 그러니까 오랜 고통을 온몸으로 감당하고 그 고통의 흔적을 간직한 새로운 언어가 대홍수의 끝을 알리는 "비둘기 깃털"처럼 모습을 드러내는 것이다. 그러나 비둘기가 몸을 기댈 만한 "나뭇가지" 하나도 남아 있지 않다. 대홍수가 모든 것을 휩쓸고 난 후의 황량한 폐허 속의 비둘기는 절대 고독의 존재다. 귄터 아이히의 시 「재고 조사」에서 보았듯이 모든 것을 파괴한 전쟁이 끝난 후의 폐허를 떠올릴 수도 있겠다.

마지막 연은 격언조의 언명으로 끝난다. 지상의 사슬에 묶여 있는 한 이상에서 말한 고난의 운명을 피할 길은 없다. 그럼에도 "진실한 것"은 벽을 뚫고 도약하는 기적을 이룬다. 낙숫물로 바위를 뚫는 기적 같은 것이다. 그것이 시의 힘이다. 어둠속에서도 깨어 있으면서 바른 것을 찾는다. 미래를 미리 볼 수는 없지만 기나긴 암흑에서 벗어날 출구를 어렴풋이 예감한다.

이 시를 천천히 다시 읽으면 신탁을 읊조리는 무녀의 목소리를 듣는 것 같다. 바흐만의 목소리에는 우리가 매일 사용하는 언어와는 다른 차원의 마성적 힘이 배어 있다. 현실을 향해 직언을 할 때도 사랑의 절창을 노래할 때도, 시인의 이름을 지우고 읽어도 바흐만의 목소리가 느껴진다.

에른스트 얀들
(Ernst Jandl, 1925~2000)

오스트리아 빈에서 태어나 성장했고 대학 졸업 후 한동안 김나지움 교사생활을 하면서 시를 발표하기 시작했다. 1950년대 초반부터 '구체시'(konkrete Poesie)의 영향을 받아 파격적인 언어실험과 언어유희, 시각적 조형이 두드러진 짧은 시를 발표하여 빈 모더니즘의 새로운 영역을 개척한 것으로 주목받았다. 그의 언어실험적인 시는 특히 청중 앞에서 낭송하는 퍼포먼스를 통해 효과가 극대화되는데, 1960년대에 얀들의 시 낭송 공연은 선풍적인 인기를 끌었고 음반으로도 널리 보급되었다. 평생 동반자로 지낸 여성 시인 프리데리케 마이뢰커(Friederike Mayröcker)와의 긴밀한 공동작업으로 많은 방송극을 쓰기도 했다. 대표작으로 시집 『소리와 루이제』(*Laut und Luise*, 1966), 『말풍선』(*Sprechblasen*, 1968), 『인공 나무』(*Der künstliche Baum*, 1970), 『사물의 축제』(*dingfest*, 1973), 『노란 강아지』(*der gelbe hund*, 1980) 등과 방송극 『모나리자의 헐떡임』(*das röcheln der monalisa*, 1970), 『낯선 곳에서』(*aus der fremde*, 1979) 등이 있다.

문의

나는 도시에서 내 이름을 보냈다
전보로, 그리고 뒤따라갔다.

나를 도시에서 데려간 열차가
선로에 머물고 있었다.

나는 내 이름을 도시로 보냈다
전보로, 그리고 뒤따라갔다.

나를 도시로 돌려보낸 열차가
선로에 머물고 있었다.

여행은 어디에 머물렀는가?

문의(anfrage)

1950년대 독일 시단에서 새로 등장한 흐름의 하나는 시를 최소한으로 간결하게 줄이려는 경향이다. 일종의 미니멀리즘이라 할 이런 시를 '구체시'라 불렀는데, 에른스트 얀들은 1950년대부터 2000년에 죽을 때까지 일관되게 구체시만 썼고 그의 시는 폭넓은 대중적 인기를 누렸다. 독일어에서 명사는 첫 글자를 대문자로 쓰지만 얀들은 이 문법 규칙을 파괴하고 모든 낱말을 소문자로 썼으며 자신의 이름도 Ernst Jandl이 아니라 ernst jandl로 표기했다.
이 시는 1953년에 발표한 것이다. 1, 3연이 거의 같은 구문으로 되어 있고 "나"가 "이름"을 보내는 방향만 바뀌어 있다. 1연에서 "나"는 도시에서 내 이름을 전보로 보내고 뒤따라간다. 3연에서는 다시 도시로 전보를 보내고 뒤따라간다. 도시에서 전보를 보낼 때 여행의 목적지가 어디인지는 드러나지 않는다. 목적지가 없는 여행이다. "나"는 도시를 떠났다가 다시 도시로 돌아올 뿐이다. 나의 여행은 항상 원점으로 회귀한다. 그리고 여행을 하는 동안 "나"는 항상 내 "이름"을 뒤따라가며, 내 이름과 나의 거리 그리고 시차는 영영 극복되지 않는다. 나와 이름은 이렇게 분리되어 있다. 이름은 그저 명목일 뿐이고 나의 실체는 따로 있다는 것인가? 그런데 실체인 "나"가 늘 명목인 이름을 뒤따라가기만 하니 본말이 전도되어 있다. 내 이름을 전달하는 수단은 "전보"다. 전보(telegrammen)와 이름(namen)은 각운이 맞아떨어진다. 발음상 내 이름은 전보에 흡수되어 있고, 전보가 내 이름을 대신하는 셈이다.
2, 4연 역시 구문이 같고, 도시를 떠나고 돌아오는 방향만 바뀌었다. 1, 3연에서 내 이름을 전달하는 것이 전보라면 여기서 나를 도시에서 떠나보내고 다시 데려오는 것은 기차다. 기차가 주어고 내가 목적어다. 1, 3연의 마지막이 내가 '뒤따라가는' 행위의 반복인 것과 대조적으로 2, 4연의 2행에서 기차는 '선

로에 머물러 있다.' 관용적인 표현으로 '선로에 있다'라는 말은 우리말 어법과 비슷하게 '정상 궤도'에 있다는 뜻이다. 반면에 나는 여행의 목적지도 모르고, 내 이름만 뒤따라가고, 늘 원점으로 회귀하는 여로에 있으니 도저히 수습하기 힘든 '궤도 이탈'이 아닌가? 그래서 시의 마지막에서 "여행은 어디에 머물렀는가?"라고 묻는다. 나의 여행은 정처 없는 여행이 아닌가? 그런데 여행이라는 것이 원래 어딘가를 향해 가는 것이니 '머무른다'는 말과 '여행'이라는 말은 애당초 어울릴 수 없는 형용모순이 아닌가? 여행은 흔히 인생의 여정을 가리킨다. 이 시는 우리의 삶 자체가 이런 여행과 같은 것이 아닐지 되묻는다. 제목이 '질문'(frage)이 아니라 '문의'(anfrage)인 것도 새겨들을 필요가 있다. '질문'은 막연히 다중이나 익명의 대상을 향해 던지는 것일 수 있지만 '문의'는 특정한 대상에게 묻는 것이다. 결국 이 문의는 나 자신에게 향하는 것이다. 누구나 각자 자신에게 이런 질문을 던져봐야 한다.

에리히 프리트
(Erich Fried, 1921~88)

빈의 유대인 가정에서 태어났다. 1938년 히틀러가 오스트리아 합병을 선언한 직후 아버지가 나치 비밀경찰에 체포되어 고문으로 죽었다. 당시 열일곱살 고등학생이던 프리트는 혼자 영국으로 피신했다. 영국에 건너간 직후부터 난민구호 활동에 참여했고 '파시즘과 인종차별과 착취에 저항하는 글쓰기'를 결심했다. 여러 일거리를 전전하며 독학으로 공부했고, 1944년 첫 시집 『독일』(*Deutschland*)을 출간했다. 2차대전 종전 후에도 계속 영국에 살면서 독일어 시를 발표했다. 프리트는 간결하면서도 강렬한 언어와 개성적인 스타일로 당대의 정치사회 문제에 대해 초지일관 급진적인 입장을 표명했다. 그 자신이 유대인이면서도 이스라엘의 시온주의를 공개적으로 비판했다. 1987년 죽기 한해 전에 그에게 수여된 게오르크 뷔히너 문학상 취지문은 프리트의 문학을 "이 세계의 거대한 불의에 맞서 싸우기를 포기하지 않은 용기 있는 작가로, 그의 문학에서는 언어와 행동, 말과 실제가 탁월한 통일을 이루고 있다"라고 평가했다. 대표작으로 『오스트리아』(*Österreich*, 1945), 『런던의 밤』(*Nacht in London*, 1946), 『정찰』(*Die Expedition*, 1962), 『그리고 베트남 그리고』(*und Vietnam und*, 1966), 『새로운 자연시』(*Neue Naturdichtung*, 1972) 등 30여권의 시집이 있고, 셰익스피어, 딜런 토머스(Dylan Thomas) 등을 독일어로 번역하기도 했다.

좌우지간

만약 좌파가
자신이 좌파라는 이유만으로
우파보다 낫다고
생각한다면
그는 독선에 빠져서
어느새 다시 우파가 된 거다
만약 우파가
자신이 우파라는 이유만으로
좌파보다 낫다고
생각한다면
그는 독선에 빠져서
어느새 극우가 된 거다

그런데 나는
우파와
극우에 반대하므로
나는 자신이
우파보다
낫다고 생각하는
좌파에
반대한다
나는 그들에 반대하므로

이따금 생각한다
그래도 내가 그들보다 낫다고
생각할 권리가 있다고

좌우지간(Links rechts links rechts)

에리히 프리트는 스무살 무렵부터 시를 쓰기 시작하여 1988년 67세의 나이로 죽을 때까지 평생 초지일관 불의에 항거하고 정의를 위해 분투한 대표적인 참여시인이다. 그는 최소한의 간결하고 평이한 언어로 개성적이고도 급진적인 시를 썼다. 그러나 프리트 시의 급진성은 커다란 목소리나 거창한 구호, 격분한 어조와는 거리가 멀고 언제나 철저하고 양심적인 자기성찰에 기반을 둔다. 1981년에 발표한 이 시는 그런 특징을 잘 보여준다.

1연의 메시지는 두가지다. 첫째, 단지 자신이 좌파라는 이유만으로 우파보다 낫다고 자만하면 독선에 빠져서 우파가 된다는 것이다. 좌파가 독선에 빠지면 결국 우파와 다를 바 없는 기득권 수호자가 된다는 것이다. 프리트 자신도 언제나 좌파의 입장에서 시를 썼지만, 그런 입장이 저절로 그의 시에 정당성을 부여하지는 않는다는 정직하고 겸허한 자기성찰이다. 독일에서도 1960년대 후반 이래 좌우익 논쟁이 치열했고 프리트 자신도 그 논란에서 자유로울 수 없었다. 그 역시 좌파의 입장에서 시를 썼기 때문이다. 여기서는 프리트가 좌파와 우파를 진보와 보수 또는 그 어떤 이념적 색깔로 규정하기 전에 먼저 윤리적 태도로 접근하고 있다는 점을 유의할 필요가 있다.

둘째, 우파 역시 자신이 우파라는 이유만으로 좌파보다 낫다고 자만하면 극우가 된다는 것이다. 이것은 논리적으로 보면 자만과 독선은 결국 우파로 수렴된다는 첫째 진술과 같은 내용이지만, 좌파의 입장에서 보면—평화를 사랑하는 평범한 시민들의 입장에서 보면 더더욱—극우는 우파보다 더 나쁜 것이다. 그런데 좌우 대립이 서로 맞물려 있는 힘의 자장 안에서 보면, 결과적으로 좌파의 독선이 우파의 극우화에 일조한 것은 아닐까? 좌파의 완강한 자기주장에 맞서 우파도 그랬을 테니 말이다. 이런 추론 내지 연상은 좌파 '진영'

에 속한 프리트의 동료와 동지들에겐 매우 듣기 거북했을 것이다.

2연의 진술 내용 역시 두가지다. 첫째, 시의 화자인 "나"는 우파와 극우에 반대하므로 독선적인 좌파에도 반대한다는 것이다. 그런데 여기에도 허를 찌르는 복선이 보이지 않게 깔려 있다. 독자는 "나"가 우파와 극우에 반대한다고 밝히므로 당연히 좌파라고 이해할 것이다. '골수 좌파'로 낙인찍힌 에리히 프리트라는 유명한 시인을 몰라도 그렇게 생각할 것이다. 그런데 뜻밖에도 "나"는 독선적인 좌파에도 반대한다고 말한다. 여기까지 읽은 독자는 "나"의 공평무사함에 탄복할 것이다. 그러니 "나"를 무조건 신뢰하게 된다. 그래서 "나"의 다음 결론은 감히 누구도 부정하기 힘든 설득력을 얻는다.

> 나는 그들에 반대하므로
> 이따금 생각한다
> 그래도 내가 그들보다 낫다고
> 생각할 권리가 있다고

여기서 "나"의 최종 진술은 얼마나 겸손하고 사려 깊은가! 독선적인 좌파와 우파에 모두 반대하니 무조건 내가 옳다고 주장하지 않고, 다만 "이따금" 내가 그들보다 낫다고 생각할 "권리"가 있지 않냐고 조심스레 말하는 것이다. 그러나 이 겸손한 권리 주장은 독선으로 가는 첫걸음이다. 내가 그들에 반대한다고 해서 "그들보다 낫다고/생각할 권리가" 저절로 주어지는 것은 아니기 때문이다. 그렇게 생각하는 순간 다시 나는 우파로 돌아간다. 이것이 2연의 핵심이다. 이것은 독일어 원문을 보면 더욱 분명해진다. 독일어 원문을 보면 "권리"는 '하나의 권리'(ein Recht)라고 쓰여 있다. 그러니 전적인 권리 주장이 아니라 단지 '하나의 권리', 즉 '그 정도의 권리는 있지 않겠냐'라는 식의 유보적 어법이다. 그런데 독일어에서 '권리'는 특이하게 '우파'와 같은 말이다. 1연에서 우파는 '한 사람의 우파'(ein Rechter)이고, 2연에서 우파는 '우파 사람들'(die Rechten)이다. 독일어에서 더 특이한 것은 이 시에서 '우파'와 '권리'라는 뜻으로 쓰인 Recht가 '법'과 '정의'라는 뜻이기도 하다는 것이다. 독선적인 좌파와 우파에 모두 반대하는 "나"는 그리하여 '법'과 '정의'의 수호자가 된다. 그러나 법과 정의의 수호를 자임하는 것은 유사 이래 언제나 권력이었고 지금도 국가권력이다. 지금 "나"는 (국가)권력에 동조하고 있는 것이다. 얼마나 기막힌 반전인가!

이 시를 읽는 독자는 시의 화자인 "나"를 자신과 동일시하게 마련이다. 그래서 시의 마지막 결론에 전적으로 공감하기에 이른다. 그러나 이 시는 그런 동일시를 경계하고 순진하게 "나"의 말을 그대로 믿지 말라고 경고한다. 이런 점에서 프리트의 시는 독자에게 뭔가를 가르치고 깨우치려는 과거의 계몽적인 정치시와 확연히 구별된다. 독자를 가르치려는 계몽적인 정치시는 독자 대중을 동원 대상으로 사고한다. 그러나 프리트의 시는 독자에게 어떤 신조도 맹목적으로 믿지 말고 스스로 사고하라고 촉구한다. 그런 의미에서 프리트는 정치시 또는 참여시라는 말보다는 '경고시'라는 말을 선호했다. 이 시에는 마침표가 없다. 시의 화자가 삼단논법을 거쳐 내린 근사한 결론에 안주하지 말고 이게 맞는 소리인지 계속 따져보고 생각해보라는 말이다.

페터 후헬
(Peter Huchel, 1903~81)

브란덴부르크의 시골에서 태어나 자랐다. 20대 중반부터 개성적인 자연시로 주목을 받았고, 1933년 나치 집권 후에는 주로 방송극 작가로 활동하면서 정권에 거리를 두었던 '국내 망명' 작가에 속한다. 2차대전 종전 후에는 동독 방송의 예술감독을 맡았고, 1949년 동독에서 새로 창간된 문학잡지 『의미와 형식』(*Sinn und Form*)의 편집주간을 맡았다. 그러나 동독 당국의 공식 노선과 무관하게 아도르노, 루카치(György Lukács) 등의 글을 게재하여 동독 당국과 갈등을 빚었고, 결국 주간직에서 강제로 물러나야 했다. 『의미와 형식』은 동독에서 출판 금지 처분을 받았다. 그후 사실상 가택연금 상태로 지내다가 결국 1971년 동독을 떠나 서독으로 망명했다. 대표작으로 『거리들, 거리들』(*Chausseen, Chausseen*, 1963), 『헤아리는 날들』(*Gezählte Tage*, 1972), 『아홉번째 시간』(*Die neunte Stunde*, 1979) 등이 있다.

망명

저녁이면 친구들이 다가온다,
언덕의 그림자들.
그들은 천천히 문지방을 넘고
소금에 어두운 그늘을 드리우고
빵에 어두운 그늘을 드리우고
내 침묵과 대화를 나눈다.

밖에는 은행나무에
바람이 일렁인다.
내 누이야, 빗물이
석회 낀 함지에
갇힌 채
구름을 바라본다.

바람과 함께 가라,
그림자들이 말한다.
여름은 네 가슴에
쇠낫을 올려놓는다.
떠나가라, 은행잎에서
가을의 낙인이 불타기 전에.

신의를 지켜라, 돌이 말한다.

밝아오는
새벽 여명에 빛과 잎새가
뒤섞여 동거하고
얼굴이
한가닥 불꽃 속에 사라진다.

망명(Exil)

이 시를 읽는 독자는 이 고적한 전원시의 분위기가 제목이 말하는 '망명'과 대체 무슨 관계가 있는지 의아할 것이다. 시인이 동독에 살던 1966년에 쓴 이 시는 시인이 겪었던 시대적 체험의 배경 속에서만 온전히 이해될 수 있다. 1903년생인 페터 후헬은 20대 초반부터 시를 발표했고, 1920년대 후반에는 방송극 작가로 활동하면서 당시에 역시 방송극 작가로 활약했던 귄터 아이히와도 친분이 있었다. 그러다가 1933년 나치가 집권한 이후 2차대전이 끝나는 1945년까지는 글을 일절 발표하지 않았는데, 그 경위에 대해서는 뒤에서 다시 살펴보겠다. 어떻든 전쟁이 끝난 후 후헬은 동독을 자신의 조국으로 선택했다. 1949년에는 당시 동독에서 갓 창간된 문예지 『의미와 형식』의 편집주간을 맡았고, 이때부터 동독체제와의 오랜 불화가 시작되었다. 후헬은 동독 당국의 공식 노선과 무관하게 서독과 국외의 필자들에게도 폭넓게 문호를 개방했기 때문이다. 나치 시대에 미국으로 망명했다가 서독으로 막 돌아온 아도르노, 모스크바로 망명했다가 조국 헝가리로 돌아온 루카치 등도 필자로 참여했다. 후헬의 이러한 '노선 이탈'을 괘씸히 여긴 동독 당국은 후헬에게 편집주간직에서 물러나라고 압박했는데, 다행히 브레히트가 나서서 당국의 강압적 개입을 막아주었다. 그러나 1956년 브레히트가 사망한 이후 후헬은 고립무원의 처지가 되었다. 1961년 베를린 장벽이 건설되고 동서 진영의 냉전 대결이 고조되면서 동독 당국의 체제 단속도 강화되었다. 후헬은 결국 베를린 장벽 건설 다음 해인 1962년 동독 당국의 집요한 강압에 못 이겨 주간 자리에서 물러났다. 다음 해에 후헬은 서독의 피셔 출판사에서 시집을 냈고, 이를 계기로 폰타네 상을 수상했다. 서독에서 시집을 출간했고 서독에서 주는 상을 거부하지 않았다는 이유로 동독 당국은 후헬에게 출판 금지와 여행 금지 처분을 내렸다. 이때부터 후헬은 사실상 가택연금 상태에서 정보기관의 감시를 받았고 우편물을 검열당하는 처지가 되었다.
이 시는 이런 고초를 겪은 와중에 쓴 것이다. 1연에서 말하는 "그림자들"은 그를 찾아오던 친구들의 발길이 끊어지고 난 후 그들이 다녀갔던 기억과 그들의 부재상태를 암시한다. 그 친구들 중 유명한 이들은 철학자 에른스트 블로흐(Ernst Bloch)와 비평가 한스 마이어(Hans Mayer)다. 1920년대부터 친하게 지냈던 철학자 에른스트 블로흐는 1956년 헝가리 민주화 운동이 소련의 무력개입으로 유혈 진압되자 소련을 비판했고, 이로 인해 대학 교수직을 박탈당했으며, 그 사건 이후 동독을 떠나 서독으로 망명했다. 또한 『의미와 형식』을 함께 발간했던 절친한 친구이자 동서독을 통틀어 촉망받는 비평가였던 한스 마이어 역시 페터 후헬이 주간직을 박탈당한 후 자신도 사퇴했고, 얼마 후 서독으로 갔다. 마음이 통하는 오랜 벗들은 그렇게 떠나갔고, 그래서 일용할 양식인 "소금"과 "빵"을 함께 나눌 수도 없으며, 화자는 자신의 "침묵과 대화를 나눈다."
2연에서 "석회 낀 함지"는 빗물이 고인 함지 바닥에 석회 앙금이 끼었다는 뜻이다. 다시 말해 이렇게 홀로 갇혀 지내는 시간이 무척 오래 흘렀음을 암시한다. 함지에 고인 빗물에 하늘의 구름이 비치는 고즈넉한 정경을 "빗물이/석회 낀 함지에/갇힌 채/구름을 바라본다"라고 서술했다. 구름은 자유롭게 푸른 하늘을 떠돌아다니지만, 함지의 빗물에 비친 구름을 바라보는 화자는 갇혀 있다. 그런데 여기서 "내 누이"를 호명하는 까닭은 무엇일까? 막막한 고절감을 하소연할 길이 없어 막연히 그리움의 대상을 그렇게 불러본 것일 수도 있다. 그러나 이것은 화자의 오랜 기억과 관련이 있어 보인다. 당시 후헬은 동베를린 외곽에 살고 있었는데, 전쟁 후 모든 자원이 귀하던 시절에 함지에 빗물을 받아서 사용한 것은 그리 드문 일은 아니었을 것이다. 전쟁 중 궁핍하던 시절에는 더 말할 나위도 없다. 그런데 여기서 함지에 고인 빗물에 구름이 비치는 아련한 이미지는 그런 각박한 궁핍보다는 더 근원적인 기억, 유년 시절의 기억과 관련이 있어 보인다. 후헬은 유년기에 어머니가 폐결핵을 앓아서 요양원에 들어갔기 때문에 네살 때부터 포츠담에 있는 외조부의 농장에서 자랐다. 그 시절을 떠올리는 시나 산문을 보면 외조부의 농장에서 목가적 전원 풍경에 둘러싸인 유년 시절의 기억이 그의 문학에서 원형적 체험이라는 것을 곳곳에서 확인할 수 있다. 이 시에서 누이를 불러내는 것도 동네 꼬마들과 함께 놀던 그 시절의 기억을 얼핏 떠올리는 것처럼 보인다. 유폐상태에서 당국의 감시를 받는 처지임에도 함지에 고인 빗물에 구름이 비치는 정경은 아름다운 유년 시절을 떠올리게 하건만, 그 빗물처럼 나는 갇혀 아름다운 기억과 단절되어 있는 것이다.

3연에서 나를 찾아오는 "그림자들"은 "바람과 함께" 동독을 떠나라고 말한다. 그러나 땅에 발을 붙이고 사는 한, 바람처럼 떠날 수는 없는 노릇이다. 물론 여기서 "바람"은 시대의 흐름과 순리를 아우르는 말이다. 동독을 떠난 친구들은 그래서 '바람처럼' 떠나간 것이다. 더구나 "여름은 네 가슴에/쇠낫을 올려놓는다." 시퍼렇게 날이 선 낫이 가슴을 위협한다. 여기서 "쇠낫"이라는 말은 중의적이다. 낫은 당연히 쇠로 만들기 때문에 엄밀히 말하면 "쇠"는 불필요한 수식어다. 그럼에도 굳이 "쇠"를 덧붙인 것은 "낫"의 살벌한 위협성을 강조한 표현이라 할 수 있다. 또한 이 "낫"은 과거 사회주의 국가의 국기에 핵심 아이콘으로 새겨져 있는 '낫과 망치'(☭)의 바로 그 낫이다. 가슴을 짓누르는 "쇠낫"이 바로 동독 당국의 위협임을 알 수 있다. 알다시피 이 낫과 망치는 원래 농민과 노동자의 상징이다. 화자는 농민과 노동자를 위한다는 대의에 동의해서 동독을 조국으로 선택했지만, 지금은 그 허울 좋은 구호가 그의 가슴을 무겁게 짓누른다.

그런데 하필 "여름"이 "낫"을 내 가슴에 올려놓는다는 표현은 독특하다. 풍요의 계절인 여름과 살벌한 낫의 대극적 긴장이다. 이를 통해 이 여름의 풍요에 동참할 수 없는 고립상태를 극적으로 대비해서 돌출시킨다. 다른 한편 낫은 독일어로 '초승달'이라는 뜻도 있다. 초승달이 낫처럼 생겼다는 연상이다(우리 문학에서는 초승달을 흔히 아름다운 여인의 눈썹에 견주는데 서양의 상상력은 전투적이다). 그렇게 읽으면 여름날 저녁 서쪽 하늘에 뜬 초승달도 '쇠로 만든 낫'처럼 보인다는 말이 된다. 그런데 초승달은 그믐달 이후 사라졌던 달이 다시 막 차오르기 시작하는 신생의 이미지다. 해가 지는 저녁 서쪽 하늘에 언뜻 보이는 것이 초승달이다. 그러니 해가 져도 빛이 영영 꺼진 것은 아니라는 기대를 낳는다. 그런데 "쇠낫"이 그런 기대를 잘라낼 듯 위협한다. 그러니 "떠나가라, 은행잎에서/가을의 낙인이 불타기 전에"라고 말한다. 초승달처럼 실낱같은 소망마저 가을날의 낙엽으로 불태워지기 전에 어서 동독을 떠나라는 말이다.

여기서 "가을의 낙인"이라는 표현도 절묘하다. 자연의 섭리에서 보면 가을날 은행잎이 노랗게 물들고 낙엽이 지는 것은 당연하다. 그것이 자연의 법칙, 자연법이다. 그러나 여기서 "가을의 낙인"은 그런 자연법마저도 인간의 독단으로 왜곡하는 체제의 폭력을 상징한다. 낙인은 원래 죄인이나 노예의 몸을 인두로 지져서 알아보게 하려는 화인(火印)이다. 자연의 법칙마저 그런 인간적 폭력과 전횡에 노출되어 있다. 그런데 이 시에서 그렇게 '가을의 낙인이 불타는' 이미지는 그런 폭력을 온몸으로 감내하는 소신공양의 이미지와도 겹친다. 그래서 마지막 연에서 어둠을 불사르고 언뜻 비치는 희망의 빛이 감지된다.

마지막 연의 첫 행은 선언적이다. "신의를 지켜라, 돌이 말한다." 동독을 떠난 친구들의 "그림자들"은 줄곧 동독을 떠나라고 했지만, 그래도 "신의"를 지키라고 말한다. 그러므로 일단 동독을 떠나지 말고 힘들어도 버티라는 뜻으로 이해할 수 있겠다. 결국 자신의 소신과 양심에 충실하라는 말이다. 인간의 역사보다 훨씬 더 오래 지구의 역사를 거치며 온갖 풍상을 겪어온 돌이 그렇게 말한다. 괴테의 말을 빌리면 돌은 인간의 말 없는 스승이다. 이런 다짐 끝에 새벽 여명이 밝아오고 희망의 빛과 잎새가 보이기 시작한다. 새벽 여명 속에 어른거리는 "얼굴"은 2연의 "누이"와 마찬가지로 그리운 사람의 얼굴일 것이다. '얼굴'(Gesicht)이라는 말에는 '눈에 보이는 것'이라는 뜻도 있다. "그림자"에서 암시했던 것과 마찬가지로 지금 화자의 현실에서는 부재하지만 그럼에도 눈에 선한 얼굴이다. 새벽 여명의 빛과 푸른 잎새를 바라보며 화자의 마음속에 한가닥 불꽃이 인다.

이 시를 쓰고 나서 5년 후인 1971년에 결국 후헬도 동독을 떠났다. 당시 독일(서독) 펜클럽 회장이자 정의의 투사였던 노벨상 수상 작가 하인리히 뵐(Heinrich Böll)이 나서서 후헬이 동독 밖으로 여행할 수 있도록 성사시켰다. 동독을 떠난 후헬은 한동안 로마에 체류하다가 독일 남부의 작은 시골 마을에 은거하며 여생을 보냈다. 그는 동독에서도 사실상 망명자였고 서독에서도 망명객이었다.

일찍이 나치 치하에서도 후헬은 국내 망명자로 암울한 시절을 버텼다. 1933년 나치가 집권하기 직전에 그는 『소년의 연못』(*Knabenteich*)이라는 첫 시집을 출간하려고 인쇄 준비까지 마친 상태였다. 그러나 나치가 집권하자 시집 출간을 취소했고, 전쟁이 끝날 때까지 한줄의 글도 발표하지 않았다. 나치 정권은 향토색 짙은 이 뛰어난 서정시인을 정권의 편으로 끌어들이려고 집요하게 압박했지만 후헬은 끝까지 굴하지 않았다.

자라 키르슈

(Sarah Kirsch, 1935~2013)

동독에서 창작활동을 시작한 여성 시인으로 가장 유명하다. 독일 남동부 하르츠 지방의 전원적인 환경에서 태어나 자랐고, 대학에서 산림학과 생물학을 공부했다. 20대 중반부터 작가 지망생들과 교유하면서 시 창작을 시작했고, 1967년에 첫 시집 『시골 체류』(*Landaufenthalt*)를 냈다. 창작 초기부터 이른바 '자라 사운드'(Sarah-Sound)라는 개성적 목소리로 주목을 받았고, 일찍부터 동독과 서독 양쪽 독자들에게 두루 호응을 얻었다. 1976년 동독 당국이 볼프 비어만(Wolf Biermann)의 동독 시민권을 박탈하자 이에 항의하여 연대서명했고, 다음 해에 동독을 떠나 로마에 체류하다가 서독에 정착했다. 대표작으로 『마법의 주문』(*Zaubersprüche*, 1973), 『순풍』(*Rückenwind*, 1976), 『겨울 시편』(*Wintergedichte*, 1978), 『이별』(*Trennung*, 1979), 『지상의 왕국』(*Erdreich*, 1982), 『겨울 음악』(*Wintermusik*, 1989), 『마왕의 딸』(*Erlkönigs Tochter*, 1992) 등의 시집과 다수의 산문집이 있다. 키르슈의 시는 자유로운 운율과 불규칙한 행갈이와 문장 연결 등으로 다채로운 의미를 연출한다.

그날

그는 2월 28일에 왔다, 창가에서
곰 가죽을 뒤집어쓴 채 내 옆에 붙어 서서 말했다
아, 정말 현기증이 나네. 나는 이 높이에
당신을 적응시킬 수도 있어, 내 사랑
나를 업는 법을 배워봐, 나도 몸을
가볍게 할 테니까. 그러려면 당신에게도
많은 기적이 일어나야 해: 내 머리는
당신의 손길로 자랄 거고 당신의 입은
내 입술 자국으로 자랄 거야 당신은 계속 내 목소리 들을 거야
내가 없더라도. 당신이 바람 속으로
내 이름을 부르면 만사형통이야.
마음씨 고운 이여 우리 줄리엣과 로미오가 될까?
상황은
유리해, 우리는
같은 도시에 살잖아, 하지만 국가는
우리가 등록된 국가는 제스처를 취하지, 내 나라는
자꾸만 나를 붙잡고 나한테 매달려 우리는
아주 불행할 거야 아, 당신은
방금 나와 얘기했는데

그날(Datum)

자라 키르슈는 동독을 대표하는 여성 시인이다. 나치 시대에 태어나 유년기를 보냈고, 본인의 의사와 무관하게 부모의 연고지를 따라 동독에서 청소년기를 보냈다. 여섯살 위인 귄터 쿠네르트(Günter Kunert)가 10대 후반에 동독을 조국으로 선택한 것과는 대조적이다. 20대 중반인 1960년 무렵부터 시를 발표하기 시작한 키르슈는 일찍부터 동독과 서독 양쪽에서 촉망받는 신예였다. 키르슈의 작가적 이력에서 특이한 것은 동독 당국도 그녀의 문학을 높이 평가했지만, 그렇다고 그녀가 체제 옹호적이지는 않았고 또 표나게 체제 비판적이지도 않았다는 점이다. 키르슈는 시에서 정치적인 문제를 직접 다루는 경우가 드물고, 그녀의 시는 대다수가 사랑이라는 주제로 수렴된다. 어쩌면 그래서 체제 대결의 장에서 상대적으로 자유로울 수 있었는지도 모른다. 어떻든 키르슈는 동독 작가들에게 넘기 힘든 장벽이었던 국외 여행도 자유롭게 할 수 있었다. 동구권 나라들과 서독뿐 아니라 미국과 프랑스 등 서방 국가들도 비교적 자유롭게 드나들 수 있었다.

이 시는 1976년에 출간된 시집 『순풍』에 수록된 작품이다. 키르슈가 서독의 시인이자 화가인 크리스토프 메켈(Christoph Meckel)과 사귀던 무렵에 쓴 연애시다. 키르슈는 원래 1960년에 동독의 동료 문인과 결혼했으나 8년 만에 헤어졌다. 아마 키르슈가 서독으로 낭송회를 갔을 때 메켈을 만나서 둘이 사귀기 시작한 것으로 보인다. 이 시를 쓰던 당시 키르슈는 동베를린에 살았고 메켈은 서베를린에 살았는데, 이 시는 메켈이 키르슈의 집을 찾아온 것을 제재로 삼고 있다. 참고로 말하면, 동베를린에서 서베를린으로 가려면 미리 동독 당국의 허가를 받아야 했지만, 서베를린 시민이 동베를린으로 가는 것은 자유로운 편이었다.

시의 첫머리에서 2월 28일이라는 날짜를 언급하는 것이 어떤 특별한 의미가 있는지는 시 자체로는 짐작하기 어렵다. 시의 화자와 "그" 두 사람만이 공유하는 어떤 비밀이 있지 않을까 하는 추측을 불러일으킨다. '그날'이라고 번역한 제목을 직역하면 '날짜'다. 그러니까 중요한 날인 것은 분명하다. 어쩌면 "그"가 처음으로 찾아온 날일 수도 있다. 만약 그렇다면 이 시는 "그"가 처음 찾아왔던 날을 돌아보는 회상일 텐데, 그러나 끝까지 읽어보아도 회상이라는 느낌은 들지 않는다(과연 그럴까?). 서술 형식으로 보면 "그는 2월 28일에 왔다"라는 서술은 일기체의 느낌을 준다. 그러니까 첫 행은 이 시가 지극히 개인적인 체험의 고백일 거라는 기대를 심어준다. 그래서 사실적인 진술을 기대하게 되지만, 바로 다음의 서술은 이런 기대를 무너뜨린다. "곰 가죽을 뒤집어 쓴"이라는 구절 때문이다. 우선 진짜 "곰 가죽"인지부터 분명치 않다. 아직 동물보호 개념이 희박했던 시절에 진짜 곰 가죽을 방한용으로 사용했을 수도 있겠지만, 그렇다 해도 가난한 시인에게는 어울리지 않는 희귀품이다. 어쩌면 곰 가죽처럼 생긴 방한 외피일 수는 있겠다. 곰은 북극에서도 겨울을 너끈히 견디니까 방한용품의 디자인으로 제격이다. 그런데 2월 하순에 한겨울 방한 모피를 뒤집어쓰고 있는 것은 그다지 자연스럽지 않다. 그렇다면 어째서 하필 "곰 가죽"일까? 여기서부터는 독자가 자유롭게 상상할 수밖에 없다. 필자에게 떠오르는 하나의 상상은 곰 가죽처럼 생긴 방한 외피가 어린아이에겐 근사한 장난감일 수도 있지 않을까 하는 것이다. 1968년에 이혼한 키르슈는 얼마간 다른 남자와 사귀면서 둘 사이에 아들이 태어났는데, 그 아들이 1969년생이므로 이 시를 쓰던 무렵에 대여섯 살이었다. 이런 형편을 고려하면 "그"가 곰 가죽을 뒤집어쓴 것은 키르슈의 어린 아들과 함께 놀아준 직후의 상황일 수 있다. 이런 추측이 가능하다면 "그"는 '아빠' 역할을 잘할 수 있는 자상한 성격의 소유자일 것이다. 다른 한편 곰은 그림 동화 「백설 공주」에서 백설 공주를 구해줄 왕자가 처음 나타날 때의 모습이다. 이 동화적 상상을 대입하면 "그"는 마녀의 마법에 걸려 깊은 잠에 빠져 있는 백설 공주를 구해줄 왕자님이다. 시의 화자와 "그"는 백설 공주와 왕자님이 된다! 이런 동화적 상상을 통해 동독의 얼어붙은 땅에 갇힌 '백설 공주'와 자유로운 나라에서 온 '왕자'의 관계를 떠올렸다면 지나친 상상일까? 저명한 비평가 라이히-라니츠키(Marcel Reich-Ranicki)는 자라 키르슈의 시에서 남녀 간의 애정 문제는 언제나 동서독 분단의 상징이라고 했다. 뒤에 이어지는 이 시의 문맥에서도 그런 해석은 가능하다. 어떻든 키르슈의 시에서 자연 대상이나 사물은 시인의 지극히 내밀한 감정과 복합적인 (초)현실적 상상을 연결하는 은유로 기능한다. 이것이 키르슈 시의 핵심 특징 중 하나다.

3행에서 "그"가 현기증이 난다고 하는 말도 묘하다. 당시 키르슈는 동베를린의 아파트 17층에 살고 있었다. 그러니까 창밖으로 내려다보면서 정말 현기증이 난다는 말이다. 이런 정황을 모르고 읽으면 주체할 수 없을 정도로 너무 행복하고 가슴 벅차서 현기증이 난다는 뜻으로 이해하는 것이 자연스럽다. 다른 한편 서베를린에서 온 "그"가 동베를린 아파트의 높이에 현기증을 느낀다는 것은 아이러니다. 동베를린보다는 단연 서베를린에 고층 아파트가 많기 때문이다. 그렇게 보면 이 "현기증"은 서베를린의 작가가 검문소를 통과해서 동베를린에 있는 연인을 만나야 하는 어려움, 분단의 장벽을 넘어야 하는 어려움을 토로하는 것이라 할 수 있다. 키르슈의 회고에 따르면 메켈이 서베를린에서 찾아오면 그날밤에 다시 두시간이 걸려 서베를린으로 돌아가야 했다고 한다(당시 법에 따르면 서베를린 시민이 체류 허가증이 없이 동베를린으로 가면 당일 안에 서베를린으로 돌아와야 했다). 이처럼 지극히 사실적인 묘사가 다양한 연상을 불러일으키는 것도 키르슈 시의 중요한 특징이다.

그다음부터 11행의 "만사형통이야"까지는 모두 화자의 서술이다. 이 부분은 앞의 진술이 그다음 진술에서 계속 변주되면서 연쇄반응을 일으키는 서술방식을 보여준다. 이것 역시 키르슈 시의 핵심 특성이다. 화자인 "나"는 "이 높이에/당신을 적응시킬 수도 있어"라고 자신감을 표현한다. 그러고는 "나를 업는 법을 배워봐"라고 딴소리를 한다. "그"가 아파트의 높이에 현기증이 난다고 하니까 나를 업고 여기까지 올라와봐, 자꾸 하다보면 익숙해질 거야, 하는 식이다. 이 아파트의 "높이"가 동서독 체제의 차이로 인한 장벽을 암시한다면 나를 업고 그 장벽을 넘어보라는 말이다. '업다'(tragen)라고 번역한 독일어는 원래 '옮기다, 데려가다'라는 뜻이다. 그 뜻에 충실하게 이해하면 당신이 나를 만나러 동베를린까지 오느라 힘들었는데, 정 그렇게 힘들면 나를 서베를린으로 데려가보란 말도 된다. "몸을/가볍게" 하겠다는 말은 그런 뜻에 더하여 동독체제의 중압에 짓눌리지 않겠다는 다짐으로 읽을 수도 있겠다. 이 부분에서 느껴지는 유머는 넉넉한 자신감의 표현이다. 그다음에 "그"에게 "기적"이 일어나야 한다는 말은 뒤의 진술 내용을 보면 결국 '사랑의 기적'을 가리킨다. 두 사람의 사랑이 무르익으면 지금의 "현기증"도 극복할 수 있다는 것이다. 그러면 설령 서로 떨어져 있어도 서로의 목소리를 들을 수 있고, 바람이 전하는 기별에도 "만사형통"이다.

그러나 12행부터는 다시 현실의 장벽을 이야기한다. 동독과 서독이 적대관계로 대결하는 한 우리는 줄리엣과 로미오가 되지 않을까? 같은 도시에 살지만 각자 속한 국가는 만나지 말라는 제스처를 한다. 그런 국가가 나를 놓아주지 않으니 우리는 정말 불행해지지 않을까? 이런 불안의 여운 속에서 시는 끝난다. 아니, 마침표를 찍지 않았으니 끝난 것이 아니다. 우리가 "등록된" 국가라는 말은 국가가 우리의 '이름'을 등록해놓아도 '몸'을 가둘 수는 없다는 뜻을 함축한다. 사랑으로 자라나고 성숙한 몸은 이름보다 위대하고 국가보다 영원하다. 또한 '내 나라가 나를 붙잡고 나한테 매달리는' 상황은 내가 마음먹으면 얼마든지 내 나라를 뿌리칠 수도 있다는 말이다. 이처럼 통념을 뒤집는 발상은 "줄리엣과 로미오"라는 어순에서도 엿볼 수 있다. '로미오와 줄리엣'의 숙명적 비극을 이름 순서를 바꾸어 허물어볼 수도 있지 않을까 하는 발상의 전환을 시도하는 것이다. 이것은 둘의 사랑이 체제 대결의 장벽을 허물 수도 있지 않을까 하는 연상을 유발한다. 이러한 연상은 단지 "줄리엣과 로미오"라는 자구 수정에서만 비롯된 것이 아니라, 예컨대 앞에서 '당신이 나를 업어봐, 그러면 나도 몸을 가볍게 할 테니'라고 힘든 상황을 극복하기 위해 서로 역할 놀이를 해보자고 유희적인 제스처를 취하는 태도와도 연동된다.

키르슈는 이 시가 수록된 시집이 출간된 다음 해(1977년) 서독으로 가서 다시 동독으로 돌아가지 않았다. 훗날 키르슈는 그렇게 서독으로 망명한 후에도 한동안은 '망명'했다는 느낌이 들지 않았노라고 고백했다. 동독에 있을 때에도 비교적 자유롭게 서독과 서방세계를 왕래했기 때문일 수도 있다. 더 근본적으로는 동독체제의 중압을 단지 정치적 문제로만 보지 않고 개인적 실존 문제로 — 키르슈 시의 일관된 주제인 사랑의 문제로 — 접근해 소화할 수 있었기 때문일 것이다.

폴란드 태생의 독일 시인 호르스트 비네크(Horst Bienek)는 2차대전 후 독일 시단에서 진정한 사랑의 시는 모두 여성 시인들이 썼다면서, 그 대표자로 마리 루이제 카슈니츠, 잉게보르크 바흐만 그리고 자라 키르슈를 꼽았다. 키르슈의 시는 처음 읽으면 좀 단조롭고 엉뚱해 보이지만 자꾸 읽다보면 빠져드는 매력이 있다.

귄터 쿠네르트

(Günter Kunert, 1929~2019)

전후 동독에서 창작활동을 시작한 작가 중에 가장 다채로운 재능을 지닌 작가로 꼽힌다. 18세에 처음 시를 발표했고, 2차대전 종전 후 동베를린에서 5학기 동안 미술 공부를 했는데, 자신의 작품에 직접 삽화를 그리기도 했다. 21세에 첫 시집 『이정표와 장벽에 새긴 글씨』(*Wegschilder und Mauerinschriften*, 1950)를 냈고, 작가 초년 시절에 당시 동독 문단의 원로였던 브레히트의 총애를 받았다. 쿠네르트는 일찍부터 특정한 이념을 맹신하는 태도를 경계했다. 동독 사회의 문제에 대해 비판적인 작품들을 발표했고, 결국 1979년에 서독으로 망명했다. 쿠네르트의 시는 전통적인 형식을 자유롭게 변형한 다채로운 스타일을 구사한다. 대표작으로 『이 하늘 아래에서』(*Unter diesem Himmel*, 1955), 『어느 행성에 대한 추억』(*Erinnerung an einen Planeten*, 1963), 『불청객』(*Der ungebetene Gast*, 1965), 『분필 노트』(*Notizen in Kreide*, 1970), 『유토피아로 가는 길에』(*Unterwegs nach Utopia*, 1977) 등이 있고 그밖에 다수의 산문 작품집이 있다.

유토피아로 가는 길에

새들: 날아가는 짐승들
이카로스의 행렬
찢어진 깃털
꺾인 날갯짓
도대체 눈도 없고
피 흘리며 겁에 질린
퍼덕임
조류학자들의 분류 기준에 따르면
유토피아로 가는 길
아무도 살아서는 도달하지 못한 곳
오직 그리움만이
겨울을 나는 곳

오직 시가 알아본다
지평선 뒤로 사라지는 것
참된 사랑과 죽음 같은 것
삶의 두 날개
완벽한
최종상태에서
최후의 불안에 의해 움직이는.

유토피아로 가는 길에(Unterwegs nach Utopia)

권터 쿠네르트가 1977년에 쓴 이 시는 동독 체제가 표방한 사회주의 유토피아를 비판하고 있다. 짧고 간결하지만 시인의 개성을 알아볼 수 있는 작품이다. 첫 행부터 특이한 어법을 구사한다. "새들" 다음에 콜론(:)을 넣은 것은—뒤에서 "조류학자들"을 언급하므로—"새들"에 대한 사전적(학술적) 정의를 시도하려는 제스처를 가장하고 있다. 그러나 "날아가는 짐승들"은 어쩐지 형용모순처럼 들린다. 그냥 '날짐승'이라고 번역하면 자연스럽지만, 낯익은 말을 낯설게 하려는 시적 의도를 살려 '날아가는 짐승들'로 번역했다. 2행의 "이카로스"는 밀랍으로 붙인 날개를 달고 태양을 향해 날다가 밀랍이 녹아서 추락했다는 신화적 존재다. 이로써 사회주의 건설의 역사적 실험은 좌절할 수밖에 없는 무모한 시도로 간주된다. "행렬"은 사회주의체제의 집단주의를 가리킨다. "찢어진 깃털"과 "꺾인 날갯짓"은 추락을 이미 기정사실로 예고한다. '눈도 없는' 맹목적인 비상이고, 이 무모한 "행렬"에 동원된 새들은 이미 피 흘리고 공포에 질려 있기 때문이다. 여기서 "피"는 1953년 동독의 민주화 시위, 1956년 헝가리 사태, 1968년 '프라하의 봄'이 모두 유혈로 진압된 비극을 암시한다. 그럼에도 "조류학자들", 즉 사회주의체제의 옹호자들은 이 무모한 모험이 유토피아로 가는 길이라고 강변한다. 그러나 유토피아는 '어디에도 없는 땅'이라는 말뜻 그대로 살아서 지상에서 도달할 수 없는 곳이다. 쿠네르트는 사회주의가 "세속화된 신앙"이라고 했다. 내세의 구원을 앞세워 현세의 고난을 감내하라는 종교와 다를 바 없다는 것이다.

1연 마지막에서는 얼어붙은 겨울을 버티고 견딜 수 있는 것은 "그리움"이라고 말한다. 괴테의 시 「복된 동경」에서 불나비가 불을 향해 날아가 자신을 바치는 사랑이 여기서 말하는 "그리움"이다. 괴테의 시에서 그런 그리움에 따르는 죽음은 "죽어서 되어라"라는 지상명령이다. 다시 말해 나의 죽음이 더 풍요로운 삶의 생성에 밑거름이 되라는 것이다. 그것이 죽음을 불사하는 진정한 사랑이다. 따라서 2연에서 말하는 시의 소명인 "참된 사랑과 죽음"으로 연결된다.

2연 1행에서 "오직 시가 알아본다"라고 할 때 '알아보다'(gewahren)라는 말은 진실(wahr)을 알아보고 간직한다는 뜻이다. "참된"(wahr) 사랑의 진실을 알아본다는 말이다. 그러므로 진실을 간직하는 시의 힘은 가시적인 역사의 지평이 아무리 암울해도 그 지평선 너머를 보게 해준다. "참된 사랑과 죽음"이라고 할 때의 "죽음"은 참된 사랑을 위한 것이므로 1연에서 말하는 맹목적 희생의 강요와는 반대되는 것이다. 마찬가지로 "삶의 두 날개"는 1연의 '꺾인 날개'와 대비된다. "삶의 두 날개"는 더이상 희망이 보이지 않는 "완벽한 최종상태"에서도, 죽음에 대한 "최후의 불안"이 엄습할 때도, 의연히 살아 움직인다. 여기서 "완벽한 최종상태"라는 표현은 추상적이고 뜻이 모호해 보인다. 이 시의 내적 구조로 보면 1연의 전반부와 대칭되는 2연 마지막에 있으므로 1연에서 묘사한 고난이 결국 돌이킬 수 없는 파국적 종말에 이를 것임을 단언하는 것이라 할 수 있다. 다른 한편 "최종상태"라는 표현은 독일 현대사에서는 나치의 유대인 학살을 떠올리게 한다. 나치 정권은 유대인 집단학살 결정을 "최종 해결책"이라 표현했다. 그런 맥락에서 보면 "참된 사랑과 죽음"은 그런 역사의 참극에도 굴하지 않겠다는 의연한 결의의 표명이다. 쿠네르트는 어머니가 유대인이어서 모계 쪽 식구들은 대다수가 강제수용소에서 죽음을 맞았다. 쿠네르트 자신은 유대인 탄압이 시작되면서 초등학교를 그만두어야 했고, 전쟁이 끝날 때까지 더는 학교를 다니지 못하고 언제 끌려갈지 모르는 불안에 떨어야 했다. 이 시에서 "완벽한 최종상태"라는 표현은 그런 유년기의 기억과 무관하지 않을 것이다. 시를 쓴 1977년의 시점에서 보면, 그런 암흑기도 견뎠으니 억압적 동독체제를 능히 견뎌야 한다는 시인의 자기다짐을 연상케도 한다. 그렇지만 이 시를 쓰고 나서 2년 후에 쿠네르트는 결국 동독을 떠났다. 그 전에도 그는 동독의 반체제 작가로서는 매우 이례적으로 미국(1972/73)과 영국(1975)에 장기 체류한 적이 있다. 선배 시인 페터 후헬이 서독 작가 하인리히 뵐의 도움으로 동독을 떠날 수 있었듯이, 쿠네르트 역시 서방에 유력한 조력자들이 있었던 것이다.

다시 시로 돌아가면, 이 시는 쿠네르트 시의 중요한 특징 두가지를 고스란히 보여준다. 1연에서 "날아가는 짐승들/(…)/퍼덕임"은 시각적 묘사가 두드러진다. 앞에서 언급한 대로 쿠네르트는 나치 치하에 초등학교를 중퇴했는데, 전쟁이 끝난 후 10대 후반에 5학기 동안 동베를린에 있는 미술대학에서 공부했다. 미술 공부를 통해 단련된 시각이 그의 시에 일종의 '그래픽 언어'를 구현한 셈이다. 이 시에서 보듯이 동사를 생략한 시각적 형상들의 병치는 역사의 단면을 잘라놓은 느낌을 주며, 역사의 정지상태를 생생한 시각적 이미지로 보여준다. 다른 한편 2연에서 "지평선 뒤로 사라지는 것/참된 사랑과 죽음 같은 것/삶의 두 날개" 같은 표현은 역사적 경험과 개인적 체험에서 얻은 통찰을 짧은 경구로 압축하는 격언시(에피그램)의 면모를 보여준다. 1연 전반부의 암울한 시각적 이미지와 대비되는 희망적 반전에 힘입어 이 경구는 그만큼 더 설득력을 얻는다. 1연과 2연이 미묘한 (역)대칭 구도로 대비되는 것도 의미를 함축하는 시각적 구성이다. 그 대칭의 (불)균형을 떠받치는 축이 "그리움"이다.

쿠르트 드라베르트

(Kurt Drawert, 1956~)

동독에서 태어나 성장한 작가 중 현재까지 가장 의욕적인 활동을 하는 대표적 작가이다. 초등학교 졸업 후 전기 기술공 교육을 받았고, 여러 직업을 전전하다가 뒤늦게 서른살에 대학을 졸업했다. 1986년부터 전업작가로 활동하기 시작했고, 다음 해에 동독에서 첫 시집 『두번째 재고 조사』(*Zweite Inventur*, 1987)를 냈다. 독일 통일 후 과거 동독에서의 성장 과정과 통일 후의 현실을 비판적으로 조명한 자전소설 『거울 나라』(*Spiegelland*, 1992)로 잉게보르크 바흐만 문학상을 수상했다. 자신의 의지와 전혀 무관하게 동독에서 태어난 세대답게 드라베르트는 '진정한' 사회주의에 대한 기대도 없고 서독의 비교우위에 대한 환상도 없다. 그의 시는 동독 시절에 경험한 소외와 억압이 통일된 독일에서 또다른 방식으로 반복되는 양상을 예민하게 감지하고 해부한다. 대표작으로 『사유재산』(*Privateigentum*, 1989), 『그것이 있던 자리』(*Wo es war*, 1996), 『전원시편, 회고풍으로』(*Idylle, rückwärts*, 2011), 『내 시대의 육체』(*Der Körper meiner Zeit*, 2016) 등의 시집과 『드레스덴. 두번째 시대』(*Dresden. Die zweite Zeit*, 2020) 등의 소설, 그밖에 다수의 산문집과 방송극, 희곡, 번역서가 있다.

현황 묘사. 중간 보고

작센의 L시,
여러 시대의 폐기물 속에
나는 아무것도 가진 게 없다

잃었다. 얻었다
출신지의 종말에 대한 통찰을.
남은 것은

이름이다
나라고 추정되는
인물의,

관청 서류에
적힌 이름,
그리고 나의 왼발이

자꾸만 아프고
엉망이 된다는 것.
그러니 자유도

라디에이터 속에서
조절되는 소용돌이,

전혀 도움이 되지 않는다

어제의 모든 물건이
청산되는
마지막 멋진 길,

사멸하는 장소들을
잊어버리는
자비는 도움이 되지 않는다.

정치적으로 볼 때
비유적으로 말해 나는
오래전부터 더는 할 말이 없다,

그래서 나는 분명히 말한다:
오늘에 이르기까지 나의 세월은
꺾인 발걸음을

질질 끌어온 흔적
이상에서 묘사한 이유에서
또다른 회색의 모래사장에서.

현황 묘사. 중간 보고(Zustandsbeschreibung. Zwischenbericht)

동독에서 태어나고 자란 쿠르트 드라베르트는 1956년생이다. 동독의 시인들 중 앞에서 살펴본 페터 후헬이 1920년대부터 시를 썼던 1세대 작가이고, 귄터 쿠네르트가 동독 건설 초기부터 작품활동을 한 2세대 작가라면, 드라베르트는 3세대 작가인 셈이다. 후헬의 시는 깊은 향토적 서정성을 바탕으로 하고, 그림 공부를 했던 쿠네르트는 모던한 시각적 상상력이 뛰어나다. 두 작가 모두 동독체제에 진지하게 맞서고 대결했다는 공통점이 있다. 반면에 드라베르트는 동독체제에 냉소적이고 그의 시적 언어 역시 쿨하고 드라이하다.
그런데 이러한 세대 차이는 드라베르트 자신의 개인사에서 특별한 의미를 갖는다. 1992년 발표한 자전소설 『거울 나라』는 성장기에 아버지, 할아버지와 겪은 갈등이 중심축을 이룬다. 드라베르트의 성장기에 특이한 것은 아버지가 동독 경찰의 고위 간부였음에도 불구하고 실업계 중고등학교에서 전기공 교육을 받았으며, 졸업 후 여러해 동안 공장과 빵집, 우체국 등을 전전하며 허드렛일을 했다는 사실이다. 이른바 '금수저' 집안에서 문제아로 삐딱선을 탄 것이다. 소설에서 자세히 묘사되지만 그것은 동독체제의 충실한 수호자였던 아버지의 요구에 순응하지 않겠다는 반항심 때문이었다. 부자간 갈등을 단적으로 말해주는 것은 '드라베르트'가 개명한 성씨라는 사실이다. 그의 원래 이름은 쿠르트 뮐러(Kurt Müller)였으나, 실업계 학교 재학 중이던 18세에 결혼하면서 뮐러 가문의 성을 버리고 부인의 성으로 개명하여 그야말로 성을 갈아치웠다. 18세의 어린 나이에 결혼했다는 사실 자체가 이미 아버지의 후견자적 지위를 인정하지 않겠다는 독립선언이었던 셈이다.
할아버지와의 갈등은 나치 시대와 관련 있다. 할아버지는 자신이 일찍이 나치 정권에 저항한 투사였다고 늘 자랑해왔다. 2차대전에 징집되어 연합군의 포로가 되었던 것도 나치의 전투 명령을 거부하기 위한 방편이었노라고 말하곤 했다. 동독 건설 과정에서는 '불굴의 맑시스트'로 사회주의 건설에 헌신했다는 것을 늘 강조해왔다. 그리고 어느 시점부터 할아버지는 자신의 영광스러운 이력을 자서전으로 집필한다. 이런 연유로 드라베르트는 성장기에 할아버지를 늘 존경했다고 회고한다. 하지만 청년기 초입에 접어들 무렵 우연히 할아버지의 숨겨진 사진 한장을 발견하면서 할아버지가 자랑해온 영광스러운 이력은 '순전한 허구'임이 드러난다. 그 사진에는 군복 차림의 할아버지가 당당한 포즈를 취하고 있고, 어린 아들들이 아버지의 위풍당당한 모습을 우러러보는 모양새를 취하고 있는데, 사진 아래쪽에는 "총통과 민족과 조국을 위하여—1941년 성탄절"이라는 문구가 적혀 있었던 것이다. 할아버지는 자신의 주장과는 정반대로 히틀러 숭배자였던 것이다. 이처럼 자신의 이력을 날조한 할아버지를 드라베르트는 "회색 속옷 위에 빨간 겉옷을 걸친 형국"이라며 환멸감을 감추지 못한다.

이런 세대 갈등의 뿌리를 추적하는 자전소설 『거울 나라』는 작가의 가족사에 각인된 나치 시대와 동독 역사에 대한 냉철한 자기점검이다. 이 소설이 선배 세대 작가들이 발표한 종래의 체제 비판 작품들과 확연히 다른 점은 바깥의 적을 비판하는 것이 아니라 '내 안에 있는 적'에 집요하게 천착한다는 것이다. 이 소설이 잉게보르크 바흐만 문학상(1993)과 우베 욘존 문학상(1994)을 연이어 수상한 것은 그럴 만한 이유가 있다.

이제 시를 읽어보자. 이 시는 1996년에 출간한 시집 『그것이 있던 자리』에 수록되었다. 그러니까 베를린 장벽이 무너지고 7년이 지난 후에 발표한 작품이다. 우선 시의 제목이 특이하다. '현황 묘사'는 드라베르트가 동독 말기에 출간한 첫 시집 『두번째 재고 조사』를 떠올리게 한다. '재고 조사'는 상업부기 용어로 재고 물품을 낱낱이 조사하고 대차대조표를 작성하는 것이다. '현황 묘사'는 그보다는 느슨한 유보적이고 조심스러운 표현이다. 그래서 이 '현황 묘사'가 잠정적이라는 뜻으로 '중간 보고'라고 덧붙였다. 그런데 '두번째 재고 조사'라는 제목은 이 책의 6부 첫머리에 수록된 귄터 아이히의 시 「재고 조사」

에서 따온 것이다. 귄터 아이히의 「재고 조사」는 나치 시대와 전쟁을 겪고 나서 폐허 속에서 우리에게 남은 것은 과연 무엇인가 하는 통렬한 질문이다. 이 질문을 이어받는 드라베르트의 「두번째 재고 조사」는 동독 40년의 역사에서 남은 것은 무엇인가 하는 질문이었다. 그리고 다시 그 질문을 이어받는 이 시 「현황 묘사. 중간 보고」는 동독이 붕괴하고 7년이 지난 지금 '나'에게 남은 것은 무엇인가를 묻는다. '우리'에게 던지는 질문이 아니라 '나'에게 던지는 질문이다.

1연에서 "L시"는 라이프치히를 가리킨다. 시인이 성장기를 보낸 고향 도시이지만 요령부득의 이니셜일 뿐이다. 이로써 고향은 정체불명의 익명의 도시가 된다. 더구나 그곳은 "여러 시대의 폐기물"이 쌓인 곳이다. 여기서 "폐기물"(Auswurf)은 매우 다의적이다. -wurf는 werfen(던지다)이라는 어원에서 유래했고, 그래서 Auswurf는 원래 나쁜 뜻이 아니고 뭔가를 과감히 내던진다는 모험적 시도의 뜻을 담고 있다. 이를테면 '주사위 던지기'라는 뜻도 있다. 그리고 의학적으로는 '객담'이라는 뜻도 있다. 몸이 소화하지 못하는 나쁜 기운을 밖으로 내뱉는다는 뜻이다. 이 시의 맥락으로 말하면 언어로 소화할 수 없는 역사적 경험을 '담'으로 내뱉는 것이니, 바로 이 시 자체를 가리킨다. 이 시에서 "폐기물"은 그 모든 뜻을 함축한다.

라이프치히는 동독 땅이 되기 전에 독일 역사에서 가장 유서 깊은 문화도시였다. 중세부터 유럽에서 가장 큰 박람회가 열리는 도시의 하나였다. 특히 나치가 집권하기 전까지는 독일 최고의 도서박람회가 열렸던 곳이다. 동서독 분단 이후에는 프랑크푸르트 도서박람회가 세계 최고의 박람회로 자리 잡았지만, 그것은 동서독 분단 후 라이프치히의 손실을 대체하는 데서 출발했다. 그리고 라이프치히는 괴테가 대학을 다녔던 곳이다. 그러므로 "여러 시대의 폐기물"이라는 말은 그 모든 역사적 기억까지도 간직하고 역사의 모든 영욕을 안고 있는 기억의 공간을 가리킨다. 그러나 이 엄청난 역사적 기억의 저장고에서 시의 화자 "나"가 가진 것은 아무것도 없다. 이것이 냉철한 '재고 조사'에 대한 '현황 묘사'의 시작이다.

1연의 마지막 행은 따로 읽으면 "나는 아무것도 가진 게 없다"이지만 독일어 원문에서는 2연의 첫 행 앞부분과 연결되어 '나는 아무것도 잃은 게 없다'로 번역된다. 가진 게 없으니 잃을 것도 없다는 말이다. 그런데 2연의 첫 행만 따로 보면 "잃었다"로 읽힌다. 이른바 '루저'가 되었다는 말이다. 그나마 '얻은 것'도 "출신지의 종말에 대한 통찰"일 뿐이다. 그러니 "잃었다"는 말보다 더 지독한 자기상실의 확인이다.

2연 첫 행 "잃었다. 얻었다"는 상업부기의 대차대조표에서 '대변'(잃었다)과 '차변'(얻었다)을 연상케 한다. 대변의 '자본금'은 몽땅 잃었다. 차변에 기입될 '부채'는 원래 건전한 경제라면 미래를 위해 투자하는 든든한 밑천이다. 그 밑천을 "얻었다"고 생각했지만, 막상 재고 조사를 해보니 "출신지의 종말"만 있을 뿐이다. 애초에 잘못된 투자였다는 것이다. 여기서 사실상 재고 조사는 끝났다. 그런데 2연 마지막에 다시 "남은 것은"이라고 운을 뗀다. 그래도 무슨 할 말이 있다는 것인가. 1연과 2연 마지막에서 문장이 종결되지 않고 다음 연으로 이월되는 이러한 어법은 이 시의 진술이 결코 종결될 수 없는 '중간 보고'임을 계속 상기시킨다.

여기서 "남은 것은"(Was bleibt)이라는 구절은 독일 문학사에서 시의 존재 이유를 호소하는 유명한 구절이다. 앞에서 다룬 횔덜린의 시 「회상」의 마지막 행에 나온다("머무는 것은 그러나 시인이 짓는다"). 그 시에서는 "머무는 것은"이라고 번역하였다. 역사의 풍파와 세월의 무상함을 견디고 변치 않는 것을 집을 짓듯이 짓는 것이 시인의 소명이라는 말이다. 드라베르트는 감히 횔덜린의 시구를 불러내어 "남은 것"은 무엇일까 자문한다. 그러나 아무리 생각해도 "남은 것"은 그저 이름뿐이다. 유서 깊은 라이프치히가 L로 남았듯이. 그나마도 그저 "나라고 추정되는/인물의" 이름일 뿐이다. 앞에서 말한 대로 드라베르트는 본래 성씨를 개명했으니 그의 이름도 그저 "추정"일 뿐이다. 나에게 남은 것이라곤 나의 이름이 무엇인지도 알 수 없는 극단적 불확실성이다. "관청 서류에/적힌 이름"이 내가 아닌 것은 당연하다. 그 이름은 동독 체제를 수호한 아버지의 성씨를 물려받고 아버지가 지어준 이름이기 때문이다.

이처럼 나의 이름조차 알 수 없어서 몸이 욱신거린다. "나의 왼발이/자꾸만 아프고/엉망이 된다." 이 구절은 (번역에서는 알아보기 힘들지만) 문법적으로 "남은 것은"이라는 주어에 연결되는 술어다. 그러니까 횔덜린이 시의 이상적 과제라 설파했던 '길이 남을 집을 짓는' 일은 이 시의 화자에겐 왼발의 통증으로 느껴질 뿐이다. 왼발이 아프다는 것은 동독 사회주의에 보조를 맞추려 해도 몸만 망가진다는 뜻이다. 물론 여기서 몸은 정신보다 민감한 온몸이다. 귄터 아이히의 「재고 조사」에서 "땅"(대지)이 유일하게 '시적인 언어'였듯이 이 시에서도 "왼발"은 그런 울림을 갖는다.

그런데 이 "왼발"의 통증에 동독이 붕괴한 후 "라디에이터" 안에서 관리되는 "자유"는 전혀 도움이 되지 않는다. "라디에이터"는 40년 동안 얼어붙은 동독을 녹이려는 서독 자본주의의 뜨거운 열기다. 더구나 이 라디에이터는 "어제의 모든 물건이/청산되는/마지막 멋진 길"이다. 여기서 '청산'(Entsorgung)은 과거의 역사가 남긴 모든 근심(Sorge)을 남김없이 없애는 것이다. 그래서 역사적 용어로 Entsorgung은 나치의 죄악을 조급하게 청산하려는 역사 지우기와 망각을 가리킨다. 그러니까 독일 통일이 독일사의 모든 참상을 청산하는 망각의 계기가 될 수는 없다는 말이다. 그래서 "사멸하는 장소" 동독을 어서 잊으라는 "자비"는 (자본주의) 사이비 종교의 허세다.

그다음 9연 이하는 이상의 '현황 묘사'에 대한 논평, 그러니까 시에 관한 메타적 진술이다. "정치적으로 볼 때/비유적으로 말해"라는 말은 이중의 난센스다. 9연을 산문적으로 풀어 쓰면 '나는 정치적으로는 할 말이 없다'는 것이다. 거창한 정치적 담론을 들먹이지 않고 오로지 나의 신상에 대한 '현황 점검'에만 집중하겠다는 말이다. 그런데 이런 무미건조한 진술에 "비유적으로 말해"라는 수식어를 덧붙인 것은 전혀 비유적이지 않은 이러한 진술을 제발 비유로 받아들이지 말라는 것이다. 냉철하게 '재고 조사'만 하자는 것이다.

그래서 비유의 베일을 걷어내고 '명확하게' 말하겠다고 한다. 그 내용을 담은 마지막 2연이 사실은 이 시 전체를 아우르는 비유다. 내가 살아온 세월은 모래 위에 절뚝거리는 걸음으로 걸어온 흔적이라는 것이다. 그러나 앞에서 묘사한 그 모든 이유에서, 내가 살아온 세월이 모래 위에 쓴 글씨에 불과하지 않을까 하는 불안이 가시지 않는다. 시의 마지막 행 "또다른 회색의 모래사장"이라는 비유는 다의적이다. 여기서 "회색"은 나치의 군복과 제복 색깔이다. 앞에서 언급한 대로 『거울 나라』에서 현재 동독체제의 열렬한 옹호자인 할아버지가 나치 지지 전력을 숨겼던 것을 "회색 속옷 위에 빨간 겉옷을 걸친 형국"이라 했을 때의 바로 그 "회색"이다. 동독이 붕괴하고 독일이 통일된 현시점에 다시 나치의 망령을 떠올리는 것은 보기에 따라서는 너무 과거에 얽매인 태도로 보일지도 모르겠다. 그러나 이 시는 철저한 자기점검인 만큼 앞에서 살펴본 대로 시인의 가족사에서 나치 과거는 청산(극복)되지 못한 과거의 짐으로 남아 있다. 물론 더 절박한 것은 동독의 역사를 어떻게 극복할 것인가 하는 문제일 것이다. 그래서 "또다른" 회색이라는 단서를 달았다. 다른 한편 회색은 괴테의 『파우스트』에서 메피스토펠레스가 일갈한 "모든 이론은 회색이다"라는 유명한 구절을 떠올리게 한다. '모래사장 위에 꺾인 다리를 질질 끌고 온 흔적'은 글쓰기의 은유로 읽히므로 시의 화자는 이 시를 통해 진술한 '현황 묘사'도 현실과 유리된 관념적 사변에 그치는 것은 아닐까 하고 자신에게 되묻는 것이다. 이 시의 형식적 구성으로 보면 이 시 전체를 떠받치는 것은 마지막 행의 "또다른 회색의 모래사장"이다. 시인은 내가 사상누각을 짓는 것은 아닐까 자문하는 셈이다. 아직은 뭐라 단언할 수 없는 중간 보고다.

한스 마그누스 엔첸스베르거

(Hans Magnus Enzensberger, 1929~2022)

독일 남부의 뉘른베르크에서 태어났다. 2차대전 말기에 국민 돌격대에 차출되었다가 탈영했으며, 2차대전 종전 후 학업을 계속하여 1955년에 낭만주의 시인 브렌타노에 관한 연구로 박사학위를 받았다. 1957년까지 남독일 방송 라디오 부서에서 시사평론가로 일했다. 1957년 첫 시집 『늑대들을 옹호함』(*Verteidigung der Wölfe*)을 출간하자 '브레히트 이후 강력한 목소리를 가진 신예 정치시인'으로 주목받았고, 1963년에 게오르크 뷔히너 문학상을 수상했다. 실제로 브레히트의 영향을 강하게 받은 엔첸스베르거는 등단 이래 일관되게 급진적인 정치적 입장을 표명하면서도 파격적인 언어실험을 통해 개성적인 시세계를 구축한 것으로 평가받는다. 1960년대 말에는 급진적인 정치운동에 참여했고, 진보적 비평지 『쿠르스부흐』(*Krsbuch*)를 창간했다. 대표작으로 『지방 언어』(*Landessprache*, 1962), 『맹인 점자』(*Blindenschrift*, 1964), 『영묘(靈廟)』(*Mausoleum*, 1975), 『소멸의 분노』(*Die Furie des Verschwindens*, 1980), 『미래의 음악』(*Zukunfsmusik*, 1991), 『키오스크』(*Kiosk*, 1995), 『공기보다 가볍게』(*Leichter als Luft*, 1999), 『뒤죽박죽』(*Wirrwarr*, 2020) 등의 시집과 다수의 산문집이 있다.

오래된 유럽

빵집 앞에서 따뜻한 빵 냄새 맡으며
기니 출신의 뚱뚱한 마술사가
황금색 브레첼 간판 그림 아래에서
열쇠고리를 팔고 있다
회색 형제들의 거리에서.
(회색 형제들이 누구였더라?)

작은 체구에 다부진 밀매꾼들이
엄청나게 큰 운동화를 신고서
아무도 알아듣지 못하는
언어로 으르렁대며 다툰다
성령교회 묘지의 담벼락 옆에서.
(성령이 누구였더라?)

그리고 이제 보스니아 노파가
뻣뻣한 다리를 쭉 뻗는다,
몇분 동안 벤치 위에서,
1639년에 지은 엘레판트 하우스의
어두운 녹색 정문 뒤에 있는
어두운 녹색의 조용한 뒤뜰에서.

오래된 유럽(Altes Europa)

1995년에 나온 시집 『키오스크』에 수록된 작품. 전통적인 시의 운율과 율격을 무시하고 혼잣말처럼 중얼거리는 서술방식은 엔첸스베르거 후기 시의 두드러진 특징이다. 그러나 시어의 배열과 전체적인 구성은 매우 치밀하다. 1연과 2연에서는 유럽인의 눈에 매우 낯설어 보이는 이국적인 현상과 유럽의 오랜 기독교 전통을 대비한다. 이러한 대비는 1연에서 시행이 한줄씩 바뀔 때마다 교차하는 양상으로 나타난다. "빵집 앞에서 따뜻한 빵 냄새 맡으며/기니 출신의 뚱뚱한 마술사가" 서 있다. 빵은 일용할 양식이다. "빵집 앞에서 따뜻한 빵 냄새"라고 겹쳐 쓴 것은 안락하고 평온한 일상과 단란한 가정적 분위기를 물씬 풍긴다. 그런데 난데없이 그 빵집 앞에 "기니 출신의 뚱뚱한 마술사"가 서 있다. 그는 "황금색 브레첼 간판 그림 아래에서/열쇠고리를 팔고 있다". "황금색" 간판 그림은 1행의 안온한 분위기에 더해 넘치는 풍요를 시사하며, 기니 출신 마술사의 초라한 처지와 선명히 대비된다. 마술사는 당연히 흑인이므로 "황금색"과 뚜렷이 대비된다. 아프리카의 마술사라면 아마도 부족 내에서 사제로서 존경받는 지도자였을 텐데, (아마도 아프리카의 토속적인 장식을 한) 열쇠고리를 파는 (어쩌면 그러면서 구걸하는) 처지로 전락해 있다. 빵집 앞을 구걸 장소로 선택한 것은 안락한 일상과 가정을 누리는 빵집 손님들이 그래도 온정을 베풀지 않을까 하는 기대 때문일까?

그런데 이 빵집은 "회색 형제들의 거리"에 위치해 있다. "회색 형제들"은 13~14세기에 활동했던 프란치스카 교단의 일파로, 걸식을 신조로 삼는 청빈한 수도회로 알려져 있다. 그러나 이 시의 문맥에서 그런 사실은 중요하지 않다. 1연 마지막 행에서 괄호에 넣은 질문처럼 유럽의 오랜 기독교 전통과 관련된 "회색 형제들의 거리"라는 삶의 공간이 도대체 앞에서 묘사한 장면과 무슨 상관이 있는가 하는 의문이 중요하다.

2연에서는 마약이나 담배를 파는 밀매꾼들이 "아무도 알아듣지 못하는/언어로 으르렁대며 다툰다". 열쇠고리를 파는 아프리카 마술사가 이국적 호기심을 유발한다면 이 밀매꾼들은 위협적이다. 앞의 기니 출신 마술사와 달리 이 밀매꾼들이 정확히 어디 출신이라는 말은 없지만 불법 체류자들로 보인다. 오늘날 서양어에서 '야만인'(barbarian)을 뜻하는 말은 원래 고대 그리스에서 '알아들을 수 없는 말을 웅얼거리는 족속'이라는 뜻이었다. 아무도 알아듣지 못하는 언어로 으르렁대는 밀매꾼들은 위협적인 야만인들이다. 이들의 위협적인 야만성과 유럽의 보편 가치를 가리키는 "성령교회"가 대비된다. 밀매꾼들이 "작은 체구에" "엄청나게 큰 운동화"를 신고 있다는 것은 이들이 아직 청소년임을 암시한다. 어린 나이에 버젓이 거리에서 마약을 팔며 활개 치고 있으니 저들이 어른이 되면 얼마나 더 험악한 일을 저지를까. 그래서 더 위협적이다. 유럽인들 중에도 "회색 형제들" 교단을 모르는 사람은 있어도 "성령교회"를 모르는 사람은 없을 것이다. 하물며 "성령"이 누구였더라라는 물음은 거의 신성모독에 가깝다. 유럽인의 정신적 뿌리와 보편적 가치에 대한 근본적인 의문이다.

마지막 연은 "그리고 이제"라고 운을 떼면서, 앞의 두가지 사례에 이어서 이제 뭔가 결론적인 얘기를 하려는 제스처를 취한다. 1연에서 호기심의 대상으로서의 이방인을, 2연에서 위협적 대상으로서의 이방인을 부각했다면, 3연에서는 뭔가 종합적인 진단을 유도하려는 것으로 보인다. 시상의 이러한 변증법적 전개는 전통적인 소네트 형식의 전형적인 특징이다. 그러나 소네트는 4행-4행-3행-3행의 엄격한 짜임새를 고수하기 때문에, 이 시는 소네트 형식을 자유롭게 변형한 것이라 할 수 있다. "보스니아 노파가/빳빳한 다리를 쭉 뻗는다"라는 구절은 이 시가 발표된 당시 3년째 계속된 보스니아 내전을 떠올리게 한다. 노파는 아마 전란 중에 다리를 잃어서 의족을 하고 있는 것으로 보인다. 그러니까 보스니아 난민인 노파가 의족을 한 다리를 뻗고 벤치 위에 쉬고 있다. 그러나 이 휴식은 "몇분 동안"에 불과하며 한치 앞을 내다볼 수 없는 처지다. 보스니아 내전은 냉전체제가 붕괴된 직후 인구의 과반을 차지하는 보스니아계(이슬람)와 다른 두 세력, 즉 세르비아계(세르비아 정교)와 크로아티아계(가톨릭) 사이에 일어난 주권 다툼으로 잔혹한 인종청소의 참화였다. 냉전의 지붕이 녹아내린 후 이전에 잠복해 있던 인종적·종교적 갈등이 무력충돌로 불거진 보스니아 내전은 넓게 보면 근대 국가 형성 과정의 진통이라 할 수 있다. 국가 수립을 위한 국가적 통합의 준비가 되지 않은 상태에서 인종적·종교적 갈등이 이해세력 간의 유혈 권력투쟁으로 터진 것이기 때문이다.

3연 전반부가 암시하는 이 첨예한 현재적 갈등이 3연 후반부의 내용과 무슨 관련이 있을까? 앞의 1~2연에서 이방인의 돌발적 출현과 "오래된 유럽" 사이의 대비가 부각되었다면, 3연에서는 보스니아 내전과 후반부가 암시하는 30년전쟁의 유사성이 부각된다. 후반부에서 먼저 눈에 띄는 부분은 "1639년에 지은 엘레판트 하우스"다. 엘레판트 하우스의 함의는 일단 접어두고, 1639년이라는 숫자는 30년전쟁(1618~1648)을 가리킨다. 독일을 주무대로 벌어진 30년전쟁은 겉으로는 가톨릭과 개신교 세력 사이에 벌어진 종교전쟁이었지만, 실상은 종교를 방패로 이합집산했던 유럽 열강이 아직 근대 국가의 틀을 갖추지 못한 상태에서 최소한의 세력 균형에 도달할 때까지 서로 피 터지게 치고받은 정치적인 전쟁이었다. 전쟁은 예나 지금이나 정치의 연장선에 있다. 독일이 전쟁의 주무대가 되었던 것은 당시 300여개의 군소 영주국으로 쪼개져 있던 독일이 땅따먹기 놀이를 하기에 가장 만만한 곳이었기 때문이다. 이 시는 그런 30년전쟁의 역사적 기억이 남아 있는 건물의 어두컴컴하고 조용한 뒤뜰에 몰래 숨어서 잠시 휴식을 취하는 보스니아 난민 노파를 보여준다. 30년전쟁과 유사한 조국의 내전에서 구사일생으로 살아남은 노파가 30년전쟁의 그늘에서 피난처를 찾고 있는 기막힌 아이러니이다. 그런데 1639년에 300년을 더하면 1939년, 즉 히틀러가 2차대전을 일으킨 해다. 노파가 유대인이라는 언급은 없지만, 어떻든 2차대전 당시 보스니아가 있는 동유럽은 정복 대상으로 짓밟혔다. 아마도 노파의 유년 시절은 그렇게 짓밟힌 역사를 기억할 것이다. 한때 무자비한 정복자의 나라를 피난처로 찾아와서 목숨을 구걸해야 할 처지가 된 것이다. 이로써 역사의 아이러니는 더욱 배가된다.
이 아이러니의 정점은 "엘레판트 하우스"다. 1~2연에서 기독교의 역사가 언급된 것과는 달리 "엘레판트 하우스"는 종교적 색채가 없는 말이다. 그렇다고 딱히 역사적 기념 건축물도 아니다. 지금 "엘레판트 하우스"라는 이름으로 서유럽 전역에서 가장 많이 눈에 띄는 것은 유서 깊은 고급 레스토랑이나 전통식 호텔이다. 유서 깊다는 말은 코끼리가 상징하는 '아프리카 무역'을 하던 시절부터 존속해온 집이라는 뜻이다. 여기서 '아프리카 무역'은 흑인 노예 무역 또는 코끼리 상아를 비롯한 값비싼 토산품 무역을 뜻한다. 말이 무역이지 총칼로 강탈한 것이다. 그러니까 이 시에서 "엘레판트 하우스"는 30년전쟁 시기에 아프리카 무역으로 떼돈을 번 사람이 지은 고급 레스토랑 또는 호텔이다. 혹은 그렇게 떼돈을 번 벼락부자들이 단골로 출입하던 업소일 수도 있겠다. "엘레판트 하우스"의 이러한 역사적 상징성은 다시 1연에서 "기니 출신"을 언급한 것과 연결된다. 기니 해안은 아프리카 수탈의 요충지였기 때문이다. 그곳에는 아직도 '상아 해안'이니 '황금 해안'이니 '노예 해안'이니 하는 말들이 옛 지명으로 남아 있다. 기니 출신의 마술사가 서 있는 배경이 되는 빵집 간판의 "황금색" 부귀영화도 결국 '황금 해안'에서 비롯된 것은 아닐까? 유럽인들은 '노예 해안'과 '상아 해안'을 드나들며 두둑이 밑천을 쌓았던 것은 아닐까? 이런 의문들과 더불어 이 시는 "오래된 유럽"의 정체성과 정당성에 대해 근본적인 의문을 제기한다. "오래된 유럽"이 늙어 사멸하지 않으려면 이런 물음들을 뼈 아픈 자기성찰의 계기로 삼아야 할 것이다.

헤르만 헤세
(Hermann Hesse, 1877~1962)

독일 남부 슈바르츠발트 지방에서 태어났다. 인도 선교사였던 외조부의 영향을 받으며 경건한 집안 분위기에서 성장해 부모의 뜻에 따라 성직자가 되려고 신학교에 들어갔으나 경직된 환경을 견디지 못해 자퇴했다. 10대 후반부터 서점원으로 일하면서 독학으로 작가 수업을 했고 20대 초반부터 시와 소설을 발표하기 시작했다. 헤세에게 최초로 작가적 명성을 안겨준 『페터 카멘친트』(*Peter Camenzind*, 1903)를 발표한 후부터 서점 일을 그만두고 전업작가의 길로 들어섰다. 대표작으로 『데미안』(*Demian*, 1919), 『황야의 이리』(*Der Steppenwolf*, 1927), 『나르치스와 골드문트』(*Narziß und Goldmund*, 1930), 『유리알 유희』(*Das Glasperlenspiel*, 1943) 등의 소설과 수많은 시와 그림을 남겼다. 1차대전이 발발하자 전쟁에 반대하고 국수주의를 비판하면서 일관되게 평화주의 입장을 견지했다. 낭만주의와 경건주의의 영향을 받은 헤세는 청년기의 방황과 정신적 성숙을 다룬 성장소설과 문명비판적 작품을 주로 썼다. 헤세의 시 역시 인생의 고독과 방랑을 다루면서 삶의 의미를 탐색하는 구도적 정진의 자세를 보여준다. 1946년 노벨 문학상을 수상했고, 1955년 독일 서적협회가 수여하는 평화상을 수상했다.

평화를 향하여

—바젤 라디오방송 주최 휴전 기념식에 부쳐

증오의 꿈과 피의 도취에서
깨어나며, 아직도 전쟁의 번개와 치명적인 굉음에
눈멀고 귀먹어
온갖 끔찍함에 익숙한 채
지친 병사들은
그들의 무기에서
가공할 일과에서 놓여난다.

"평화!"라는 외침이 울린다
동화에서처럼, 아이들 꿈에서처럼.
"평화." 감히 기뻐할
엄두도 내지 못하고, 눈물이 앞을 가린다.

우리 불쌍한 인간들
이렇게 선도 악도 행할 수 있으니
짐승이고 신들이다! 슬픔이 얼마나 짓누르는가,
수치심이 오늘 우리를 얼마나 납작하게 짓누르는가!

그러나 우리는 희망한다. 우리의 가슴속에는
사랑의 기적에 대한
불타는 예감이 살아 있다.
형제들이여! 우리에겐 정신을 되찾고

사랑을 되찾을 귀향의 길이 열려 있고,
잃어버린 모든
낙원을 향한 좁은 문이 열려 있다.

뜻을 일으키자! 희망하자! 사랑하자!
그러면 세상은 다시 너희 것이 되리니.

늦가을 산책길에

가을비가 잿빛 숲을 들쑤셔놓았다,
아침 찬 바람에 골짜기가 화들짝 놀란다,
툭툭 밤나무에서 밤송이들이 떨어져
터지면서 촉촉하게 갈색으로 웃는다.

나의 삶을 가을이 들쑤셔놓았다,
너덜너덜 찢어진 이파리들을 바람이 쓸어가고
나뭇가지 가지마다 흔들어댄다 — 열매는 어디에 있나?

나는 사랑을 꽃피웠건만 열매는 고통이었다.
나는 믿음을 꽃피웠건만 열매는 증오였다.
내 앙상한 가지를 바람이 훑고 간다,
나는 바람을 웃어넘긴다, 아직은 폭풍을 견딘다.

무엇이 내 열매인가? 무엇이 내 목표인가! — 나는 꽃피었다,
그러니 꽃피는 것이 내 목표였다. 이제 나는 시든다,
그러니 시드는 것이 내 목표다, 다른 무엇도 아니다,
마음에 심어둔 목표는 단명한다.

신이 내 안에 산다, 신이 내 안에서 죽는다, 신이 괴로워한다
내 가슴속에서, 그것으로 목표는 넘친다.
길이든 미로든, 꽃이든 열매든,

모두가 하나다, 모두가 그저 이름일 뿐.

아침 찬 바람에 골짜기가 화들짝 놀란다,
툭툭 밤나무에서 밤송이가 떨어진다
툭툭 환하게 웃는다. 나도 덩달아 웃는다.

때로는

때로는, 새가 부르거나
나뭇가지에 바람이 스치거나
아득히 먼 농장에서 개가 짖을 때면,
나는 오래도록 귀 기울이고 침묵하네.

내 영혼은 뒤로 달아나네,
잊어버린 천년 전에
새와 부는 바람이
나를 닮고 내 형제였던 때까지.

내 영혼은 나무가 되고
짐승이 되고 구름의 직물이 되네.
내 영혼은 낯설게 변해서 돌아와
나에게 묻네. 내가 어떻게 대답해야 할까?

평화를 향하여(Dem Frieden entgegen)

1945년 5월 7일 독일의 무조건 항복과 더불어 7년째 계속된 2차대전이 끝났다. 그보다 한달 전에 스위스의 바젤 라디오방송은 휴전을 기념하는 특집 방송을 했다. 아직 독일이 완전히 항복한 것은 아니지만 여러 전선의 주력 부대들이 이미 투항한 상태였고 휴전 논의가 막 시작되고 있었다. 스위스는 독일어권 국가이지만 영세 중립국가로서 전쟁의 위협에 시달렸기 때문에 아직 전쟁이 완전히 끝나기도 전에 이런 방송을 내보낼 수 있었다.

시의 부제가 말하듯이 이 시는 바젤 라디오방송의 행사에 때맞추어 쓴 것으로 평화를 향한 간절한 염원을 담고 있다. 시는 죽음의 전장에서 살아 돌아오는 병사들에 대한 안도로 시작된다. 그러나 아직 안도하기에는 이르다. 독일어 원문을 보면 "눈멀고 귀먹어"라는 구절이 3행이 아니라 2행에 들어 있다. 그래서 1~2행을 직역하면 '증오의 꿈과 피의 도취에서/깨어나며, 아직도 눈멀고 귀먹어'가 된다. 증오의 꿈과 피의 도취에 의해 눈멀고 귀먹은 상태가 되는 것이다. 이런 마비상태는 "온갖 끔찍함에 익숙한 채" 병사들에게 체화되어 있다. 그들에게 아직 전쟁은 끝난 것이 아니다. 아직도 "평화"라는 외침이 동화처럼 비현실적으로 들린다. 그렇지만 다음 세대 아이들이 꼭 간직해야 할 소중한 꿈이다. "평화"를 따옴표에 넣어 두번 반복하는 것은 아직도 남의 이야기처럼 실감나지 않기 때문이다. 기뻐할 틈도 없이 눈물이 앞을 가리기 때문이다.

3연은 전쟁과 평화에 대한 보편적 언술이다. 전쟁의 악을 행하는 인간은 짐승과 다를 바 없다. 전쟁은 가장 동물적인 생존과 정복 본능의 표출이다. 그렇지만 전쟁을 종식하고 평화를 되찾는 선을 행할 수 있다면 인간은 신적인 존재이기도 하다. 그러나 선을 행하기는 어렵고 악으로 떨어지기는 다반사다. 불쌍한 인간들이 신에 다가가기는 지난하고 짐승으로 떨어지기는 쉽다. 수치심이 우리를 납작하게 짓누른다. 그럼에도 희망을 포기할 수는 없다. 가슴속에 "사랑의 기적"을 열망하는 예감이 살아 있기 때문이다. 증오와 피의 도취에서 깨어나 다시 "정신"과 "사랑"을 회복할 귀향의 길은 열려 있다. 깨어 있는 정신과 사랑을 되찾는 것이 연옥에서 벗어나 낙원으로 가는 길이다.
시의 결미는 성경에서 말하는 믿음과 소망과 사랑에서 믿음을 "뜻을 일으키자!"라는 호소로 바꾸었다. 평화에 대한 막연한 믿음이 아니라 평화를 실행할 주체적 결단과 의지가 중요하다는 뜻이다. 그것이 인간이 짐승의 상태에서 벗어나 인간이 되는 첫걸음이다.
헤세는 흔히 세상사의 갈등과 고통에 초연한 이른바 '순수 시인'으로 알려져 있다. 그러나 이 시에서 보듯이 헤세는 세상의 고통을 누구보다 예민하게 감지하고 근본적으로 성찰한다. 그래서 그의 순수함은 더욱 돋보인다. 1차대전이 발발했을 당시 독일의 대다수 지식인들은 독일이 일으킨 전쟁을 지지하고 독일의 승리를 열망했다. 그러나 헤세는 국수주의를 비판하고 평화를 옹호하는 글을 발표하여 '매국노'라고 여론의 뭇매를 맞았다. 전쟁이 터지기 두 해 전부터 헤세는 스위스로 거처를 옮긴 상태였다. 전쟁 발발 직후 군대에 자원했지만 시력이 나빠서 병역 부적격 판정을 받았다. 그는 1차대전 내내 전쟁포로를 위해 주간신문을 발행하고 문고를 조성하는 일에 전념했다. 1915년부터 1919년까지 스위스 베른에 있는 '독일 포로를 위한 도서센터'에서 일하면서 단체와 개인으로부터 기부받은 도서들을 주로 프랑스에 있는 독일군 포로수용소로 보내는 일을 했다. 그러면서 전쟁을 비판하고 평화를 옹호하는 글을 계속 발표했다. 훗날 당시를 회고하면서 헤세는 이렇게 썼다.

나도 내 일생에 꼭 한번 조용하고 명상적인 철학을 내던지고 피 흘리는 대낮 속으로 뛰어든 때가 있었다. 그것은 전쟁이 일어났을 당시의 일이었다. 거의 10년 동안 전쟁에 저항하고, 피를 빠는 거친 인간들의 우매성에 저항하고, 전쟁을 설교하는 지식인들에게 저항하는 것이 내 의무였으며 또한

꼭 해야만 하는 필연적인 것이었다.[1]

늦가을 산책길에(Gang im Spätherbst)

헤세가 마흔두살이던 1919년, 그러니까 전쟁이 끝난 다음 해 가을에 쓴 시다. 5년의 전쟁 기간 동안 헤세는 혹독한 시련을 겪었다. 앞의 시「평화를 향하여」 해설에서 언급한 대로 전쟁 포로를 돕는 일에 매진하면서 전쟁에 반대하고 평화를 옹호하는 글을 계속 발표했고, 이로 인해 독일 언론의 집중 공격을 받았다. 당시 헤세는 스위스에 살고 있었기 때문에 중립국 스위스가 그나마 위협을 막아주는 방패가 되었다. 독일군 포로들을 위해 도서를 기부받아 수집하고 포로수용소로 전달해주는 일을 하는 분망한 와중에 개인적인 위기가 겹쳤다. 전쟁 발발 당시 세살이던 막내아들이 중병을 앓았고, 부인은 극도의 정신불안으로 요양원에 들어갔다. 그리고 헤세 자신도 심각한 신경쇠약으로 심리학자 융(Carl Gustav Jung)의 제자인 랑(Josef Bernhard Lang) 박사에게 집중적인 정신치료를 받는 처지가 되었다. 전쟁 기간에 이런 고통의 터널을 지나서 결국 헤세는 전쟁이 끝난 다음 해인 1919년 봄에 어린 세 아들을 가까운 지인들에게 맡긴 채 홀로 스위스 남부의 티치노 지방으로 거처를 옮겼다. 같은 해 5월 그는 "포도덩굴과 밤나무 숲이 우거진 잠자는 듯한 작은 마을" 몬테놀라를 새로운 고향으로 선택했다. 그러니까 위의 시는 이 알프스 전원 마을에서 맞은 첫해 늦가을에 쓴 것이다.

1연은 헤세의 유현한 자연 서정을 한폭의 풍경으로 보여준다. 간밤에 늦가을 비바람이 잿빛 숲을 들쑤셔놓았다. "잿빛"은 낙엽이 진 뒤의 쓸쓸한 조락보다 더 적막한 풍경, 절망과 죽음에 가까운 색깔이다. '들쑤신다'라는 말은 고통이 온몸을 들쑤시는 것을 떠올리게 한다. 시의 첫 행에서부터 풍경과 시인의 마

1 베른하르트 첼러『헤르만 헤세』, 박광자 옮김, 행림출판 1989, 87면 이하.

음이 하나가 되어 있다. 아침 바람에 차가운 기운이 골짜기를 훑고 지나가면서, 골짜기가 화들짝 놀란다. "화들짝 놀란다"라고 번역한 구절은 밤새 깊은 잠/정적에 잠겼던 골짜기 전체가 '깨어난다'는 뜻도 함축한다. 또한 찬 기운이 온몸에 와닿는 '전율'도 느껴진다. 여느 골짜기가 아니라 저 멀리 알프스로 이어지는 깊은 골짜기를 떠올리면 이 깨어남의 전율은 실로 웅혼하다. 골짜기의 숲 전체가 조용히 몸을 떨며 깨어나는 움직임 속에서 밤송이가 툭툭 떨어진다. "툭툭"이라는 의성어로 번역한 단어 hart는 '단단히 여문'이라는 뜻도 된다. 그리고 마지막 행에서 밤송이가 툭툭 터져 여운을 남긴다. 이렇게 밤송이가 터져서 벌어진 모습을 "촉촉하게 갈색으로 웃는다"라고 표현했다. 숲을 들쑤셔놓은 차가운 가을비는 촉촉한 생명의 단비가 되었고, 잿빛 숲은 단단히 여문 밤톨의 갈색으로 변용했다. 밤톨의 벙글어진 미소가 숲 전체의 풍경을 바꾸어놓았다. 이렇게 1연은 이제 시인의 마음이 어떻게 풍경과 더불어 움직일지 예감하게 해준다.

2연에서 시인은 자신의 내면으로 시선을 돌린다. "나의 삶을 가을이 들쑤셔놓았다"는 1연 첫 행을 변주한 것인데, 1연에서 밤송이가 짓는 미소는 아직 시인의 가슴에 와닿지 않는다. 그래서 "너덜너덜 찢어진 이파리들"을 쓸어가는 찬 바람이 내 온몸의 가지를 흔들어댄다. 너덜너덜한 이파리들은 시인의 찢어진 삶이자 아직 그 고통을 추스르지 못하는 시의 어지러운 몰골이기도 하다('잎'은 예로부터 글을 쓰는 종이의 비유로 곧잘 사용되었다). 그러면서도 여문 밤톨을 보면서 자연은 저렇게 열매를 거두는데 나의 열매는 어디 있냐고 자신에게 묻는다.

3연은 지독한 회한을 토로한다. 나는 사랑을 꽃피웠는데 그 열매는 고통이었고, 나는 믿음을 꽃피웠는데 그 열매는 증오였다. 이 압축적 표현에서 격동의 시대에 겪은 고난과 가정 파탄의 고통이 함께 느껴진다. 그럼에도 내 온몸을 흔들어대는 바람을 웃어넘긴다. 그래도 아직은 폭풍을 견디겠노라고 다짐하면서.

4연은 더이상 열매에 집착하지 않는 회심(回心)을 표현한다. 꽃이 피고 시드는 것은 자연의 순리이며 그 자체가 목적이지 그 자연적 순환의 바깥에 다른 목표가 있는 것이 아니다. 그 순리를 외면하고 따로 "마음에 심어둔 목표", 즉 집착은 자신을 옭아매는 굴레일 뿐이다.
사람들이 궁극의 목표라 여기는 "신"도 결국 내 마음속에 있다. 내 마음의 움직임에 따라 신도 죽고 살며 괴로워한다. 일체유심조(一切唯心造)라는 말이다. 그러므로 내가 걸어온 길이 정도(正道)든 미로든 간에, 내가 꽃피운 열매가 고통이든 증오든 간에 모두 내가 감당해야 할 업보다. 사랑도 증오도 이름이 다를 뿐 모두 내가 쌓은 업의 결과이다. 이런 깨달음과 더불어 시인은 온전히 풍경 속에 녹아든다. 아침 찬바람에 골짜기가 화들짝 놀라는 것은 이제 경이로운 각성과 거듭남을 동반한다. 그래서 밤톨의 환한 미소에 나도 덩달아 웃는다. 밤톨처럼 속이 여물고 단단해진 환한 웃음이다.

때로는(Manchmal)

인간이 문명 속에서 산다는 것은 흔히 삶의 근원에서 멀어지는 과정이다. 그리고 문명의 기준에서 보면 삶의 근원은 흔히 문명 이전의 원시적 흔적으로 폄하된다. 사람이 '나'라는 정체성을 획득하는 과정은 그렇게 나와 무관해 보이는 삶의 근원에서 멀어지는 과정이다. 새소리 바람 소리는 그렇게 잊힌다. 농장에서 개 짖는 소리는 한때 친숙했던 삶의 터전을 상기시키지만 그마저도 아득히 멀어졌다. 시의 화자는 그렇게 잊힌 소리들에 다시 귀 기울인다. "내 영혼"이 "잊어버린 천년 전"까지 소급하는 것은 "나"가 되기 위한 과정이 오랜 세월에 걸친 집단적 망각의 역사임을 말해준다. 그런 망각의 더께를 걷어내고 다시 새와 바람 소리와 "형제"가 된 내 영혼은 지금의 나에게 낯선 존재다. 그 낯선 존재가 나에게 묻는다. 굳이 무엇에 관해 묻는지 밝히지 않는 것은 지금 나를 이루는 모든 것이 의문투성이이기 때문일 것이다. 이렇듯 우리 자신에게 가장 친숙한 나, 내가 가장 잘 안다고 생각하는 나는 내가 가장 모르는 미지의 수수께끼일 수 있다. 나에게 가장 친숙한 나는 내 영혼을 망각한 낯선 존재다. 그러므로 잊어버린 내 영혼의 물음에 나는 아무런 대답도 하지 못한다. 그렇지만 절망할 일은 아니다. 내 영혼의 낯섦을 느끼고, 그의 물음을 알아듣는 데서부터 잊어버린 나를 찾아가는 길이 비로소 시작될 것이다.

독일시의 흐름

일제하에 독일문학을 공부했던 1세대 독문학자 김진섭(金晉燮)은 일찍이 번역을 원작의 '전생(轉生)'이라 일컬었다.[1] 원작은 번역을 통해 다른 언어로 새롭게 태어난다는 말이다. 그러니까 번역은 원작을 그대로 옮겨오는 이식 또는 모사가 아니라 재창조에 가깝다. 원래 문학작품은 탄생 당시의 시공간과는 다른 역사적 환경 속에서 새롭게 읽히고 해석되기 마련이다. 그러나 이러한 창조적 수용을 위해서는 원작 자체에 대한 충실한 이해가 필수 요건이다. 그런데 특히 시의 번역에서 이것은 매우 어려운 과제이다. 독일어 텍

1 김진섭 「번역과 문화」, 『교양의 문학』, 진문사 1951, 54면. 「번역과 문화」는 원래 1935년 『조선일보』에 연재했던 것이다.

스트를 모른 채 우리말로 번역된 시만 놓고 과연 얼마나 이해할 수 있을까? 번역된 독일시를 읽을 때면 늘 이런 의문이 든다. 그래서 이번에 독일시를 번역하면서 작품마다 비교적 상세한 해설을 달았다. 이를 위해 해당 시와 시인에 관한 주요 연구문헌을 찾아서 읽었고, 그 과정이 나 자신에게 큰 공부가 되었다. 그렇게 작품마다 해설을 써놓고 보니 책의 분량이 크게 늘어났고, 그래서 작품을 더욱 엄선하지 않을 수 없게 되었다. 이 책에 수록된 시는 괴테부터 현역 시인에 이르기까지 모두 51명의 시 105편이다. 특히 한국 독자들도 알 만한 시인으로 괴테, 쉴러, 횔덜린, 하이네, 릴케, 트라클, 벤, 브레히트, 헤세 등 걸출한 시인들의 작품을 고르면서 뿌듯했다. 독일을 '시인과 사상가의 나라'로 일컫는 까닭을 실감했고 책이 풍성해져서 2년 넘게 이 작업에 매달린 보람을 느꼈다. 시인의 개성과 세계관, 시대적 과제에 대한 치열한 성찰과 시적 상상력이 잘 드러나는 작품을 선정 기준으로 삼았다.

이 책은 전체 6부로 구성되어 있다. 1부에서 괴테와 쉴러의 청년기 시는 독일 문학사에서 '폭풍과 격정'을 뜻하는 슈투름 운트 드랑 사조에 속한다. 괴테의 「오월의 축제」에서 보듯이 슈투름 운트 드랑의 시는 거침없는 격정을 분출하고 자연과 혼연일체가 된 감정을 토로한다. 또한 「프로메테우스」처럼 억압적 권위를 타파하고 인간해방을 추구하는 것도 이 사조의 중요한 특징이다. 괴테와 쉴러의 중년기 이후 시는 '바이마르 고전주의'라 일컬어지는데, 진·선·미의 조화로운 통일을 문학적 이상으로 추구한다. 괴테가 체험시와 사상시가 공존하는 양상을 보인다면 쉴러는 사상시의 성향이 강하다. 횔덜린의 시는 고대 그리스 문화를 정신적 자양분으로 삼은 점에서 괴테, 쉴러와 공통된 정신적 기반 위에 있다. 그렇지만 선배 시인들과 달리 성스러움에 대한 깊은 동경, 지상의 덧없음을 초월해 '영속적인 것'을 일구려는 숭고한 소명의식으로 고유한 시 세계를 구축했다. 하이데거는 횔덜린을 궁핍한 시대에도 오래 '지속되는 것'을 짓는 고결한 시인으로 평가했다.

2부는 19세기 초중반의 낭만주의 시를 포괄한다. 하이네의 시는 아름다운 서정성이 넘치며 독일 시인을 통틀어 가곡으로 가장 많이 작곡되었다. 다른 한편 하이네는 봉건적 억압체제를 날카롭게 비판하는 급진적 정치시의 영역을 개척하고 '나는 혁명의 아들이다'라고 선언하면서 치열한 투쟁정신을 추구했다. 그러면서도 문학을 단지 투쟁의 도구로만 보는 편협한 경향성에는 비판적 거리를 두었다. 노발리스는 '세계는 낭만화되어야 한다'라는 슬로건하에 근대 과학의 기계적 세계관과 계몽적 이성을 해체하려는 성향을 보인다. 낭만주의 문학의 주요 모티브 가운데 하나는 방랑이다. 한곳에 머무는 삶은 이미 정해진 것, 관습적인 것에 얽매이는 삶이기 때문에 미지의 낯선 세계를 동경하는 것이다. 그래서 낭만주의 문학을 '먼 곳을 향한 동경'이라 일컫기도 한다. 브렌타노와 아이헨도르프의 시는 그런 낭만적 동경을 유현한 자연 서정으로 표현한다. 낭만주의 시는 가곡으로 많이 작곡되어 시와 음악의 깊은 친화성을 증언한다.

3부는 19세기 중후반의 사실주의 시를 포괄한다. 19세기를 대표하는 여성 시인 드로스테-휠스호프는 섬세한 자연 관찰이 빼어난 서정시가 주류를 이루며 반세기 후에 출현하는 인상주의 회화를 미리 보는 듯한 느낌을 준다. 헤어베크는 급진적 정치시를 지향한 '청년 독일파'의 대표적 시인이다. 청년 독일파는 하이네의 정치시와 유사한 경향을 보이지만, 만년의 하이네가 정치시를 쓰면서도 시의 예술성을 옹호한 것에는 비판적 거리를 두었다. 사실주의 소설가로 유명한 슈토름이나 켈러는 주로 고독한 내면을 절제된 자연 서정시로 썼다. 낭만주의 자연시가 자아와 대자연의 신비적 합일을 추구하는 것과 달리 이들의 자연시는 이미 자연과 단절되고 고립된 개인의 내면 풍경을 비춰주는 경향을 보인다. 니체를 3부의 마지막에 넣은 것은 그의 시가 이전의 모든 전통과 결별하고 본격 모더니즘으로 넘어가는 분기점에 해당하기 때문이다. 알다시피 니체는 서구의 오랜 형이상학 전통, 근대의 체계철학과 인본주의 가치관을 급진적으로 해체한 철학자다. 토마스 만, 카프카, 트라클 등 20세기 독일 작가들에게 심대한 영향을 준 니체는 적지 않은 시를 남겼는데, 그의 시는 철학적 통찰을 아포리즘처럼 표현한 시가 주류이지만 훗날 트라클을 떠올리게 하는 개성적인 시들도 있다.

4부는 20세기 초반 본격 모더니즘을 대표하는 시인들의 작품이다. 릴케는 일찍이 일제 치하에 한국에 수용되기 시작하여 지금까지 한국 시인들에게 가장 많은 영향을 준 서구 시인으로 꼽힌다.[2] 릴케는 조각가 로댕을 만나 '사물을 관찰하는 법'을 익히며 뛰어난 조형 감각을 연마했다. 사물에 대한 엄밀한 관찰을 표현한 '사물시'는 시인의 주관을 대상에 덧씌우지 않고 대상이 고유한 개체로서 스스로 말하게 한다. 다른 한편 릴케는 시인의 마음이 바깥의 삼라만상과 감응하며 안과 밖의 경계가 사라지는 우주적 교감을 지향한다. 이것은 모든 경험을 소비 대상으로 변질시키는 자본주의적 물신을 초극하려는 시적 변용의 시도라 할 수 있다. 게오르게와 호프만스탈은 보들레르, 말라르메 등 프랑스 상징주의 시인들

2 김재혁 『릴케와 한국 시인들』, 고려대학교 출판부 2006 참조.

의 영향을 받아 '예술을 위한 예술'을 추구했다. 호디스의 「세계의 종말」은 독일 표현주의 선언문으로 평가되는데, 표현주의는 모든 가치의 붕괴와 종말론적 위기의식을 격정적 언어로 표출한다. 니체의 영향을 많이 받은 트라클의 시는 넓게 보면 표현주의 계열에 속하지만, 강렬한 색채 감각과 회화적 이미지, 죽음과 비애의 정조, 깊은 죄의식 등으로 개성적인 시세계를 구축했다.

5부는 넓게 보아 나치 정권과 직간접으로 긴장관계에 있던 시인들의 대표작이다. 20세기 전반기의 대표적 여성 시인 라스커-쉴러는 관능의 해방을 추구하는 거침없는 상상력과 간결한 시적 언어로 주목받았고, 히틀러 집권 후 스위스로 망명했다. 벤의 초기 시는 「아름다운 청춘」처럼 현실의 추악한 단면을 여과 없이 드러내어 전대미문의 충격을 일으켰다. 그의 중기 이후의 시는 술어가 없이 이미지를 끊어서 나열하는 독특한 기법을 구사하는데, 현실의 지배적 흐름과 속도를 무화하기 위해 호흡을 멈추는 그런 언술을 '정시'라 일컬었다. 뢰르케는 히틀러 정권에 협조하지 않은 괘씸죄로 절필을 강요당한 시인이다. 유대계 여성 시인 콜마는 강제수용소에서 생을 마쳤으며, 여성 시인 랑게서 역시 강제수용소에 끌려갔으나 구사일생으로 살아남았다. 투홀스키, 베르펠, 헤르만-나이세, 브레히트 모두 나치 시대에 국외로 망명하는 고초를 겪었다. 브레히트는 극작가로 유명하지만 불의의 권력에 항거하는 투쟁적인 시와 현실을 직시하는 아름다운 서정시도 많이 남겼다.

6부에 포함된 시들은 2차대전이 끝난 후 독일의 분단과 통일에 이르는 역사적 경험에 대한 성찰을 담고 있다. 헤세를 제외하고 모두 저작권이 유효해서 마음껏 실을 수는 없었지만 그 대신 해당 시인의 진면목을 보여주는 대표작으로 엄선했다. 아이히의 「재고 조사」는 전후의 이른바 '폐허문학'의 대표작으로 전쟁의 참상을 거치면서 도대체 남은 것이 무엇인가 하는 근본적인 질문을 최소한의 무미건조한 시적 언어로 점검하고 있다. 여성 시인 카슈니츠의 「히로시마」는 원자폭탄 투하의 참상이 어떻게 언론에 의해 가짜 참회의 신화로 조작되는가를 신랄하게 파헤친다. 히틀러 집권 후 스웨덴으로 망명한 여성 시인 넬리 작스의 「지상의 민족들이여」는 유대인 대학살 이후 진정한 화해의 조건을 말한다. 유대인 강제수용소에서 살아남은 첼란의 「죽음의 푸가」는 나치의 유대인 대학살에 대한 문학적 증언이자 희생자들을 기리는 추모의 만가이다. 일찍이 아도르노는 아우슈비츠 이후 서정시를 쓰는 것은 야만적이라고 일갈했다. 이루 말로 형용할 수 없는 언어도단의 참극을 어떻게 시로 표현할 수 있겠는가 하는 문제제기였다. 첼란의 이 시는 아우슈비츠 이후 시의 가능성을 극한으로 보여준 본보기로 평가되며, 피카소의 「게르니카」에 비견되기도 한다. 전후의 대표적 여성 시인 바흐만의 시는 진실에 대한 탐색이 어떻게 시적 언어로 구현될 수 있는가 하는 성찰을 담고 있다. 얀들은 1950년대 초반부터 '구체시'의 영향을 받아 파격적인 언어실험과 언어유희, 시각적 조형이 두드러진 짧은 시를 발표하여 빈 모더니즘의 새로운 영역을 개척했다. 프리트는 나치의 박해를 피해 10대 말에 영국으로 망명해서 평생 영국에서 독일어로 시를 썼다. 그는 간결하면서도 강렬한 언어와 개성적인 스타일로 당대의 정치사회 문제에 대해 초지일관 급진적인 입장을 표명했다. 동독 시인 후헬은 동독체제와의 불화로 인한 국내 망명의 심경을 절제된 언어로 표현한다. 동독의 대표적인 여성 시인 키르슈의 시는 동베를린의 거처에서 서베를린에서 온 연인을 만나는 분단 시대의 사랑을 노래한다. 쿠네르트의 시는 동독의 잘못된 유토피아적 환상을 비판한다. 역시 동독 출신의 현역 시인 드라베르트는 아이히의 「재고 조사」의 모티브를 빌려 독일 통일 후 구동독 현실에 대한 냉철한 '중간 결산'을 하고 있다. 2022년 말에 작고한 전후 서독의 대표적 시인 엔첸스베르거의 「오래된 유럽」은 유럽 중심주의에 가려 있는 유럽적 정체성이 허구임을 담담한 일상적 어조로 술회한다. 마지막으로 헤세의 시 세편을 넣었다. 1950년대부터 지금까지 한국에서 헤세의 소설은 아마 서구 작가 중 최장기 베스트셀러로 자리 잡았고 그의 시 역시 지금까지 애송되고 있다. 헤세의 시는 흔히 현실을 초탈한 구도자적 정신세계를 탐구한 단아한 시풍으로 알려져 있지만, 1차대전이 터졌을 때 그는 열렬한 반전 평화 활동가로 나섰다. 「평화를 향하여」 같은 시에서 헤세의 그런 면모를 엿볼 수 있다. 「늦가을 산책길에」와 「때로는」은 삶의 고뇌와 문명에 대한 깊은 성찰을 보여주는 아름다운 작품이다.

발터 벤야민은 문학작품이 번역을 통해 "생명을 지속하고 활짝 꽃피운다"라고 했다.[3] 이번에 펴내는 독일시의 번역과 해설을 통해 독일시에 대한 이해가 조금이라도 더 풍성해지길 기대한다.

임홍배(서울대 독문과 교수)

3 발터 벤야민 「번역자의 과제」, 『언어 일반과 인간의 언어, 번역자의 과제 외』, 최성만 옮김, 길 2008, 124면 이하 참조.

수록작품 출전

제1부

요한 볼프강 폰 괴테(Johann Wolfgang von Goethe)

「들장미」(Heidenröslein) 「오월의 축제」(Maifest) 「프로메테우스」(Prometheus) 「미뇽의 노래」(Mignon) 「발견」(Gefunden) 「복된 동경」(Selige Sehnsucht) 「변화 속의 지속」(Dauer im Wechsel), Johann Wolfgang von Goethe, *Werke. Gedichte und Epen,* Bd.1, 2, C. H. Beck 1989.

프리드리히 쉴러(Friedrich Schiller)

「오를레앙의 처녀」(Das Mädchen von Orleans) 「세상의 분할」(Die Teilung

der Erde) 「순례자」(Der Pilgrim) 「만가」(Nänie), Friedrich Schiller, *Sämtliche Gedichte und Balladen*, Insel Verlag 2005.

프리드리히 횔덜린(Friedrich Hölderlin)

「반평생」(Hälfte des Lebens) 「저물어라, 아름다운 태양이여…」(Geh unter, schöne Sonne…) 「회상」(Andenken) 「자연과 예술 또는 새턴과 주피터」(Natur und Kunst oder Saturn und Jupiter), Friedrich Hölderlin, *Gedichte*, reclam 2015.

제2부

하인리히 하이네(Heinrich Heine)

「로렐라이」(Lore-Ley) 「밤중의 상념」(Nachtdenken) 「슐레지엔의 직조공들」(Die schlesischen Weber) 「시궁쥐」(Wanderratten) 「시간이여, 소름 끼치는 달팽이여!」(Die Zeit, die schauderhafte Schnecke!), Heinrich Heine, *Sämtliche Gedichte*, reclam 2006.

노발리스(Novalis)

「숫자와 도식이 더이상」(Wenn nicht mehr Zahlen und Figuren) 「저 너머로 건너가련다」(Hinüber wall ich), Novalis, *Gedichte*, reclam 1997.

클레멘스 브렌타노(Clemens Brentano)

「낯선 곳에서」(In der Fremde) 「물레 돌리는 여인의 밤노래」(Der Spinnerin Nachtlied), Clemens Brentano, *Gedichte*, reclam 1986.

요제프 폰 아이헨도르프(Joseph von Eichendorff)

「낯선 곳에서」(In der Fremde) 「달밤」(Mondnacht) 「한통속」(Familienähnlichkeit), Joseph von Eichendorff, *Gedichte*, Insel Verlag 1988.

에두아르트 뫼리케(Eduard Mörike)

「버림받은 소녀」(Das verlassene Mägdlein) 「페레그리나 V」(Peregrina V) 「램프를 바라보며」(Auf die Lampe), Eduard Mörike, *Die schönsten Gedichte*, Insel Verlag 1999.

프리드리히 뤼케르트(Friedrich Rückert)

「죽음이 삶의 고난을 끝낼지라도」(Wohl endet Tod des Lebens Not) 「히지르」(Chidher), Friedrich Rückert, *Gedichte*, reclam 1998.

빌헬름 뮐러(Wilhelm Müller)

「보리수」(Der Lindenbaum), Karl Otto Conrady(Hg.), *Das große deutsche Gedichtsbuch*, Winkler 1995.

제3부

아네테 폰 드로스테-휠스호프(Annette von Droste-Hülshoff)

「어머니에게」(An meine Mutter) 「레빈 쉬킹에게」(An Levin Schücking) 「비그친 황야」(Die Heide nach dem Regen), Annette von Droste-Hülshoff, *Gedichte*, reclam 2003.

카롤리네 폰 귄더로데(Karoline von Günderrode)

「꿈속의 입맞춤」(Der Kuß im Traume), Karoline von Günderrode, *Einstens lebt ich süßes Leben*, Insel verlag 2006.

아우구스트 폰 플라텐(August von Platen)

「누가 일찍이 인생을 깨달았을까」(Wer wusste je das Leben), Karl Otto Conrady(Hg.), *Das große deutsche Gedichtsbuch*, Winkler 1995.

아달베르트 폰 샤미소(Adalbert von Chamisso)

「봉쿠르 성」(Das Schloß Boncourt) 「정신병원의 상이용사」(Der Invalide im Irrenhaus), Karl Otto Conrady(Hg.), *Das große deutsche Gedichtsbuch*, Winkler 1995.

게오르크 헤어베크(Georg Herwegh)

「자장가」(Wiegenlied), Karl Otto Conrady(Hg.), *Das große deutsche Gedichtsbuch*, Winkler 1995.

루트비히 울란트(Ludwig Uhland)

「좋은 친구」(Der gute Kamerad), Karl Otto Conrady(Hg.), *Das große deutsche Gedichtsbuch*, Winkler 1995.

니콜라스 레나우(Nikolas Lenau)

「이별」(Abschied) 「셋이서」(Die Drei), Nikolas Lenau, *Gedichte*, reclam 1986.

프리드리히 헤벨(Friedrich Hebbel)

「여름 소묘」(Sommerbild) 「황무지의 나무 한그루」(Der Baum in der Wüste), Friedrich Hebbel, *Gedichte*, reclam 2002.

테오도어 슈토름(Theodor Storm)

「황야를 거닐며」(Über die Heide) 「깊은 그늘」(Tiefe Schatten), Theodor Storm, *Gedichte*, Insel Verlag 1983.

고트프리트 켈러(Gottfried Keller)

「여름밤」(Sommernacht) 「겨울밤」(Winternacht), Gottfried Keller, *Gedichte*, Deutscher Klassiker Verlag 1995.

콘라트 페르디난트 마이어(Conrad Ferdinand Meyer)

「로마의 분수」(Der römische Brunnen) 「죽은 사랑」(Die tote Liebe), Conrad Ferdinand Meyer, *Gedichte*, Wallstein Verlag 2014.

프리드리히 니체(Friedrich Nietzsche)

「고독」(Vereinsamt) 「새로운 바다들을 향하여」(Nach neuen Meeren), Friedrich Nietzsche, *Gedichte*, reclam 2010.

제4부

라이너 마리아 릴케(Rainer Maria Rilke)

「엄숙한 시간」(Ernste Stunde) 「표범」(Der Panther) 「들장미 덤불」(Wilder

Rosenbusch) 「모든 이별에 앞서가라」(Sei allem Abschied voran) 「오라, 그대, 마지막 존재여」(Komm du, du letzter), Rainer Maria Rilke, *Die Gedichte*, Insel Verlag 2000.

슈테판 게오르게(Stefan George)

「노래」(Das Lied) 「죽었다는 공원에 와서 보라」(Komm in den totgesagten park), Stefan George, *Gedichte*, Insel Verlag 2005.

후고 폰 호프만스탈(Hugo von Hofmannsthal)

「어떤 사람들은…」(Manche freilich) 「세계의 비밀」(Weltgeheimnis), Hugo von Hofmannsthal, *Die Gedichte*, Insel Verlag 2000.

야코프 판 호디스(Jakob van Hoddis)

「세상의 종말」(Weltende), Jakob van Hoddis, *Dichtungen und Briefe*, Wallstein Verlag 2007.

게오르크 하임(Georg Heym)

「베를린」(Berlin), Georg Heym, *Gedichte*, reclam 2008.

알프레트 리히텐슈타인(Alfred Lichtenstein)

「해 질 녘」(Die Dämmerung), Alfred Lichtenstein, *Gedichte und Prosa*, Edition Holzinger 2013.

게오르크 트라클(Georg Trakl)

「어두운 골짜기」(Das dunkle Tal) 「겨울 저녁」(Ein Winterabend) 「심연에서」

(De profundis) 「그로덱」(Grodek), Georg Trakl, *Das dichterische Werk*, dtv 1998.

제5부

엘제 라스커-쉴러(Else Lasker-Schüler)

「에로스 신경」(Nervus Erotis) 「향수」(Heimweh) 「쫓겨난 여자」(Die Verscheuchte), Else Lasker-Schüler, *Sämtliche Gedichte,* Fischer Verlag 2016.

고트프리트 벤(Gottfried Benn)

「아름다운 청춘」(Schöne Jugend) 「더 고독한 적은 없었네」(Einsamer nie) 「오직 두가지만」(Nur zwei Dinge) 「과꽃」(Asthern), Gottfried Benn, *Gedichte*, reclam 2010.

오스카 뢰르케(Oskar Loerke)

「수평선 너머」(Hinter dem Horizont) 「돌길」(Steinpfad) 「티무르와 무녀」(Timur und die Seherin), Oskar Loerke, *Sämtliche Gedichte*, Wallstein 2010.

쿠르트 투홀스키(Kurt Tucholsky)

「몽소 공원」(Park Monceau), Kurt Tucholsky, *Gedichte*, Fischer Verlag 2010.

프란츠 베르펠(Franz Werfel)

「어느 망명객의 꿈의 도시」(Traumstadt eines Emigranten), Franz Werfel, *Gedichte aus den Jahren 1908-1945*, Fischer Verlag 2019.

막스 헤르만-나이세(Max Herrmann-Neiße)

「등불이 하나씩 꺼지고」(Ein Licht geht nach dem andern aus), Marcel Reich-Ranicki, *Frankfurter Anthologie*. Bd. 7, Insel Verlag 1983.

게르트루트 콜마(Gertrud Kolmar)

「방랑하는 여인」(Die Fahrende), Gertrud Kolmar, *Das lyrische Werk*, Wallstein Verlag 2003.

엘리자베트 랑게서(Elisabeth Langgässer)

「1946년 봄」(Frühling 1946), Elisabeth Langgässer, *Gesammelte Werke*, Claassen Verlag 1959.

베르톨트 브레히트(Bertolt Brecht)

「서정시를 쓰기 힘든 시대」(Schlechte Zeit für Lyrik) 「사랑하는 사람들」(Die Liebenden) 「책 읽는 노동자의 의문」(Fragen eines lesenden Arbeiters) 「바퀴 갈아 끼우기」(Der Radwechsel) 「아, 어린 장미를 어떻게 기록해야 할까?」(Ach, wie sollen wir die kleine Rose buchen?), Bertolt Brecht, *Gedichte in einem Band*, suhrkamp 1981.

제6부

귄터 아이히(Günter Eich)

「재고 조사」(Inventur), Günter Eich, *Gesammelte Werke*, Bd. 1., Suhrkamp 1973.

마리 루이제 카슈니츠(Marie Luise Kaschnitz)

「히로시마」(Hiroschima), Marie Luise Kaschnitz. *Überallnie: Ausgewählte Gedichte 1928-1965*, Claassen Verlag 1965.

넬리 작스(Nelly Sachs)

「지상의 민족들이여」(Völker der Erde), Nelly Sachs, *Fahrt ins Staublose*, Suhrkamp 1961.

파울 첼란(Paul Celan)

「죽음의 푸가」(Die Todesfuge), Paul Celan, *Gedichte*, Suhrkamp 1976.

잉게보르크 바흐만(Ingeborg Bachmann)

「진실한 것은」(Was wahr ist), Ingeborg Bachmann, *Gesammelte Werke*, Piper & Co Verlag 1978.

에른스트 얀들(Ernst Jandl)

「문의」(anfrage), Ernst Jandl, *Poetische Werke*, Bd. 5, Luchterhand Verlag 1997-1999.

에리히 프리트(Erich Fried)

「좌우지간」(Links rechts links rechts), Erich Fried, *Lebensschatten*, Klaus Wagenbach 1981.

페터 후헬(Peter Huchel)

「망명」(Exil), Peter Huchel, *Ausgewählte Gedichte*, Suhrkamp 1973.

자라 키르슈(Sarah Kirsch)

「그날」(Datum), Sarah Kirsch, *Werke*, Bd. 1, dtv 1999.

귄터 쿠네르트(Günter Kunert)

「유토피아로 가는 길에」(Unterwegs nach Utopia), Günter Kunert, *Unterwegs nach Utopia*, Carl Hanser Verlag 1977.

쿠르트 드라베르트(Kurt Drawert)

「현황 묘사. 중간 보고」(Zustandsbeschreibung. Zwischenbericht), Kurt Drawert, *Wo es war*, Suhrkamp 1996.

한스 마그누스 엔첸스베르거(Hans Magnus Enzensberger)

「오래된 유럽」(Altes Europa), Hans Magnus Enzensberger, *Kiosk*, Suhrkamp 1995.

헤르만 헤세(Hermann Hesse)

「평화를 향하여」(Dem Frieden entgegen) 「늦가을 산책길에」(Gang im Spätherbst) 「때로는」(Manchmal), Hermann Hesse, *Sämtliche Gedichte in einem Band*, Suhrkamp 1992.

원저작물 계약상황

「재고 조사」

Günter Eich, "Inventur", taken from *Gesammelte Werke in vier Bänden. Band 1: Die Gedichte. Die Maulwürfe.* Herausgegeben von Axel Vieregg.

「히로시마」

Marie Luise Kaschnitz, "HIROSCHIMA" from *ÜBERALLNIE. AUSGEWÄHLTE GEDICHTE 1928-1965*

「지상의 민족들이여」

Nelly Sachs, "Völker der Erde", taken from *Werke. Kommentierte Ausgabe in vier Bänden. Herausgegeben von Aris Fioretos, Band 1: Gedichte 1940–1950.* Herausgegeben von Matthias Weichelt.

「죽음의 푸가」

Paul Celan, "Todesfuge" from Paul Celan, *Mohn und Gedächtnis*

「문의」

Ernst Jandl, "Anfrage" from *Werke, hrsg. von Klaus Siblewski*

「좌우지간」

Erich Fried, "Links rechts links rechts" aus *Lebensschatten Gedichte*

「망명」

Peter Huchel, "Exil", taken from *Gesammelte Werke in zwei Bänden. Band I: Die Gedichte*

「그날」

Sarah Kirsch, "Datum" from *Werke in fünf Bänden*

「유토피아로 가는 길에」

Günter Kunert, "Unterwegs nach Utopia"

「현황 묘사. 중간 보고」

Kurt Drawert, "Zustandsbeschreibung. Zwischenbericht" from *Idylle, rückwärts*, Verlag C.H.Beck 2011, Munich

「오래된 유럽」

발간사

고전의 새로운 기준, 창비세계문학

오늘날 우리는 인간의 존엄과 개성이 매몰되어가는 시대를 살고 있다. 물질만능과 승자독식을 강요하는 자본주의가 전지구적으로 확산되면서 현대사회는 더 황폐해지고 삶의 질은 크게 훼손되었다. 경제성장만이 최고의 선으로 인정되고 상업주의에 물든 문화소비가 삶을 지배할수록 문학은 점점 더 변방으로 밀려나고 있다. 삶의 본질을 성찰하는 문학의 자리가 위축되는 세계에서는 가진 자와 못 가진 자 할 것 없이 모두가 불행할 수밖에 없다.

이 시대야말로 인간답게 산다는 것의 의미가 무엇인지 근본적인 화두를 다시 던지고 사유의 모험을 떠나야 할 때다. 우리는 그 여정에 반드시 필요한 벗과 스승이 다름 아닌 세계문학의 고전이라는 점을 강조한다. 고전에는 다양한 전통과 문화를 쌓아올린 공동체의 경험이 녹아들어 있고, 세계와 존재에 대한 탁월한 개인들의 치열한 탐색이 기록되어 있으며, 새로운 세상을 꿈꾸는 아름다운 도전과 눈물이 아로새겨 있기 때문이다. 이 무궁무진한 상상력의 보고이자 살아 있는 문화유산을 되새길 때만 개인의 일상에서 참다운 인간적 가치를 실현하고 근대적 삶의 의미와 한계를 성찰하는 지혜를 얻을 수 있을 것이다.

'창비세계문학'은 이러한 문제의식에서 출발한다. 세계문학의 참의미를 되새겨 '지금 여기'의 관점으로 우리의 정전을 재구성해야 할 필요성이 그 어느 때보다 절실하다. '정전'이란 본디 고정된 목록으로 존재하는 것이 아니라 그때그때 주어진 처소에서 새롭게 재구성됨으로써 생명을 이어가는 것이다. 우리는 먼저 전세계 문학들의 다양성과 차이를 존중하면서 국가와 민족, 언어의 경계를 넘어 보편적 가치에 기여할 수 있는 가능성에 주목하고자 한다. 근대를 깊이 성찰한 서양문학뿐 아니라 아시아와 라틴아메리카, 중동과 아프리카 등 비서구권 문학의 성취를 발굴하고 재평가하는 것 역시 세계문학의 지형도를 다시 그리려는 창비의 필수적인 작업이 될 것이다.

여러 전집들이 나와 있는 세계문학 시장에서 '창비세계문학'은 세계문학 독서의 새로운 기준이 되고자 한다. 참신하고 폭넓으면서도 엄정한 기획, 원작의 의도와 문체를 살려내는 적확하고 충실한 번역, 그리고 완성도 높은 책의 품질이 그 기초이다. 독서시장을 왜곡하는 값싼 유행과 상업주의에 맞서 문학정신을 굳건히 세우며, 안팎의 조언과 비판에 귀 기울이고 독자들과 꾸준히 소통하면서 진정 이 시대가 요구하는 세계문학이 무엇인지 되묻고 갱신해 나갈 것이다.

1966년 계간 『창작과비평』을 창간한 이래 한국문학을 풍성하게 하고 민족문학과 세계문학 담론을 주도해온 창비가 오직 좋은 책으로 독자와 함께해왔듯, '창비세계문학' 역시 그러한 항심을 지켜나갈 것이다. '창비세계문학'이 다른 시공간에서 우리와 닮은 삶을 만나게 해주고, 가보지 못한 길을 걷게 하며, 그 길 끝에서 새로운 길을 열어주기를 소망한다. 또한 무한경쟁에 내몰린 젊은이와 청소년 들에게 삶의 소중함과 기쁨을 일깨워주기를 바란다. 목록을 쌓아갈수록 '창비세계문학'이 독자들의 사랑으로 무르익고 그 감동이 세대를 넘나들며 이어진다면 더없는 보람이겠다.

2012년 가을
창비세계문학 기획위원회
김현균 서은혜 석영중 이욱연 임홍배 정혜용 한기욱

창비세계문학 91

모든 이별에 앞서가라

독일 대표시선

초판 1쇄 발행/2023년 3월 2일

지은이/라이너 마리아 릴케 외
엮고 옮긴이/임홍배
펴낸이/강일우
책임편집/양재화 고우리
조판/한향림
펴낸곳/(주)창비
등록/1986년 8월 5일 제85호
주소/10881 경기도 파주시 회동길 184
전화/031-955-3333
팩시밀리/영업 031-955-3399 편집 031-955-3400
홈페이지/www.changbi.com
전자우편/lit@changbi.com

ISBN 978-89-364-6490-5 03850